A FRAUDE

ZADIE SMITH

A fraude

Tradução
Camila von Holdefer

Companhia Das Letras

Grafia atualizada segundo o Acordo Ortográfico da Língua Portuguesa de 1990, que entrou em vigor no Brasil em 2009.

Título original
The Fraud

Capa
Jon Gray

Preparação
Ciça Caropreso

Revisão
Bonie Santos
Carmen T. S. Costa

Dados Internacionais de Catalogação na Publicação (CIP)
(Câmara Brasileira do Livro, SP, Brasil)

Smith, Zadie
A fraude / Zadie Smith ; tradução Camila von Holdefer. — 1ª ed. — São Paulo : Companhia das Letras, 2025.

Título original: The Fraud.
ISBN 978-85-359-3962-0

1. Ficção inglesa I. Título.

25-273147 CDD-823

Índice para catálogo sistemático:
1. Ficção : Literatura inglesa 823

Aline Graziele Benitez – Bibliotecária – CRB-1/3129

EDITORA SCHWARCZ S.A.
Rua Bandeira Paulista, 702, cj. 32
04532-002 — São Paulo — SP
Telefone: (11) 3707-3500
www.companhiadasletras.com.br
www.blogdacompanhia.com.br
facebook.com/companhiadasletras
instagram.com/companhiadasletras
x.com/cialetras

Para Darryl e Devorah

PARTE UM

Vi essa grande cidade de Londres ser destruída e construída novamente — se é que isso significa alguma coisa. Eu a vi crescer, e crescer, até atingir o tamanho atual. Você dificilmente vai acreditar em mim se lhe disser que lembro desse Cortiço nosso — esse bairro boêmio imundo — quando não passava de um campo aberto, com sebes que o cercavam, e árvores. E que lugar encantador ele era.

William Harrison Ainsworth

1. Um buraco bem grande

Um garoto imundo estava parado na soleira da porta. Dava para esfregar toda aquela sujeira em algum momento — mas não o montão de sardas alaranjadas. Não mais do que catorze anos, com perninhas magras e instáveis feito as de uma marionete, ele ficava se lançando para a frente, deixando cair fuligem no corredor. Ainda assim, a mulher que abriu a porta — fácil de agradar, suscetível à beleza — chegou à conclusão de que não podia desprezá-lo.

"Você é da Tobin?"

"Sim, senhora. Vim por causa do teto. Caiu, não foi?"

"Mas requisitamos dois homens!"

"Todos em Londres, patroa. Ladrilhos. Uma quantidade espantosa de ladrilhos precisa ser colocada em Londres, senhora..."

Claro que ele viu que ela era uma mulher de idade, mas ela não se movia ou falava como uma. Busto saliente, bonita, o rosto tinha poucas rugas e o cabelo era preto. Acima do queixo, uma linha em forma de meia-lua, virada de cabeça para baixo. Havia mais nessas ambiguidades do que o garoto poderia desvendar. Ele prestou atenção especial ao papel que segurava na mão, lendo devagar:

"Saint Jamesess Street, Morada Saint Jamesess, número um, distrito de Tunbridge Wells. O nome é *tu qué*, né?"

De dentro da casa veio um trovejante *Rá!* A mulher não vacilou. Deu um tabefe no garoto, com ímpeto e graça, como a maioria das escocesas.

"Todas as pronúncias do nome do meu falecido marido são absurdas. E opto por errar para o lado da França."

Agora um homem barbudo e corpulento surgiu atrás dela no corredor. De roupão e chinelos, fios grisalhos nos bigodes e um jornal na mão, ele caminhou com determinação em direção a um luminoso jardim de inverno. Dois *spaniels* King Charles o seguiram, latindo freneticamente. Ele falou por cima do ombro — "Prima, vejo que você está entediada e perigosa esta manhã!" — e desapareceu.

A mulher se dirigiu ao visitante com energia renovada: "Esta é a casa do sr. Ainsworth. Sou a governanta, sra. Eliza Touchet. Temos um buraco bem grande no segundo andar — uma cratera. A integridade estrutural do segundo andar está ameaçada. Mas é um trabalho para dois homens, no mínimo, como expliquei em meu bilhete".

O garoto piscou estupidamente. Será que isso tinha acontecido por causa de tantos livros mesmo?

"Não importa a causa. Menino, você subiu em uma chaminé há pouco tempo?"

O visitante ficou ofendido com o "menino". A Tobin's era uma empresa respeitável: ele havia feito os rodapés em Knightsbridge, se fosse por isso. "Disseram que era uma emergência e para não perdermos tempo. Existe uma entrada de serviço, na maior parte das vezes."

Insolente, mas a sra. Touchet achou graça. Pensou em dias

mais felizes na boa e velha Kensal Rise. Depois em Brighton, charmosa e um pouco menor. Depois na situação atual, em que nenhuma janela se encaixava direito na moldura. Pensou no declínio e no fato de estar atrelada a ele. Parou de sorrir.

"Ao entrar em uma casa respeitável", observou, erguendo as saias acima do degrau para evitar a sujeira que ele havia depositado ali, "é sensato se preparar para todas as eventualidades."

O garoto tirou o boné. Era um dia quente de setembro, difícil pensar direito. Uma pena ter que erguer um dedinho num dia assim! Mas lazarentas feito essa eram enviadas para testar você, e setembro significava trabalho, só trabalho.

"Vou entrar ou não?", ele murmurou para o boné.

2. Uma Ainsworth temporã

Ela atravessou com agilidade os losangos pretos e brancos do corredor, subindo os degraus de dois em dois sem tocar no corrimão.

“Nome?”

“Joseph, madame.”

“É estreito aqui — cuidado com as fotografias.”

Livros se alinhavam no patamar feito uma segunda parede. As fotografias eram de Veneza, um lugar que ele sempre achou difícil de acreditar que existisse, mas então você via essas gravuras velhas e empoeiradas nas casas das pessoas e no fim tinha que acreditar. Sentia pena dos garotos italianos. Como você faz para colocar ladrilhos na soleira de uma porta com a água subindo até ela? Que tipo de encanamento pode ser arranjado se não houver um porão em que instalar os canos?

Chegaram à catástrofe da biblioteca. Os cãezinhos — que tinham um jeito de palermas, os dois — deslizaram direto para a beirada, mas não foram além. Joseph tentou ficar de pé como o próprio Tobin faria, as pernas abertas, os braços cruzados, balançando a cabeça com tristeza ao ver aquele buraco, do jeito como você balançaria a cabeça diante de uma mulher caída ou de um esgoto a céu aberto.

"Tantos livros. Para que ele precisa de todos eles?"

"O sr. Ainsworth é escritor."

"Quê — então ele escrevinhou todos eles?"

"Um número surpreendente deles."

O garoto deu um passo à frente para espiar dentro da cratera, como se estivesse na borda de um vulcão. Ela foi até onde ele estava. Aquelas prateleiras haviam acomodado volumes de histórias em três fileiras: reis, rainhas, vestimentas, alimentos, castelos, pragas e guerras de épocas passadas. Mas foi a Batalha de Culloden que levou as coisas ao limite. Qualquer coisa que se referisse ao Bonnie Prince Charlie estava agora na sala de estar do andar de baixo, coberta de gesso ou então presa no abraço do tapete persa da biblioteca, que afundou pelo buraco no chão, criando uma enorme forma suspensa e oscilante, como um balão de ar quente de cabeça para baixo.

"Bom, então veja bem, senhora, e se não se importa que eu diga" — ele pegou um livro empoeirado e o girou na mão com um olhar de acusação no rosto —, "o simples peso da literatura que vocês têm aqui, bem, isso vai exercer uma pressão terrível em uma casa, sra. Touchet. Uma pressão terrível."

"Você tem toda a razão."

Ela estava rindo dele? Talvez literatura fosse a palavra errada. Talvez tivesse pronunciado errado. Largou o livro, desanimado, se ajoelhou e pegou a régua de madeira para medir o buraco.

Bem quando estava se pondo de pé, uma criança entrou correndo, escorregou no que restava do parquê e derrubou uma samambaia-d'água. Estava sendo perseguida por uma figura bonita e corpulenta de avental, que conseguiu pegar a criança instantes antes de ela despencar pelos pavimentos da casa. "Clara Rose! Eu *disse* a você — você não tem permissão. Desculpe por isso, Eliza." Isso foi dito para a escocesa irritadinha, que respondeu: "Não faz mal, Sarah, mas talvez seja hora da soneca da Clara...". A pessoinha que era Clara, ao ser segurada com tanta força pela cintura, gritou: "Não, mamãe, *NÃO*!" — contudo, parecia estar se dirigindo à empregada. O garoto da Tobin's perdeu toda a esperança de entender aquela casa peculiar. Observou a criada agarrar a criança pelo pulso com força excessiva, do jeito que as mães faziam no meio em que ele vivia. E lá se foram elas. "Uma Ainsworth temporã", explicou a governanta, endireitando a samambaia.

3. Um novo espírito do tempo

No andar de baixo, o *The Morning Post* fora deixado de lado, junto a um café da manhã intocado. William estava sentado pensativo, a cadeira virada para a janela. Havia um pacote de papel pardo em seu colo. Ele estremeceu com o som da porta. Ela não deveria ir vê-lo quando ele estava triste?

"Eliza! Senhoritas! Aí está você. Achei que tivesse me abandonado..."

Os cães chegaram ofegantes aos seus pés. Ele não olhou para baixo nem os acariciou.

"Bem, infelizmente vai demorar pelo menos uma semana, William."

"Hummm?"

"O teto. O Tobin só mandou um garoto."

"Ah." Quando ela fez menção de pegar as coisas do café da manhã, ele estendeu a mão para impedi-la: "Pode deixar. A Sarah vai cuidar disso". Então ficou de pé e pareceu deslizar para longe com seus chinelos, silencioso como uma sombra.

Algo estava errado. O primeiro instinto dela foi verificar o jornal. Leu a primeira página e passou os olhos pelo resto. Nenhum amigo morto de repente ou perturbadoramente bem-sucedido. Nenhuma notícia incomum ou muito deprimente. Mais trabalhadores seriam autorizados a votar. Criminosos não poderiam mais ser trasladados. Descobriu-se que o Requerente não falava uma palavra de francês, embora o verdadeiro Roger Tichborne tenha crescido falando a língua francesa. Ela colocou tudo de volta na bandeja. Pelo que entendia, a opinião de Sarah era de que as bandejas de café da manhã não correspondiam agora à sua dignidade. No entanto, nenhuma empregada havia sido contratada para substituí-la, portanto a tarefa coube à sra. Touchet.

Virando-se para sair, ela tropeçou em algo — o pacote. Era um livro, desembrulhado apenas até o ponto de revelar o título: *Um novo espírito do tempo*, de R. H. Horne. Fazia muito tempo que não via aquele livro. Não o bastante para esquecê-lo. Ela o pegou e olhou de modo furtivo em torno da sala — mal sabia o porquê. Ao abri-lo, esperava que estivesse enganada ou que talvez fosse uma nova edição. Mas era o mesmo volume de críticas literárias, e com o mesmo registro breve e devastador, na parte final, a respeito de seu pobre primo.

Vinte anos atrás, a publicação desse livro tinha apenas anuviado um jantar e estragado superficialmente a manhã seguinte. Naquela época, William não perdia o entusiasmo com tanta facilidade. Ela juntou os dois pedaços do papel pardo rasgado. Sem remetente nem selo postal. Mas estava endereçado com uma caligrafia caprichada ao homem cujo trabalho de uma vida inteira fora resumido como "*em geral monótono, exceto quando é revoltante*".

4. A senhora da casa

Um infortúnio da casa de Tunbridge: tudo podia ser ouvido, cômodo por cômodo, do último andar ao térreo. Mas William passeava com os cães todas as manhãs por volta das onze horas. Assim que a porta da frente se fechou, a sra. Touchet se pôs em movimento para interceptar Sarah. Encontrou-a ajoelhada na sala do piso inferior com sua filha, cercada por livros esparramados com as lombadas quebradas. Três pilhas estavam sendo organizadas, claramente de acordo com o tamanho. A sra. Touchet questionou se poderia ser de alguma ajuda.

"Não, estamos nos saindo muito bem, nosso agradecimento, Eliza, quero dizer, muito bem sem você... E você vai ter o almoço para fazer, é evidente." O almoço também cabia agora à sra. Touchet. "Ei, Clara! Olhe só para isso! Esses seriam do seu pai! Ainsworth, Ainsworth, Ainsworth, Ainsworth, Ainsworth." Pelo menos isso a pobre mulher sabia ler. O rosto dela brilhava de orgulho. Eliza desprezava a parte de si mesma que se sentia obrigada a fazer uma correção:

"Mas essas são revistas, Sarah, não romances. Elas têm de ser colocadas deste lado, junto com as *Bentley* e as *Fraser*... Essa é a *Revista Ainsworth* — teve muitos colaboradores. William deu início à publicação e foi o editor por alguns anos. Ou seja, o homem que escolhe os artigos e depois os publica. Agora, na verdade, ele edita a *Bentley*, mas por quanto tempo..."

"Editor! Isso é um gerente, Clara. Nada mais elevado que um editor!" Ajoelhadas ali juntas, elas pareciam duas irmãs, lado a lado. "Aah, e olhe ele ali!" A pequena Clara tinha pegado a edição de julho de 1834 da revista *Fraser*, de número cinquenta, que prontamente se abriu num belo retrato de William como um jovem dândi. "E tudo isso escrevinhado embaixo! Olhe!" Mãe e filha olharam para aquilo. Não aconteceu nada, nem se poderia esperar que acontecesse. A sra. Touchet suspirou, deu um passo à frente e leu o texto em voz alta para as duas. Sarah ouviu com atenção e, quando a leitura terminou, bateu palmas de satisfação.

"Rá! E ele deve ter ficado muito lisonjeado com tudo isso, é evidente!" — dito com grande condescendência, como se ela mesma tivesse escrito aquilo. "Você é uma menina esperta, Clara Rose, por achar a foto do papai assim — e tão bonito como ele era naquele tempo, e todas aquelas coisas bacanas que falavam dele! Isso é sorte, hein?"

Mas a sra. Touchet não tinha dúvida de que poderiam encontrar algo semelhante em muitas das revistas que estavam diante delas. Ninguém jamais havia acusado William de ser comedido com as palavras ao falar de si.

"Imagine que há tantas palavras escritas sobre você e *por* você que o chão desaba sob o peso delas! Ha-ha-ha!"

"Sarah, posso perguntar uma coisa a você?"

"Pode, evidentemente." Dedinhos grossos cruzados plácidos no colo, como a própria rainha — "Abra seu coração".

"Bem, havia um pacote hoje pela manhã..."

"De fato havia."

"Você não viu quem o trouxe, por acaso?"

"Estava na soleira da porta. Peguei e entreguei a ele, como qualquer pessoa faria, evidentemente." De algum lugar Sarah tirara a ideia de que "evidentemente" era a marca de um falante distinto.

"Bem, tenho de pedir, Sarah, que você me avise sobre a chegada de quaisquer itens do correio — cartas, livros ou pacotes que possam ser entregues em casa — *antes* de dá-los a William."

"E foi ele quem pediu isso, foi?"

Eliza corou, mais de fúria que de constrangimento.

Sarah carregou na vantagem: "Por causa que eu não ia imaginar que uma governanta e a senhora da casa iam ficar de segredinho entre elas e de que só o próprio dono da casa não tivesse conhecimento" — declarou com grande solenidade e com apenas uma letra "h" satisfatoriamente sonora no fim de "sóóó" — "isso não parece certo *nem* natural. E pelo que me lembro, quando mudamos de moradia, foi você que sugeriu que aquele quadro imenso dele de quando ele era jovem — foi *você* dizendo que não devia ser pendurado de novo, porque ele não ia gostar, estando velho, *você* disse — e então, da primeira vez que entra aqui, ele grita '*Onde está o meu velho Maclise!*' — e se referindo ao retrato, porque foi um sujeito chamado Maclise que pintou — e evidentemente ele não ficou satisfeito, porque tem um apreço especial por aquela imagem de si mesmo, como ficou claro, então evidentemente que eu perguntaria a ele quais são as próprias opiniões dele sobre a correspondência, penso eu, sra. Touchet, se me permite".

"Evidentemente."

Ao sair, Eliza passou pelo olhar cheio de vida do antigo retrato pintado por Maclise. Olhos cheios de vida, costeletas cheias de vida, cachos cheios de vida — nada disso incorreto no momento da composição. Bonito como uma mulher, com bochechas coradas como as de um bebê. Também esse tinha sido William.

5. Gostar de William

Ao chegar ao corredor, ela precisou se sentar no degrau da escada e respirar lenta e profundamente. Foi nesse estado que seu primo topou com ela. Ele suava por causa do calor fora de época e falava consigo mesmo a respeito de falar consigo mesmo.

"Eu disse a mim mesmo: '*Vou pensar no meu antigo reduto favorito de Manchester; vou usar as memórias da minha velha cidade e aplicar essas memórias ao levante jacobita. Vou esboçar tudo na minha cabeça daqui até a estação de trem e então vou direto para a minha escrivaninha para começar.* Mas... nada. Por alguma razão, Eliza, hoje eu..."

Eliza sabia a razão. Sabia, também, que isso não poderia ser expresso em palavras entre os dois. Ficou de pé e o seguiu até o escritório. Ele se sentou à escrivaninha, golpeou a baeta, suspirou.

"Bom, William, talvez a temática em si... Você já escreveu tanto sobre o passado distante."

"Você desaprova o assunto?"

Pelo contrário: 1745 era um assunto que tocava o coração da sra. Touchet. A mãe era uma jacobita apaixonada: as tigelas de mingau da família tinham o selo dos Stuart estampado no fundo. Quando menino, o pai dela fora levado a Edimburgo para testemunhar o Bonnie Prince Charlie entrando no Palácio de Holyrood. Mas ela não podia fingir que considerava a Causa Perdida um bom tópico para William, para quem um mínimo de história rendia um bocado. Olhando para o futuro, ela se viu com muita clareza, dentro de seis meses, sentada a uma escrivaninha, lutando com descrições densas dos vários tipos de habitação encontrados nas Hébridas Exteriores, ou, quem sabe, com uma lista exaustiva dos vários kilts usados pela Guarda Real de Arqueiros...

"Vejo em seu rosto. Você está fazendo careta. Você desaprova."

"Bem, talvez uma temática mais contemporânea ou pessoal..."

Estremecendo: "*Clitheroe* não foi um sucesso".

"Mas era um livro sobre a infância."

Suspirando: "*Estão na moda*". Era uma citação, e a sra. Touchet genuinamente se arrependeu por ter dito aquilo — até mesmo por ter sugerido aquilo. A leitura de *Mervyn Clitheroe* acabou não sendo nada parecida com a leitura de *Jane Eyre*. Quando chegou ao final, teve a estranha sensação de que William nunca tinha sido criança nem conhecido uma.

"Estou pensando agora na sua vida adulta."

"Eliza, minha vida adulta se passou exatamente assim." Ele pegou uma caneta, mas no meio do movimento a largou, exasperado. Aquele garanhão bonito dos anos 1830, cabelo alisado com óleo de macassar, de algum modo tinha se tornado esse velhote barbudo e abatido de queixo duplo.

"Mas todos aqueles jantares interessantes!"

A boca de William se curvou de modo infeliz, como se dissesse: *Perdi o gosto por eles*.

"A verdade, William, é que a ficção é feita de personagens

fascinantes e você esteve cercado por personagens fascinantes durante a vida inteira."

"Hummm. Você não achava isso na época."

"Sempre achei! Só ficava aborrecida por reabastecer as garrafas de vinho do Porto sem parar."

"Hummm."

"William, se você está insinuando que eu sou uma dessas tolas que deixam a fama atual de certas pessoas distorcer minhas lembranças, posso dizer que fiz uma avaliação minuciosa de você e de todos os seus amigos inteligentes há muito tempo, e minha avaliação não mudou."

Porém, mesmo enquanto falava, ela pensava, de maneira desleal, em *Um novo espírito do tempo* — queimando nesse exato instante em uma pilha de tábuas de madeira lascadas no jardim. Estavam ali todos eles, aqueles espíritos de um tempo antigo, para quem ela em tempos remotos servira bebidas e frangos assados. Quantificados, especificados, lisonjeados, criticados, avaliados. O registro de William é de longe o mais curto. Um fato que o editor, no capítulo sobre o primo dela, havia deixado claro que considerava uma misericórdia para com um homem que *em geral era poupado em público, porque era muito estimado e benquisto em privado*. Ela se lembrava de Richard Horne: ele era um dos jovens inteligentes a quem ela alimentara e dera de beber regularmente naquela época de Kensal Rise, e lembrava que ele, assim como todos os outros naquela mesa de jantar, gostava muito de William. Mas gostar de William e lê-lo eram coisas bastante diferentes. O que lembrou a Eliza que o que ela havia dito era verdade — dentro de limites muito estreitos. Tinha avaliado William e os amigos dele muito tempo antes, sempre soubera quem tinha talento e quem não tinha, e, desde que seu primo não fizesse mais perguntas, o Deus dela, discreto, irônico, e ainda assim absoluto, daria uma piscadela para tudo isso.

6. O mistério da dor

O outono inteiro a sra. Touchet ficou de olho na correspondência. Mas William nunca mencionou o pacote e nada parecido chegou. No final de novembro ela já havia esquecido tudo aquilo. Questões mais substanciais a mantinham ocupada. Tunbridge era um fracasso: o jardim era pequeno e sombreado e da escrivaninha ele podia ouvir o trem. Iam se mudar de novo na primavera. Mas o que era, para William, apenas uma questão de dizer uma frase em voz alta acarretaria, para a prima, muitos meses de planejamento e organização. À noite, sonhos com baús e malas a atormentavam. Eram os mesmos baús do ano anterior, só que estavam cheios, e o sonho consistia em apontar isso aos homens da mudança de rostos inexpressivos, várias e várias vezes. Estava irritadiça com todo mundo. Não conseguia manter a calma com Sarah, a criança, os cães e nem mesmo com A *Quem Interessar Possa* no escritório de Nascimentos, Casamentos e Óbitos do condado:

> Você não entendeu minha carta anterior. Neste caso específico deseja-se expressamente que o casamento, embora celebrado em

igreja, seja realizado por licença particular, sem leitura de proclamas.

A licença chegou em fevereiro. O noivo estava ocupado demais para lidar com a papelada. Tendo acabado de desistir do tema da Rebelião de Manchester — "por enquanto" —, estava, em vez disso, embarcando em um romance "ambientado em parte na Jamaica", uma ilha na qual ele nunca havia posto os pés. ("Sim, mas, Eliza, eu também não estava vivo durante a Restauração, nem fui um ladrão de estrada, nem conheci o Guy Fawkes.") A noiva, por sua vez, não conseguiu marcar nada no papel além de um X. Coube à sra. Touchet fornecer os detalhes. Escrever os fatos básicos deu a ela uma sensação de aturdimento:

> Sarah Wells, 26 anos, de Stepney; empregada doméstica.
> William Harrison Ainsworth, 63 anos, de Manchester; viúvo.

Empregada doméstica! Em um sentido apenas. Mais adiante na licença, por uma brutal conveniência, ela matou os pais de Sarah com um golpe da caneta, não querendo colocar "Engraxate" e "Prostituta" em suas respectivas profissões. Como não lhe perguntaram a respeito de qualquer criança, não mencionou uma. Em contraste com essas omissões dolorosas, era uma coisa agradável e melancólica escrever o nome do querido e decente Thomas Ainsworth, advogado, de Manchester, falecido havia muito tempo, e Ann, sua doce embora estúpida esposa, também falecida. Por quase três anos ela fora casada com o sobrinho deles. Essas pessoas boas haviam aparecido de forma magnânima no seu casamento, no batismo do seu filho e no funeral conjunto da pequena família, acometida de escarlatina num intervalo de apenas cinco dias. Ela se lembrou de Ann no velório, seu rosto gentil de ouriço emoldurado por um bocado de crepe preto, tentando lhe trazer conforto:

“A dor é um mistério. Quem sabe por que recai sobre nós! Só nos resta suportar.”

“Mas eu sei o porquê.”

“Ah, pobre Eliza! Não creia você que possa tirar algum significado dessa tragédia! É um mistério, só isso.”

“Não. É um castigo.”

A visão nebulosa e confusa que Ann tinha da realidade última era, na opinião de Eliza, a consequência inevitável de ter sido criada na igreja errada, como filha única de um pastor unitarista.

7. Um belo naco de bacon

Em uma tarde triste de março, Eliza se sentou ao lado das três filhas de meia-idade de William, enquanto a quarta e mais nova se contorcia nos seus braços. Na frente dela sentava-se Gilbert, o infeliz irmão de William, fazendo ruídos estranhos e balançando a cabeça. Se os ruídos ou o balançar se tornassem excessivos, ela fora instruída a colocar a mão no ombro dele e conduzi-lo para fora. O noivo, a noiva e o vigário compunham o restante da "festa de casamento". Igreja de Cristo. Tinha apenas doze anos, porém a frente parecia um mosteiro italiano medieval e a parte de trás um vicariato no dia do Juízo Final. Ainda assim, o único e verdadeiro sol católico apostólico romano se infiltrava pelas discretas e estreitas janelas protestantes, e isso concedia ao espaço um ar sagrado, apesar de tudo. Nessa luz ela agora tentava se perder. Viajava para uma cerimônia mais feliz, em um dia úmido de julho, mais de uma década atrás. O pequeno vilarejo de Dunmow. Para o exato momento em que a chuva — que ameaçava estragar tudo — se dissipou do nada e o sol apareceu e banhou com uma luz morna amarelada dois casais vestidos para um casamento no campo. Um dos casais era jovem, belo e do próprio vilarejo; o outro casal era de meia-idade, bonito, alemão — velhos amigos de William. Todos os quatro foram erguidos no alto em cadeiras de vime e acompanhados pelos aldeões pelas estradas rurais — as mulheres exibindo flores no cabelo, os homens vestidos com seus melhores ternos —, até chegarem à prefeitura de Dunmow, ela própria enfeitada com papoulas e salgueirinha-roxa. Ali William tinha se sentado em um trono em um estrado e fizera um discurso interminável, igualzinho a um vigário, embora, na lembrança de Eliza, esse discurso pudesse ter sido misericordiosa e radicalmente abreviado.

"Estamos reunidos aqui hoje para reviver uma antiga tradição deste lugar, ou seja, o concurso para o *Belo Naco de Dunmow*" — aplausos da multidão, acenos com ramalhetes de flores —, "um costume que, embora seja tão antigo que o encontramos nas obras de Chaucer, não foi celebrado aqui nesses últimos cem anos, pois, como tantas tradições de nossa ilha empobrecida, essa também foi perdida para a implacável máquina chamada 'progresso'" — vaias pouco convincentes —, "mas que tenho o prazer de recordar e preservar, como meu romance *O belo naco de bacon ou O costume de Dunmow* deixa claro, e por cuja popularidade ouso presumir que fui convidado aqui hoje!" Confusão dos moradores locais, assentimentos entusiasmados do prefeito…

Um pedaço generoso de bacon seria concedido ao casal que conseguisse provar, perante um "júri de seus pares", ter desfrutado de pelo menos um ano de felicidade conjugal, sem trocar farpas nos últimos doze meses. A sra. Touchet, o prefeito e William formaram o júri. Foi tudo muito divertido e no final William — constitucionalmente incapaz de desapontar alguém — tinha dado o naco aos dois casais felizes. Vários repórteres de Londres haviam comparecido, então ninguém estava mais feliz do que

William. Logo depois todos se meteram debaixo do sol para um desfile. Alguém tinha tirado a letra do romance e a musicado:

Você deve jurar pelo Costume da Confissão,
Que no casamento nunca incorreu em transgressão;
E nunca desde que são como homem e mulher casados
Por brigas domésticas ou conflitos desbragados,
E nem na cama nem na mesa sequer
Ofenderam um ao outro com palavra ou talher:
Ou desde que ouviram na paróquia o amém
Desejaram continuar solteiros até no além:
Ou em doze meses e mais um dia
Não se arrependeram da escolha sadia.

As letras de William eram o que ele fazia de melhor. O trajeto do desfile terminava num campo repleto de margaridas, onde os casais se ajoelhavam nas pedras — de acordo com o costume — e aceitavam seu bacon. Mais diversão se seguiu. Muita diversão. No trem de volta a Londres, Eliza fingiu dormir para esconder os efeitos do excesso de sidra. E desde então esse costume absurdo prosseguiu todos os anos, ou pelo menos foi o que ela ouviu dizer; eles nunca mais voltaram. A única força comparável ao entusiasmo de um Ainsworth era a velocidade com que o entusiasmo passava. Mas como ele parecia feliz naquele dia, em comparação a hoje!

William e Sarah andaram até o altar silencioso. "É o vestido da mamãe!", Fanny — a mais velha e severa das filhas — sussurrou para a prática Emily e a eternamente magoada Anne Blanche, que começou a chorar baixinho. Após a morte da mãe, um dos primeiros deveres da sra. Touchet — ao se mudar de forma definitiva para a residência dos Ainsworth — foi embalar todos os vestidos da sra. Ainsworth de forma meticulosa em papel de seda, para serem conservados e para que as filhas pudessem usá-los um dia. Quando uma mulher morre tão jovem — com apenas trinta e três anos —, seus vestidos estarão bem conservados, de qualquer maneira. Não irão precisar de muitos ajustes para continuar na moda trinta anos depois. Mas ninguém jamais os envergou como Frances. A primeira sra. Ainsworth era esguia e de cabelos louros. Elegante. Nesse vestido. Em todos os vestidos. E foi somente pensando nessa mulher original, amada e morta havia muito tempo — que jamais ganharia um bacon como prêmio — que Eliza foi capaz de produzir as lágrimas apropriadas para a ocasião.

8. As irmãs Ainsworth

De volta à casa, a noiva foi levar Clara para uma soneca. A visão de um velório retornou. Tal era o silêncio sombrio na sala, quebrado apenas pelo balançar e pelos lamentos de Gilbert. Eliza lutava com um sentimento de exasperação. Tinha praticamente criado essas garotas: gostava delas. Mas por que não podiam ter se casado? Nada além disso lhes fora pedido. Só Anne Blanche, a mais jovem, tinha conseguido, e só recentemente, na idade avançada de trinta e sete anos, e com um homem sem dinheiro de fato. Fanny e Emily moravam com Gilbert em Reigate e cuidavam dele. Contudo, todas tinham sido beldades outrora, e muito admiradas. Algo dera errado em algum ponto.

Anne Blanche chorava. Emily preparava o chá. Fanny por fim conseguiu fazer uma série de perguntas incisivas que não faziam questão de disfarçar a motivação financeira. O que, afinal, tinha sido decidido em relação à casa dos avós em Manchester? Vendida — com prejuízo. Verdade seja dita, William também tinha sido forçado a vender Beech Hill, a casa de campo, seis meses antes. A revista literária *Bentley's Miscellany* ele acabara de vender de volta para Bentley. Na verdade, não podiam mais se dar ao luxo de morar em Londres.

"Mas vejo que há uma nova série?", tentou Emily, valente. "*Nos mares do Sul*?"

O romance em questão, o vigésimo sexto dele, chamava-se *A bolha dos mares do Sul, um conto do ano de 1720*. Fora publicado em episódios regulares numa revista semanal chamada *Bow Bells*, mas ninguém no ano de 1868 a estava comprando ou lendo, nem mesmo Eliza, que tinha o manuscrito à disposição.

"Agaariiiuu", resmungou Gilbert, balançando a cabeça. "GUGGA-AÚÚÚ."

"Shhh… Está tudo bem." William colocou uma mão carinhosa na bochecha do velhote. "Ninguém está zangado, querido irmão. Estamos apenas debatendo o que é melhor para todos."

Não era o melhor para a sra. Touchet que Fanny e Emily fossem convidadas a se mudar com eles para West Sussex, mas agora ela entendia que essa inevitabilidade estava a meros minutos de distância. Como se para evitar isso, Sarah entrou correndo usando um velho vestido caseiro, um pouco de pó de carvão no nariz, os seios fartos livres das limitações do vestido de sua predecessora.

"Ei, vocês nunca vão adivinhar o que o rapazinho do carvão acabou de me contar! A mãe daquele Tichborne acabou de ir embora e morrer, puxa vida! Está em todos os jornais! Bom, alguém faz favor me diga: quem vai acreditar naquele gordo cretino agora?"

9. “Sou um escritor”

Na primeira vez em que a sra. Touchet foi chamada para dar uma mãozinha com as meninas Ainsworth, elas eram pequenas demais para entender. Fanny tinha três anos, Emily, apenas um ano e Anne Blanche era um bebê de colo. A jovem mãe, jamais robusta — sobrecarregada por três filhas em tantos anos —, escreveu a Eliza pedindo ajuda. Seu jovem marido tinha ido para a Itália. Por que tinha ido para a Itália?

Não posso dizer exatamente o porquê; não sou literata e não entendo as explicações dele, que tendem a ser literárias. Esperava-se que ele seguisse os passos do pai na advocacia — ele <u>é</u> um advogado qualificado. Meu próprio pai tentou estabelecê-lo como livreiro e editor, mas William não tem tino para os negócios. No mês passado, após prejuízos de todos os lados, ele desistiu. O que entendi é que voltaria para a advocacia. Agora ele surpreendeu a todos e foi para a Itália. Ele diz que tem quase vinte e cinco anos e que precisa ver o belo e escrever.

Incluo a última carta dele de Veneza, que contém muitas

descrições da paisagem. Sendo você alguém que conheceu enorme dificuldade íntima em sua vida, espero não ter me enganado na esperança de que você possa me acompanhar e me aconselhar na minha,

Com muito carinho,
Anne Frances
Elm Lodge, Kilburn
12 de maio de 1830

Na carruagem lotada que vinha de Chesterfield, Eliza procurou entender a situação. Em relação a William, o que a surpreendeu foi que alguém pudesse se surpreender. Não diria que o conhecia bem, mas a primeira coisa que ele lhe disse foi: *Sou um escritor e não tenho intenção de ser outra coisa*. Uma frase que ficou gravada na cabeça dela: ele tinha quinze anos na época. Ela mesma tinha então vinte e um anos e havia se casado fazia pouco tempo com James Touchet, o primo dele de Derbyshire. Convidada para um jantar com os Ainsworth de Manchester, ela ficou feliz ao descobrir que os familiares eram pessoas alegres, descomplicadas e nada dramáticas, sem nenhuma das tendências irascíveis ou melancólicas que começava a notar no marido. Mas houve drama: depois da sobremesa, os recém-casados receberam um panfleto feito em casa (*Ghiotto: A vingança fatal. Sendo um novo espetáculo melodramático de William Harrison Ainsworth*) e foram conduzidos ao porão para assistir a uma peça de um ato encenada pelos irmãos Ainsworth. Comovente lembrar que Gilbert tinha sido o mais arrojado dos dois, e o melhor ator. Mas quem poderia apresentar grande coisa com um diálogo desses? *Delirai, ó elementos! Ribombai, ó trovões! Inflama, fogo estranho, etéreo visitante!* Mesmo quando criança, William superestimava miseravelmente a importância literária do clima. A peça era medonha — e longa. Mais tarde ele se aproximou dela e lhe deu uma atenção especial, como se de alguma forma tivesse adivinhado sua penúria conjugal. Ele tinha cílios longos, o rosto adorável como o de uma corça. Flertou como um homem adulto. A impressão que ficou foi a de um garoto excepcionalmente ousado e determinado, com ambições muito superiores à sua capacidade.

Ainda assim! Algumas semanas depois, em Chesterfield, chegou um exemplar da *Arliss's Pocket Magazine* com a publicação de *Ghiotto*. Ele tinha até um pseudônimo: T. Hall. Mais edições se seguiram, com bilhetes ingênuos e autolisonjeiros anexados:

Cara sra. Touchet,

Este mês tenho o enorme prazer de lhe enviar um pastiche literário do nosso sr. Hall, no qual ele afirma ter descoberto a obra anteriormente esquecida do dramaturgo do século XVII William Aynesworthe — e o cita em profusão haha —, ato ousado de fraude que ouso esperar que deleite e engane o público leitor, e que traga, sobretudo a você, tanto prazer quanto seu humilde autor teve ao escrevê-lo,

Respeitosamente,
W. Harrison Ainsworth

Não muito tempo depois, veio um primeiro livro sob um novo pseudônimo: *Poemas de Cheviot Ticheburne*. Era dedicado a Charles Lamb, com quem esse jovem ambicioso de alguma forma já tinha feito amizade. A sra. Touchet não conseguiu prosseguir com a leitura desses poemas: eram carregados de lamentos românticos por "nossa juventude há muito perdida nos campos" e de "estimados dias de brincadeiras que também se puseram feito o sol, igualmente rápidos", embora ela soubesse que o poeta havia deixado a escola apenas um mês antes e agora era aprendiz no escritório de advocacia do pai. O direito impediu durante certo tempo a torrente de palavras. A única carta que recebeu de

William naquele outono trazia a triste notícia de que o irmão caíra de cabeça de cima de um cavalo, acidente do qual se imaginava então que Gilbert iria “em breve se recuperar”.

10. "O melhor da minha juventude não passa de um inverno de preocupações"

Aos dezoito anos, ele enviou o primeiro livro de contos. Não havia como ele saber disso, mas *Contos de dezembro* chegou em um dia de total desespero e dor para Eliza — na verdade, ela planejava que aquele fosse o seu último dia. Como epígrafe, William escolhera o célebre verso de Sir Chidiock Ticheborne, aquele assassino malsucedido da Rainha Virgem, aquele pobre e equivocado mártir da verdadeira fé... Como qualquer boa moça de convento, Eliza lera essas linhas muitas vezes ao longo dos anos. Nunca antes estivera em dúvida se sobreviveria ou não a estas palavras:

O melhor da minha juventude não passa de um inverno de
[preocupações,
Meu banquete de alegria não passa de um prato de aflições;
Minha safra de milho não passa de um campo de joio,
E tudo o que tenho de bom não passa de uma vã esperança de
[ganho:
O dia escapuliu — e ainda assim não vi o sol,
E agora vivo — e agora a minha vida está prestes a acabar!

Ela sobreviveu. Com as mãos trêmulas, pegou o cordão encorpado cujo comprimento e cuja resistência estava avaliando e o enfiou de volta no roupão do marido. Se o velho Ticheborne pôde ser enforcado, esquartejado, eviscerado e suas entranhas arrastadas pelas ruas da Londres elisabetana e ainda conservar a alma eterna, a sra. Touchet também poderia conservar a dela, apesar de todo o sofrimento.

Demorou um bom tempo até que lesse o livro. Preferia histórias a poemas, e quando começou a ler, leu até o fim. Pouca coisa havia mudado. Relâmpagos continuavam a *tremeluzir dos céus em torrentes vívidas*, assassinatos absurdos aconteciam sem nenhuma razão mundana, sepulturas eram abertas, fantasmas caminhavam, ninguém dizia ou fazia algo sensato, todas as mulheres pareciam ter perdido por completo o juízo, roupas e móveis eram descritos de maneira minuciosa e o sangue estava "esfriando" ou jorrando sem cessar. Mas! Arrasada, desesperada por qualquer mundo além do dela, ela mergulhou naquelas páginas. E se viu sorrindo pela primeira vez em muitos meses com a descrição de uma certa Eliza, uma mulher misteriosa de cabelos pretos, com quem o narrador bígamo de *Mary Stukely* se sente compelido a se casar, embora já seja casado com a "bela Mary".

> Era de estatura acima da média, de aparência imponente e o semblante mais expressivo que já contemplei. Talvez não fosse o que muitos poderiam chamar de bonita, mas nunca conheci ninguém que tivesse tamanho poder de atração à primeira vista. Também era perceptível um indício velado das paixões mais obscuras...

Ela tinha então vinte e quatro. Fora casada por três anos. No primeiro, compreendeu que não poderia ser esposa. No segundo, que poderia ser mãe — que era uma. No terceiro, veio a entender que, independentemente do que ela achasse que fosse, uma mãe não tinha mais direitos sobre um filho do que um escravizado sobre a própria vida. Qualquer que fosse o lugar para onde James Touchet tivesse se evadido com seu querido Toby, ela não tinha meios de descobri-lo, não tinha nenhuma forma de recorrer à lei e, portanto, não tinha nenhuma esperança no retorno da criança. Mas mesmo que possuísse o direito legal, sabia que não tinha o direito moral. Se o marido era um bêbado, bem, ela não o levara a isso? Se ele a deixara no meio da noite, fugindo com a criança, não fora porque sabia o que ela realmente era? Como ele soube, ela não conseguiu descobrir. Contudo, certos entendimentos estão além da linguagem.

11. Cem libras por ano

Seu marido e seu filho tinham desaparecido. A quem poderia pedir ajuda? Quem iria interceder por ela? Seu pai estava morto; não tinha nenhum irmão. Então se lembrou do jovem primo literário do marido, que fazia um estágio em direito. Escreveu uma carta humilhante. Ele apareceu na porta dela no dia seguinte, quase como se viesse com o primeiro correio, parecendo ainda mais jovem do que ela se lembrava, elegante feito o conde D'Orsay. Cachos ridículos emoldurando o rosto, um fraque azul impecável com botões de latão, botas tão polidas que você podia ver seu rosto refletido nelas, uma gravata amarela com um nó elaborado. Mas ele era a única esperança dela e se mostrou discreto e gentil. Não pediu detalhes, perguntando apenas os nomes de quaisquer conhecidos que James pudesse ter em Londres. Em uma semana ele tinha uma pista, e depois um endereço em Regent's Park. Escreveu a Eliza pedindo permissão para "remediar essa briga tola de apaixonados". Prometeu trazer o primo de volta à razão. A sra. Touchet não esperava nem desejava uma reconciliação: queria apenas seu filho. Nunca tinha conhecido um homem capaz de tomar conta de um bebê. Não acreditava nessa possibilidade. Todas as suas orações estavam, portanto, com a ama-seca Jenny, que tinha desaparecido com eles. Mas mesmo essas orações acabaram por se revelar um veneno. Foi Jenny quem lhes trouxe a febre.

A notícia da morte deles foi comunicada pelo próprio William, não por carta, mas em pessoa, e por isso ele estava lá quando ela desabou nos ladrilhos do corredor. Ele a pegou. Ele a deitou. Chamou o médico. Instruiu a criada quanto aos cuidados que deveriam ser dispensados a ela. Tratou de todos os detalhes com um tato que ela considerou notável em alguém tão jovem. E quando o testamento foi descoberto e chegou a hora de pensar no futuro dela, lhe implorou para que deixasse "tudo para os competentes cavalheiros das leis do escritório do meu pai". Mas aconteceu que a opinião profissional desses homens foi que o testamento do sr. James Touchet fora elaborado às pressas, era "vergonhoso e mal escrito" e não poderia ser lido em voz alta para nenhuma mulher respeitável. Havia sido escrito durante as "agonias da febre, que é conhecida por afetar o cérebro" e era "indigno de qualquer cristão decente". Não deixava Eliza amparada de forma alguma. Além desse detalhe notável, William não revelou mais nada sobre as particularidades do testamento, e ela não o pressionou, nem na época nem sequer depois. Bastava saber que o jovem primo — embora sem dúvida tivesse lido as imputações desagradáveis que, supunha ela, tinham sido incluídas no testamento — não parecia acusá-la. Pelo contrário, ele se declarou "dedicado" à proteção dela e determinado a lhe garantir uma renda vitalícia. "Tenha certeza disto: vamos pedir que esse lado da família lhe dê uma pequena porção da fortuna jamaicana. Todo mundo sabe que Samuel Touchet morreu falido, mas os próprios Touchet nunca foram tão pobres quanto fingiam ser, inclusive o seu Thomas... Muita coisa foi escondida antes que o nosso notório antepassado se enforcasse nas colunas da cama!" Isso ele conseguiu. Cem libras por ano. Se vivesse com simplicidade, seria o suficiente.

Agora ela tinha trinta e um anos. A dor não havia passado, embora estivesse menos intensa: era o alicerce da casa do seu ser. Mas se ela era diferente das outras pessoas espremidas naquela carruagem lotada, a caminho de Londres, não achava que isso fosse visível. Tinha certeza de que era igual a qualquer outra mulher da sua classe. Comedida e sensata, segurando uma bolsinha bordada, uma bolsa de couro e uma valise, pois, exceto para os nobres e os pobres, mudanças drásticas de situação sempre podiam ocorrer e era melhor estar preparada. E este era o segundo enigma da carta de Anne Frances: qual era o papel de Eliza Touchet na vida agora? Compreendia que era a enlutada. Que havia sofrido. Mas todo mundo sofria, não? Talvez fosse aquela para quem o sofrimento chegara relativamente cedo, concedendo-lhe um entendimento especial da vida. Era aquela pobre viúva jovem que conhecera a "dificuldade íntima". Era a mãe cujo filho morrera de escarlatina, longe de casa, em uma cidade estranha, nos braços de uma ama-seca irlandesa. Era alguém a quem o pior acontecera. E o que isso significava para as pessoas? Que ela poderia ser de alguma ajuda? Por que pensavam isso?

12. Visitando Elm Lodge, primavera, 1830

Sem dúvida era um indício de caráter duvidoso, mas ela não gostava do campo. Morava lá, mas não gostava. Edimburgo estava impregnada nos ossos dela. As cidades estavam impregnadas nos ossos dela. Os companheiros de viagem até podiam reclamar da fuligem e dos cheiros, do incrível caos de carruagens e carroças, mas Eliza se deleitava com os vislumbres de um casamento em Mayfair, de uma mulher batendo em outra com uma vassoura na Charing Cross Road e de um bando de menestréis etíopes nos arredores de Westminster. Cedo demais, porém, o fascinante *mêlée* da Oxford Street chegou ao fim. Enquanto contornavam Tyburn Tree, ela rezou com discrição pelas almas dos martirizados antes de se acomodar no longo tédio rural da Edgware Road. Campos até onde a vista alcançava.

Na estalagem O Leão Vermelho os cavalos foram trocados. Eliza decidiu caminhar os oitocentos metros finais pela bela Kilburn como penitência. Veja o cordeiro que salta entre as campânulas, disse a si mesma, mas, com toda a honestidade, o fato é que o cordeiro a entediava. Em vez disso, anotou mentalmente a ordem das estalagens — A Taverna do Galo, O Velho Sino, O Leão Negro — e a distância até os Poços de Kilburn, onde uma jovem mãe poderia beber das águas e a sra. Touchet talvez conseguisse uma boa caçarola de camarão. *Vou ficar três semanas — no máximo um mês. Vou deixar isso muito claro desde o início. Tenho meu próprio rumo na vida e — graças a Deus — minha própria renda vitalícia, e não preciso de nada nem de ninguém. Isso eu vou deixar bem claro.* Ninguém passou pela sra. Touchet na estrada, exceto um fazendeiro sem dentes que conduzia uma vara de porcos com um cajado, mas ela sentiu que até ele podia ver que aquela mulher alta e resoluta, carregando três bolsas sem ajuda, não precisava de nada nem de ninguém.

Não contava com o prazer de ser necessária.

"Eliza! Mas você é muito mais alta do que eu imaginava!"

Anne Frances Ainsworth estava parada na soleira da porta de Elm Lodge, uma casa quadrada e simples coberta de rosas trepadeiras e cercada por olmos. O cabelo loiro caía solto sobre os ombros. Eliza achou os traços dela mais delicados que na foto. Tinha uma expressão de pura simplicidade no rosto — como se nunca tivesse lhe ocorrido dizer nada mais do que exatamente o que estava pensando — e estava cheia de crianças, agarradas às suas pernas e pendendo dos braços dela. A prática Eliza baixou as bolsas ali onde estava parada, debaixo de uma macieira, e deu um passo à frente para pegar a bebê. O peso de Toby. O cheiro de Toby.

"Você deve me chamar de 'Annie' — William chama, todo mundo chama."

Mas Eliza já tinha pressentido que ela mesma queria ser, na cabeça dessa Anne Frances, única e diferente de "todo mundo". Ela a chamaria de "Frances".

"Que bom que você veio. Bom demais. Ontem soube que vamos perder nossa Ethel: ela pretende se casar com um dos garotos Willesden da fazenda Mapesbury! É um arranjo ruim, mas o que se há de fazer? Então resta apenas Eleanor e ela está muito ocupada com a cozinha. Ah, mas que bom você ter vindo!"

O estranho nas pessoas boas, Eliza havia notado, era a maneira como viam essa mesma qualidade em todo lugar e em todos os indivíduos, quando na verdade isso é algo extremamente raro.

13. Bebendo das águas nos Poços de Kilburn

Ela chegara a Elm Lodge em 23 de abril de 1830. Desde então esse dia ficou marcado em seu coração. Não havia uma linguagem envolvida. Nenhum ritual consciente. Se lhe perguntassem o que o dia 23 de abril significava para ela, teria falado a verdade e o chamado de Dia de São Jorge e negado que houvesse qualquer significado pessoal atrelado à data. Mas em algum lugar mais profundo, além do alcance da linguagem, o dia ficou marcado. Uma barafunda de sensações. As rosas trepadeiras. Frances na porta de entrada. Aquela primeira e inconfundível impressão da bondade dela. A sensação de caminhar pela exuberante Willesden Lane de manhã cedo, arrancando flores silvestres das sebes e tentando apreciá-las. A felicidade de saber que logo daria meia-volta para regressar a uma casa de panos fervidos e coelhos pendurados, lençóis secando e tornozelos rechonchudinhos de bebês, mãozinhas sujas de comida, o cheiro de bacon, bolos de frutas embrulhados em pano, o aroma pantanoso de sopa de ervilha e os acordes mais simples de Bach tocados de forma desajeitada, mas com bom humor. Toda essa atividade sagrada humana e cálida que quase esquecera que existia.

Em seu registro consciente desse período, sabia que as três semanas se passaram num sopro. Todos ficaram felizes que tivesse vindo. Ela demonstrou ser de extrema competência, tanto com as crianças quanto com a casa. Foi uma "dádiva dos céus". E, dada a súbita ausência da criada e o fato de as duas irmãs mais velhas, Fanny e Emily, continuarem acordando uma à outra — enquanto a cozinheira Eleanor, cansada de dormir no chão da cozinha, cobiçava o antigo quarto da serviçal —, considerando tudo isso, simplesmente fazia sentido que Fanny e Emily fossem separadas, que Eliza abrisse mão de seu quarto e que dividisse a cama com a sra. Ainsworth.

Na data que havia assinalado como a última possível para a partida, ela se viu caminhado para Poços de Kilburn com a sra. Ainsworth, de braços dados.

"É um tanto tolo, mas acho que os pores do sol de Kilburn são mais bonitos que em qualquer outro lugar."

"É tolo."

"Mas você admite que é um céu maravilhoso? Sim, admita. Cor-de-rosa e laranja — como uma flor!"

"Admitido, mas também admito que poderíamos ver algo bem parecido em Stamford Hill."

"Ah, Lizzy, você tem de fato a língua mais afiada..."

"Que você já ouviu por aí? Garanto que há mais afiadas."

"Nunca numa mulher."

"Você não deve ter ido a Edimburgo."

Elas falavam bobagens. Cada uma das palavras era iluminada. As crianças haviam ficado em casa com a cozinheira Eleanor. Não levavam nada além de si mesmas pela rua. Quanta leveza!

Mesmo quando alcançaram os jardins e se juntaram àquela aglomeração barulhenta em busca de prazer, mesmo assim o halo que as cercava de alguma forma persistia. Eram incomuns naquele cenário. Duas mulheres sentadas à mesa sozinhas, livres de filhos, pais ou maridos pedantes palestrando sobre a situação dos Estados Unidos ou depreciando os liberais do Reino Unido. Via de regra ela não gostava de espaços de lazer nem do tipo de pessoa que os procurava, mas naquela noite não as levou a mal por comerem camarão com a boca aberta, fumarem charutos ou por sorverem em alto e bom som o "chá saudável" preparado com água duvidosa. Embora, talvez, a expressão dela dissesse o contrário.

"Ah, querida... A cozinheira tinha razão. Ela disse: 'Eliza não vai gostar — não vai gostar de toda aquela gente e do barulho, ela não vai aprovar'. Eleanor é engraçada — ela teme que você seja inteligente demais para nós... E eu creio que isso *seja* uma tolice... Podemos ir para casa, se você preferir. Só que eu disse para a cozinheira: 'Muito tempo atrás havia uma abadia aqui mesmo, então para Lizzy isso vai ser tão bom quanto águas sagradas'."

"Toda água é água sagrada."

Era como se até mesmo os pequenos mal-entendidos tivessem sido colocados no caminho delas de forma deliberada, para melhor ilustrar a ação da graça.

14. Graça

Eliza Touchet achava que não havia nenhuma justificativa ou razão que se pudesse oferecer para explicar a cor vermelha, as árvores, a beleza, um globo ocular, uma cenoura, um cachorro ou qualquer outra coisa nessa terra. Como todos os seres humanos, mesmo assim se viu procurando razões. Mas qual era a justificativa que se poderia dar para o amor? *É porque ela é boa.* Ainda assim, persistia o fato inegável de que Frances, fosse o que fosse, também era batista. (A Competência da Alma não significava nada para a sra. Touchet. Sabia muito bem como as almas tendem a ser incompetentes, começando pela dela própria.) Por outro lado, foi essa mesma igreja batista, com todas as suas falhas, que levou Frances à causa abolicionista. E foi Frances quem, por sua vez, conseguiu transformar o que era, na sra. Touchet, uma certa desconfiança nebulosa e amorfa em relação à servidão humana em uma aversão ardente — um sentimento cuja força era igualmente inegável, embora fosse um pouco difícil distingui-lo de outros sentimentos que naquele momento ardiam dentro dela.

Não sou um Irmão e um Homem?

Anteriormente, sempre que a sra. Touchet pensara nessa frase, a achara vagamente desagradável. Nunca achara necessário — ao dar esmolas a pedintes, prostitutas e coisas piores — inventar uma relação sentimental de família entre ela e aqueles a quem distribuía caridade. Achara um pouco cômica a primeira "assembleia" de que havia participado com Frances — solene demais. Mas em poucos meses Anne Frances provocou uma revolução no coração e na mente da sra. Touchet. Juntas, ouviram os angustiantes testemunhos oculares de pastores jamaicanos, viram chicotes e algemas serem exibidos, e a sra. Touchet havia segurado um colar de ferro nas mãos. Assinou petições antigas, deu início a novas, costurou, assou alimentos, e escreveu cartas para arrecadar dinheiro para os palestrantes estadunidenses de visita. Em Exeter House, em junho, ouviu um filho roubado de Daomé, preto feito ás de espadas, falando num púlpito de um modo tão eloquente quanto a própria pele. E agora, quando Eliza lia os Salmos e imaginava o servo José, ele não era mais uma abstração. Era um filho sofredor de Daomé, com vergões infeccionados e supurados nas costas.

O que era tudo isso, senão a graça? Uma graça que continuou se manifestando, se estendendo tempo afora, como se *The Elms*, ou os olmos, e todos aqui tivessem caído por um buraco no forno do mundo. Essa vidinha de contentamento doméstico. Um lar de mulheres e meninas à vontade umas com as outras. Aprimoramento moral, obras de caridade, oração silenciosa. Graça. E as cartas de William estavam repletas de uma bendita demora: *Decidi ir para a Suíça*. Dois meses depois: *Estou voltando para a Itália*. Graça. Uma coisa permitia e possibilitava a outra, mesmo que a lógica estivesse encoberta, misteriosa demais para se penetrar. Como um dedo. Como dois dedos que penetram. Como dois dedos penetrando uma flor. Na escuridão total, sem a luz das velas. Como se os dedos e a flor não fossem coisas distintas, mas uma só, e portanto incapazes de pecar um contra o outro. Dois dedos entrando numa floração não muito diferente daquela floração selvagem na sebe — em camadas como ela, com as mesmas dobras sobrepostas —, e no entanto milagrosamente quente e úmida, pulsante, feita de carne. Como uma língua. Como o botão de uma boca. Como outro botão, ao que parece feito para uma língua, mais abaixo.

15. Nove meses

Foi só quando William voltou, pouco antes do Natal, que ela soube que os últimos nove meses tinham sido um sonho. Acordou em uma realidade diferente. O halo protetor se transformou em uma nuvem sombria. Eleanor voltou para seu cantinho no chão da cozinha. A sra. Touchet, ao próprio silêncio. Durante o dia, ela e Frances executavam uma estranha dança esquiva, conhecida somente pelas duas. Se uma entrava em um cômodo, a outra se retirava. As crianças, sempre barulhentas e metidas em todos os lugares, mantinham essa dança longe das vistas. Frances a chamava de "sra. Touchet", e ela chamava Frances de "Annie" — como todo mundo. Caso se roçassem por acidente ao passar uma pela outra — se os dedos se tocassem ao passarem uma xícara de chá ou um prato —, as tempestades de desejo ainsworthiano explodiam entre os ouvidos dela. Quanto a William, estava ainda mais animado que o normal. A cabeça transbordando das viagens, da Itália, dos castelos góticos e dos cardeais fantasmagóricos e dos relicários contendo a articulação do polegar de João Batista e muitas outras tolices que tomou pela fé dela e presumiu que a interessariam. Algo mais forte que a inveja — bile — explodiu em Eliza enquanto ele contava essas aventuras de forma jovial. As várias fronteiras que cruzou e recruzou, desacompanhado, sem empecilhos, por capricho, quando quis! Não estava interessada no sangue de San Gennaro. O que lhe interessava era a liberdade de movimento dele. A liberdade dele.

16. Uma reviravolta estranha

Que o interesse de William estava na própria Eliza era um fato que ela não percebera até a noite em que ele entrou no quarto dela e a beijou. Foi um beijo longo e estranho: uma parte considerável do que aconteceria nos anos seguintes, pode-se dizer, estava contida nele. Antes que percebesse, ele a tinha encostado na parede, a boca pressionada com força na dela — e ainda assim, quando sentiu a língua dele, ela identificou uma aquiescência estranha, mas inconfundível, impossível de explicar em palavras. E de forma espontânea, na cabeça dela, surgiu a imagem daquele garoto ridículo de quinze anos "correndo" devagar pelo pequeno espaço do palco no porão, para permitir que Gilbert o "atravessasse" com uma espada de madeira com mais facilidade. Ele não era o que parecia. Quem é? Ela agarrou a mandíbula dele. Os joelhos dele amoleceram de imediato. Agora estava mais alta que ele. Ouviu um gemido de incredulidade prazerosa. Apertou um pouco mais. Outro gemido. E desse modo o conduziu até o chão, a mão mantendo a cabeça ainda na mesma posição. Agora a boca dela cobriu a dele; estava tudo invertido. Os braços dele caíam moles ao lado do corpo, ela acidentalmente cortou o lábio dele com os dentes. Qualquer um que passasse teria pensado que era uma vampira se alimentando.

Ela tinha sido convidada a ficar para a Páscoa. Como uma jovem viúva, com poucos parentes próximos, já tinha prática em garantir convites para se reunir às festividades nos lares vibrantes de outras pessoas, sobretudo naqueles momentos do ano que parecem inventados para atormentar os solitários. Além dos Ainsworth, tinha uma sobrinha chata em Manchester e uma tia desagradável em Aberdeen. Agora ela arrumou as malas de um jeito um tanto frenético e anunciou uma mudança de planos na mesa do café da manhã.

"Mas, Eliza, amanhã é domingo de Páscoa! Não é possível que você vá viajar para Aberdeen esta noite! William, diga a ela que isso está fora de cogitação! E as crianças vão sentir sua falta!"

William ficou em silêncio. Eliza juntou o garfo e a faca e pegou o envelope vazio que fingia conter uma carta de sua tia Maude.

"Estarei de volta antes que vocês percebam. Mas acho que devo ir ver a pobre Maude, por mais cansativa que seja a viagem. Agradeço a vocês dois, como sempre, pela hospitalidade."

Eliza não iria a Aberdeen para ver a tia Maude — isso seria ridículo —, mas não podia ficar ali. Precisava estar sozinha, refletir. Na carruagem de volta a Chesterfield, tirou os *Contos de dezembro* de William da bolsa de ombro e leu a primeira história mais uma vez:

> Eliza era uma mulher, sem dúvida de talentos muito acima da média; possivelmente de paixões violentas e irregulares. Destas, porém, pouco sei. Durante o curto período de nossa união, sua conduta foi irrepreensível. Suas falhas (talvez esteja usando uma expressão indulgente demais) eram as de uma mente sólida, in-

contida pela prudência ou pela força da contenção precoce. O córrego que, se confinado aos limites adequados, teria se movido em suave calmaria, espalhando fertilidade em seu curso; se abandonado à própria violência desenfreada, avança numa torrente arrebatadora de destruição: tinha sido assim com ela, e esse sempre será o efeito de uma imaginação vigorosa demais e uma autoconfiança extraordinária que incitam quem as possui a ultrapassar os limites que a sociedade impõe a seus membros.

Como é possível que tudo o que ele já escrevera fosse um amontoado de bobagens — com exceção do que escrevera sobre ela?

17. Visitando Chesterfield

Nos anos seguintes, sempre que voltava a Manchester, William fazia um desvio secreto para ver a sra. Touchet em Chesterfield. Seu álibi para ir a Manchester — sempre parcialmente verdadeiro — eram as visitas que fazia a um velho amigo de escola, James Crossley, aquele da "melhor biblioteca da Inglaterra". Esse tal de Crossley era, na opinião de Eliza, tão responsável pela grafomania de William quanto as destilarias pelos bêbados e os viciados em doce pela continuidade da escravidão. Foi Crossley quem forneceu a William os materiais de pesquisa: os relatos de Defoe sobre a cidade velha, as transcrições originais do julgamento das bruxas de Lancaster, a configuração arquitetônica da Torre de Londres e o *The Newgate Calendar*, um registro de crimes e execuções de criminosos. Ele encontrou todas as velhas cartas e os velhos livros que reuniam vestuário e armaduras e sugeriu tópicos, incitando e insistindo, até que William os aceitasse. Muitos anos depois, a sra. Touchet considerou seriamente a possibilidade de que o primo fosse uma fraude, e que fosse James Crossley o verdadeiro autor de todas aquelas milhares e milhares de palavras.

A realidade era menos emocionante. Crossley era um homem robusto que tinha gota, uma coleção fantástica de livros e somente um amigo: William. Era o tipo de sujeito que sempre prometia ir a Londres, mas nunca ia. Também não confiava na carruagem do correio para transportar suas edições raras. Então William era obrigado a ir até Crossley. E no caminho — embora não fosse de fato caminho — ele parava em Chesterfield.

Ele transcrevia suas anotações nu na cama de manhã e à tarde se sentava em frente a ela e escrevia. Ela via por si mesma a intensidade do prazer que o ato de escrever lhe trazia. Ele mergulhava a ponta da caneta com um sorriso no rosto, gostava de ler as partes especialmente sangrentas em voz alta e cantava suas baladas *cockney* à medida que as inventava. Não raro redigia vinte páginas numa tarde. Sempre parecia plenamente satisfeito com cada linha.

18. Usando gíria em Chesterfield

À noite ele deveria pertencer à sra. Touchet, mas durante o jantar continuou a delinear seu primeiro "romance de verdade" num interminável fluxo de fala. O plano era pegar tudo o que aprendera a respeito do gótico com a sra. Radcliffe e com Sir Walter e aplicar isso a uma grande e antiga casa inglesa. (Para servir de modelo, Crossley havia sugerido Cuckfield Park, uma mansão elisabetana sombria que ficava em Sussex.) Para William, esse novo local significava uma nova estética. Basta de condes e príncipes exóticos. Basta de monges perversos ou doges italianos conspiradores. Em vez disso: cavalheiros e damas, ladrões de estrada, coveiros, aqueles sujeitos encarcerados na prisão de Newgate e todo tipo de gente simples, inglesa e do campo. O ladrão de estrada Dick Turpin faria uma aparição! E ciganos! O romance se intitularia *Rookwood* — por causa da casa fictícia em torno da qual tudo girava — e seria uma história de sina e assassinato, envolvendo uma lista perturbadoramente grande de personagens extraídos das camadas superiores e inferiores. Certa vez ficou acordado a noite inteira, escrevendo uma cena em que "Dick Turpin cavalgava de Londres a York", mas qual a relação disso com a saga familiar que ele havia descrito antes ela não conseguia entender. Não havia sentido em fazer perguntas racionais. Ele estava obcecado com o projeto, sobretudo com as "canções em *flash*"* entoadas pelos criminosos e personagens do submundo *cockney*, escritas com gírias que ele havia aprendido em algum lugar. Onde?

"Como assim, onde?"

"Bom, o jargão não é o mesmo aonde quer que você vá, não é? O *flash cockney* deve ser diferente do *flash* escocês, por exemplo. E sem dúvida as gírias de Manchester também são diferentes."

"Eliza Touchet, que curiosa pedante você é. E isso lá importa?"

"Os personagens não precisam falar de forma convincente? Para acreditarmos neles?"

"E eles falam. Mas posso garantir que não frequento *nenhum* lugar tão baixo a ponto de ouvir por acaso conversas em *flash* ou gírias de qualquer natureza!"

Ela tinha dúvidas quanto a isso. Às vezes, à noite, ela tinha dúvidas. Às vezes baixava os olhos para ele, sugando os seios dela, murmurando como uma criança satisfeita, e pensava que as predileções dele nesses assuntos eram um tanto excêntricas, e também que não podiam ter surgido do nada. O que ele tinha feito e com quem tinha se encontrado em todas aquelas cidades italianas depois do anoitecer? Nove meses é muito tempo.

"Bom, então como você *escreve* isso?"

"Ah. Há uma longa história por trás." Ele deu batidinhas com o dedo em um livro na escrivaninha: "*As memórias de James Hardy Vaux*. A gíria está em todas as páginas. Personagem terrível.

* *Flash* é um conjunto de gírias usadas sobretudo por criminosos nos séculos XVIII e XIX. (N. T.)

Chocante. Vigarista inveterado, batedor de carteiras — o homem foi trasladado três vezes! Mas depois voltou para a Inglaterra, se arrependeu e se converteu à Igreja de Roma — o que, sem dúvida, a nossa sra. Touchet ficará muito feliz em ouvir."

"Convertido com sinceridade, espero?"

"Ah, deixe a sinceridade de lado! Não faço a mínima ideia. Embora *nomen est omen* e tudo o mais..."

"James?"

"Vaux! Você mais do que ninguém devia reconhecer esse nome. Família antiga e recusante do tempo de Elizabeth... como seu abençoado e estripado Tichborne. Na verdade, houve um Vaux em Cuckfield a certa altura, se não me engano. Casou-se com uma das filhas dos Boyer."

"Me dê um exemplo."

"De quê?"

"Me dê um exemplo de uma fala nessa gíria."

"Com todo o prazer! *Nix my dolly, pals — fake away!*"

A sra. Touchet riu alto.

"Maravilhoso, não é? Uma tolice para pessoas boas e íntegras como nós, é claro, mas para o elemento criminoso é uma espécie de código. Que pode ser traduzido com precisão. Essa significa: *Não se preocupem, rapazes, continuem roubando!*"

"Encantador. E você aprendeu tudo isso em um livro."

"Exato. De forma muito solícita, Vaux fornece um dicionário de *flash* na parte de trás do livro — um verdadeiro tesouro. Você encontra uma expressão ou uma palavra, olha a tradução e depois junta tudo em uma frase. Vou lhe dizer, com isso em mãos qualquer um pode usar as gírias do buraco mais imundo de Whitechapel em um instante."

Eliza tinha certeza de que não era assim que a coisa funcionava. Segurou a língua. Ele estava empolgado feito o garoto que ela conhecera no porão tantos anos antes, e havia um encanto nisso, embora muitas vezes, na cama, ela pusesse um pano enrolado na boca dele porque percebia que ele gostava, e às vezes, no sentido prático, só para impedi-lo de recontar o enredo do romance.

PARTE DOIS

É simplesmente raro, na vida real, que as notas trágicas e dramáticas da ação e do sentimento sejam tocadas com a força e a frequência com que soaram no Caso Tichborne. De fato, esse estranho episódio pode ser considerado uma espécie de tornado moral que, varrendo repentinamente o meio social, atraiu a atenção de todos os homens. Com suas correntes irrefreáveis e opostas, todo tipo de paixão humana foi despertado: preconceito, justiça, raiva, amargura, desinteresse heroico, cupidez sórdida, ambição, devoção, covardia, coragem — a força ou fraqueza de cada homem, em resumo —, toda a gama de motivações e emoções humanas irrompendo e girando em torno de uma Figura enorme, melancólica, monstruosa e misteriosa.

Arabella Kenealy

1. De mudança outra vez, 1869

Havia muito que era hábito de William ler o jornal em voz alta para os criados. Foi esse passatempo que primeiro estimulou a improvável intimidade entre William e a nova sra. Ainsworth, e continuou a ser — até onde a sra. Touchet podia notar — a única atividade compartilhada entre eles. Sarah não tinha paciência para os romances. A poesia a fazia dar risadinhas. Mas era ótima com as notícias.

No começo, enquanto William lia, Sarah Wells se ocupava em tirar o pó ou polir. Agora que era a nova sra. Ainsworth, ela se sentava em uma poltrona perto da lareira, em frente a William, enquanto a sra. Touchet, Fanny e Emily embrulhavam, dobravam e embalavam os objetos da casa. Não era exigente com jornais: o *The Times*, o *The Sun* ou o *The Morning Post* eram todos idênticos para ela. Mas tinha preferências quanto ao assunto. Notícias do Parlamento eram chatas. Notícias dos Estados Unidos eram tão irreais quanto gigantescas. Reportagens sobre as revoltas no Caribe provocavam surtos de histeria descontrolados. ("E se meterem na cabeça selvagem deles a ideia de vir para cá? E começarem a seduzir as garotas inglesas e a *nos* cortar em pedacinhos na nossa cama, hein? E então?") A Questão Irlandesa ela não entendia, embora tivesse uma grande reserva de preconceito "antipapista" que ventilava de tempos em tempos, e assim William evitava o assunto para poupar a sra. Touchet. Em todo caso, as notícias que mais lhe interessavam não eram políticas, e sim sociais. Qualquer coisa na linha de estupradores, assassinos, assassinos de bebês, fraudadores, bígamos, prostitutas, mulherengos, sodomitas e pedófilos. Se essas pessoas pudessem ser descobertas em meio à nobreza, nos corredores do poder, no Judiciário ou na própria Igreja, tanto melhor. Mas nenhuma história prendeu tanto a atenção dela quanto a saga do Requerente Tichborne. O caso tinha de tudo: ricaços, católicos, dinheiro, sexo, roubo de identidade, uma herança, juízes do Supremo Tribunal, esnobismo, lugares exóticos, "a luta do trabalhador honesto" — em contraste com os "pobres não merecedores" — e "o poder do amor de uma mãe". E era um assunto que levava todos os Ainsworth à exasperação, o que também contava a seu favor.

2. Debatendo Tichborne

“Já lhe aviso que são apenas algumas linhas. Aqui diz: ‘*Sir Roger Doughty Tichborne, que pleiteia o baronato e as propriedades de Tichborne, estava entre os passageiros da Companhia de Correio das Índias Ocidentais na semana passada, embarcando em Southampton, sendo seu destino o Rio de Janeiro*’.”

“E o que mais?”

“Nada mais! Isso é tudo o que diz. E devo dizer que cansei do assunto. Acho que li mais palmos de colunas sobre esse lastimável Tichborne fraudador do que eu…”

“Não, não pode ser só isso — olhe de novo. Por que ele percorreu todo aquele caminho, então? Estando tão perto da vitória? Deve haver mais. Vire a página, Willie!”

“É só isso, Sarah. Não tem mais.”

“Um ato de misericórdia”, Fanny disse baixinho. Mas Emily, que não era imune à obsessão por Tichborne, parou de embrulhar os enfeites em papel de seda e veio espiar por cima do ombro do pai: “Com certeza ele está procurando testemunhas que possam se lembrar dele. Lembrem que Roger passou dois anos na América do Sul — digo, antes de o navio dele afundar".

A nova sra. Ainsworth bateu os pezinhos no chão.

"E vou mais longe: essas que fala que o *Bella* afundou com toda a tripulação no convés — essas pessoas que fala vai ficar com a cara estúpida delas lá no chão! Já que não, não afundou! O nosso Roger sobreviveu! E foi para a Austrália assim como ele disse que foi e virou um açougueiro incógnito em Wagga Wagga, assim como ele disse. Digo a vocês que acredito no Sir Roger. Acredito nele de cabo a rabo. Ah, ele vai conseguir testemunhas, sim, vai, sim. E então vai trazer todas pra cá e vai dizer pra esses Tichborne arrogante e pra todos aqueles advogados preconceituosos deles uma maldita coisinha ou duas."

"Sim, e tudo o que ele precisa fazer", observou Fanny num tom seco, "é explicar ao presidente do Supremo Tribunal por que ele agora está noventa quilos mais pesado — e é um *cockney*."

"Um sujeito pode esquecer de todos os garotos de sua classe em Stonyhurst", refletiu William, fechando o jornal e os próprios olhos, "e de todos os soldados de seu regimento. Pode até esquecer do nome do próprio tio. Mas, por tudo o que é mais sagrado, não consigo entender como um sujeito pode esquecer que falava um francês fluente..."

"Mas ninguém perguntou a você, Willie, não é? Já disse isto antes e vou dizer de novo: uma mãe conhece o próprio filho. *Uma mãe conhece o próprio filho*. Sem ofensa" — um aceno na direção das enteadas e da sra. Touchet —, "mas existem os que conhece o poder do amor de uma mãe e os que simplesmente não conhece. E isso põe um ponto final no assunto. Pode me dizer, William, pode me dizer como é que uma mãe — veja bem, *uma mãe* — pode olhar um corpo nos olhos e dizer: *Eis meu único filho vivo, Sir Roger*, e não acreditarem nela? Preconceito, é o que isso é! O mais puro preconceito. E agora ela está morta e enterrada e não tem ninguém para proteger o pobre Roger desses… desses… *abutres*."

Fanny deu uma risada. "E ninguém para pagar a ele mil libras por ano!"

"Ah, não se preocupe com isso. Vamos garantir que ele receba o que precisa. Não se preocupe. Os apoiadores não vão deixar que ele fique desamparado. Ele tem discursado por todo o país, sabe, e em todos os lugares em que ele discursa tem multidões *enormes*, cheias de pessoas que são *desprezadas* feito ele e *esquecidas* feito ele — e todas essas pessoas colocam um centavo ou o que quer que consigam no Fundo Tichborne. Sentimos pena do pobre Sir Roger, e vice-versa. Ele é por nós e nós é por ele. Eu mesma vou ver ele discursar na primeira oportunidade que tiver — e doar meia coroa para o fundo dele, se eu tiver! Não, não, não vamos deixar um dos nossos ser atirado às feras."

William golpeou o braço da cadeira: "Um dos seus!".

"Ora, William, meu amor, pois bem, a questão é que você viveu uma vida muito mansa, meu querido, então você não pode imaginar o que é para um trabalhador honesto enfrentar a nobreza e o próprio presidente do Supremo Tribunal e todos os figurões com suas sociedades secretas — que não se importam nem um pouco com as pessoas comuns. Vendo como estão todos muito ocupados respondendo aos hebreus ou ao papal — ou a quem quer que seja. Você não pode imaginar o que é para um trabalhador honesto tentar conseguir o que é dele neste país. Uma coisa eu digo: não imagino que as chances de Sir Roger no tribunal sejam boas! Posso ter subido na vida" — um olhar rápido e satisfeito em torno da sala de estar meio vazia —, "mas não esqueci de onde venho, não, não, não. Tem uma regra para os ricos neste país e outra regra bem mais forte para tipos feito nós!"

Fanny foi atiçar o fogo, como costumava fazer quando estava

em um estado de espírito maldoso. Assim poderia ficar de costas para quem quer que ela estivesse insultando.

"Mas, Sarah, decerto você vê que seu argumento é falho. Pois se esse homem é o verdadeiro Sir Roger, bom, então ele *pertence* à aristocracia e, portanto, pela sua lógica, os tribunais o tratarão com justiça..." Fanny fez uma pausa para causar efeito. "A menos, claro, que ele seja Arthur Orton, um açougueiro comum..."

William fechou os olhos com força, preparando-se para a inevitável explosão da esposa.

"MAS ELE NÃO É ARTHUR ORTON, NÃO É? ELE JÁ EXPLICOU TUDO ISSO. ESSES QUE DIZ QUE ELE É O ORTON ESTÃO MENTINDO. O QUE ACONTECEU FOI QUE ELE *CONHECEU* UM SUJEITO CHAMADO ARTHUR ORTON — QUANDO ELE ESTAVA EM WAGGA WAGGA!"

"Ah, sim, esqueci. Em Wagga Wagga, quando atendia pelo nome de Thomas Castro. Em vez de Sir Roger. Por razões ainda não explicadas."

"ELE ESTAVA VIVENDO INCÓGNITO!"

Fanny se virou de frente para selar a vitória, o atiçador na mão.

"Mas em primeiro lugar, por que fingir ser Castro? Por que não retornar de imediato, depois de sobreviver a um naufrágio, para o seio da sua *família extremamente rica*?"

"Ele teve um choque terrível na água! A mente dele ficou toda abalada!"

"Ou: ele é uma fraude. Ele é mesmo um açougueiro de Wapping chamado Arthur Orton. Que depois mudou de nome para Castro, se afastou o máximo possível da Inglaterra em um navio porque... Bem, sabe-se lá por quê. Para escapar à inadimplência, é a causa mais provável. Navalha de Ockham, Sarah. Quando há um mistério, a solução mais simples tende a ser a correta."

3. Ainda debatendo Tichborne

A nova sra. Ainsworth torceu a boca com força, ergueu o aro de bordar e começou a enfiar furiosamente a agulha no tecido.

"Fanny Ainsworth, você não tem a mínima ideia do que está falando."

"Vamos concordar em discordar", William disse, de forma pacífica, e voltou a abrir o jornal.

"Devo dizer que acho que ele se parece bastante com Sir Roger...", começou a cautelosa Emily. "Pelo menos em torno dos olhos. Embora, é claro, muito mais gordo. Só... bem, *é* muito estranho isso de Wapping..."

William estava indeciso em relação a Wapping. Ele se ergueu e jogou o jornal no fogo.

"Pra lá de estranho", persistiu Fanny. "Pois por que um nobre, recém-saído de uma embarcação que vinha de Wagga Wagga e estava *a caminho* de Paris — justamente para encontrar a mãe, uma dama que não via fazia doze anos —, por que esse homem decidiria parar secretamente em Wapping, *dentre todos os lugares*, para visitar uns coitados miseráveis *com o nome de Orton*?"

William tirou o atiçador das mãos da filha.

"Precisa ser desagradável, Fanny? Já falamos de tudo isso. Está bem claro: um sujeito chamado Thomas Castro simplesmente desejava fazer uma visita à família de seu velho amigo Arthur Orton, o açougueiro *cockney* do distrito de Wapping que ele veio a conhecer em Wagga Wagga..."

"*Obrigada*, Willie, eu... Não, digo, não *existe* nenhum Thomas Cas — SIR ROGER queria visitar os Orton. Ah, vocês estão tentando me confundir com suas artimanhas perversas, mas não podem desconsiderar o simples fato de que UMA MÃE CONHECE O PRÓPRIO FILHO."

"E quanto ao 'simples fato' de que nenhum outro membro da família Tichborne o reconheceu?"

"Fanny, eu disse basta. Vamos concordar em dis..."

"... E então, quando a pobre Lady Tichborne morreu, seu Requerente insistiu — *insistiu* — em conduzir o funeral dela! Esse foi um passo além, Sarah. Existe a insensatez gananciosa, e existe o pecado mortal. Insistir naquela mentira ridícula no mais sagrado dos rituais! Que Deus ajude a alma dele."

"Que Deus nos ajude a todos", lembrou a sra. Touchet, mas não foi ouvida.

"E não é esquisito", murmurou Emily, "eu digo: não é esquisito que as pessoas digam, ou seja, aquelas que o ouviram falar nos seus pronunciamentos públicos, bem, elas dizem que a fala dele é de baixo nível, na verdade ele usa o *flash*... e come toda letra agá... e não parece nem um pouco instruído, não mais do que o companheiro negro, o sr. Bogle, com quem ele anda por aí e..."

Sarah riu: "Ora essa, é justamente por isso que *sabemos* que é ele. Deixe eu fazer uma pergunta: se você fosse um açougueiro de origem humilde *fingindo* ser um lorde, você não iria falar exatamente como um, e se vestir de acordo e prestar atenção à pronúncia de todos os pês e quês e andar sempre em boa companhia?

Claro que iria. Mas o nosso Sir Roger não se importa com nada disso. Ele é ele mesmo. *Ele* sabe do que é capaz. E nós o conhecemos".

William deu um suspiro profundo e voltou a se sentar na cadeira.

"Ah, minha esposa... Se você supõe que um homem com a ascendência de Sir Roger, que pertence a uma família tão nobre quanto os Tichborne, a linhagem remontando ao tempo dos normandos... Se você supõe que um homem assim poderia de algum jeito ser confundido com um açougueiro comum... A família diz tudo, minha querida. A ascendência diz tudo. Eu reconheceria um cavalheiro num instante, como qualquer cavalheiro faria. A diferença é profunda."

A sra. Touchet, que em geral ficava fora das discussões envolvendo Tichborne, se sentiu compelida por esse último comentário a desequilibrar maldosamente a balança: "Mas não li que o médico da família Tichborne o reconheceu? E, acredito, um primo de segundo grau".

"Reconheceram! E me diga uma coisa, srta. Fanny, se você é tão esperta: como Sir Roger sabe de todas aquelas coisas que só Sir Roger poderia saber? Sobre Tichborne Park, os velhos apetrechos de pesca, aquela prima Katherine que ele amava com uma paixão proibida, tudo isso? Hein?"

"Imagino que o velho homem negro dos Tichborne esteja transmitindo a ele essas informações em troca de pagamento."

Essa questão do criado Bogle era, na visão de Sarah, deplorável, e ela nunca o levou muito em consideração como elemento de prova, de qualquer forma. Cruzou os braços com força sobre o peito.

"Tudo o que sei é: uma mãe conhece o próprio filho. E que mãe! Nunca desistiu. Por anos pagou todos aqueles anúncios. Dispostos no mundo inteiro. Você acha que isso é barato? E estava oferecendo uma recompensa — um valor bastante alto. Por quê? Porque amava muito ele. Nenhum preço era alto demais. Pois sabia que o menino dela não tinha morrido naquele naufrágio! Sentia nos ossos! E por fim as orações dela são atendidas. Aí vem Sir Roger, nada morto, bem vivinho, lendo um dos anúncios dela no jornal, do mesmo jeito que todos nós fizemos, mas ele está lá longe em Wagga Wagga na Austrália, se me permite. Do outro lado do mundo. Mas diz a si mesmo: isso é amor de mãe, de fato. Cometi um erro ao permanecer incógnito e devo regressar de imediato. Então lá vai ele para Paris. Mas os trajetos por via marítima não combinam com ele, por isso se sente enjoado quando chega lá e permanece no quarto. A mãe envia uma mensagem atrás da outra. Venha até mim, venha até mim! Mas como isso é possível, quando ele se sente tão mal? De modo que ela vai até ele, claro, como qualquer mãe faria. Lá está ele, deitado no escuro, com um lenço cobrindo o rosto. Ela entra e tira o lençol com um puxão — e o reconhece no mesmo instante. *As orelhas dele são iguaizinhas às do tio*. Palavras dela! Passaram meses juntos, antes de ela morrer! Meses! E isso é tudo que preciso saber, William. Ninguém pode mudar minha opinião — ela está formada. O resto é só conspiração, mentira, preconceito, é isso que é. Se a pobre Lady Tichborne disse que esse homem é filho dela, quem somos nós para discordar?"

"A pobre Lady Tichborne estava completamente descontrolada", William disse com serenidade. Com Gilbert ele aprendera até que ponto uma mente pode romper os próprios limites, e não seria persuadido a mudar de opinião sobre o assunto.

4. Hurstpierpoint, West Sussex

Por fim tudo fora encaixotado ou envolto em panos e tapetes e transportado para Little Rockley, uma casa de tijolos vermelhos em Hurstpierpoint, no sopé das colinas South Downs. A sra. Touchet foi forçada a rever sua visão do campo. Eram aqueles terreninhos confusos do condado de Middlesex de que não gostava. Cercas vivas perfeitas delimitando pequenas propriedades mal-ajambradas — a ideia da grande generosidade de Deus dividida em tantos terrenos individuais. Ela estava longe do norte de Londres agora. E livre da melancólica cidade de Tunbridge. Agora as ondulantes South Downs ondulavam sem restrição e estavam sempre à vista. Até a atividade mais banal — comprar salsichas! — cintilava gloriosa, pois lá estavam as South Downs por cima dos ombros do açougueiro. Enfim aconteceu: não sentia mais falta da antiga vida em Kensal Lodge. Os jantares, as festas. Gostava de Hurstpierpoint. A tranquila casa de chá, a padaria, a peixaria. Gostava que seu quarto fosse no sótão, distante de todos os Ainsworth, velhos e novos. Gostava da escala compacta do lugar e de não precisar de transporte, de não ter de oferecer jantares e não ter de comparecer a nenhum. O único problema era o local de culto. Em Londres, tinha ficado muito contente em atravessar o canal até a igreja Santa Maria e os Anjos, onde quase todos na congregação eram trabalhadores irlandeses, e a maioria com terra sob as unhas, pois a estação Paddington não se construiria sozinha. Mas aqui em Hurstpierpoint os anglicanos tinham domínio total. William estava muito satisfeito com a igreja gótica no fim da rua principal, projetada pelo próprio Charles Barry. Mas o que Eliza podia fazer? Investigações discretas pelo lugar revelaram um pequeno assentamento de freiras belgas, agostinianas, na metade da estrada para Cuckfield. Elas não tinham igreja, só uma moradia em ruínas. Retiro de São Jorge. Às segundas-feiras, as Irmãs de São Jorge alimentavam os pobres. Às quartas-feiras ficavam em silêncio. Às sextas-feiras faziam roupas e trabalhavam na horta. Às vezes, ouvindo essas doze mulheres peculiares cantarem com seu forte sotaque belga, a sra. Touchet se maravilhava com tantos dentes podres, nós dos dedos enormes, narizes horrendos e pelos grossos nas pernas saindo pelas meias de lã. O princípio que elas sustentavam com o maior fervor — que o amor não pode ser conquistado, suplicado ou merecido, apenas oferecido de forma generosa — parecia, para a sra. Touchet, ser testado com mais severidade no plano físico.

5. Outro pacote

O desempacotamento parecia interminável, até que por fim terminou. William se aquietou em um novo escritório, e também Eliza se viu com a mente e o espírito aquietados. Mas então, alguns dias antes do Natal, outro pacote chegou. Mesmo papel, mesma tinta no papel pardo, mesma caligrafia. Enviado pelo correio dessa vez — um carimbo postal de Londres. Mais uma vez ela conseguiu interceptá-lo antes que chegasse à escrivaninha de William.

Dentro dele havia *Um ensaio sobre a genialidade de George Cruikshank*, escrito por Thackeray. A sra. Touchet se lembrava dele como um artigo de revista cansativo, lisonjeiro em excesso com seu objeto de estudo. Agora era um livro, ao que parece, exaustivamente ilustrado com as caricaturas grosseiras e estúpidas de Cruikshank, algumas delas tiradas das páginas dos romances de William. Por um momento ficou indignada. William Thackeray! Aquele moralista de focinho de porco! Perturbando sua paz! Por qual motivo, afinal? Lembrando-se por fim, ela se persignou e olhou para o céu: Thackeray estava morto havia seis anos, e seu focinho de porco não estava nem aqui nem ali aos olhos do Senhor. Mas então quem? Quem enviaria uma coisa dessas? Por quê? Levou o livro para a cozinha e o atirou no fogo. Lembrou-se da sentença de fim de amizade ali contida, embora não duvidasse que William — era a amizade dele em jogo — houvesse esquecido daquilo havia muito. Muitos anos se passaram desde que os dois William se desentenderam, e isso nunca tinha sido resolvido. No final, o verme Thackeray passara a evitar Kensal Lodge por completo. Homem estranho. Curiosa mistura de humor amargo, inveja e covardia. Enquanto seu próprio William, apesar de ter sido mortalmente ferido pelo insulto, teria feito as pazes com o velho amigo a qualquer momento, se tivesse tido a oportunidade. O primo nunca fora um homem muito dado a ressentimentos, considerando-os de difícil manutenção. A verdade é que temia conflitos: só sabia mesmo como ser ferido. Era tarefa autoimposta de Eliza lembrar-se dos insultos. Nesse caso: *Parece-nos que as ilustrações do sr. Cruikshank de fato criaram a história, e que o sr. Ainsworth, por assim dizer, apenas acrescentou as palavras.*

6. Cuckfield Park

Passou o Natal incomodada com o mistério do remetente. William, enquanto isso, tentava terminar seu "romance jamaicano". Não era mais editor de nada, e ninguém jamais aparecia para jantar: em tese, os dias se estendiam sem impedimentos. No entanto, o estado de espírito dele era frágil e exigia estímulo constante. Em uma caminhada ao pôr do sol até a moradia das freiras, ocorreu a Eliza o quanto a amada Cuckfield Park, a casa elisabetana que fora a inspiração inicial para o romance *Rookwood*, ficava próxima do vilarejo de Hurstpierpoint. Quando chegou em casa naquela noite — congelando, com o nariz rosado, radiante com o Espírito Santo —, sugeriu uma viagem de um dia. Um rapazinho foi contratado, uma charrete alugada, e foram todos juntos. Os melhores protetores de mãos feitos de pele para Fanny e Emily, cachos e um gorro novo para Clara, Sarah usando uma roupa amarelo-canário e William espremido em seu terno favorito, os bigodes aparados. As janelas estavam cobertas pela geada de janeiro e William, aquecido pela nostalgia:

"Visitei a casa com frequência durante a redação... Acabei

conhecendo a família muito bem — os Sergison —, e eles me encorajaram bastante na minha pesquisa, e é claro que o bom e velho Crossley conhecia a casa como a palma da sua mão, regressando até os Boyer, os elisabetanos que a construíram... Ah, era uma coleção de tesouros. Vocês vão encontrar meu *Rookwood* inteirinho em Cuckfield — até mesmo a infame tília!"

As filhas Ainsworth mais velhas assentiram, meio energicamente demais, à menção dessa tília. Clara e Sarah — com a conveniente desculpa do analfabetismo — continuaram pondo a cabeça para fora da janela para apanhar flocos de neve com a língua.

William franziu a testa: "É difícil de esquecer. Um acontecimento bastante importante no romance, senão o tema principal... A maldição da tília?".

"Terrível maldição!", interveio Eliza. "Se alguma vez um galho cair, um membro da família em Rookwood deve morrer... Ah! Uma ideia realmente arrepiante! E a família verdadeira — em Cuckfield —, eles acreditaram, não foi?"

"Tinham motivos para isso!"

"Que história de amor! E tão maravilhosamente colocada em versos pelo pai de vocês."

Mais assentimentos — assentimentos demais.

"Preciso dizer a vocês, meninas, que estavam cantando minha cantiga sobre a tília nas ruas. Dava para comprar um panfleto com a canção impressa por um centavo de qualquer vendedor ambulante em Londres. Uma vez caminhei de Kensal Rise até Charing Cross e a ouvi sendo cantada por todo o caminho! E o capítulo sobre Dick Turpin — 'Cavalgada para York' —, *esse* realmente teve vida própria. Acho que não exagero" — olhar inseguro para Eliza; prontamente descartado — "quando digo que em dado momento havia pelo menos meia dúzia de grupos de teatro em Londres com o mesmo nome. Nas casas mais elegantes do bairro Mayfair, era possível ouvir o *flash* repetido à mesa. *Nix my doll, pals, fake away*", cantou William, desconcertando todas elas. "Bulwer-Lytton me escreveu e fui apresentado a Lady Blessington e ao conde d'Orsay, inclusive ao círculo todo deles... Como disse Byron: 'Fui para a cama desconhecido, acordei e me descobri famoso!'. 'O Victor Hugo inglês', até mesmo isso foi escrito, creio eu, mais de uma vez."

"Exatamente", confirmou Eliza, e sorriu. As garotas Ainsworth também relaxaram, sorriram e pararam de balançar a cabeça de modo frenético. Essa história do primeiro grande sucesso do pai era, pelo menos, uma das que conheciam de cor.

7. “Não o aconselho a seguir carreira literária”

O parque tinha passado por alterações e o caminho de acesso havia mudado. Ou talvez a lembrança de William fosse inexata. Deram duas voltas antes de encontrar a construção do porteiro, que não era o portão elisabetano coberto de hera de sua lembrança, mas uma pequena edificação com torres erguida fazia pouco tempo. Nem sequer havia uma tília. Sarah desceu da charrete para anunciar o grupo. Voltou minutos depois com o rosto vermelho.

“Essa criadinha do campo, que mal fala inglês, tem colhão para me dizer: ‘Deixe um cartão’. Nada de *senhora*. Nada de *por obséquio*. Simplesmente: ‘Deixe um cartão’. Não teria se mostrado mais azeda nem se eu fosse uma negrinha que tivesse aparecido na porta dela. Racha estúpida. Diz que não conhecem ninguém com esse nome em Cuckfield! Ora, quem não conhece o nome Ainsworth?”

Trinta e seis anos. Três gerações poderiam passar por uma casa em trinta e seis anos. E duas dúzias de livros poderiam sair de catálogo. Enquanto William fechava a porta da charrete, Eliza abriu a boca para expor essa lógica racional e então percebeu a tolice disso.

Os cavalos voltaram pelo longo caminho de cascalho. William olhava com pesar pela janela: "Não o aconselho a seguir carreira literária". O casarão ia ficando para trás. Todas as senhoras na charrete se perguntaram a quem exatamente ele se dirigia. "É uma profissão muito arriscada..." Um risinho melancólico. "Mas, claro, senhoras não pensam com tanta frequência em fazer algo tão tolo."

Enquanto refletiam sobre essa interessante verdade, as senhoras se esqueceram de orientar o condutor. Na praça pública tomaram o caminho errado, passando por Hayward's Heath. E foi nessa aldeia — para a descrença geral das pessoas atreladas a Ainsworth — que se viram rumando para um pub chamado Pickwick, com sua tabuleta suspensa exibindo uma óbvia ilustração do personagem jovial do sr. Dickens. Cada mulher na carruagem viu o letreiro antes de William e, como se compartilhassem uma só mente — embora não tivessem tido nenhuma oportunidade de confabular —, agora tentavam direcionar a atenção dele para a janela oposta, com conversas cruzadas sobre a beleza das Downs, duas gralhas em um poste, uma igreja que poderia ter algum mérito arquitetônico e — no caso de Sarah — um pônei Shetland expelindo um gigantesco monte de merda fumegante. Mas de nada adiantou, e o resto do passeio transcorreu silencioso feito túmulo.

8. Jamaica, na ficção

"Pelas chagas do Senhor!", ele proferiu mentalmente. "Suspeito que a vadiazinha pretenda recusá-lo."

Havia muito Eliza compreendera que o primo estava fora do alcance da intervenção editorial.

"Suas noções são estritamente ortodoxas, Coronel, e contam com minha aprovação irrestrita", replicou Sua Senhoria. "Me pergunto se você não as põe em prática."

A essa altura ela lia o que William escrevia apenas em tese, pulando páginas, capítulos inteiros.

"Amém!", proferiu Oswald, com fervor.

O objetivo era entender os fundamentos da trama para não ser pega de surpresa em um interrogatório.

O relâmpago deu um matiz lívido como o da morte às suas feições pálidas. A força vital fluía depressa de uma ferida profunda em seu flanco, e ele lutava em vão para estancar o fluxo carmesim.

9. Hilary St. Ives, 1869

Por mais depressa que ela tentasse chegar ao final dele, esse novo romance, *Hilary St. Ives*, provou ser desanimador. A velhice só consolidara e intensificara as deficiências dele. As pessoas proferiam, retorquiam, bradavam em cada página. Os muitos fios da trama desconcertante eram desemaranhados ou pelo "Destino", ou pelo cumprimento da maldição de uma cigana, ou por uma tempestade. O jovem Hilary levou mais de trezentas páginas para descobrir que a criada que parecia se preocupar de forma um tanto anormal com o futuro dele era sua mãe, e que o sujeito que se parecia tanto com ele que poderia ser seu pai de fato era seu pai. E por longos trechos era difícil distinguir o romance das descrições de um corretor imobiliário.

> Nenhuma mudança substancial fora feita na mansão desde que esta fora erigida, e mesmo os velhos móveis, cadeiras, camas, espelhos antigos e tapeçarias foram cuidadosamente preservados, de modo que não era apenas um espécime imponente da arquitetura Tudor, mas dava uma ideia precisa da decoração interna de um casarão do

período. A sala a que acabamos de nos referir, e que passara invicta pelas reformas modernas, com sua galeria para menestréis, a longa mesa de carvalho maciça, a grande lareira e os suportes de lenha feitos de latão, evocava os tempos da hospitalidade baronial. Um magnífico salão de banquetes com um grande painel de carvalho entalhado, galeria com teto decorado repleta de velhos retratos de família — damas e cavaleiros. Graças aos retratos, às lareiras esculpidas, aos aposentos com tapeçarias e móveis antiquados, você encontrará muita coisa do seu agrado em Boxgrove, posso lhe garantir.

Passagens repetidas. Ela leu sobre os "lambris ricamente entalhados" de Boxgrove pelo menos seis vezes. Os aristocratas eram inundados de elogios obsequiosos — do autor —, enquanto jardineiros e criadas eram tratados como se fossem inanimados. Tudo acabava com um casamento duplo "em meio ao alegre repicar dos sinos". Como se o casamento — apesar de toda a dolorosa experiência contrária de William — ainda fosse a maior felicidade que ele pudesse conceber.

A coisa mais estranha em tudo isso era que ele o chamasse de seu "romance jamaicano". Se ela esperara ansiosamente por ele, era por essa razão, porque a Jamaica interessava particularmente à sra. Touchet. Mas foi só nas páginas finais que essa ilha apareceu, enterrada sob o peso de uma trama emaranhada feito um carretel no fundo de uma caixa de costura. Pois a Jamaica acabou por se revelar o local de nascimento secreto da mãe secreta de Hilary:

Mais uma vez ela ouviu os gritos e os incessantes prr dos papagaios misturados com os gritos e as tagarelices dos negros. Mais uma vez os olhos dela percorreram planícies cravejadas de habitações de um branco deslumbrante, longas savanas margeadas por bosques de cacaueiros e emaranhados de cactos, plantações de cana-de-açúcar e pés de café. Mais uma vez contemplou aquelas enseadas de beleza inigualável por onde havia velejado tantas vezes e aquelas montanhas azuis que sempre desejara escalar. A cena inteira estava diante dela, com a atmosfera vibrante, o sol tórrido, as belezas tropicais e os encantos. Parecia ter voltado a ser jovem — ter se tornado uma criança inocente outra vez. Seu coração tristonho batia com emoções aprazíveis, e ela evocava o leve riso de sua ama Bonita. Sim, a querida e dedicada Bonita estava viva outra vez, sorrindo para ela como antigamente e lhe trazendo guloseimas e frutas.

Esse retrato de cartão-postal ela reconheceu na mesma hora. *Um passeio pitoresco pela ilha da Jamaica*, de James Hakewill. Crossley lhes enviara uma bela primeira edição, anos antes, e ela se sentara com Frances na velha sala de visitas da casa dos olmos, folheando as páginas das aquarelas que reproduziam as fazendas, ficando maravilhada com a forma como um ossuário podia ser retratado como um verdadeiro paraíso. Nas reuniões abolicionistas delas, esse mesmo livro fora exibido algumas vezes como um exemplo de propaganda bem-sucedida, e muito escárnio foi vertido nas imagens de pequenas mulheres de pele escura, todas vestidas de branco e com lenços brancos na cabeça, movendo-se satisfeitas por cenas idílicas e pastorais. Somente a abençoada Frances — com sua alma otimista e misericordiosa — tinha pensado em argumentar que essas mulheres também poderiam ser vistas como uma visão do que poderia vir a acontecer caso fossem bem-sucedidas em sua campanha. Pensando nisso, Eliza sentiu uma pontada da velha agonia. Então reconsiderou: graças a Deus essa alma não viveu o suficiente para ver o paraíso perdido — o paraíso nunca alcançado! Pois, apesar de todos os esforços da Sociedade das Senhoras para a Libertação dos Negros Escravizados — apesar da própria abolição —, a passagem de trinta anos não parecia ter tornado realidade as encantadoras aquarelas de Hakewill. As notícias recentes dessa ilha inculta eram desanimadoras, para dizer o mínimo. Agitação civil, um levante sangrento, estado de emergência e o governador Eyre caído em desgraça: acusado de brutalidade em massa, de execuções sumárias. Nada disso chegou a passar de raspão pelas páginas do romance de William. Ali as fantasias de 1820 persistiam, como um cenário dissonante. Mas tudo era dissonante. Tudo já fora usado antes ou fora surrupiado da vida. As pinturas na parede de Boxgrove eram de Maclise. A comida nas mesas fora preparada pela própria sra. Touchet. E na "sra. Radcliffe" — com as suas "opulentas tranças negras", opiniões decididas, estatura de amazona e habilidade com o chicote — ela reconheceu um vigoroso tributo à sua versão mais jovem. Até mesmo Bonita, a ama parda, era uma cópia tosca, com um nome meio lembrado e meio emprestado daquele belo dia em Brighton, uma década antes, quando o clã Ainsworth ficou de braços dados diante da soleira da própria porta para assistir à procissão de casamento da pupila da rainha, "Bonetta", a princesa do Daomé...

Desse tecido desgastado e dessa verdade sequestrada são feitos os romances. Cada vez mais a prática toda lhe deixava exausta, a ponto até de causar repulsa. Agora suspirou, endireitou a pilha de papéis soltos, voltou a amarrar a fita em torno deles e desceu as escadas, parando a cada três degraus para poupar os joelhos. Podia ouvir os gemidos dele na escrivaninha. Quando chegou ao corredor, ele surgiu. Tinha no rosto aquele novo olhar ansioso que tanto a perturbava. Mas ele tinha motivos para estar ansioso. Não podia mais contar com a publicação nas revistas respeitáveis, e de fato já fazia um bom tempo que o pessoal da editora Chapman & Hall não pedia para examinar um manuscrito seu. Ela sentia falta do alegre e bem-sucedido William. Durante muitos anos, os únicos sons que ouvira sendo emitidos no escritório dele eram os suspiros de um homem satisfeito. Alguma vez já sentira pena dele por isso? Por que valorizar tanto o autoconhecimento? *Victoria ve-*

ritatis est caritas. Mas a vitória da verdade *era* amor mesmo? Às vezes a sra. Touchet suspeitava que Agostinho de Hipona carregava nas tintas. Afinal, existem verdades fáceis e egoístas. E mentiras difíceis e generosas.

"E então? Pelo amor de Deus, Eliza, não faça suspense..."

"Um triunfo!", proclamou a sra. Touchet.

10. A festa de São Lourenço

No primeiro sábado de julho, a festa de São Lourenço chegou a Hurstpierpoint, como acontecia todo mês de julho desde a Idade das Trevas. Pela rua de paralelepípedos surgiram muitas curiosidades. Pôneis enfeitados com guirlandas. Uma banda de gaita de fole escocesa. Três homens em monociclos. Os coristas do Trinity agitando faixas de seda e cantando a canção folclórica "Greensleeves". Alguns estudantes se ergueram como cavaleiros da heráldica.

A sra. Touchet — inclinando-se até a cintura na janela do sótão — ficou feliz de ver as Irmãs de São Jorge na retaguarda, naquele jeito modesto e deselegante só delas, avançando em formação silenciosa. Desceu para pegar o chapéu e encurralar os hesitantes Ainsworth. Hesitação, na opinião dela, era uma característica fundamental do clã. Lencinhos, porta-moedas, xales, guarda-chuvas em caso de chuva, leques em caso de calor, relógios de bolso e chapéus foram localizados e colocados nas mãos dos respectivos donos. Os moradores de Little Rockley se juntaram à multidão que se dirigia para a área verde da vila. Ali tudo era transformação.

Os moradores usavam suas melhores roupas de domingo. Inclusive a própria grama havia projetado vários tufos flexíveis de trevo e um alegre arquipélago amarelo de dentes-de-leão. No centro, duas equipes de rapazes participavam de uma disputa de cabo de guerra pelo prêmio de um barril de cerveja. Você podia tentar adivinhar o peso do sacristão ou a altura da torre da igreja. Pela primeira vez na vida a sra. Touchet viu um carrossel movido a vapor, sem um cigano ou um animal de carga para girá-lo.

11. “Estas são as nossas riquezas”

A fila de pessoas ansiosas para andar no carrossel era longa, mas enfim Clara teve sua vez naquele milagre da engenharia. O pobre Gilbert — que havia sido trazido da cidade de Reigate na noite anterior — teve permissão para ficar ao lado do pônei pintado onde a sobrinha estava acomodada e segurar a estaca listrada cravada no dorso dele. Seu cérebro lesionado, sem espaço para letras, músicas ou conversas, ainda aceitava a maquinaria com alegria, e ele olhou com sincero deleite para o pistão que começava a se mover com suavidade para cima e para baixo. Deram voltas e mais voltas. A nova sra. Ainsworth, logo entediada, se deslocou até uma tenda para brincar de derrubar cocos. Os demais Ainsworth ficaram à margem, com suas frutinhas açucaradas. Era difícil dizer quem era o mais arrebatado, se Clara ou William. Cada vez que a criança completava o círculo e voltava a aparecer, rindo e acenando, o pai se superava, acenando de volta e fazendo uu-huuuu — e parecia o típico imbecil fazendo isso. Eliza lançou um olhar para as filhas adultas de William. Percebeu o quanto se esforçavam para manter seus sorrisos fixos. O deleite especial de

William por sua filha mais nova era dolorosamente indisfarçável. Ele havia escolhido, o que era inédito, um escritório em frente ao quarto da criança no corredor, e mantinha as duas portas entreabertas o dia inteiro, aceitando qualquer interrupção com o mais ínfimo dos pretextos. Sempre que pegava Clara no colo — ou empurrava os papéis para o lado para que ela pudesse se sentar na escrivaninha —, era repreendido por Fanny e Emily, que o acusavam de "indulgência". Na infância delas, o trabalho vinha em primeiro lugar. Achavam-se sortudas se o pai saísse do escritório às seis para passar uma meia hora mágica com elas. Ao anoitecer tinha início o fluxo constante de cavalheiros literatos, e as meninas eram mandadas para a cama no andar de cima. Aos sete anos, cada menina foi, por sua vez, enviada a um lugar mais distante ainda, Manchester, ao estabelecimento para moças da sra. Harding. Só quando ficaram mais velhas e mais bonitas — e de grande interesse para os amigos de William — foi que o pai de fato prestou atenção nelas.

Todos os pais deveriam ser velhos, refletiu Eliza, sendo os homens mais jovens eles próprios pouco mais que crianças. Ainda assim, nunca poderia ter feito o que Sarah fez. Eliza sentia aversão por homens velhos. Essa era uma das razões — entre muitas — por que não voltou a se casar. Os velhos remetiam à morte. Tinham cheiro de morte, traziam a morte em seu pescoço macilento e nas mãos ásperas, e o terror da sra. Touchet por esse estado inevitável era o segredo que guardava com o maior ardor e o mais vergonhoso. Não. Só os jovens, agarrados à corda, suados, o cabelo lambido na testa, determinados a ganhar um barril de cerveja ou morrer tentando, prendiam a atenção dela.

"Insisto naquela estrutura de madeira! Afirmo que isso precisa ser feito!"

Fanny e Emily — que não fazia muito tempo presidiam salões literários sofisticados em Londres — não achavam que aquela brincadeira de enfiar a cabeça e as mãos em uma estrutura de madeira com orifícios fosse algo que precisasse ser feito, pelo menos não por elas. Mas não havia como deter William. Ele se ajoelhou entre os dentes-de-leão, enfiou a cabeça e as mãos nos buracos e pagou com alegria um tostão para que Clara e várias crianças desconhecidas e desordeiras parassem atrás de uma linha de giz branco e atirassem tomates nele. Mortificadas, as irmãs se juntaram a Sarah na brincadeira de derrubar cocos na barraca. A sra. Touchet ficou onde estava, observando o primo corpulento e barbudo, toda a beleza juvenil tendo se esvaído, agachado em uma posição nada estranha a ela, embora agora se revelasse totalmente patético. Um chicotinho passa pela cabeça dela. Um braço erguido. Tenros vergões de pele avermelhada. Ela se perguntou se ele sofria dessas mesmas lembranças e, em caso afirmativo, o que fazia com elas. Onde as colocava. Tinha a misericórdia inesgotável de Cristo para o alívio *dela*. E o que ele tinha?

"A carta régia original foi outorgada, creio, por Eduardo II... e a Festa de São Lourenço acontece há mais tempo do que qualquer pessoa é capaz de se lembrar..." William estava dando uma palestra, o que mais gostava de fazer. Porém, ao contrário de tantos outros homens que Eliza conhecera, esse hábito de William não surgira de uma necessidade de dominar, mas de um sincero transbordamento de entusiasmo. Enquanto falava, limpava o sumo de tomate do rosto com uma das mãos e com a outra segurava a mãozinha de Clara. Para a surpresa de Eliza, a criança, em seguida, procurou a mão de Eliza e a agarrou, como se fosse realmente filha *deles*, nascida espontaneamente da lembrança. Foi nesse arranjo agradável que se puseram a caminho para se juntar aos outros na barraca de derrubar cocos.

"Bem, quem pode me contar a trágica história de São Lourenço?"

O rosto de Clara desabou: de fato era trágico passar de tomates esborrachados direto para a escola dominical.

"Ele foi... hum... ele foi... *assado*?"

"Ah, muito bem! Muito bem, muito literal. Mas *foi*, de fato? Sra. Touchet, você com certeza está familiarizada com os santos — poderia definir 'assado'?"

"Parece que você mesmo quer contar a história, William, então devia contar."

"Não, não, não — concedo à igreja mais antiga."

Eliza sorriu de forma afável para a criança.

"Bem, vamos ver... *assado* leva a crer que ele foi comido com duas batatas e algumas ervilhas. Digamos que foi martirizado — queimado vivo. Era uma época de mártires. Houve muitas tentativas de despedaçar a rocha da igreja. E são Lourenço era responsável pelos tesouros da igreja..."

"Como um bedel!"

"Bem, não exatamente como um bedel. Podemos dizer que era o guardião da riqueza da igreja. Nesse período, as autoridades romanas estavam executando bispos — de fato, martirizaram o próprio papa! E deram a Lourenço um prazo de três dias para reunir toda a riqueza da igreja e entregar às autoridades. Mas ele não fez isso. Você lembra o que ele fez?"

"Ele foi *queimado*!"

"Sim, mas antes disso... Ah, William, sinceramente sou uma péssima preceptora..."

"Pelo contrário, está se saindo muito bem."

"Bem, em vez de dar aos romanos, ele deu aos pobres."

Clara fez um muxoxo: "Os pobres! Os pobres são preguiçosos!".

A mãe falou através da filha. Ela até jogou os bracinhos para cima do mesmo jeito exasperado da mãe. A sra. Touchet continuou:

"E quando os três dias se passaram, ele levou os pobres, os aleijados e os doentes, os execrados e os marginalizados, e... bem, ele os levou até os romanos e disse: 'Estas são as nossas riquezas. Estas pessoas, aqui'." A sra. Touchet sentiu lágrimas brotando, de forma um tanto absurda, dos próprios olhos. "E por essa impertinência ele foi punido. Eles o puseram em uma grelha — como a que temos na cozinha — e o queimaram vivo."

Clara fez uma careta. "Eu não gostaria de ser queimada."

"Não. Nem eu gostaria. Ninguém gostaria. E ainda assim, em vez de gritar, como você ou eu teríamos feito, são Lourenço se recusou a dar esse gostinho àqueles terríveis romanos. Ele disse... Você sabe o que ele disse?"

William não conseguia mais se conter: "'*Estou bem passado deste lado, me vire do outro!*' Mas ele disse isso de fato? Enxergo uma objeção óbvia. Se todos os bispos e o próprio papa Sisto foram decapitados — como os registros nos dizem —, então por que Lourenço seria escolhido para tortura? *Passus est* — 'ele sofreu' — sem dúvida é o texto correto. Só podemos concluir que um escriba meio tapado o copiou de forma incorreta, omitindo ou esquecendo a letra *p*, e qualquer menino com o latim em dia vai entender que isso nos dá *assus est* — 'ele foi assado'".

Eliza, que não estava com o latim em dia — ninguém jamais pensara em lhe ensinar —, retirou sua mão da mão de Clara e a pôs de volta no próprio bolso.

"Mesmo assim é uma bela história", disse.

"Sobre tais erros humanos as igrejas são construídas! Não podemos contar isso em Hurstpierpoint!"

Clara fitou o pai com devoção, com os olhos azuis de boneca da mãe.

"Não vou contar, papai." E então, para tornar a promessa ainda mais solene: "Amém".

Haviam chegado à barraca de derrubar cocos e ao término das amarras de Eliza. A visão do pobre Gilbert e daquela mulher estúpida atirando bolas de madeira em cocos e errando os arremessos um por um de repente pareceu uma alegoria amarga da falta de sentido de toda a existência. Da existência dela. Do mundo estreito em que vivia. Da companhia banal que tinha. Da outra vida que poderia ter vivido se cada coisinha tivesse sido diferente. O pano de fundo da barraca era uma cena tropical pintada de forma tosca: praias, montanhas, savanas, um sol resplandecente. Cinco cabeças cômicas de pessoas negras com grandes lábios vermelhos e olhos salientes surgiam por trás das palmeiras, rindo dela e de todas as suas esperanças.

12. Jamaica, na realidade

Nos dias gregários de Kensal Lodge — em meio a todas aquelas conversas e bebedeiras —, muitas vezes parecia à sra. Touchet que mal havia tempo para terminar o jantar antes de a meia-noite chegar e de seus deveres recomeçarem. Poetas bêbados tinham que ser reunidos com seus sobretudos e empurrados para dentro das charretes que aguardavam. Escritores imprudentes determinados a cavalgar pelos campos eram ajudados a montar nos cavalos, e cartunistas bêbados demais para ficar de pé eram levados a um quarto de hóspedes. Aqui em Hurstpierpoint ela sempre estava na cama às dez. Mas as noites eram intermináveis. Às vezes encontrava uma desculpa para escapulir escada acima — uma carta para escrever, uma dor de cabeça. Com maior frequência, enquanto retirava a travessa de sobremesa, William colocava a mão em seu pulso e olhava para ela com aquele velho jeito suplicante. Seu próprio senso de compaixão, então, levava a melhor. Como poderia — como qualquer uma delas poderia — deixá-lo sozinho com aquela mulher?

"Lendo, lendo, sempre lendo! Vai acabar com as vistas. O que está lendo agora, Eliza?"

"Ah, bem, nada, na verdade... só um romance escrito por..."

"O novo do Willie?"

"Não, mas já..."

"Evidentemente esperamos ganhar algum dinheiro com esse último. Temos esperança de um bom retorno, se possível, apesar de tantas decepções recentes, já que nunca estive no Continente e gostaria de conhecê-lo. Meu velho pai costumava dizer que existe uma palavra especial que você pode dizer que faz uma puta francesa ser tão rápida quanto você quiser..."

"Mais bolo de frutas?", tentou Fanny, que acreditava que os efeitos do xerez podiam ser amenizados com a ingestão de um bolo pesado.

"Com prazer, aceito. Se eu não conhecesse você, suspeitaria que está tentando me engordar! Ainda que eu tenha feito um trabalho muito bom nos últimos tempos em relação a esse assunto, isso tem que ser dito, HA HA HA HA."

"Você tem uma aparência invejável", disse Emily com sinceridade.

"E sofri muita inveja por causa disso, acredite em mim. Mas não podemos evitar os atributos com os quais nascemos, para o bem ou para o mal. Embora eu tivesse uma prima que era achatada feito uma tábua assim como vocês, e ela se propôs a comer pés de ovelhas todos os dias, e a mudança foi uma coisa visível. E se dá para conseguir isso com uns centavinhos de pés, imagine só o que um belo naco de carne não faria! Ajudaria vocês duas, se fosse o caso, e vivo sempre encorajando a sra. Touchet a não limitar os gastos domésticos exatamente por esse motivo. Na minha experiência, um cavalheiro gosta de um pouco de carne nos ossos, e é coisa de se notar, sempre digo, que aquelas que nunca se casam tendem a ser magras e ossudas."

O relógio bateu oito horas. William sacudiu o jornal.

"Bom. Pelo menos aquele assunto sórdido do governador Eyre finalmente chegou ao fim."

Na dúvida, as notícias. Mas havia escolhido ao acaso na primeira página, sem primeiro levar em conta a sra. Touchet, e esse era o tópico errado se ele esperava ter uma noite tranquila.

"Chegou ao fim em que sentido?", disse Eliza com uma ênfase sinistra, fechando o livro sem marcar a página com a fita.

"Bem... Quero dizer que foi enfim absolvido de qualquer delito no caso do reverendo Gordon e... ah, aqui mencionam que Disraeli espera que o Parlamento pague seus honorários advocatícios."

"Quantos assassinos podem contar com esse tratamento de primeira classe!"

"Ah, vamos lá, sra. Touchet", criticou Fanny. "A lei marcial dificilmente pode ser chamada de assassinato."

As sobrancelhas escuras de Eliza se ergueram ao mesmo tempo. Ela assumiu aquele aspecto eriçado, escocês, meio defensivo, para o qual os Ainsworth, pelas costas, havia muito tinham dado um apelido: "a Megera".

"Mas esse é justamente o ponto, Fanny", disse a Megera agora, levantando-se da poltrona ao lado da janela e se pondo de pé com toda a sua formidável estatura. "Foi precisamente isso que todos esses inquéritos tentaram estabelecer. E uma coisa que ficou bastante clara nos últimos três anos é que o reverendo Gordon estava a cerca de *cinquenta quilômetros* da área compreendida pela lei marcial. E o governador Eyre, sabendo disso muito bem, ordenou que o pobre homem fosse preso, colocado em um barco e deliberadamente *transportado* para Morant Bay, onde a lei marcial poderia ser aplicada."

"Sem dúvida é fácil para nós, acomodadas nas nossas poltronas…", começou Fanny, mas a Megera não seria desviada de seu curso.

"Mesmo pelos baixos padrões da lei marcial, o caso Gordon é uma mancha na reputação da Justiça britânica! Julgado em pouquíssimas horas, sem direito a advogado e enforcado nas vigas de um tribunal jamaicano? Se isso não é assassinato, não sei o que é."

13. Jamaica em debate

Um olhar significativo — *não cutuque a Megera* — passou rápido pela sala sem conseguir atrair a atenção de William. Ele estava preparando o cachimbo e parecia se dirigir ao próprio tabaco enquanto o comprimia contra o fundo.

"Prima… na verdade, você exagera. Li bastante sobre isso e parece evidente que esse reverendo Gordon era um agitador — um pardo. Ele incitou as pessoas, o que hoje sabemos que esses batistas têm o hábito de fazer… E Gordon conspirou com o… bem, com esse outro pregador leigo negro e com todos os outros conspiradores. Dezoito homens brancos morreram na agitação inicial. Isso deveria ter ficado sem resposta? Achei que foi muito bem colocado pelo qual-é-o-nome dele na revista *Punch*: '*Na verdade nós não podemos assassinar um homem por salvar uma colônia*'. Espirituoso, mas com uma boa dose de razão."

William suspirou — como se diante de um fardo enorme que assumira zelosamente — e tentou indicar o fim pacífico dessa discussão levando o cachimbo aos lábios e acendendo-o.

"William, não há lei, marcial ou qualquer outra, que possa

servir de pretexto ou justificativa para uma carnificina sangrenta. Se isso for salvar uma colônia, tenho medo de pensar em qual seria a ideia de destruição do governador. Trezentos e cinquenta jamaicanos enforcados em praça pública! Vilarejos incendiados, famílias assassinadas, mulheres desonradas, encontradas na cama com a garganta…”

“Ninguém está questionando a relativamente desproporcional…”

“… reação a um injusto…”

“… a um levante violento…”

“… um levante que se tornou violento, como julgo que corria o risco de acontecer, ao serem confrontados pelas milícias locais, como de fato aconteceu. Mas o fato não muda: o povo se reuniu para reclamar de uma expulsão injusta. Na Escócia, espero que nos lembremos do que significa ter a terra tirada de nós e do que significa não ter permissão para trabalhar nela! Do que significa ser abandonado para morrer de fome em meio à abundância. Ou podemos perguntar aos irlandeses. Ou aos pobres em Lancaster, Liverpool ou Londres, aliás. Reagimos a uma reunião cartista, a um movimento da classe trabalhadora, com um massacre? Essas pessoas realmente não têm o direito de cultivar terras agrícolas delimitadas e abandonadas? Nas quais eram escravizadas há tão pouco tempo? *Essa* foi a causa pela qual o sr. Gordon e o sr. Bogle foram…”

“Bogle!”, gritou Sarah, com a boca cheia de bolo. “Não me diga que aquele patife do Bogle teve participação nisso. Ele vai desencaminhar Sir Roger, eu disse que ia, e agora vejam só, está se comportando feito um maníaco. O coração mole demais de Sir Roger é o problema… Já falei isto antes: não dá para confiar nessa gente, os africanos não são mais confiáveis que os indianos. Todos vão cortar sua garganta assim que puserem os olhos em você.”

“Minha esposa, estamos falando de um Bogle totalmente diferente. O seu, creio eu, é o sr. *Andrew* Bogle. Falamos de Paul. Um Bogle insurgente. Que foi executado, junto com os demais conspiradores. Na Jamaica."

"Você precisa entender, William", insistiu a Megera, "grandes lotes de terra estão desocupados!" Todos os Ainsworth olhavam agora para o tapete, como se aquela fosse a Exeter House e eles a audiência, com a Megera lançando olhares furiosos para eles por sobre um púlpito abolicionista. "Enquanto isso, esses proprietários ausentes a meio mundo de distância estão sentados com suas botas em cima da mesa das tavernas da Bond Street!"

William pousou o cachimbo em desespero por nem mesmo ter tido uma oportunidade de fumá-lo.

"Mas a quem pertence a terra? E o que as tavernas de Bond Street têm a ver com... Não, não, sinto muito, Eliza, não sei bem aonde você que chegar..."

"Ah, então é uma propriedade que ele quer! Aquele Bogle quer todas as terras dos Tichborne para si mesmo. Ele não é amigo de Sir Roger, guarde minhas palavras."

Ouviu-se um choro aflito no andar de cima. Todos os presentes se declararam mais do que dispostos a ir até a criança, mas — apesar do excesso de xerez — o orgulho maternal da sra. Ainsworth manteve-se firme. Ela se pôs de pé, vacilante, e limpou a grande quantidade de migalhas de bolo que se acumulara em seu decote.

"Vou até lá, naturalmente. Não há substituto para o amor de uma mãe."

14. Concordando em discordar

Com a sra. Ainsworth a uma distância segura na escada, William mudou de posição na cadeira para ficar de frente para a Megera. Mas assim que os olhos penetrantes dela se fixaram nele, os dele começaram a disparar por entre o chão, a parede, o relógio, as filhas.

"Agora veja... o que quero dizer... O problema, Eliza, é que a liberdade foi concedida. Como de fato *tinha* que ser concedida — sempre fui um defensor dessa ideia como princípio. Mesmo *à revelia* do alto custo para os pobres de Lancashire — como ambos testemunhamos na nossa última viagem, se você se recorda —, para não mencionar os pobres de Liverpool e os pobres de Londres e, aliás, todas as pobres almas que tecem algodão e embalam açúcar e café, cujo bem-estar, devo dizer, parece preocupá-la bem menos... Mas meu ponto é: a liberdade foi concedida. Mesmo assim, o que se seguiu foi o caos. O que nos faz pensar..."

A sra. Touchet voltou a se sentar, exausta. Com o passar dos anos, havia concluído que de nada adiantava se enfurecer com a pura ignorância, assim como não achava que podia culpar um bebê não batizado por não conhecer Cristo. *Se ele soubesse o que eu sei se sentiria da mesma forma* era uma fórmula que repetia para si mesma com frequência, a fim de manter a sanidade.

"E eu realmente não conseguia suportar todos aqueles abaixo-assinados horrorosos. Nunca sabendo quem concordaria ou não em vir jantar com quem. O grupo de Carlyle defendendo o governador e, do outro lado, esse seu suposto "Comitê da Jamaica". Isso não faria o menor sentido para mim. Seis de um e meia dúzia de outro. Assine uma petição e perca metade dos amigos; assine a outra — perca o restante. Vou lhe dizer: onde quer que esteja a verdade nessa questão, não é bom nem civilizado dividir a sociável Londres em duas facções por causa de um distúrbio a milhares de quilômetros daqui."

"É isso, é isso!", piou a simplória Emily, que compartilhava com o pai uma preferência indiscutível pelas coisas agradáveis em vez das sórdidas. "Além disso, o nosso velho amigo Charles está do lado do governador, *com* Carlyle — e a despeito do que você pensa de Carlyle, Eliza." Ela falou depressa, pois todos na sala já tinham ouvido, ao longo de vários anos, exata e pormenorizadamente o que Eliza pensava de Thomas Carlyle. "Você deve admitir que o nosso velho amigo Charles — pelo menos como o conhecíamos nos tempos de Kensal Lodge — sempre foi amigo dos fracos e dos pobres. Era bem conhecido por isso."

"Pode-se até dizer que ele ficou rico evidenciando essa conexão."

Isso não foi nada agradável e deixou Emily profundamente chocada.

"Ah, mas, Eliza, *isso* é injusto! Ninguém poderia ser mais gentil. Fanny, você lembra daquela ocasião encantadora em que ele foi nos visitar na escola! E levou bolos e livros e foi sempre tão gentil e agradável. Que surpresa que foi! Um homem tão importante como o sr. Dickens dedicar tempo para fazer uma coisa tão generosa por três menininhas órfãs de mãe, longe de casa."

Eliza estreitou os olhos para as South Downs: "Você se surpreende com muita facilidade, Emily. Eu o acompanhei naquela viagem, se você se recorda, e o fato é que ele veio a Manchester em primeiro lugar em busca de personagens; foi onde conseguiu seus absurdos gêmeos Cheeryble".

"Ah, bem, isso é verdade, meninas", William disse, pensativo. "Ele desejava conhecer os tipos parlamentaristas do Norte, e eu disse a ele: 'Se são personagens que você quer, Charles, procure os irmãos Grant'. Eu sabia que ele faria uso deles."

Eliza riu alto, mas sem humor.

"Isso com certeza ele fez. Uma ocupação agradável, pegar dois seres humanos e transformá-los em ilustrações que mal valem o vidrinho de tinta de Cruikshank!"

A intensidade disso lançou a fumaça do tabaco para o lado errado da garganta de William, provocando um breve acesso de tosse.

"A nossa sra. Touchet passou do abolicionismo à crítica literária..."

Mas enquanto falava ele se permitiu um sorriso tímido, como fazia naquelas raras mas satisfatórias ocasiões em que o "velho amigo" deles surgia para ser criticado nas páginas dos livros.

"Bem, ainda digo que você é injusta", reclamou Emily. "Pode-se dizer que ninguém se importa mais com as pessoas do que Charles."

"Pessoas fictícias. Aquelas que ele pode controlar. Não fiquei nem um pouco surpresa de ver o nome dele naquela petição. Mesmo quando jovem ele temia o caos. E a vida real sempre vai se inclinar para o caos."

William zombou, mas com inquietação, sem jamais saber o que fazer com os ocasionais voos filosóficos da sra. Touchet.

"Algum homem sadio gosta do caos?"

"'*É melhor para um homem errar em liberdade do que acertar acorrentado.*' Sr. Huxley."

"Certo! Devo dizer que esse negócio do governador Eyre proporciona estranhas alianças! A sra. Touchet encontra uma causa comum com um notório agnóstico e coloca o nosso velho amigo Charles supostamente do lado de um assassino..."

"Ah, o que importa o que esse homem pensa sobre qualquer coisa? Ele é um romancista!"

Sem querer, ela tinha falado no mesmo tom com que se diria *Ele é uma criança*.

"Sabe...", disse William, após um doloroso intervalo. "De repente me sinto muito cansado. Acho que vou subir."

A sra. Touchet foi invadida pelo remorso.

"Ah, por favor, não vá, não por minha causa. Você estava lendo o jornal e o interrompi de forma rude. Por favor, continue."

"Não, não. Sou um romancista. As notícias estão além da minha compreensão."

"Ah, William, não foi minha intenção... Por favor, leia o restante."

"Não há mais nada para ler." Mas havia, um pouco, e ler para uma audiência atenta era um prazer a que William achava difícil renunciar. Depois de pouquíssimo encorajamento, ele voltou a erguer o jornal.

"Parece ter sido uma decisão tensa. O presidente do Supremo Tribunal condenou o governador 'em termos muito claros' e, ainda assim, o júri 'anulou o caso'. Então: eis aqui. Eles concordaram em discordar, como ingleses. Como você e eu faremos hoje à noite, Eliza."

15. Um adendo sobre Tichborne

O choro de Clara diminuiu. O relógio bateu nove horas. Sarah reapareceu no corredor.

"Vocês estavam falando do presidente do Supremo Tribunal? Bovill?"

William franziu a testa para a esposa, tomado de perplexidade: "É Cockburn o presidente".

"Quem é Bovill, então?"

"William Bovill? Presidente do Tribunal de Justiça Comum. Trabalho diferente."

"Bem, é ele quem vai ouvir o Caso Tichborne!"

"É verdade! Pobre homem. Quem pensaria em ser presidente de tribunal?"

"E vou dizer mais uma coisinha de graça: os mandachuvas de vocês tiveram um julgamento mais justo nos tribunais do que o pobre Sir Roger jamais terá. Foi tudo manipulado antes mesmo de começar! Escutem o que estou dizendo."

Não tinham outra escolha a não ser escutar, já que o discurso era alto, contínuo e comprido. Escorada na porta como um marinheiro, Sarah agora improvisava sobre os "maçons sinistros" que "controlavam Old Bailey" e os "católicos ressentidos" que pagavam suborno aos maçons que controlavam Old Bailey, e os "agiotas hebreus" que ganhavam um guinéu para cada alma lançada na prisão de Newgate. Ela lamentava as muitas testemunhas vitais de Tichborne que naquele momento eram "silenciadas" no Brasil e em Nova Gales do Sul, quando Fanny aproveitou uma brecha e interveio.

"Mas você deve ter ouvido dizer que o sr. Orton deixou o Novo Mundo e veio para casa mais cedo num navio. Deixando a equipe jurídica dele em apuros."

"*Sir Roger* ficou doente — sim, ouvi dizer."

"Eu me pergunto se não foi a ideia de ser flagrado mentindo que revirou o estômago dele..."

"Ao contrário, Fanny Ainsworth, acontece que o sol brasileiro e ele não estavam em harmonia. Ele está bem melhor agora."

"*Bem* melhor — está em todos os jornais de Hampshire. Pai, você vai gostar disto: o sr. Norton e o negro dele — o sr. Bogle! — alugaram quartos em Alresford, perto de Tichborne Park, onde aguardam julgamento. Enquanto isso, o Requerente passa todos os dias bebendo no Hotel Swan. Aparentemente o sujeito jamaicano se comporta com perfeita decência — se senta lá quieto como um vigário, encantando a todos com seus modos gentis —, ao passo que nosso sr. Orton fica bêbado, se empanturra, gasta o que sobrou do Fundo Tichborne e troca alguns socos com os habitantes locais — até que seu sr. Bogle leve ele para casa! Não é engraçado?"

William achou muita graça e riu com gosto.

"Gosto muito desse Sir Roger. Ele é melhor do que o original: genuinamente nasceu com um talento. Quem duvidaria dele?"

"Sim, sim, pode rir disso à vontade, sr. Ainsworth. Tenho certeza de que você é muito engraçado. Mas eu mesma vi vários lordes quando criança, entre as companhias da minha mãe, se é que você me entende…"

"… sim, obrigado, sra. Ainsworth, assim está ótimo…"

"… o tipo de companhia que você encontra em certas esquinas de certas ruas do Soho, se é que você me entende…"

"SABEMOS O QUE VOCÊ QUER DIZER, SRA. AINSWORTH. AGORA, POR FAVOR…"

"… e de que tipo de coisa um lorde gosta? Vou lhe dizer: brigar, foder, beber e chutar uma bola de couro por aí. Agora, do que o meu velho pai e todos os meus tios e irmãos e primos gostam? Nada de diferente. Só aqueles de baixo e de cima é que sabem viver! Os que estão no meio são os estranhos que sobressaem, se quer saber minha opinião. Toda aquela *leitura*. São curiosos, disso não há dúvida!"

William havia saído da sala no "foder", mas Eliza estava visceralmente mais impressionada com essa análise do que com qualquer outra coisa que a nova sra. Ainsworth tivesse dito ou feito desde que a conhecera, incluindo limpar o chão e arrumar a cama.

16. Chapman vê um fantasma

Em uma caminhada rápida com William e os cães — pela Downs, em direção à carruagem da cidade de Reigate —, Eliza viu um cavalheiro se aproximando pela trilha. Não havia mais ninguém num raio de quilômetros, e o tempo estava ventoso: cachecóis, casacas, bainhas de saias e galhos balançando descontrolados. Mol e Pol perseguiam folhas voando em espiral, com William de arrasto num passo pesado, sem fôlego e aos berros. Ele não notou o homem olhando para ele enquanto passava correndo, tampouco pareceu reconhecê-lo. Eliza caminhou mais devagar; as roupas dela não permitiam a mesma liberdade de movimentos. Reconheceu o homem de imediato.

"Sr. Chapman! Sra. Touchet. Faz muitos anos. *É* Edward Chapman, não é? Da Chapman e Hall?"

Mas ele havia se virado para olhar embasbacado para William, enquanto este desaparecia, junto com os cães, no cume da colina seguinte.

"Nós nos encontramos em Kensal Lodge muitas vezes..."

Chapman voltou-se, obviamente surpreso.

"Sra. Touchet! De Kensal Lodge, é claro. Aqueles foram dias felizes. Tão cheios de vida! Horne e Cruikshank, Maclise e Kenealy e os outros, todos ao redor da mesma mesa... Mas em que lugar que nos encontramos! Você está... de férias?"

A sra. Touchet explicou com tato as novas circunstâncias. Percebeu que ele esperava ouvir dela certas palavras e frases: *com meu marido* ou *e meus filhos* ou *felizmente, minha neta*. Não havia nada que pudesse fazer a não ser desapontá-lo.

"Bom, é uma bela região. Quem dera eu mesmo morasse aqui! Mas Londres se mostra um lugar difícil de abandonar. Embora eu esteja aposentado desde o ano passado. Meu primo Frederick assumiu meu lugar na empresa. No entanto, acho que ele ainda precisa de mim, ou pelo menos é o que digo a mim mesmo."

"Sem dúvida que sim. Os negócios vão bem, sr. Chapman?"

"Ah, corridos como sempre, graças, principalmente, ao nosso velho amigo Dickens. Outro frequentador de Kensal Lodge. E não devemos nos esquecer de Thackeray, embora, verdade seja dita, sempre foi bem fácil esquecer dele... Mas eu... eu... sou obrigado a perguntar: foi Harrison Ainsworth que acabou de passar? Com os bigodes?"

"Meu primo, sim! É o primo com quem vivo. Com quem ainda vivo. Lamento que não tenha se detido. Temo que ele repare em pouca coisa. Vive na própria cabeça. Como os escritores quase sempre vivem, embora, é claro, você saiba disso melhor do que ninguém, sr. Chapman, digo, tendo lidado com tantos deles."

A sra. Touchet estava consciente da tagarelice. Só tagarelava quando estava ansiosa, e nada a deixava mais ansiosa do que a suspeita de estar sendo vista, por um homem, como um objeto digno de pena. Voltou a enrolar o cachecol no pescoço e fechou a boca, decidida a não dizer mais nada.

“Minha nossa. Harrison Ainsworth.”

Mas ficou bastante claro para a sra. Touchet que o que o sr. Chapman de fato quis dizer foi: *Achei que ele tivesse morrido*.

17. Visitando Gilbert

Foi uma viagem longa e monótona até a cidade de Reigate. Várias vezes a sra. Touchet pensou em abrir a boca para relatar aquele encontro nas Downs. A perspectiva a enchia de exaustão. Mencionar o nome de Chapman apenas provocaria em William uma série de reflexões melancólicas. Ficou aliviada ao chegar ao aconchegante chalé de Gilbert — uma casa que as palavras tinham construído, quando as palavras de William ainda construíam coisas — e se instalar em uma cadeira ao lado da lareira, com nada em que pensar agora a não ser na mão de Gilbert na dela e na carícia lenta e circular da palma dele enquanto William lia Defoe em voz alta. Havia tortas e bolos no aparador deixados por uma senhora de sobrenome McWilliam, esposa de um fazendeiro próximo, e as lajes vermelhas brilhavam, esfregadas com leite pela filha dos McWilliam, que vinha todos os dias limpar e acender o fogo na lareira.

Embora não conseguisse formular uma frase que fizesse sentido, nem ler, Gilbert parecia gostar de ouvir histórias. *Robinson Crusoé* era uma grande favorita. A leitura fazia com que gritasse e puxasse os bigodes, sobretudo quando os canibais chegavam. Reações tão fortes deixavam pouco espaço para os sentimentos de Eliza. Mas a passagem que era lida hoje carecia de aventuras, e Gilbert estava quieto. No silêncio, Eliza sentiu de repente a ferroada de uma solidão avassaladora e aguda. Era um sentimento intenso e revisionista, que se apoderou dela com crueldade, fazendo com que sentisse que a solidão era tudo o que conhecia. Uma consequência, talvez, do que as velhas senhoras chamavam de "a transição". Uma forma especial e feminina de devaneio a que não se devia prestar muita atenção, mas que ainda assim era impossível de evitar e que marcava, na mente da sra. Touchet, a barreira final na corrida de obstáculos das mulheres:

As humilhações da infância.

A separação entre a bela e a comum e a feia.

O terror da virgindade.

As provações do casamento e do parto — ou de sua ausência.

A perda dessa mesma beleza em torno da qual todo o sistema parecia girar.

A menopausa.

Que vidas estranhas as mulheres levam!

Ela se forçou a pensar em seu passado, em seu auge. Não, não era verdade: tinha sido o oposto de uma solitária. Entre o dom da alegria de William e a clareza moral de Frances, seus dias de juventude se prolongaram de forma intolerável, chegando quase ao ponto de ruptura. Na verdade, muito tempo antes tinha se sentado nessa mesma sala com Gilbert e achado que Gilbert era sortudo por amar animais e máquinas em vez de pessoas, pois as pessoas eram muito complicadas. As pessoas eram desgastantes. Mas agora isso também parecia uma espécie de devaneio. Por que chegara a pensar que sabia o que era melhor para um homem como Gilbert — para qualquer um? Solidão! Como um flagelo, a solidão saltou da página direto para a sala com ela, parecendo pertencer não a Gilbert nem a William ou nem mesmo a Crusoé, mas somente a ela:

> Aqui refleti somente a respeito de minha fuga, e a respeito do método que poderia empregar para levá-la a cabo, mas não encontrei nenhum meio que tivesse a menor probabilidade de funcionar. Nada se apresentou que tornasse a própria hipótese racional; pois não tinha corpo algum a quem comunicar isso, que embarcaria comigo; não havia nenhum companheiro escravo, nenhum inglês, irlandês ou escocês ali, somente eu.

18. O dom da alegria, 1832

Haviam saído correndo da propriedade dos olmos, fugindo pela escada dos fundos, e estavam montados nos cavalos selados e a meio caminho de Willesden antes que alguém desse pela falta deles. Eram os últimos dias de agosto: o verão devia ser aproveitado agora, ou estaria perdido para sempre. Galopando pela área de Brondesbury, saltando cercas de forma imprudente, as árvores estremeciam em tons de amarelo ao menor toque dos galhos. Finalmente Eliza ultrapassou William na Mapesbury Street. Olhou para trás para tripudiar. Em vez disso, a visão irresistível de um jovem príncipe, galopando por um tapete dourado, como se escapulisse de compromissos reais.

Do que ele estava fugindo? De três filhas com menos de cinco anos. Eliza queria da mesma forma escapar delas, e isso a surpreendeu. Não que tivesse esquecido Toby — nunca iria esquecê-lo —, mas qualquer que fosse a janela iluminada que lhe permitira, durante a vida, ver o mundo como um lugar cheio de crianças, e voltado principalmente *para* crianças — esse portal havia se fechado. Os filhos das outras pessoas agora pertenciam ao reino das mulheres: um reino desgastante. Quando uma criança chorava, o coração de Eliza já não saltava ou se angustiava. Só se perguntava por que chorava e quem iria fazer o choro parar. Era especialmente desgastante ficar presa com crianças em uma casa taciturna e triste, na qual todos os residentes estavam absorvidos nas preocupações com dinheiro, cortesia do pai de Frances, o sr. Eber, que se tornara um falido.

"Mas o que tudo isso importa para *você*? Ele pagou o dote dela, afinal?"

William apeou do cavalo, gemendo.

"Prima, não só jamais recebi os trezentos por ano que nos foram prometidos por ocasião do casamento como agora o velho tolo deve setenta mil a seus credores — e, claro, sou um deles. O nosso pequeno empreendimento editorial está *kaput*. Infelizmente minha sorte está ligada à do sr. Eber, e agora nós dois vamos ter que encarar a realidade. Quem poderia ter previsto isso? Mas, sra. Touchet: estamos dando uma escapadela para aproveitar a tarde! Nem mais uma palavra sobre sogros irresponsáveis!"

A sra. Touchet poderia ter previsto isso. Se alguém tinha menos tino para os negócios do que o pai de Frances, era o marido de Frances. O "pequeno empreendimento editorial" deles a alarmara desde o início. Em dois anos de funcionamento, tinham conseguido um panfleto equivocado sobre a pobreza — escrito por William —, uma sátira de Walter Scott e um livro de memórias muito mal escrito sobre a década em que o sr. Eber dirigiu o Teatro King's em Haymarket. O próprio teatro tinha sido uma insensatez que só acumulou dívidas, uma insensatez que o novo empreendimento editorial deveria compensar. Agora dívidas se amontoavam sobre dívidas.

"Seu rosto está ainda mais triste do que o normal. Por quê? O problema é meu, Eliza, não seu."

"Mas, William, somos todos dependentes na sua casa, eu inclusive, por isso, lamentavelmente, sua dívida *é*..."

"Prima: olhe em volta. Estamos na Arcádia, sob a égide de Willesden Green! Entregue-se à alegria! Pelo menos uma vez!"

William saltou do cavalo e a puxou pela saia. Ela deslizou de seu cavalo e caiu de forma deselegante na grama alta. Atrás deles havia um carvalho de proporções perfeitas. Na frente, no topo da colina seguinte, a bela torre de St. Mary, Willesden. Acima da cabeça deles, brotando da sebe mais próxima, uma explosão de verbenas. Acima de cada cachinho roxo de flor, pairava uma borboleta. O primo pôs as mãos sob as saias dela, procurando o espartilho.

"William, de quem é esse campo?"

"O que importa? Você não acredita em propriedade privada."

"Acredito no poder da lei que a protege. Não quero levar um tiro no traseiro — ou ser perseguida por um perdigueiro."

"Ah, mas você é uma rimadora!"

Ele a beijou com paixão no pescoço. Aquilo sempre teve um efeito extraordinário nos joelhos dela. Deitou-se num movimento só.

"Estamos endividados. De acordo. Arcádia perdida. Mas tenho um plano, prima. Vou terminar *Rookwood*. A dívida será paga. Arcádia recuperada!"

Ela inverteu o arranjo e montou nele. O sr. Eber devia doze mil libras ao genro. Atolado pela papelada relacionada à falência, William não havia escrito uma palavra de seu romance desde fevereiro. Além disso, escrever romances — mesmo os bons — não parecia, para a sra. Touchet, uma resposta racional a uma crise financeira.

"É preciso mais que dívidas pagas para recuperar Arcádia, William."

"E se um jovem brilhante espera vender mil assinaturas em um mês?"

Ela segurou os dois pulsos dele com firmeza no chão: "Ainda mais improvável. Vou lembrá-lo do camelo e da agulha".

"Entendo. Você quer que eu seja uma santa Zita e distribua meus escritos *gratis*?"

"Os pobres não precisam de literatura, William. Precisam de pão. Vire-se."

Com o rosto enfiado na terra — um lorde recebendo uma lição de inversão de sua criada —, William começou uma longa e profana anedota sobre a última viagem à Itália. Ele ia à Europa sempre que podia em busca de "inspiração" e, toda vez que ia, contava com a sra. Touchet para vir a Londres ajudar Frances na tarefa pouco inspiradora de tomar conta das filhas. Dessa vez ele tinha ido à cidade murada de Lucca. Lá, na Basilica di San Frediano, tinha visto a própria santa Zita, "aquela serva de dedos ágeis", vestida de azul e dourado e exposta em uma caixa de vidro, onde jazia nos últimos seiscentos anos. Havia flores frescas em seu cabelo — em referência ao milagre do pão e das flores —, e ela era, na opinião de William, um tanto pequena para uma santa, não sendo mais alta que Frances, na verdade. A sra. Touchet imaginou como seria ir a esse lugar e ver tal coisa. O que ela mesma extrairia daquilo. A sra. Touchet pegou uma vara longa do chão e a testou duas vezes no primo. Isso não o impediu de falar:

"O *padre*, é claro, insistiu que ela estava incorrupta, mas eu diria que havia mais conserva do que pureza nela. A pele era coriácea — quase preta, como a de uma pessoa negra. Um sinal claro da arte de um embalsamador. Claro que o velho necromante não quis ouvir uma palavra a respeito disso. Você precisava ouvi-lo, Eliza: '*Ha preso ai ricchi per dare ai poveri! Come Robin Hood!!*'. Com lágrimas nos olhos. Sentimental além do imaginável. Na verdade, às vezes penso que a única coisa que a mantém nesse culto supersticioso é o fato de você nunca ter estado na capital dele. Se tivesse estado lá, garanto, sua mente acabaria por se revoltar."

Uma terceira vergastada o silenciou — exceto por um murmúrio borbulhante de prazer. Ela acreditava mesmo em milagres? Havia um lugar compartimentalizado no cérebro dela onde as coisas eram verdadeiras e falsas ao mesmo tempo. Nesse mesmo espaço é possível amar duas pessoas. Levar uma vida dupla. Fugir para casa.

Depois ficaram um longo tempo olhando para o céu. A vista era um deleite. Os pássaros eram um deleite. As borboletas, as verbenas, os contornos dourados das nuvens, direto de Ticiano. A própria luz. Ela não sabia que face assumir em face disso tudo, mas, ao virar a cabeça, encontrou William sorrindo sem qualquer constrangimento. O dom da alegria que ele tinha! Ressentimento, raiva, amargura, vergonha — tudo tão estranho ao caráter dele quanto natural ao dela.

"Você vai admitir que aqui é Arcádia e que nós a invadimos. Vai, sim."

"Não admito nada."

Um amigo com quem fazer amor. O que poderia ser melhor? Uma conversa que tivera início naquela apresentação teatral no porão ainda não terminara, e era quase sempre cheia de luz e riso. O que seria da vida dela sem isso? Voltaram a se cobrir com decência, montaram nos cavalos e tomaram o caminho de casa. Na volta, depois da curva para Kilburn, o sol desapareceu de repente, obscurecido por um aguaceiro cinzento. Uma chuvarada enviada apenas para os culpados os encharcou rápida e completamente. Qualquer esperança de um regresso tranquilo foi frustrada pela visão sombria de Frances no jardim da frente tentando tornar a colheita de maçãs um jogo. As filhas encharcadas não se deixaram enganar e sabiam que aquela era uma tarefa que só seria seguida por outra tarefa: descascar. Quando a dupla ensopada se aproximou, Frances os cumprimentou com um avental cheio de maçãs e um olhar magoado. William deslizou do cavalo e saltou por cima do muro da frente. "Chegamos a esse ponto? Somos tão pobres que temos maçãs no café da manhã, no jantar e até na sobremesa?"

Abraçou a esposa até que ela também estivesse encharcada e rindo. Outra emoção a que ele era alheio: a culpa. A sra. Touchet lutou para decidir qual atitude tomar. A quem estava traindo? Não era seguro olhar para nenhuma das partes. Ela se juntou às crianças apanhando maçãs.

19. Um passeio de senhoras, 1830

Era a primeira vez que a sra. Touchet visitava Leicester. Leicester não era a Itália — o sr. Ainsworth estava de volta à Itália —, mas era um lugar novo, e ela tinha a sra. Ainsworth a seu lado. Sentaram-se joelho com joelho, sem necessidade de uma desculpa para a proximidade. Ainda assim, as estradas eram ruins e a carruagem estava lotada. Apenas o entusiasmo de Frances poderia tê-la persuadido.

Estavam indo ao encontro de uma certa sra. Heyrick, a quem a sra. Touchet nunca tinha visto. Para se preparar, abriu o panfleto daquela senhora e começou a ler. Era a primeira vez que participava de uma das "reuniões" de Frances: o melhor era estar preparada. Quando fizeram a troca de cavalos na cidade de Newport Pagnell, já havia terminado o panfleto, e com relutância confessou a si mesma que estava impressionada, tanto pela *Abolição imediata, não gradual* quanto pela descrição de Frances do caráter da autora:

"É mais ou menos o seu tipo de mulher. Só pensa em justiça! Para os animais, para os prisioneiros, para os necessitados e para os pobres escravos, é claro. O marido morreu há muito tempo, ela não tem filhos: todas as energias dela são canalizadas para as suas causas. Ela até começou um internato para meninas na própria casa — deve ser uma casa ampla, seguramente é uma mulher respeitável… e ah! Ela se impôs a tarefa, junto com sua amiga Susannah Watts, você também vai conhecê-la, elas estão batendo em todas as portas de Leicester para persuadir as senhoras a tirar o açúcar da lista de compras, e depois que terminar em Leicester ela pretende ir a Birmingham! Um boicote, entende?"

"Isso é inteligente."

"É, sim!"

"Gratificante encontrar alguém que pratica aquilo que prega." A sra. Touchet estava ciente de que a conversa delas incomodava o velho cavalheiro sentado logo em frente. Para irritá-lo ainda mais, ela olhou para o panfleto, consultou uma página que havia marcado com uma dobra no canto e leu em voz alta: "A *causa da emancipação exige algo mais assertivo, mais eficaz do que palavras*".

"Ah, mas ela é sempre tão assertiva! Na verdade, isso é o que mais admiro nela… A justiça é uma preocupação da sra. Heyrick desde criança. Dizem que foi adotar uma gatinha uma vez, com os pais, quando ainda era menininha, e, bem, ela escolheu a gatinha mais feia da ninhada, sabe, Eliza, porque ama os desprezados — e uma vez até parou um círculo de homens rudes que lançavam cães contra um touro amarrado, sabe, fugindo com o touro e o escondendo num celeiro! É *muito* corajosa. Visita as prisões com regularidade e fala com os presos. Ela me lembra você."

"Mesmo?"

Eliza ficou encantada com essa comparação — seu rosto ficou quente e vermelho —, mas um momento de autorreflexão expôs uma verdade mais dura. Ela não gostava de animais feios, temia prisões e jamais ousaria interferir nos passatempos dos trabalhadores. Não conseguia pensar em nada pior do que administrar uma escola.

"Acho que você só pretende dizer que somos duas viúvas um tanto enérgicas."

"Bom, nenhuma de vocês é de meias medidas, isso é certo."

"*Então, porque tu és morno, e nem frio nem quente, vomitar-te-ei da minha boca.*"

"Ah, sim, mas, Eliza, sabe, bem… preciso confessar: a sra. Heyrick é uma *quaker*."

Era um dia morno em Leicester, havia um nevoeiro fino acompanhado por um sol intermitente que prometia muito e não entregava nada. Haviam chegado ao destino antes do esperado; houve tempo para fazer um pouco de turismo. Parando na Bow Bridge, olhando para a água, de mãos dadas e bem escondidas por um xale colocado de forma estratégica. Não havia necessidade de palavras. Para a sra. Touchet, parecia que respiravam no mesmo ritmo, peitorais subindo e descendo juntos, o sangue pulsando na mesma cadência. Assim dominada pela felicidade, ela arriscou a possibilidade de que, no silêncio, estivessem pensando a mesma coisa.

"Ah, acho que não! A não ser que você esteja pensando em Ricardo III."

A sra. Touchet não disse nada. Não estava pensando em Ricardo III.

"Mesmo na escola nunca entendi *por que* ele foi para Bosworth depois de ter batido a espora contra a ponte! A velhota claramente lhe avisou que da próxima vez que cruzasse a Bow Bridge a cabeça dele seria atingida no mesmo local — e assim foi! Mas se em primeiro lugar ele tivesse dado atenção ao aviso, nunca teria ido para Bosworth e sido morto, nem teria a cabeça rachada e aberta daquele jeito nesta ponte. Por que não deu ouvidos a ela?"

Você não me ama?, pensou a sra. Touchet.

"Homens não dão ouvidos a velhotas", disse ela.

20. A Casa Bow Bridge

A Casa Bow Bridge, o lar da sra. Heyrick, acabou por se revelar uma excêntrica insensatez branca de ameias e muralhas e janelas góticas. Moradia estranha para uma amante da justiça.

"Dizem que a casa de uma inglesa é o seu castelo..."

"Ah, Eliza, por favor, não faça piadas. Na verdade, acho muito bonita — e *bastante* original."

Havia duas senhoras idosas paradas na soleira da porta, Elizabeth e Susannah, ainda não decrépitas, mas se aproximando depressa dessa condição. A sra. Touchet se preparou para conversinhas fiadas e hesitações. Em vez disso, foi recebida com cortesias ligeiras e um forte senso de propósito. Com determinação, as recém-chegadas foram encurraladas em uma sala de estar de frente dupla para se juntarem a talvez cinquenta mulheres bem-vestidas e de mãos no colo, sentadas em fileiras de cadeiras como se fossem assistir a um recital. A sra. Heyrick caminhou pelo meio da sala recebendo aplausos educados, enquanto a srta. Watts indicava à sra. Touchet e a Frances seus lugares.

"São *todas* mulheres?", inquiriu a sra. Touchet.

"A sra. Heyrick acredita que as mulheres são especialmente qualificadas para interceder em favor dos oprimidos. Essa é uma das coisas que recomendamos que as nossas ativistas repitam quando vão de porta em porta falando contra os males do açúcar."

Frances fez uma pequena anotação no panfleto que acabara de pegar: "Que inteligente. Vou me lembrar disso".

A sra. Touchet achou graça: "Deveríamos adicionar essa tarefa à lista de todas as donas de casa assoberbadas país afora: *Um. Não compre açúcar. Dois. Lembre-se de comprar laranjas. Três. Interceda pelos oprimidos...*".

Silêncio.

"A intenção é ser engraçada, sra. Touchet? Receio não ter conseguido enxergar o humor."

"Não, eu só..."

"Com licença, senhoras, preciso ir para o meu lugar: estamos prestes a começar."

A sra. Touchet esperou até que a seriíssima srta. Watts estivesse fora do alcance de sua voz, então se virou para Frances, como teria feito com William, na expectativa de uma compaixão cômica, pronta para rir e revirar os olhos. Mas o adorável semblante estava rigidamente descontente: "Você não precisa *implicar* sempre, Eliza. Nem tudo é engraçado. E as pessoas vão interpretar você de forma errada".

Frances se voltou para assistir à apresentação. A sra. Touchet, repreendida, fez o mesmo.

"A perpetuação da escravidão em nossas colônias nas Índias Ocidentais não é uma questão abstrata", entoou a sra. Heyrick, bem alto, do outro lado da sala. Tinha uma voz grave e trovejante. Interessante também que sua amiga, a srta. Susannah, aparentemente desse aulas no internato que ocupava a ala leste da casa — e por isso, ao que tudo indicava, também morava ali. Ora, que tipo de arranjo era esse? Essas duas seriam, talvez, como aquelas célebres Damas de Llangollen?

"Não é uma questão a ser resolvida entre o governo e os fazendeiros; trata-se de uma questão em que estamos todos implicados. Somos todos culpados de apoiar e perpetuar a escravidão. O fazendeiro das Índias Ocidentais e o povo deste país mantêm entre si a mesma relação moral que o ladrão e o receptador de bens roubados..."

Todas as mulheres na sala balançaram a cabeça ao mesmo tempo, uma visão peculiar. A sra. Touchet apertou a adorável mão de sua companhia e tentou mais uma vez atraí-la para uma cumplicidade cômica. Mas a sra. Ainsworth olhava para a frente com determinação e começou a tomar notas com a outra mão, embora, até onde a sra. Touchet pudesse ver, a sra. Heyrick estivesse entoando verbatim o conteúdo de seu famoso panfleto. Por mais adorável que fosse a sra. Ainsworth, a sra. Touchet percebeu que sentia muita falta do outro Ainsworth. Lembrou-se de uma diferença vital entre aquele par irremediavelmente incompatível: a sra. Ainsworth, sem qualquer dúvida, não tinha nenhum senso de humor.

21. Um passeio de senhoras, 1869

Mais uma vez chegou a primavera. E com ela uma terrível sensação de confinamento. A mudança exige mudança, e não haveria a possibilidade de a geada ter diminuído, os narcisos terem despontado e os filhotes recém-nascidos de raposa, começado a gritar nas sebes — nada disso poderia ter acontecido se a sra. Touchet não fizesse nada além de se sentar no banco da janela, como fizera durante todo o inverno. *Para cada coisa existe uma estação*. Uma frase banal. Entronizada na alma dela acima dos mandamentos, até mesmo acima dos próprios evangelhos. (Nunca admitiria isso a um padre. Só Frances sabia disso.) Na primavera, a sra. Touchet sempre se sentia extremamente vulnerável a propostas improváveis.

"Minha esposa, não me importa se o seu 'Sir Roger' está falando no Parlamento, nas planícies de Catmandu ou no topo dos penhascos brancos de Dover. Você *não* vai a nenhum desses eventos sem um acompanhante, e como ninguém nesta casa tem a menor intenção de..."

"Eu vou."

Todos pararam o que estavam fazendo para olhar para a sra. Touchet. Somente Clara — uma estudante diligente da antipatia entre a mãe e a Megera — ficou surpresa demais para se conter: "Você e a mamãe? Fora de casa... *juntas*?".

Assim exposta, a sra. Touchet se apropriou do tom das matronas da Edimburgo de sua infância, astutas calvinistas, sempre capazes de transformar o duvidoso e improvável em predestinado e inevitável: "Eu estava querendo mesmo ir à cidade de Horsham. Precisamos de muitas coisas, para a cozinha e para a casa, e em Horsham com certeza tudo é mais barato que em Brighton. Vou fazer os pedidos e mandar consertar os saltos dos sapatos de domingo de Emily".

"Isso mesmo! Dois pássaros com uma maldita pedra."

"Você pode pegar sua pedra e acertar o sr. Orton entre os olhos com ela enquanto estiver lá", observou Fanny, mas a nova sra. Ainsworth tinha outras coisas em mente e não mordeu a isca.

"Então é um passeio de senhoras", disse William, franzindo a testa. Os mistérios da sra. Touchet eram, afinal, insondáveis.

"Um passeio de senhoras", repetiu a esposa, meio em dúvida. Ela atravessou a sala e com uma pose fraterna parou ao lado da Megera, embora ao chegar lá tenha reconsiderado a ideia de tentar pegar na mão dela. "E não é que seremos algo digno de ser visto! Ainda vou converter você em defensora de Tichborne, Lizzy!"

22. Horsham

Foi doloroso para a sra. Touchet pegar uma carruagem em vez do Horsham Omnibus, mas temia tanto a ideia de infligir a nova sra. Ainsworth a viajantes inocentes que decidiu pagar a tarifa adicional. Agora, observando a grande quantidade de tecido lilás enrolado em volta da mulher, os franzidos, babados e anquinhas desnecessários, as fitas inúteis, os pentes decorativos na torre de cabelos e o chapeuzinho cômico inclinado para a frente na testa, considerou o gasto adicional um acordo positivo. A própria Eliza não mudava desde os anos 1840. Vestido acinturado, mangas afuniladas, ela ainda usava anágua de crina de cavalo, um chapéu com tiras de amarrar sob o queixo e um xale, e os cabelos repartidos severamente ao meio. Ainda parecia — como um dos engraçadinhos de Kensal Lodge dissera uma vez — "um sino estreito em uma igreja gótica". Desembarcando no centro de Horsham, no Carfax, e consultando a lista, não tinha dúvidas de que Sarah e ela eram algo digno de ser visto. Recusava-se a ser desviada de seu curso por curiosos. Havia uma manteigueira e toalhas de mesa a comprar, um par de castiçais para soldar e sapatos para consertar, e tudo isso antes das cinco e meia.

Mas em questões mercantis — como em todas as outras — as duas mulheres se mostraram incompatíveis. Eliza tinha um olho afiado para trabalhos manuais malfeitos, simpatia política pelo trabalhador (mas nenhum sentimento nebuloso em relação a ele) e nunca, em tempo algum, saiu de casa com um tostão a mais do que pretendia gastar. Sarah não tinha nenhuma noção especial de economia doméstica, nem de dinheiro em geral. Entrava em cada oficinazinha de vigas baixas feito uma rainha, ansiosa para demonstrar a distância entre ela e todos aqueles humildes marceneiros, ferreiros e costureiras. (Eliza, que fazia a contabilidade de Ainsworth, sabia que a distância não era tão grande quanto Sarah supunha.) No entanto, a nova sra. Ainsworth era uma Lady Bountiful* volúvel. Os pedintes a horrorizavam. Tinha uma ideia muito clara de quantos centavos compravam meio litro de gim. Ficava enfurecida quando crianças esfarrapadas com os pés ensanguentados eram mandadas para "amolecer o coração" das pessoas. Ela mesma já tinha estado "na lona" muitas vezes, tinha roubado e passado fome se fosse por isso, mas sempre "traçou uma linha na mendicância" — um motivo de orgulho. A única exceção que abria era para os que não tinham pernas. Uma perna faltando bastava, duas eram o ideal, e Horsham — tendo enviado um regimento para a Crimeia — fornecia vários exemplos comoventes. Por aqueles homens ela chorava, curvando-se sobre as latinhas deles numa pose de melancólica dignidade, antes de deixar dois centavos.

* Mulher que gosta de mostrar aos demais o quanto é rica e gentil ao fazer doações. (N. T.)

23. “Sir Roger”

Tarefas concluídas, sol se pondo, a sra. Touchet caiu em devaneio. Era a antiga sra. Ainsworth quem agora andava de braço dado com ela, estavam a caminho de Exeter House, e tempo algum havia se passado…

Ao se aproximarem do King’s Head Hotel, a realidade a invocou. Viu-se surpreendida pela multidão que se reunia. A turba não se parecia em nada com aquelas mulheres asseadas, assexuadas, piedosas e um tanto enfadonhas em cuja companhia ela e Frances frequentavam reuniões abolicionistas pelo país, trinta anos antes. Não se parecia com nenhum público reunido para ouvir um discurso que ela já tivesse visto. Havia a mesma quantidade de homens e mulheres. A mesma quantidade de pessoas com mãos sujas e mãos limpas. Viu fazendeiros, ajudantes de pedreiro e homens com o rosto preto de fuligem segurando a boina contra o peito. Viu mulheres para as quais não conhecia nenhum nome respeitável. E ainda, aqui, enfileirados sob o arco de tijolos vermelhos, havia funcionários e professores, dissidentes de todas as tendências, lojistas e mestres de obra, criadas, cozinheiras, governantas.

"Justiça para Sir Roger!", gritou uma garota de aparência perfeitamente sã, e enfiou um panfleto na mão de Eliza. Dentro da sala de reuniões do hotel, pendurada nas vigas, havia uma faixa gigante de tecido costurada com capricho:

SEM OPRESSÃO! JULGAMENTO JUSTO PARA CADA HOMEM!

"Já viu alguma coisa? O Biddulph está lá em cima?"

A multidão era enorme, estava toda espremida e ninguém parecia disposto a ocupar os assentos disponíveis com receio de perder alguma coisa. Só os muito altos tinham uma visão clara da plataforma elevada no fundo da sala, sobre a qual havia quatro cadeiras naquele momento, duas ocupadas, duas vazias.

"Quem é Biddulph?"

"O primo! Distante, mas não distante a ponto de não conhecer o próprio sangue. O tradicional fidalgo rural."

Pelo que Eliza conseguia distinguir, os dois homens no estrado correspondiam a essa descrição. De tweed, botas de cano alto, bochechas escarlates e joelhos bem abertos como se sentissem falta das espingardas compridas que com muita frequência repousavam sobre eles. Um era franzino, com costeletas alongadas e largas. O outro ostentava um bigodão e tinha uma aparência mais próspera.

"Vai ter o sr. Anthony Biddulph, o primo, e depois tem o ricaço, Onslow. É o maior apoiador de Sir Roger. Vai com ele para todos os lugares. *Guildford* Onslow, pelo fato de a família dele ser dona de metade da cidade de Guildford, então lhe deram o nome, claro, e como se isso não bastasse ele também é o parlamentar local, se me permite. Ora, eu lhe pergunto: será que um açougueiro comum poderia fazer amizades tão importantes?"

Como sempre, ela falava bem alto, iniciando muitas conversas insuportáveis com estranhos parados ali ao lado. Entreouvindo, Eliza ficou espantada. Todos os presentes tinham os sentimentos mais fortes possíveis em relação ao Requerente, e muitas pessoas elaboravam teorias da conspiração a respeito dele. Ninguém achava o assunto, por definição, absurdo. Foi quase comovente ver a nova sra. Ainsworth sendo tão acolhida, tão bem-vinda em suas conversas e opiniões, e ao mesmo tempo sendo uma tamanha fonte de conhecimento, pois ninguém era capaz de igualá-la no tichbornismo. Nesse salão ela era uma especialista. Sabia que em geral o Requerente chegava tarde para essas coisas, que "gostava de fazer uma aparição à altura de sua situação", e que na semana anterior, na cidade litorânea de Budleigh Salterton, havia sido cercado na estação ferroviária, "antes de conseguir chegar perto de um palco". Sabia que ele costumava fazer dois eventos por dia: um como este, para o qual você comprava um ingresso, e um "encontro gratuito" da janela de onde ele estivesse hospedado, para os que "não têm onde cair mortos". Das complicações patrimoniais ela entendia tão bem quanto qualquer funcionário administrativo de uma grande propriedade fundiária. Tichborne Park estava arrendada, atualmente, a um certo coronel Lushington, pois Sir Henry Tichborne, o próximo baronete da linhagem — "depois do nosso Sir Roger!" —, ainda era uma criança. Nesta noite, na cidade de Horsham, iam arrecadar dinheiro para um julgamento civil, para que Sir Roger — que, nesse mundo invertido, era o demandante — pudesse processar os Tichborne pela remoção do referido inquilino e pela recuperação de suas terras ancestrais. Pois, sem a ajuda do povo, Sir Roger teria poucas chances naquele covil de papistas, os tribunais.

"Mas os próprios Tichborne não são... papistas?", perguntou um jovem hesitante, professor, pela aparência: carregava um par de dicionários amarrados com barbante.

Sarah girou o corpo como um político em campanha: "Acertou na mosca! E quem é que não conhece o poder desses clãs?

Quem é que nunca ouviu falar de como uma confissão intempestiva pode se voltar contra você! Meninas trancadas em conventos, entre outras coisas! Para nunca mais serem vistas! Sombrios, eles são. Nunca conseguiram superar a decepção com a realeza, se é que me entende. Mas são pacientes, esses católicos. Ficam quietinhos e esperam. Eles se sentam em cima do dinheiro deles e o guardam onde a gente não pode ver. E aqui está Sir Roger fazendo o possível para desvelar todo esse negócio obscuro! Ora, é evidente que eles não gostam disso! É evidente que vão acabar com ele o melhor que puderem! Todos os jornais estão contra ele — bem, o que é que isso quer dizer? De que lado *eles* estão? Do lado das gentes? Gente decente e comum feito vocês? Com os diabos, é improvável!".

Essa resposta — que deixou Eliza mais perplexa do que qualquer coisa que tivesse ouvido até então — foi aclamada de forma ruidosa. Sentindo-se prestes a desmaiar por causa do aglomerado de corpos, do calor pegajoso e da estupidez excessiva, avançou um pouco para a esquerda e se acomodou no assento que encontrou ali. Baixou os olhos para o panfleto que tinha na mão.

Uma Excelente Oportunidade!
Adquira Debêntures Hipotecárias
na
Propriedade Tichborne
Pelo valor de 100 libras
Uma oferta de Sir Roger Tichborne
Todos os títulos SERÃO Reembolsados com juros
Assim que seu direito legítimo à herança for estabelecido!

Abaixo desse texto foram reproduzidos dois daguerreótipos. Uma das imagens era a de um jovem esbelto, de olhos amendoados e gravata, irradiando o tédio dos muito ricos. Dolorosamente alheio à morte por afogamento que o aguardava. A outra mostrava um homem de meia-idade muito próximo dos cento e trinta quilos com rosto de um simplório e uma barba que acompanhava a linha do maxilar. Era tão parecido com um açougueiro de Wapping quanto qualquer homem sem um cutelo na mão. Ambas as fotografias traziam uma legenda audaciosa: SIR ROGER.

24. Andrew Bogle

Bogle! Aí está o Bogle! É ele!

Era estranho ouvir trezentas pessoas sussurrando a mesma coisa ao mesmo tempo, como uma emanação da terra. Eliza se pôs de pé. Um homem negro — um homem muito negro — cruzava o palco. O cabelo afro era branco, ajeitado, bem recuado no crânio, e a barba era rala, mas também bem cuidada, pontuda feito a de um pároco. Na verdade, não era diferente de um pároco, tudo nele era elegante, calculado, preto — casaco, colete, gravata-borboleta, a cartola que segurava numa das mãos —, e tudo realçado por um colarinho branco, alto e muito engomado. Mostrava certa rigidez ao se mover, como se estivesse incomodado por alguma dor. Quando se aproximou da cadeira, ficou imóvel e pôde ser examinado com mais atenção, e, com efeito, o sobretudo se mostrou grande demais, além de amarrotado e puído nos braços, e também os dedos longos estavam desgastados e acinzentados. A cartola estava desfiada na borda. Digno, era a palavra. Mas uma dignidade conquistada a duras penas. Uma dignidade que necessitava de vigilância e proteção constantes. E esse parecia ser o papel do adolescente que agora surgia no cotovelo do velho e com gentileza o ajudava a se sentar. Também ele era negro, mas de pele mais clara. O cabelo extraordinário — tão abundante quanto o de Bogle era ralo — fora moldado em dois segmentos triangulares, um apontando para cima e o outro para baixo. Com certeza um filho: tinham os mesmos olhos estreitos, quase orientais. Mas enquanto os de Bogle eram uma exceção astuta em um rosto suave e inconclusivo, os do rapaz disparavam em torno da sala feito raios. Uma formulação saída direto das páginas de William! Ela não conseguia pensar em outra palavra.

Faça um discurso, Bogle! Você o conhece! Acreditamos em você, Bogle!

Mais tarde, Eliza nunca conseguiu entender se foi a influência da multidão ou algum aspecto misterioso e hipnotizante do próprio Bogle que a afetou. Estava na ponta dos pés, se esforçando para conseguir uma visão desobstruída. Parecia que nunca na vida sentira tanta curiosidade para ouvir um homem falar. Porém, antes que alguém falasse, o filho saiu do palco e voltou depressa com a atração principal: o próprio Requerente. Gigantesco! A barba que acompanhava a linha do maxilar havia recuado muitos centímetros — para dar espaço aos muitos quilinhos extras ganhos desde a última fotografia —, e cada botão estava distendido na enorme circunferência do homem. Um arquejo percorreu a sala. Demorou um pouco para Eliza entender que aquele era um ruído de pura aprovação, até mesmo de admiração. Pois todos professavam alegria por ver que Sir Roger estava "se divertindo", bebendo até a última gota e esvaziando os pratos, ao que parecia, e de modo geral vivendo a vida ao máximo, como qualquer homem faria se tivesse a oportunidade. E por que não? Ele, que fora tratado de forma tão injusta, vítima de tantas mentiras de jornalistas e moralistas inescrupulosos, todos conspirando desesperadamente para derrubar esse amante da diversão, bebedor de cerveja e aristocrático homem do povo, Sir Roger. O sujeito só queria o que lhe era devido, no final das contas! E o que era a justiça, senão isso? Aplausos fervorosos ricochetearam através da sala. Gritos de *Bogle!* E *Tichborne!* Repetidos de forma alternada, feito sinos badalando. Não se notou nenhuma mudança em Bogle: ele continuou sentado. O rosto mantinha aquele brilho impenetrável — impenetrável porque autêntico ao extremo —, sem aparentemente haver nada escondido ou mascarado em sua fisionomia. Aquilo era um tanto inesperado, como a própria honestidade. Eliza se lembrou de alguém. Frances! Mas que ridículo. E ainda assim: Frances. Ela, que não usava nenhuma máscara, e que por isso era quase impossível de entender.

25. O Requerente

O Requerente era outra questão. Empurrado para o palco pelo jovem pardo cheio de energia, seu rosto registrou todas as emoções da noite com aquela estranha boca de lábios franzidos — compartilhada pelo verdadeiro Sir Roger — para a qual os jornais davam grande destaque. Logo se viu que ali estava um homem que dançava conforme a música. Um homem sem essência que, dependendo das circunstâncias, podia ser empurrado para qualquer direção. Os olhos lacrimejantes revelavam com clareza que estava fora de seu elemento; mas também que gostava daquela multidão e estava disposto a acreditar no que acreditavam, se demonstravam afinal tamanha convicção... Na verdade, chegou-se a este ponto: ele *de fato* acreditava! Na verdade, era um ultraje que alguém duvidasse dele! No entanto: e se o desmascarassem? Mas como poderiam desmascará-lo, uma vez que ele era exatamente quem diziam que ele era? Como é injusto e indevido que eu tenha de falar e ser cruelmente julgado — ainda assim, se o julgamento for *deste jeito*, tão cheio de aplausos alegres e gritos de *Nós apoiamos <u>você</u>, Sir Roger*, independentemente do que eu fale — até mesmo antes de eu falar! —, bom, então por que não falar se eles vão ouvir, gostar e se fazem tanta questão? Eliza observou tudo isso e muito mais passar pelo rosto do Requerente, segundo a segundo, como o clima. Todo mundo viu. Tudo o que pensava e sentia, todos os ângulos examinados, todas as dúvidas e todas as autodefesas — era impossível não perceber, pois estava ali, escandalosamente legível. E o que é a honestidade — como a nova sra. Ainsworth gostava de dizer — senão um rosto que parece um livro aberto?

PARTE TRÊS

O conhecimento da vida é o menos invejável de todas as espécies de conhecimento, porque só pode ser adquirido por meio de experiências dolorosas.

Lady Blessington

1. Kensal Lodge, julho de 1834

"Mais Porto!"

"Sim, mais uma garrafa!"

"Senhores, um aviso: o que estou prestes a ler é um texto tão exagerado, tão *horrivelmente* lisonjeiro ao sujeito em questão, que é improvável que uma simples garrafa seja suficiente. Será necessário um garrafão de vinho do Porto para compensar isto aqui."

"Um garrafão, então."

"Sim, um garrafão! Estamos em oito, não é? Sim, oito — um garrafão é suficiente. Sra. Touchet, um garrafão de vinho do Porto para oito, se tiver!"

Estavam em nove. A própria sra. Touchet era o fantasma.

"Mas não vamos importunar a sra. Touchet!"

"Isso! Isso! Nada de importunar a sra. Touchet!"

"Que fique registrado: pela sra. Touchet cada homem presente interromperia de bom grado não só o movimento do garfo, mas a vida. Pois não é verdade que as jovens senhoras partem quando o Porto chega, mas nossa sra. Touchet não só o traz como também o bebe? Uma mulher rara! Uma mulher rara! Ah, que a sra. Touchet fique tudo, menos aborrecida!"

"Observe o rosto da jovem senhora. O momento para essa observação passou há pelo menos uma hora. Chapman, você vai ler essa maldita coisa em voz alta ou não?"

"Sim! Agora: tenho em mãos um exemplar do nosso querido *Fraser*, edição número cinquenta, no qual encontramos nosso amigo Maclise..."

"Viva! Levante-se, Maclise!"

"Levante-se, Maclise! O Rafael de Kensal Rise!"

"O Michelangelo de Willesden Green!"

"Prefiro ficar sentado."

"Como desejar. Aqui encontramos nosso querido Maclise na *Galeria de Personagens Literários Ilustres*, na qual se inclui nosso igualmente querido: Ainsworth!"

"O garoto autor de *Rookwood*! Estrela de Londres!"

"Aquele que desenterrou os ossos do velho Dick Turpin e fez o patife cavalgar até York muito, muito rápido — na verdade, a uma velocidade um tanto improvável."

"Senhores, senhores... por favor. Vocês me lisonjeiam."

"*Eu* lhes digo o improvável: na semana passada eu estava na Great North Road, parei no Goose and Gander e bem ali atrás do bar está uma das *suas* malditas ilustrações, Cruikshank — arrancada e presa na parede —, e adivinha o que o proprietário me diz?"

"Não me atrevo a imaginar."

"'*Está vendo isso? Foi bem aqui que o ladrão de estrada e sua fiel Black Bess pularam a cerca na viagem para York.*' Como se aquela maldita coisa tivesse de fato acontecido!"

"O que posso dizer? Pego o meu pote de tinta mágico; desenho; aquilo se torna realidade. É um dom singular que tenho."

"Ha! Ha! Ha! Um brinde ao tinteiro mágico de Cruikshank!"

"Todo o crédito para Cruikshank, estou certo, mas algum de

vocês foi à cidade nos últimos tempos? Contei três versões dramáticas dessa 'Cavalgada para York' apenas na avenida Shaftesbury! Prova de que as palavras também podem viajar, e sem a ajuda de imagens."

"*Nix my doll, pals, fake away...*"

"Ah, por favor, não essa maldita música de novo!"

"Prova de que qualquer Tom, Dick ou Harry pode fatiar um romance como quiser, extrair as partes faladas e chamar isso de peça de teatro."

"Ou de música!"

"Tudo isso não me rende nem um mísero tostão, a propósito..."

"Tenham piedade da nova sensação!"

"Ah, ora essa, estou com Ainsworth: chamo isso de roubo. Senhores, sei que sou jovem e que estou começando na nobre profissão de vocês só agora..."

"Com os devidos agradecimentos a Chapman!"

"Pelo contrário, os agradecimentos são devidos a Ainsworth, por apresentar o jovem Boz ao seu próprio editor — e ilustrador."

"Bom, independentemente de como isso foi possível, parece que serei publicado. E como acho esse negócio peculiar! Uma coisa posso dizer a favor dos registros judiciais: sempre tive a certeza de que seria pago pelo trabalho feito. Mudar para a literatura? Novas regras se aplicam. O bom Chapman aqui encaderna meu livro e o vende: muito bem. Ora, o que impede qualquer trapaceiro do Soho de copiar qualquer trecho dele e vender esse trecho por conta própria? Ou de cortar as ilustrações de Cruikshank, pôr numa moldura e ganhar um bom dinheiro?"

"Lamentavelmente, nada."

"Digo a vocês, esse é o único negócio no mundo em que qualquer homem pode colher os frutos do trabalho de outro homem — seu suor e suas lágrimas — e não lhe pagar nem um maldito centavo por isso. E nesse meio-tempo ele mesmo fica rico!”

“É isso! É isso! A forma mais pura de escravidão! Vamos constituir um estatuto! Agora, e aquele Porto?”

2. O primeiro insaciável

"Olha: está ficando tarde. O Chapman vai ler esse negócio seja lá o que for ou não?"

"Eu gostaria de ler, mas estou sendo interrompido sem parar. Onde *está* aquela sua adorável esposa, William? Ela precisa ouvir isto também. Faz referência a ela!"

"A sra. Ainsworth está... indisposta", disse a sra. Touchet com uma careta delicada, com a intenção de sugerir problemas femininos e, portanto, de suspender qualquer outra indagação masculina.

"Ah. Bem, vamos respeitosamente erguer uma taça na ausência dela."

"Seu copo está vazio, Forster."

"Tragédia! Hum... Sra. Touchet, será que posso..."

"E agora vou ler: '*Não tenho o prazer de conhecer a sra. Ainsworth, mas sentimos muito por ela — lamentamos profundamente seu caso. Vejam que belo sujeito é O Jovem Romancista da Temporada; como de fato tem a aparência exata de um dos mais tradicionalmente bonitos, brilhantes e consagrados sedutores de mulheres...*'."

"Com certeza se referem a d'Orsay..."

"Eles se referem a d'Orsay, claro. Embora rezemos para que a semelhança seja apenas física. Pelo bem da moralidade pública!"

"Cavalheiros, lhes garanto que a moralidade pública não corre perigo por minha causa. Dizem que a vida romântica do conde d'Orsay, como já devem ter ouvido, é um tanto triangular..."

"Fofoca! A fofoca mais perversa!"

"Ao passo que a minha é uma linha reta simples, decente e cristã, traçada entre marido e mulher..."

"Mas a própria Lady Blessington não planeja uma nova triangulação? Ela não elegeu Ainsworth e d'Orsay como '*os dois jovens mais bonitos da Inglaterra*'?"

"Sim, mas qual é a *minha* posição nessas classificações?"

"É isso! É isso! Estou pessoalmente ofendido pela ausência do meu nome nessa lista!"

"POSSO CONTINUAR?"

"Você tem que continuar?", perguntou a sra. Touchet, mas não foi ouvida.

"O texto prossegue: '*Se escapar ileso durante esses primeiros meses de estrondoso sucesso literário, ele é um camarada de sorte, bem como um adulto. Que possa — desde que seja consistente com a fragilidade da humanidade — distinguir os elogios exagerados e evitar os três insaciáveis de Salomão!*'. Ora, que tal essa? Quem vocês acham que escreveu isso?"

"Maginn. Também sou um homem de Cork. Reconheceria essa prosa irlandesa floreada em qualquer lugar."

"E se Kenealy diz que é Maginn, é Maginn. Imagine, Ainsworth. Você ser um tema para Maginn!"

"Me sinto gratificado."

"Ele está exultante!"

"Permitam que eu recorde aos comensais — os três insaciáveis do rei Salomão eram os seguintes: mulheres, cavalos e dinheiro. *Você* se compromete a evitá-los, jovem Ainsworth?"

"Bom, vamos ver. Sou um cavaleiro pobre; neste momento todos vocês estão bebendo meu dinheiro. Acredito que posso resistir a tudo, exceto a elogios exagerados. Confesso que gosto de ser elogiado e de elogiar os outros."

A sra. Touchet se perguntou o que teria acontecido com o primeiro item dos insaciáveis.

"E Maclise! Que quadro! Digno da Galleria degli Uffizi. Você já viu um dândi daqueles?"

"Aquela é uma simples reprodução. Temos diante de nós o original."

"O original usa mais anéis."

"E agora ao Porto! Tem que ter Porto!"

"Na verdade, devo insistir para que a sra. Ainsworth seja informada da irresistibilidade de seu marido, mesmo que apenas para..."

"As crianças estão na escada", disse a sra. Touchet, e saiu da mesa.

3. A vista das escadas

O calor do verão as expulsara dos quartos. Sentaram-se em ordem decrescente de idade, espiando pelo corrimão. Os dedinhos do pé de Anne-Blanche mal alcançavam o degrau abaixo. A sra. Touchet subiu até o degrau mais alto junto com Fanny e depois surpreendeu a todas ao se sentar.

"Quem *são* esses homens?" As bochechas de Emily eram as mais úmidas e as mais vermelhas. Ela falou de um jeito tristonho, como se ainda estivesse sonhando.

"Conheço Maclise. Ele é o pintor", explicou Fanny. Tinha quase oito anos. Seu lugar de direito era lá embaixo com a sra. Touchet e aqueles cavalheiros inteligentes. Em vez disso, estava presa no andar de cima com bebês, patetas e inválidos.

"E lá está Charles!" Emily julgava que podia tratar pelo primeiro nome qualquer sujeito que pensasse em trazer torrõezinhos de açúcar e dizer *Um para Emily e um para o meu cavalo*, comendo ostensivamente aquele do cavalo e fingindo que não tinha comido.

"Quem é aquele e quem é aquele e quem é aquele?" Anne-

-Blanche usava a mãozinha de uma boneca para apontar. Assim as regras rígidas da sra. Touchet sobre apontar eram burladas.

"Bem, ao lado de Maclise está o sr. Chapman. Ele faz livros. É o que chamamos de 'editor'. E o sr. Horne, ao lado dele, escreve sobre eles."

"Editores?"

A sra. Touchet riu. Na verdade, nunca aprendera a falar com crianças.

"Livros. Está escrevendo um livro no momento: *Um novo espírito do tempo*. Seu pai e alguns dos amigos estarão nele. O sr. Horne é um crítico."

Fanny fez uma careta e disse que não era educado criticar os outros, e a sra. Touchet, lamentando sua demonstração de leviandade anterior, também fez uma careta: "Se o trigo não for separado do joio, então haverá apenas joio". Essa descida brusca ao moralismo fez as irmãs suspirarem profundamente. A sra. Touchet prosseguiu: "Ao lado dele está Kenealy. É irlandês".

"Também é escritor?"

"Acredito que sim — uma espécie de escritor."

"Ele é agradável?", perguntou Emily. Ela sempre gostava de saber quem era agradável e quem era desagradável.

"É muito irlandês. Tem um temperamento inconstante."

A boneca de Emily estendeu a mão mais uma vez: "Quem é aquele? É agradável?".

"É o sr. Cruikshank. Ilustrou o romance de seu pai, entre outras coisas."

"Você não gosta dele." Os poderes intrusivos de Fanny, a sra. Touchet considerava bastante inconvenientes para alguém tão jovem. "Por que não?"

Havia homens que achavam Eliza mal-humorada, sem dúvida, e talvez um pouco severa, mas também espirituosa e animada nas conversas. Escolhiam a cadeira ao lado da dela e algumas vezes até competiam por ela. Depois havia os homens que a olhavam alarmados, pois ali estava um dos cães de Samuel Johnson, rugindo com ferocidade.* Cruikshank estava neste último grupo. A antipatia era mútua. Ela não gostava de seus primeiros trabalhos, de cunho político. William tentara convencê-la de que Cruikshank sempre estivera "do lado certo", que era trabalho dele "ridicularizar tudo, inclusive os abolicionistas", mas ela se sentira pessoalmente ridicularizada pelas caricaturas dele e não conseguia perdoá-lo.

"Em primeiro lugar", improvisou a sra. Touchet, "ele bebe demais, e além disso tem uma visão muito preconceituosa do mundo. Vocês deveriam orar por ele."

As três garotinhas balançaram a cabeça, muito solenes. A oração era o único poder que tinham para modificar o mundo, e levavam a responsabilidade tão a sério quanto qualquer monge.

"Por fim, há um sr. Forster. Ele é novo para mim. O que o distingue parece ser sobretudo a amizade estreita com seu estimado Charles, Emily. Mas que horas são? Como está sua mãe?" Silêncio. "Ainda chorando?" Assentimentos silenciosos. "Comeu a comida do prato que deixei?"

"Não. Deu para o cachorro", Emily sussurrou.

"Quanto tempo você vai ficar com a gente?", Fanny quis saber.

"O tempo que for preciso. Até que sua mãe se sinta bem outra vez."

* A autora faz referência a uma citação do autor inglês Samuel Johnson (1709--84): "Senhor, uma mulher pregando é como um cachorro de pé nas patas traseiras. Não é algo bem realizado; mas é surpreendente que tenha chegado a ser realizado". No original de Zadie Smith, a frase é "... *for here was one of Samuel Johnson's dogs, up on her hind legs*". Há uma ambiguidade, portanto, pois "*get up on... hind legs*" também é uma expressão idiomática que significa tornar-se beligerante ou combativo. (N. T.)

"Quanto tempo vai demorar?", perguntou Emily.

"Agora vamos para a cama", disse a sra. Touchet, e pegou Anne-Blanche nos braços.

4. O preço do pecado

Com todas as três acomodadas na cama, ela foi até o quarto de hóspedes. Era escuro, mal mobiliado e fresco mesmo com aquele calor. Frances estava deitada sobre a colcha, completamente vestida e de costas para a porta. A sra. Touchet sentou-se à mesa de pinho no canto. Era despropositado se aproximar. Na mente de Frances, a intimidade de três anos antes fora esquecida: nunca havia existido.

"Vim dar uma olhadinha na paciente."

"Ah, Lizzy, você é bondosa..."

"As crianças contaram que você não comeu nada."

"Você vai rir, você é tão sensata... Mas a verdade é... Não sinto fome — estou sem apetite para qualquer coisa. É ridículo, mas me sinto... desvanecendo."

"Coisa ridícula para uma mulher da sua idade dizer. Melodramática."

"Sim. Você sempre foi mais velha e mais racional."

"Uma dessas condições é permanente, a outra é uma questão de opinião."

Uma gargalhada estrondosa se elevou do andar de baixo. Frances estremeceu. Foi muito difícil não ir até onde ela estava, mas Eliza conseguiu se conter.

"Tudo vai bem, então?"

"Lá no andar de baixo? Seria muito melhor se você se juntasse a nós."

"Não, não seria."

Frances tinha esse jeito de aceitar o que era autoevidente. E tinha se tornado bastante óbvio que William havia perdido todo o interesse pela esposa. Ela havia sumido da mente dele — como uma personagem de um primeiro romance esquecido — e ainda assim estava aqui, na casa dele! Envelhecida antes do tempo, fisicamente debilitada. Sempre que ele se dignava a olhar para ela, a sra. Touchet acreditava enxergar uma profunda perplexidade nos olhos dele. Como era possível que o belo e jovem romancista da temporada também fosse o marido dessa mulher decrépita — e pai de três filhas? Ele não via as coisas como Eliza. Os olhos de Frances não tinham mudado: o olhar gentil era o mesmo. O sentimento oceânico pelos outros. Ainda era linda. Seguia alheia à vaidade e não tinha capacidade alguma de sentir raiva. Eliza — para quem a raiva era tão natural quanto respirar — sentiu que não tinha outra escolha a não ser assumir a ferida ela mesma, embora soubesse por experiência própria que ficar com raiva de William era inútil. Era como ficar furiosa com uma criança. Ele nunca foi cruel de forma deliberada, apenas era confuso.

"Sabe, Lizzy, às vezes penso que *você* é a única pessoa com quem consegui conversar de verdade nesses meus vinte e nove anos. É estranho. Às vezes me pergunto por quê."

Eliza agarrou os braços da cadeira. *Porque eu sou o seu amor!* Mas essa não era uma coisa que pudesse ser dita e, para além da dificuldade prática, também não era verdade. Os últimos anos haviam deixado isso claro de forma dolorosa. Era William a quem

Frances amava, apesar de tudo. Era William quem ela queria. E agora era William quem ela havia perdido: para a euforia do primeiro sucesso, para os livros e a ambição, para os novos amigos, para o mundo. Era por William que se desfazia em lágrimas e a quem parecia lamentar de forma genuína — fisicamente. Você pode morrer por causa de um coração partido? Nos romances, pode. Você também pode ser "boa demais para este mundo". A sra. Touchet abominava esses clichês, mas aqui, neste quarto sombrio, eles vieram correndo saudá-la, vestindo o manto da verdade. O coração dessa jovem estava partido. Médicos iam e vinham e davam nomes diferentes para aquilo, mas não importava como chamassem, não conseguiam achar a cura. Ela era boa demais para este mundo. Impossível esperar que compreendesse ou mesmo visse as maquinações indiretas e perversas de Eliza Touchet em defesa dela. Tudo aquilo se revelava invisível para ela, embora muita coisa tivesse acontecido debaixo de seu nariz — às vezes em sua própria casa. Ela era boa demais para perceber isso. Punir e corromper um homem por ser amado por uma mulher que você amou, a quem ele próprio não conseguiu amar ou amar o bastante. O preço labiríntico do pecado não ocorria à sra. Ainsworth.

"Você está indisposta. Está exagerando. Potenciais afinidades estão por toda parte, se permanecermos abertas a elas", disse a sra. Touchet, ao mesmo tempo que se levantava da cadeira. Oito jovens literatos, embriagados, chamavam o nome dela.

5. Compensações

No andar de baixo, descobriu que a conversa havia tomado um rumo político.

"De fato é bastante difícil para os fazendeiros", dizia Horne. "Afinal, o que quer que pensemos deles, esse é seu meio de subsistência, e agora descobrem que ao soar da meia-noite — daqui a quatro anos — tudo vai ser erradicado de uma só vez. Nessas circunstâncias, uma compensação para os fazendeiros não parece insensata."

"Vinte milhões de libras é muito mais do que sensato!", objetou Maclise, ao que Forster respondeu: "Mas, lamentavelmente, necessário", e seu amigo íntimo Charles — o que parecia a regra entre eles — tomou de imediato o partido de Forster.

"Veja, esse é um negócio horrendo. Profano e desumano, como Wilberforce demonstrou há vinte anos. De modo que o tráfico foi encerrado, graças a Deus. Rezo para que, com esses escandalosos vinte milhões, seja a última vez que ouvimos falar disso. Eu, pelo menos, estou muito cansado de ouvir falar disso. Afinal de contas, não nos faltam problemas mais próximos de casa, para os quais podemos agora voltar a atenção…"

"Ah, sra. Touchet! Quanto ao Porto…"

"Sr. Kenealy, não temos mais Porto. Estamos completamente sem Porto."

"Confesso que estou confuso com essa questão", observou Chapman. "Como você disse, o tráfico acabou. Nossos batalhões estão nas águas — com grandes custos para o contribuinte — interceptando comerciantes espanhóis e franceses e quem quer que seja, libertando esses pobres africanos a torto e a direito. Se isso já não representasse um fim significativo para o assunto, o que resta dele com toda a certeza vai terminar por murchar com o tempo."

"Não, sr. Chapman, isso não encerra de modo algum o assunto. Os canaviais continuam em funcionamento. Você também pode dizer que o fogo está apagado enquanto um homem ainda assa sobre as brasas."

"Sra. Touchet, com todo o respeito, estamos comendo."

"Com todo o respeito, sr. Horne, quem me dera falar apenas por metáforas. O fogo aplicado à carne é um castigo frequente nas nossas ilhas. Recomendo a você *Os horrores da escravidão*, escrito por um sr. Robert Wedderburn. E quanto aos batalhões, sr. Chapman, será possível que tenhamos nos esquecido tão cedo do navio *Cleópatra* da Marinha Real? E será que aqueles quatrocentos homens, mulheres e crianças que foram 'libertados' dos espanhóis, apenas para serem forçados a entrar no porão do *Cleópatra*, um espaço adequado para metade desse número, esmagados, mutilados e sufocados até a morte… será que eles, naquela visão do inferno…"

"… sra. Touchet, *devo de fato insistir* para que as visões do inferno sejam reservadas para um local e uma ocasião mais apropriados."

Era raro, muito raro, que William insistisse em qualquer coisa quando se tratava da sra. Touchet, e a humilhante ferroada pública a congelou onde estava. O silêncio se prolongou. Por fim Cruikshank se levantou de forma repentina da cadeira para pegar a garrafa de clarete pela metade que alguém havia deixado sobre a lareira. Assim, falou de costas para ela.

"Sra. Touchet... Seu marido era um Touchet."

"Era."

"Um nome de Manchester."

"Bastante antigo."

"Família vinculada ao algodão, no passado."

A sra. Touchet ficou em silêncio.

"Samuel Touchet era meu tio-avô", disse William, educadamente. "O algodão era um negócio lucrativo naquela época. Devo admitir que fiquei bastante encantado com o romantismo daquelas viagens quando era menino: de Liverpool à costa da Guiné, depois ao Novo Mundo e de volta a Liverpool, carregado de delícias exóticas! Ele fez fortuna com contratos governamentais e coisas assim — mas perdeu tudo. Especulou em excesso, acredito, em sua quarta viagem. Foi até acusado de tentar um monopólio, de forma bastante vergonhosa... No final, se enforcou nas colunas da cama — era um grande escândalo estar falido naquela época, claro —, e meus pobres primos sem dúvida sofreram por isso, com credores na porta e assim por diante... Embora, no fim, os bancos não tenham conseguido tudo. Não há dúvida de que Samuel Touchet era um velho demônio, Eliza, mas devo dizer que você tem motivos para ser grata a ele."

Cruikshank virou-se e ergueu o copo: "A Samuel Touchet. E ao dinheiro que ele deixou para trás".

A sra. Touchet corou brutalmente.

"É bastante difícil julgar uma mulher respeitável pela sua fonte de rendimento, sr. Cruikshank, quando pouquíssimos meios de se obter rendimento estão disponíveis para ela."

“Touché, sra. Touchet.”

Foi a primeira vez que ela ouviu o sr. Charles Dickens fazer esse gracejo terrível. Não seria a última. Com o correr dos anos, passou a temê-lo genuinamente, e uma vantagem do fim repentino da amizade entre ele e William foi não precisar mais ouvi-lo. Ninguém, exceto Dickens, riu dele em circunstância alguma. Nem uma única vez.

6. Dickens está morto!

Apesar de ser sete anos mais jovem, sete vezes mais rico, e de ter conquistado uma reputação que a William muitas vezes parecia se estender por sete continentes — apesar de tudo isso, Dickens estava morto aos cinquenta e oito anos. Foi difícil assimilar. Será que a morte não sabia nada a respeito de certidões de nascimento, livros de bolso e assinaturas anuais? William ficou atordoado. Ficou sentado muito imóvel na cadeira e olhou para a data no obituário: 9 de junho de 1870. E enquanto Dickens caía morto, onde o próprio William estava? No zoológico! Olhando um hipopótamo! Fanny e Emily ficaram de "coração partido" e choraram um bocado. A sra. Touchet concluiu que isso se devia ao fato de o jornal *The Times* ter informado que estavam com o coração partido, assim como o comprimento das saias delas mudou depois de terem lido uma coluna na revista *Queen*. Nenhuma dessas pessoas tinha pousado os olhos no homem fazia quase vinte anos. E por que Clara estava chorando? "Por causa do pobre Copperfield! Estella era tão cruel!" Crianças são crianças, e facilmente influenciáveis pelo humor dos adultos. Mas então, quando o rapazote do carvão chegou, ouviu-se um inesperado *horrível o que aconteceu com o sr. Dickens, num é* — acompanhado de uma fungada viril —, e uma hora depois um tratado choroso a respeito do livro *Um conto de Natal* foi oferecido pelo carteiro. Por volta das onze horas, a sra. Touchet ficou vinte minutos parada à espera de suas salsichas, enquanto o açougueiro e a mulher do vigário se revezavam para citar as diversas idiotices do personagem Micawber. À tarde, as Irmãs de São Jorge fizeram uma oração pelo homem. Todas choraram.

Na rua principal, ao pôr do sol, ele estava por toda parte, feito um miasma. Todas as pessoas por quem passava pareciam ter Bill ou Nancy nos lábios, ou Gradgrind, ou Pegotty, ou uma dúzia de outros, e, ao se deparar com tantos estímulos, a própria sra. Touchet se tornou sugestionável. Começou a pensar naquela loja de roupas de segunda mão na Monmouth Street, que o jovem *Boz*, pela simples observação, havia transformado em algo incrivelmente vibrante, preenchendo todos os vestidos, casacos e sapatos expostos na vitrine com um elenco de seres humanos, cada um deles bastante convincente, materializados numa frase, transbordando de... vida. Do que parecia ser vida. A sra. Touchet não acreditava que as almas fossem completamente contidas ou definidas por casacos ou sapatos. Mas sabia que vivia num tempo de coisas, não importava o quanto se sentisse fora de sintonia, e, o que quer que tivesse sido além disso, Charles fora o poeta das coisas. Ele tornou vibrante e humano o tráfico insensível e a idolatria amarga das coisas. A única maneira de compreender o luto geral era notar que com a morte dele um tempo de coisas estava agora de luto por si mesmo.

Além da Megera, somente a nova sra. Ainsworth estava imune, limitando-se à curiosidade a respeito das consequências práticas daquilo para William. Pois, assim como acontece quando o dono de uma mercearia fecha o comércio e aquele do outro lado da rua consegue alavancar os negócios, ela esperava que esse colapso repentino de Dickens talvez pudesse "colocar mais umas transações no nosso caminho!".

7. Pegando o trem

Dois dias depois aconteceu de a sra. Touchet ter que pegar o trem para Londres, a fim de se encontrar com um advogado. Teria preferido, de longe, ir sem escolta — às vezes pensava que, mais do que qualquer coisa no mundo, ansiava pela independência —, mas William insistiu em acompanhá-la. Ele havia se recuperado do choque. Agora queria ficar na beira de um buraco enorme e observar que não era ele quem estava enterrado ali. Uma satisfação perdoável, ligeiramente prejudicada pelo fato de o buraco em questão ter sido cavado na Abadia de Westminster, a pouca distância de Shakespeare.

"Na verdade, não consigo imaginar o que Forster e a família podem estar pensando", William reclamou, mas baixinho, para o caso de haver simpatizantes. Havia mais seis passageiros na mesma cabine; cinco estavam lendo romances. "Ele nunca teria desejado isso. Teria ficado furioso, na verdade — detestava espalhafato. Pura vaidade deles. O *Times* não deveria ter sugerido isso, e o bispo nunca deveria ter permitido. Charles sempre foi contra a pompa e as falsas honrarias de todos os tipos."

"Sim, um homem que decide batizar o filho de Alfred d'Orsay Tennyson Dickens claramente não dava importância à fama mundana."

Isso divertia a sra. Touchet, e lhe interessava também: como é difícil assumir o controle dos próprios sentimentos. Há uma tendência a concedê-los a outras pessoas, sobretudo aos mortos. Quando chegaram à estação Waterloo, a indignação de William em nome do falecido amigo tinha atingido um tom agudo: o rosto estava vermelho, e ele teve que abrir o botão de cima. Também não ficou muito contente com o caos da estação. Nenhum metro quadrado de chão parecia acomodar menos de três pessoas e quatro bolsas de viagem de tecido encorpado. Maldito seja o polvo construtor, espalhando os tentáculos pela terra inteira, destruindo a floresta verde! Malditos sejam os pequenos terraços suburbanos lúgubres onde toda essa gente lúgubre aparentemente vivia agora... De onde vinham? Para onde iriam? Só então, como se fosse uma resposta definitiva às perguntas do primo, o arco do Cemitério da Necrópole se materializou à direita. Se Londres estava movimentada acima do solo, abaixo estava superlotada. Sepulturas eram escavadas umas sobre as outras, corpos colocados sobre corpos, sendo que muitos eram infecciosos e, portanto, perigosos de deslocar. Todos aqueles Tobys tomados pela febre. Uma epidemia de James Touchets. Os cemitérios de All Souls e Highgate estavam abarrotados. Até mesmo as valas comuns estavam cheias. E assim um enorme cemitério suburbano fora construído em Surrey para acomodar o excedente, e aqui estava a plataforma específica que o levava até lá, e o trem especial que transportava os mortos e aqueles que os pranteavam. Ela lera a respeito desses trens da morte, mas essa era a primeira vez que via um. Enquanto William avançava, a sra. Touchet se voltou como a mulher de Ló. Famílias vestindo bombazina preta, embarcando, chorando. Caixões empilhados no último vagão, fazendo a viagem final.

8. Os etíopes

Carruagens de aluguel, charretes, cabriolés, ônibus puxados por cavalos, todos lotados de passageiros, se amontoavam e apontavam em todas as direções, enquanto as pessoas que se atreviam a andar com as próprias pernas circulavam entre eles. Ao redor havia gritos, cantorias, discursos, músicos de rua tocando realejo e uma série luminosa de sinais e símbolos impressos e exibidos em qualquer espaço livre: *Mostarda Colman's, Sabão Hudson, Cacau da Cadbury*... Era difícil para Eliza disfarçar o contentamento com toda aquela comoção humana. Mas William estava certo: as chances de conseguir um meio de transporte eram mínimas.

"Uma caminhada, então."

Eles se dirigiram para a ponte de Londres, o que despertou em William boas recordações de seu capítulo de *Jack Sheppard* centrado nela, e a recordação ainda mais agradável de que esse mesmo romance já vendera mais do que *Oliver Twist* trinta anos antes. A sra. Touchet tentou prestar atenção ao que ele dizia, mas foi dominada por outros estímulos. Um caos de mendigos e vendedores ambulantes, de meninas floristas e meninos quitandeiros;

dois chineses numa conversa incompreensível; todos os tipos de mulheres fascinantes. E as roupas! Impensáveis para as filosofias da indumentária de West Sussex...

E a cada dez metros você ouvia uma canção nova. Quando captava a melodia de uma, a próxima começava, feito uma dúzia de jornais ganhando vida musical. Quem escrevia essas rimas pesadas e essas narrativas escandalosas? As músicas eram cantadas — de forma não muito melodiosa — por sujeitos bem alimentados e de rosto vermelho, vestidos como janotas. Algumas eram canções para o pobre Dickens, com melodias familiares e melancólicas. Mas a maioria eram marchinhas animadas de assassinato e violência. A mais popular fazia alusão a um padeiro que cortara a garganta da própria mãe em Lambeth uma semana antes. Alguns cantavam o assassinato; alguns, o enforcamento subsequente. Então, assim que saíram da ponte no lado de Middlesex, Eliza captou no ar ao longe uma música mais agradável, e, ao virar uma esquina, avistou um grupo de menestréis etíopes, do tipo de que sempre gostou. Haviam unido forças com um vendedor de panfletos, cantando o verso que ele vendia por um centavo a folha. Ficou impressionada com a óbvia pobreza deles e com aquela estranha composição. Três homens — irlandeses ou escoceses, pela aparência — tinham a habitual rolha queimada espalhada pelo rosto, e os cabelos ruivos estavam mal escondidos, enfiados em cartolas com furos no topo. Mas sem dúvida também havia um indiano entre eles — o cabelo era sedoso e preto —, e os outros dois eram africanos genuínos. Todos estavam descalços, apesar dos fraques. Ela ficou tão paralisada por esse arranjo incomum que mal notou a canção.

"Dá para acreditar nisso? Incrível. Há fama para você! Deviam levar *esses* sujeitos ao Tribunal de Apelações Comuns. Você sabe que é um lorde quando estão cantando a seu respeito nas ruas de Londres!"

A sra. Touchet ouviu:

Nos velhos tempos o pobre tinha a terra comum pra criar suas vaquinhas,
Agora as terras comuns são tomadas, reivindicadas pelas famílias riquinhas,
Até o pobre Sir Roger viu sua reivindicação legítima fenecer,
Os advogados o tratam por Orton — e Bogle jura que não foi assim que o chamaram ao nascer!

"Não chegue muito perto, Eliza... Com esses sujeitos, nunca se sabe..."

Eliza se animou a fazer uma piada: "Tenho um centavo aqui. Não seria melhor comprarmos um exemplar para sua esposa?".

Ficou encantada em saber que ainda conseguia fazer o primo rir. Isso fez com que se lembrasse do jovem William: tão cheio de energia, tão impregnado de bom humor, tão receptivo e generoso com os talentos dos outros homens, tão disposto a ser orientado, direcionado, entretido e arrebatado por praticamente qualquer pessoa — até mesmo por uma mulher. Tão livre do desejo de dominar. Nunca havia conhecido outro homem assim. E então, de certa forma, aquele William fantasmagórico e havia muito desaparecido lhe fizera mais mal do que bem. Havia criado no interior dela uma expectativa impossível: a esperança de encontrar regularmente mais exemplos daquele tipo.

"Se fizer isso", disse William, rindo enquanto falava, "farei com que seja enforcada."

9. O advogado Atkinson faz sua recomendação

"Como disse: não sou legalmente obrigado a informar os dependentes, e *não* informarei os dependentes — isto é, a menos que os dependentes insistam em saber. Mas é minha recomendação categórica", continuou o advogado Atkinson, "que a senhora considere essa revelação surpreendente *apenas na medida em que* afeta suas próprias circunstâncias materiais, aceitando a feliz mudança *unicamente* como o benefício evidente que é, *e com a firme compreensão e com a condição* de que qualquer informação complementar a respeito é precisamente isto, *complementar*, e sem utilidade ou propósito para a nova beneficiária, Eliza Stuart Touchet — sendo a senhora mesma —, e que, portanto, não precisa ser divulgada, pois não tem, como eu disse, qualquer relevância para a mudança material no último testamento do falecido sr. James Touchet, a cujo documento me refiro agora. Se esse ridículo caso Tichborne nos ensinou alguma coisa, sra. Touchet, certamente foi que os testamentos redigidos em termos pouco precisos continuarão a causar todo tipo de dano..."

Mais tarde — bem mais tarde —, Eliza compreenderia que

no interior desse denso parágrafo de puro jargão jurídico havia uma escolha fundamental. Uma encruzilhada. Sabia disso na época? Não houve quaisquer sinais ao longo do caminho. Nenhum arco-íris, nenhum arbusto em chamas. Nada de notável no cenário ou no elenco. Durante vinte anos ela se reuniu com o advogado Atkinson uma vez por ano, e ele era sempre o mesmo, embora, como disse, estivesse "em um ambiente triste e muito reduzido". Pois o antigo colégio de advogados fora dissolvido, todos os seus procuradores e defensores foram deslocados para novos cargos, e Atkinson — ele mesmo um procurador — agora cuidava de seus negócios civis em um conjunto estreito de salas ao lado do Cordwainer Hall, na Distaff Lane, à sombra da Catedral de São Paulo. Essa proximidade com a Venerável Companhia de Sapateiros não o agradava; simplesmente fazia a rua toda cheirar a couro. Ele também não via nada essencialmente encantador na ideia de uma antiga associação de sapateiros. Para Atkinson, aquilo era um retrocesso para o mundo: "Mas a convoco aqui hoje, sra. Touchet, para discutir o oposto: uma melhora! Uma melhora clara e definitiva".

Melhora, para um homem como Atkinson, só podia significar uma coisa: dinheiro. Mas antes que pudesse se congratular pelas sutilezas de sua própria moralidade, ela refletiu a respeito do que a independência de fato significava para ela. O que era o dinheiro, além de uma forma material de liberdade? Queria se afastar daquele homem mesquinho e pedante. Em vez disso, se inclinou para a frente na cadeira e ouviu com muita atenção. Ele tinha aqueles olhos redondos e vazios de pássaro e um bico no lugar do nariz. Continuava papagueando. A cabeça se movia para a frente e para trás, feito um pica-pau. Para lá e para cá ia o bico, martelando a ignorância prática de Eliza em relação às próprias finanças, até por fim irromper a mais surpreendente galinha dos ovos de ouro. A renda vitalícia dela iria mudar — dobrar. Por maior que fosse o pesar que o advogado Atkinson sentisse ao revelá-lo, o testamento do falecido James Touchet beneficiava outra pessoa, e o fato fora escondido da viúva todos esses anos, explicou Atkinson, por "questões de delicadeza". Mas agora essa pessoa havia morrido e, embora "tivesse dependentes", a opinião profissional do sr. Atkinson era que esses dependentes não tinham qualquer direito legal fundamentado, e, de qualquer forma, era extremamente improvável que requisitassem tal coisa. Nessa circunstância, a renda do falecido se revertia para a viúva, ou seja, para a anteriormente referida, ou seja, para a sra. Touchet.

"Para mim?"

"Sua renda vitalícia será duplicada. Tudo o que precisa fazer é ir até seu banqueiro. Ele está com o documento aguardando assinatura."

"Mas o senhor ainda não disse a quem o testamento favorecia. Quem era a pessoa beneficiada, agora falecida? Quem são os outros dependentes que podem reivindicar essa renda?"

Nesse ponto, o advogado Atkinson suspirou e passou à recomendação. Lá estava: a encruzilhada. A escolha de saber ou de escolher não saber. É nesses momentos, acreditava a sra. Touchet, que nossa alma fica por um fio. Se ao menos William estivesse lá! Mas William fora até a abadia para prestar homenagem a Dickens. Ela ficara sozinha, na encruzilhada.

Nossos obstáculos são as outras pessoas. São elas as forças que enfrentamos. Sentia isso com mais intensidade quando estava com o humor mais sombrio, ou seja, quando estava mais distante de Cristo. As outras pessoas são as pedras nas quais tropeçamos, as pedras que nos estorvam, nossos entraves e nossas obstruções — são enviadas para nos testar. Apesar disso, se não formos testados, se formos deixados na nossa tão desejada solidão — sem ninguém para testemunhar as nossas muitas hipocrisias —, com que facilidade nos enganamos!

“Vou aceitar o dinheiro e seguir a sua recomendação, sr. Atkinson, obrigada. Acho que, se isso for tudo, provavelmente é melhor que eu não saiba mais nada sobre esses… esses requerentes. Tenho certeza de que nada de bom resultaria disso.”

“Uma decisão sábia, sra. Touchet, se me permite. Uma decisão prudente.”

10. Roca

Lá fora, a sra. Touchet olhava para o céu em busca de orientação. Em vez disso, viu-se examinando a fachada do Cordwainer Hall. No alto, no frontão, fora gravado o brasão de todos aqueles que trabalham com couro. Mostrava uma camponesa, uma garota, fiando em uma roca. Como se esse antigo salão de libré se preocupasse com o aprendizado das sapateiras, com as pensões das sapateiras, com os salários das sapateiras! A sra. Touchet se lembrou da garota que fiava ouro para o rei no conto de fadas. *Rumpelstichen!* E num piscar de olhos o pequenino demônio, sem nenhum exagero, ia pelos ares. Bastava chamar o Diabo pelo nome correto e você o liquidava. Só nos contos de fadas.

11. O que podemos saber das outras pessoas?

Todos os pensamentos dela eram perturbadores. Surgiram naquela lacuna onde deveria haver um nome. E nessa mesma lacuna, espreitando para ir a seu encontro: a liberdade. A ideia de que poderia viver em algum lugar de sua escolha! Em seus próprios aposentos, pagos com seu dinheiro. Era algo desconcertante. Parou e olhou para os sapatos. Eram velhos e precisavam de solas novas. Por que era mais fácil pensar em sapatos do que em liberdade? Como podia se sentir tão confusa com aquilo pelo que havia orado?

Em busca de alívio, voltou o pensamento para as ruas à sua frente. Para as pessoas que andavam por elas, uma quantidade enorme de pessoas, e muito variadas. Sempre notara numerosos marinheiros chineses e indianos nessa área, e ainda estavam todos por ali, mas também havia várias lojas mais recentes com suas placas gravadas na antiga escrita dos judeus, e havia uma pequena delegação de turcos — ou pelo menos homens usando chapéus *fez* — espiando pelas vitrines de uma joalheria. Uma das surpresas dessa Londres nova e mais movimentada — em comparação com a cidade que ela e William haviam conhecido — era a quantidade de estrangeiros que agora parecia haver ali, talvez porque estivesse caminhando tão perto do rio. Avistou empregadas domésticas negras, cozinheiras e camareiras negras, um homem negro com cicatrizes angulares profundas nas duas bochechas dando água a um cavalo do lado de fora de um pub, e dois outros, extremamente desamparados, sem dúvida, sentados no chão perto da ponte Waterloo, e depois um balconista pardo na porta de uma loja de peles. Ela tinha idade suficiente para se lembrar da época em que era moda manter rapazes caribenhos de libré na entrada das casas elegantes, vestidos como príncipes da Arábia. Mas os criados que ela identificava agora estavam vestidos com simplicidade, com roupas apropriadas para o trabalho. E não só os criados. Trabalhadores de vários tipos e um africano de olhar superior — carregava uma maleta de médico — subindo em um cabriolé. A sra. Touchet gostava de examinar os próprios pensamentos à medida que os ia tendo, e agora, enquanto tomava um caminho inconveniente de propósito só para ver mais de perto duas mulheres muito estranhas — uma branca e a outra negra, ambas vestidas de forma teatral e andando de braços dados a passos largos —, ela se perguntou qual era exatamente a natureza do seu interesse pelo estrangeiro e pelo desconhecido. Sabia que ficava entediada com frequência. Profundamente entediada com a vida em torno dela: os contornos familiares, as repetições e as muitas pessoas que conhecia tão bem, bem demais, na verdade. A essa altura todos os Ainsworth, por exemplo, eram um livro aberto para ela. Nada do que dissessem ou fizessem poderia surpreendê-la a essa altura. Comparava esse tédio profundo à animação que sentia na presença de estranhos exóticos, como essas duas mulheres misteriosas. Por que andavam tão depressa e riam com tanta frequência? Por que suas roupas eram brilhantes e ao mesmo tempo baratas, e de certa forma desonrosas? Como se conheceram, e ainda por cima de modo tão íntimo a ponto de andarem de braços dados? Em que mundo viviam, e que paisagem mental desconhecida ou talvez impenetrável o compunha? Haveria meios de decifrar isso? De adivinhar? O que podemos saber das outras pessoas? Quanto do mistério de outra pessoa a própria perspicácia de alguém poderia desvendar?

12. Pense em Bogle!

Pensara nele com frequência desde aquela tarde estranha em Horsham. A própria pessoa dele parecia fazer a ela essa mesma pergunta. Pois ali estava um homem que de fato a surpreendera. Fora uma surpresa efêmera — uma oscilação entre um estado e outro, como uma chama mudando de forma —, mas ela não conseguira esquecer aquilo. Aconteceu logo depois de ele concluir seu testemunho sóbrio, articulado e aparentemente sincero a favor de "Sir Roger". O filho o segurou pelo cotovelo mais uma vez, para ajudá-lo, e enquanto os dois avançavam aos poucos pelo palco... lá estava! Uma mudança. Nos gestos, nos movimentos, na expressão do rosto. Não tinha palavras muito precisas para isso, e ainda assim tinha visto. Uma intimidade enigmática entre Bogle e o filho. A última vez que vira algo assim fora entre dois criados de Lady Blessington anos antes. Algo intensamente privado, codificado, não destinado às demais pessoas, e ainda assim flagrado pelo menos pela sra. Touchet, que costumava se gabar de que "via tudo". Foi desconcertante. Pois pensava em si mesma como tendo vários rostos para exibir em momentos distintos a pessoas distintas — como todas as mulheres têm, e precisam ter, em graus variados —, mas nunca pensara seriamente na ideia de que poderia haver também uma classe de homens (além do óbvio caso dos sodomitas) que, assim como as mulheres, escreveram a história da própria vida numa linguagem secreta. Para ser traduzida apenas por alguns e somente quando necessário. Tentar traduzir tais linguagens secretas, onde quer que as encontrasse, era o deleite particular da sra. Touchet. Mas, ao contrário da maioria dos decifradores, ficava particularmente intrigada quando via que estava errada. Como estivera a respeito desse Bogle — sem se dar conta de que esse homem poderia até mesmo possuir um mundo oculto ou privado — e como agora provava estar com as duas senhoras de passo acelerado, que afinal de contas não pareciam ser daquele tipo de mulher com as mesmas convicções dela, mas simples ladras! A mulher negra distraía o "alvo" com sua conversa, suas plumas e risadas, enquanto a branca deslizava a mão nas costas dele para alcançar o bolso.

13. Visitando Lady Marguerite Gardiner Blessington, inverno, 1836

"Sejam bem-vindos! Sejam bem-vindos — ficamos encantados com sua presença! Vocês, jovens leões da literatura! Afortunados os belos corcéis pressionados entre suas coxas — ah, não fique tão chocado, William —, eles têm sorte! E estou em dívida com você por essa introdução! Mas li todos os seus rascunhos, jovem *Boz* — nos considero velhos amigos! Vou chamar você de Charles sem mais delongas, se não se importa, ou até mesmo de Charlie — e sem protestos ingleses educados quanto a isso. Sou de coração uma maldita irlandesa e pretendo continuar a ser! Bem-vindos à Casa Sangrenta! Ah, e lá vem um terceiro galopando pelos portões... Ah! Bem, agora estou com vergonha: rapazes, vocês deveriam ter me avisado. Perdão, madame, não tinha me dado conta... Ah, e olhe para mim com meus malditos chinelinhos indianos!"

De cima do cavalo alto feito um pedestal, Eliza olhou para baixo. Os chinelinhos eram ridículos, assim como a mulher. Enquanto isso, atrás de Lady Blessington, à porta, um adolescente negro com um turbante de seda vermelha segurava uma travessa com alguma coisa, enquanto sua versão feminina batia no ar com um enorme leque emplumado, embora fosse março e fizesse frio.

"William, você é um maldito de um impertinente! Menino bobo: por que não informar que uma senhora estava vindo..."

Ela viera por simples curiosidade. Por mais que Eliza odiasse pessoas horríveis, tampouco conseguia resistir a elas. Agora olhava suplicante para William, para que ele fizesse as apresentações necessárias, mas encontrou o primo alheio, como sempre. A atônita Lady Blessington, no entanto, olhou diretamente para Eliza:

"Mas a quem devo..."

"Sou Eliza Touchet. Prima do sr. Ainsworth. Por casamento."

"Ah, a prima! E uma conterrânea celta, se meu ouvido não me engana... Uma bela amazona também, ao que parece. Bem, você é bem-vinda. Perdoe minha surpresa e meu linguajar. Por um momento pensei que você fosse uma esposa, e as esposas, na minha opinião, estragam o charme de qualquer *salon*."

"Meu marido está morto", anunciou a Megera, fazendo William dar uma risadinha e saltar do cavalo:

"Nossa querida sra. Touchet é uma mulher com a mesma mentalidade que a sua, Lady B. Ela também é famosa pela clareza contundente com que se expressa."

"De fato?"

"Mas deixe-me tranquilizá-la: a sra. Touchet não tem marido — como mencionou, é, como você, viúva, mas há mais tempo, e eu... bem, agora perdi minha esposa..."

"De *fato*?"

"Por infelicidade, ela voltou a morar com o pai, o sr. Eber."

"E estou apenas noivo", disse Charles. "Podemos entrar agora?"

14. Questões mais importantes

Na porta, os dois jovenzinhos deram um passo para o lado. William, ao passar, pegou um bombom da travessa do menino. A menina, andando atrás deles, enviava um fluxo constante de ar frio pelas costas de Eliza.

"E o conde?", perguntou William.

"Vai se juntar a nós em breve. Está terminando sua *toilette*."

"Algo que não será tão breve, tenho certeza...", disse Charles baixinho, divertindo-se imensamente. E não deve ser maravilhoso, pensou a sra. Touchet, ser seu melhor entretenimento!

Do saguão de entrada, foram conduzidos para dentro de um grande salão. Foi difícil para a sra. Touchet decidir o que mais lhe causava repulsa: as paredes vermelhas, a gigantesca harpa dourada ou o busto de Bonaparte de cor berrante. Parecia haver *chaises* em todos os cantos. Numa delas Lady Blessington se reclinava agora. A espreguiçadeira estava coberta por um tecido de seda adamascada cor de pêssego que a fazia parecer ainda mais cor de pêssego, se é que tal coisa era possível. Enquanto isso, os jovens convidados eram incentivados a se sentar juntos no grande pufe verde ali em frente, como uma plateia, ou como três funcionários naqueles ônibus puxados a cavalo. Os jovenzinhos tomaram seus lugares de cada lado da lareira e ficaram imóveis e inexpressivos feito estátuas.

"Que bela casa você tem, Lady Blessington." Além do riso permanente, esse parecia outro dos modos do sr. Dickens: a subserviência. "E tão cheia de personalidade. Sei que estou em Kensington, mas poderia estar na Arábia ou talvez" — um assentimento risonho para as crianças — "em um lugar ainda mais distante no Sul."

"Ah, Charles! Eu agradeço! É muito gratificante ter um amigo romancista — se é que posso me referir a você dessa forma —, é realmente gratificante ter um romancista admirando a decoração. Sendo eu mesma uma rabiscadora *dilettante*, sei bem como nós, com a personalidade dos que escrevem, mobiliamos as casas da nossa imaginação, e com que cuidado extremo... E a Casa Gore tem sido um desafio particular. 'Fazer' uma casa não é uma tarefa menor — não que jovens literatos como vocês precisem saber alguma coisa a respeito desses assuntos tediosos da meia-idade —, mas ainda assim há muitas decisões a serem tomadas, de natureza banal e prática. Para não mencionar as questões estéticas. Embora, é claro, eu tenha tido a ajuda do conde nisso."

"D'Orsay é o *próprio refinamento*!", exclamou William, como se isso fosse uma coisa original ou interessante de dizer. A sra. Touchet viu o novo amigo de William, Charles, estremecer um pouquinho.

"Inquestionável", concordou Lady Blessington, "e ainda assim havia muito a fazer. Wilberforce era o proprietário anterior — um homem nem um pouco dado a extravagâncias em qualquer área. Devo dizer que, quando a ocupamos, parecia uma igreja metodista, mas, como disse o conde, não se podia dizer que era *chique*. Rá! Agora deixei vocês chocados." Eliza sorriu de leve. Uma das coisas de que menos gostava era que lhe dissessem o que a deixava chocada. "Sim, nosso querido sr. Wilberforce era uma pessoa austera, com certeza, e com um péssimo gosto para cortinas..."

"Com todo o respeito, Lady Blessington, mas o sr. Wilberforce decerto tinha assuntos bem mais importantes em mente do que cortinas."

Lady Blessington — que não olhara para Eliza desde que ela descera de seu cavalo-pedestal — agora se virou e franziu a testa diante dessa tentativa descarada de subir em outro.

"De fato. Estamos todos em dívida com o sr. Wilberforce, sem dúvida. Sou da opinião de que nenhum homem ou mulher pode dormir em paz enquanto sua nação peca, e quem pode duvidar do pecado da escravidão?" — um olhar sentimental para os dois jovenzinhos inertes como estátuas — "Mas não foi Wilberforce quem viveu toda a sua vida com os lucros do pecado que tanto reprovou? O avô dele era dono de engenhos, creio eu, e decerto Wilberforce nunca ganhou um centavo de forma independente. Não posso deixar de lembrar do nosso querido e falecido Byron sobre o tema da hipocrisia..."

Quando ainda estavam em Kensal Rise, selando os cavalos, Dickens quis apostar quando viria a primeira menção de Byron, afirmando de fonte segura que a encantadora anfitriã "raramente conseguia completar cinco frases sem deixar cair o nome de Byron no tapete". Mas William tinha dificuldade de acreditar na mediocridade das pessoas nobres: um tanto relutante, apostou em "uma referência a Byron no prazo de uma hora". Seu novo amigo apostou em metade do tempo. Apenas a sra. Touchet, cínica por natureza, tinha arriscado seu dinheiro na marca dos cinco minutos, e por isso agora lhe deviam três xelins.

15. Conversas de Lord Byron

"Tenho a página bem aqui", disse Lady Blessington, abrindo o próprio exemplar. De alguma forma, o livro se materializou em suas mãos: "'*Quando me conhecer melhor, você vai descobrir que sou a pessoa mais egoísta do mundo; tenho porém o mérito, se há um, de não só estar perfeitamente consciente dos meus defeitos, mas de nunca negá-los; e sem dúvida isso significa alguma coisa nessa era de falsidade e hipocrisia.*' Sou capaz de ouvi-lo dizendo isso como se fosse ontem. Nunca um homem teve uma visão tão clara de suas virtudes e de seus defeitos".

"Um homem notável", disse William. "Nosso maior poeta."

"Meu melhor amigo! Como adorei aqueles dias que passamos na Itália, as nossas longas tardes de conversas... e ainda assim, estávamos muitas vezes infelizmente em desacordo e discutíamos tanto quanto concordávamos. O temperamento poético é de fato uma questão complexa... Ah, d'Orsay! Estávamos falando de Byron e do temperamento poético! Ah, rapazes, estou com frio; minha alma irlandesa anseia pelo fogo; sentem-se comigo."

As muitas curvas de Lady Blessington alcançavam agora a lareira, onde se sentou sobre seu nada insignificante traseiro, enquanto dispensava os criados e gesticulava para os "rapazes". Eles foram até lá ao mesmo tempo, William se sentando de um lado, o conde d'Orsay do outro. A sra. Touchet permaneceu onde estava, no sofá. Charles — cujas pernas inquietas balançavam desde o momento em que se sentara — aproveitou a oportunidade para andar pela sala bastante espaçosa. Nas suas voltinhas, apanhou *Conversas de Lady Blessington sobre Lord Byron*, passou o dedo pelas costas de uma santa Lúcia de madeira, dedilhou uma corda da harpa e afirmou admirar tudo aquilo. Mas a sra. Touchet, que o observava com atenção, viu apenas o voraz relator do tribunal fazendo anotações para a promotoria.

16. Arranjos triangulares

Teve início uma discussão a respeito do temperamento poético. Os "meninos" admitiram ter um, Charles o negou — "Meu temperamento é prosaico" —, enquanto a sra. Touchet não disse absolutamente nada porque ninguém lhe perguntou. Em vez disso, ficou analisando d'Orsay. Na verdade, estava ainda mais curiosa a respeito dele do que a respeito de sua benfeitora. Não ficou desapontada. Ele era o famoso dândi ridículo, com o tão imitado sotaque parisiense. Dizia-se que se parecia com William, mas, agora que os via juntos, estava claro que a semelhança era fabricada, e aspirada por William. Sua nova gravata amarela muito larga era uma clara *homage* a d'Orsay, e o cabelo encaracolado estava mais comprido para combinar, as calças eram mais justas, e os botões, maiores. Mas d'Orsay, de rosto e maneiras notavelmente femininos, era de longe o mais bonito. Agora já não parecia tão estranho a Eliza que Lord e Lady Blessington tivessem unido a única filha a esse jovem Ganimedes: quando se via a coisa sob um certo prisma, deve ter parecido a maneira mais simples de manter o rapaz dentro da órbita deles. Mas isso ainda não respondia à pergunta que incendiava as fofocas de Kensal Lodge. *Para quem* exatamente esse Ganimedes era deslumbrante? Zeus ou Hera?

Eliza deixou as costas afundarem no sofá e reavaliou as evidências. Segundo todos os relatos, Lord Blessington, enquanto viveu, foi apaixonado por seu belo genro. Depois, na morte, deixou sua fortuna para d'Orsay, e justamente com a condição peculiar de que se casasse com sua filha. No entanto, quando a filha fugiu do casamento e da família, o conde d'Orsay permaneceu com a sogra, partilhando a fortuna dos Blessington e — assim afirmavam os fofoqueiros maliciosos — a cama dela. Mas quantos anos, exatamente, tinha essa mulher infantil? Quarenta e quatro? Quarenta e oito? Era um mistério, como tantas outras coisas a respeito dela. Até mesmo seu nome era questionável. Lá no condado de Tipperary — ou pelo menos fora o que a sra. Touchet ouvira dizer —, Marguerite Gardiner começara a vida simplesmente como Maggie Power, casada aos catorze anos com um fazendeiro abastado e bêbado, que convenientemente morreu pouco tempo depois em uma prisão para devedores. Depois disso se dizia que a jovem Maggie se tornara algo inferior a uma cortesã, mas superior a uma prostituta comum. Uma amante. Amante de homens poderosos. Por essa razão era evitada pelas mulheres da sociedade de Londres, e seus muitos ensaios tediosos sobre etiqueta feminina e moralidade — publicados na revista *The New Monthly* e bastante ridicularizados — ainda não tinham conseguido alterar o rumo das coisas. Notando talvez o isolamento de sua posição, tinha escrito o livro escandalosamente bem-sucedido sobre Byron, e assim desistindo por completo de receber a aprovação de mulheres respeitáveis, contentando-se, em vez disso, com a companhia de rapazes brilhantes. Sem dúvida tinha o visual adequado à vida de salão — e a sorte. Conseguir fisgar Lord Blessington fora uma sorte tremenda; isso tinha financiado todo o empreendimento. Mas visual *é* sorte. Seu próprio visual, em contraste, Eliza compreendera havia muito, era específico demais, um gosto adquirido. Suas feições nunca conquistaram um interesse geral suficiente para serem úteis, ou nunca no momento certo. Para ser sincera consigo mesma, o tributo mais ardente que lhe prestaram viera na forma de um calhamaço de poemas manuscritos de péssima qualidade, enviado do escritório de advocacia do jovem primo do marido. Dos versos em si ela havia esquecido fazia tempo. Mas lembrava do bilhete lisonjeiro que os acompanhava:

> *Todos esses poemas foram escritos no meu décimo nono verão — rogo que isso seja uma desculpa para a volatilidade deles, a infantilidade e a crueza para com minha bela amiga — ela sabe no que se originaram, ou o espelho irá informá-la...*

Mas é tarefa perversa dos espelhos nunca informar as mulheres da própria beleza no momento presente, preferindo, ao contrário, operar em um cruel sistema de atraso. Foi assim que se olhou no espelho aos vinte e cinco anos e viu apenas uma velha bruxa angulosa, sem atrativos. No entanto, pouco tempo antes, olhando para uma linda aquarela que a retratava — pintada por volta daquela época —, viu de imediato o que William tinha visto: uma Diana de cabelos negros, pálida como a lua, tão misteriosa quanto, tão bela quanto. Contudo, não se podia negar que Lady Blessington detinha um tipo diferente de beleza. Exuberante, roliça e rosada, com um decote tão escancarado quanto o de Eliza era abotoado. De algum modo essa comparação, quando lhe veio à mente, fez Eliza se sentir ainda mais exposta.

17. Os dois homens mais bonitos de Londres

Observou Lady Blessington colocar uma mão possessiva na coxa de William. Várias semanas já haviam se passado desde que os primos se tocaram. Eliza rezava para que aquela porta estivesse fechada para sempre, pelo amor de Deus e da sanidade. Nenhum deles vira Frances nos últimos três meses. Não desde que as crianças voltaram para a escola e Frances se mudara para a casa do pai para "convalescer". Eliza era a única mulher que restara em Kensal Lodge, cercada todas as noites por rapazes brilhantes, situação da qual, sendo bem honesta consigo mesma, passara a gostar. Na maioria das noites a lembrança de Frances parecia muito distante. Afogada em Porto. Agora a mão de Lady Blessington subiu alguns centímetros. Para sua própria surpresa, a sra. Touchet sentiu o ódio lhe atravessar o peito como um atiçador em brasa. Mas ainda pior era a consciência de que alguma forma de inveja estava em ação, de modo que a engenhosa sra. Touchet depressa assumiu a facada em nome de outra pessoa — como de hábito —, em cuja defesa o coração dela agora palpitava. *Pobre Frances! Tão esquecida! Tão humilhada! Tão publicamente mal-amada!*

"Sr. Dickens, não estou acompanhada pelos dois homens mais bonitos de Londres?"

"Lady Blessington, temo não ser o melhor juiz."

"Rá! Acredito que esteja com ciúme."

Às vezes a inveja é tão parecida com o reconhecimento de semelhanças fundamentais que é complicado separar as duas emoções. Ela e Lady Blessington não eram ambas como cães arreganhando os dentes? Tirando o melhor proveito de circunstâncias difíceis? Cercadas por homens? Duas mulheres não especialmente apreciadas pelas outras? Considerando esses paralelos, o ódio de Eliza se dissipou e foi substituído por um excesso de autodesprezo, contra o qual suas defesas eram mínimas. Mas ela não era, pelo menos, respeitável? Levando em conta que essa "condessa de Cursington" era famosa de Londres ao lago de Garda!

"*Madame*, não tenho necessidade de juízes externos. Posso julgar muito bem por mim mesmo, *merci*, e digo que você tem toda a razão. Somos lindíssimos."

"Ah, d'Orsay, que terrível vaidade!", exclamou William, mas suas bochechas estavam rosadas com o elogio.

"Vaidade, de fato!" Lady Blessington cutucou o conde nas costelas. "Mas falando sério por um instante: Byron certa vez alegou que era capaz de perdoar crimes — pois derivam das paixões — mais facilmente do que qualquer um dos vícios menores, assim como a vaidade. E estava falando sério! Deixou isso bem claro. E ainda assim decerto *não se podem* comparar os vícios menores — egoísmo, arrogância e assim por diante, que carregam suas próprias punições — com os pecados mortais que destroem a vida dos inocentes!"

"Discordo."

"É mesmo, sr. Dickens? De que parte?"

"Acho que não diferencio os vícios. Todos os vícios menores podem, na minha opinião, ser transformados em crimes com muita facilidade — é apenas uma questão de grau. Egoísmo, vaidade, autoengano — muitas vezes são a base dos nossos *piores* crimes. As outras pessoas sofrem com o nosso egoísmo, por exemplo, tanto quanto nós sofremos. Não diria o mesmo, sra. Touchet?"

A sra. Touchet ficou muito impressionada com tudo aquilo. Primeiro, porque concordava; segundo, porque ele falou diretamente com ela e parecia desejoso de uma resposta; por último, porque até então se recusara a ler esse jovem excessivamente aclamado e não o levava, em seu relacionamento pessoal com ele, muito em conta.

"Sim. Estou de acordo." Ela falou lenta e cuidadosamente. "Mas acrescentaria que a crueldade é um caso à parte. Em qualquer grau, a crueldade é um crime. É o pior do pior que podemos fazer."

Do outro lado da sala, Dickens olhou para cima com um interesse súbito e penetrante, como se a sra. Touchet fosse um navio estranho que acabasse de aparecer no horizonte. Ao notar isso, Lady Blessington conduziu a conversa de volta à costa com determinação:

"Bom, posso lhe garantir, sra. Touchet, que Lord Byron jamais foi cruel. Como a maioria das pessoas de temperamento poético e aristocrático, era estranho à própria ideia. E ainda assim as pessoas o perseguiram como se fosse o pior pecador vivo — uma experiência com a qual, devo dizer, estou infelizmente familiarizada... Você foi admiradora de Lord Byron, madame? Ou era uma das muitas senhoras que o desaprovavam?"

"Não posso dizer que alguma vez tenha pensado muito no assunto", respondeu a sra. Touchet, despreocupada. Memorizara quase todo o *Don Juan*. Tampouco esquecera a visita do poeta às Damas de Llangollen. Essa visita ficara gravada no coração dela.

"Ah, a reputação!" O conde de repente levou a mão enluvada à própria testa. "No meu entender, dada a rapidez com que somos esquecidos, daria no mesmo se não tentássemos nada!"

Lady Blessington bateu de brincadeira no braço do rapaz: "D'Orsay, você é impossível... Mas ainda assim, em essência, Byron não concordava com você? Você vai se lembrar daquela passagem do meu livro em que ele cita Cowley de forma tão comovente: '*Ó vida! Tu, istmo de constituição frágil, que se ergue orgulhosamente entre duas eternidades...*'".

"Bem, aí está! Tudo é em vão!"

Charles riu. "Mas, d'Orsay, agora você defende o caos e o pecado... como se as duas eternidades fossem totalmente iguais! No entanto, aonde iremos parar na segunda delas decerto depende muito da humildade e da piedade cristã que somos capazes de acumular precisamente *enquanto ainda estamos* naquele 'istmo de constituição frágil'..."

"Em teologia estou perdido", disse William, desolado. "É o departamento da sra. Touchet."

Pela primeira vez todas as cabeças se voltaram para a sra. Touchet. Era o que desejara, mas agora sentia que havia olhos demais em cima dela. Então falou para um ponto além deles, para um macaco prateado sobre a lareira:

"Enquanto falarmos de uma ilha na qual as pessoas podem sofrer — e causar dor umas às outras —, não considero necessária uma eternidade em qualquer extremo para fazer com que essa ilha seja da maior importância. Nossos deveres na ilha serão muitos. Serão intermináveis, na verdade. O *que*, creio eu, é eternidade suficiente para qualquer homem, mulher ou criança."

Isso reduziu os convivas ao silêncio.

18. Sobre crueldade e mobilidade

O conde, tendo precipitado acidentalmente esse desvio para a filosofia moral, sentiu a responsabilidade de aliviar o clima. Ele começou a persuadir Lady Blessington a proporcionar à festa "um dos epigrramas que escrreve à noitch em sua caderrrnetinha". Ela aceitou a proposta:

"Bom, este é de ontem: 'A *genialidade e os talentos de um homem podem ser julgados pela quantidade de inimigos que possui, e a mediocridade, pelo número de amigos*'."

William caiu na gargalhada: "Que mediocridade devo ser! Pois eu tenho um número considerável de amigos!".

Lady Blessington riu e o conde riu, mas, antes que a sra. Touchet e o sr. Dickens pudessem rir, eles cometeram o erro de encontrar os olhos um do outro.

"E você, jovem Dickens, você só tem inimigos, tenho certeza", ronronou Lady Blessington, provocando mais risadas de todos, exceto da sra. Touchet. Em vez disso, ela manteve o olho nessa camaleoa, Maggie Power. Como ela passou em um momento da irlandesa mundana para a cosmopolita sofisticada, de uma coquete para uma lady, de mãe para amante e vice-versa? Algumas linhas de *Don Juan* lhe vieram à mente:

Alguns duvidam do quanto Adelina era real:
Tão bem atuava ela em todo e qualquer elemento
Alternadamente — com aquela vivaz versatilidade
Que tantos tomam por falta de discernimento.
Erram — isso é só o que chamamos de mobilidade,
Matéria não de arte, mas de temperamento
Embora pareça arte, pela aparente facilidade;
E falsa — embora verdadeira; pois certamente é mais sincera
Aquela intensamente influenciada pela própria atmosfera.

19. *Le Monde Bouleversé*

A sra. Touchet precisava com urgência de ar fresco. Seria possível adoecer por excesso de espirituosidade? Alegou uma dor de cabeça e se levantou depressa antes que a acompanhassem, virando à esquerda na porta da frente. Na parte de trás da Casa Sangrenta, em meio a uma treliça dupla de roseiras silvestres, ela se viu parada em uma horta, sem rumo entre fileiras de alface. Um forte vento leste soprava fios de cabelo dentro de sua boca. Olhando para seu traje de montaria, preto e pesado, perguntou-se a razão de usá-lo. Estava tão parecida com as Damas de Llangollen! Só que mais solitária, pois havia apenas uma. Buscando abrigo atrás de alguns tomateiros altos, amarrados em estacas, ouviu alguém assobiando em algum lugar.

"Seu leite, Sua Majestade."

Avistou o assobiador: um leiteiro com sua roupa branca galesa, próximo da porta da cozinha. Diante dele, parados na soleira da porta, estavam os dois criados adolescentes. Mas tudo neles havia passado por uma mudança radical: os gestos, os movimentos, as expressões do rosto. A austeridade, a imobilidade — evaporaram.

O garoto havia tirado o turbante e revelado uma cabeça de cabelos negros e densos que vento nenhum movia. A garota, com a touca solta no pescoço, estava nesse instante colocando o leque na parte de trás das saias, imitando o traseiro rechonchudo da patroa.

"Quem precisa do seu maldito leite!" Ela fazia um sotaque irlandês passável. "Espremo ele com força das minhas malditas tetas, espremo, sim, e então meu querido menino bebe tudinho, bebe, sim! Lambe, lambe, lambe!"

Acompanhava isso com uma mímica obscena. Os dois garotos observavam, arrebatados.

"*Pardonnez-moi, madame.* Sou seu filho ou seu marido?"

Isso vindo do garoto negro, com o sotaque do conde. Porém mais tarde, repassando mentalmente o episódio, ocorreu à sra. Touchet que a língua nativa do jovenzinho tanto podia ser o francês quanto o inglês.

"*Madame, répondez, s'il vous plait.* Quem eu sou para você?"

O leiteiro ergueu o queixo e segurou um par de lapelas imaginárias como um ricaço: "Ele é um pouco dos dois, eu diria. Você diria isso, minha senhora?". A pequena audiência explodiu em gargalhadas obscenas. E como estamos iludidos, pensou a sra. Touchet, ao presumir que alguma coisa passa despercebida aos nossos criados!

"E quem é *você* exatamente?", perguntou a jovenzinha. O tom era imperioso. O leiteiro, envergonhado, tirou o boné e olhou para o chão.

"Ei, Annie — me deixe ser o conde agora, Annie... seja justa. Nero, você pode ser o marido morto. Uma garota como você, bem... dizem que todo sujeito tem duas garotas ou até mais nas terras selvagens, e vice-versa, pelo menos foi o que ouvi..."

Era como se nesse mundo invertido a garota fosse de fato uma dama e o leiteiro um pretendente nervoso muito abaixo dela. Mas a garota não se comoveu. Olhou-o de cima a baixo e fez um barulho estranho e depreciativo de sucção com os dentes:

"*Déuz! Proteija nóis dus frangóti!*" A sra. Touchet não sabia mais dizer se a garota era Lady Blessington, ela mesma ou outra pessoa qualquer. "*Mais u quiqui eu queru cum dois 'diota feito ocês?*"

A sra. Touchet pisou acidentalmente em um galho. Os três adolescentes congelaram onde estavam. A sra. Touchet corou até a ponta das orelhas.

"Boa tarde, crianças."

O Príncipe Árabe conseguiu responder: a garota ficou sem palavras. O leque caiu no chão. O leiteiro olhou mais uma vez por cima do ombro e pareceu intuir a falta de autoridade fatal da sra. Touchet. Damas de verdade não bisbilhotavam em hortas nem ficavam coradas e com a língua presa. Também não diziam "Boa tarde" para tipos como aqueles dois. Encorajado, baixou o boné sobre os olhos e restabeleceu as relações normais:

"Aqui tá os dois litros para Lady Blessington, frescos e dos nossos melhores Suffolks — e não fiquem mergulhando os dedinhos sujos de tinta neles. E vocês podem dizer para a cozinheira, a pedido do Nichols, que tem uma dívida em dinheiro por causa dos queijo, e o Nichols diz que não dá mais para pendurar, ou a própria Lady B vai acabar sabendo disso. Estão ouvindo? Bem, o que vocês dois tão fazendo olhando pra mim como dois idiotas do Congo? Não têm trabalho pra fazer?"

Ele chutou um punhado de cascalho para dentro da casa. Alguém vai ter de limpar isso, pensou a sra. Touchet, reflexiva, embora soubesse quem seria esse alguém, e pela expressão no rosto da garota a garota também sabia. A hora da brincadeira acabara. A jovenzinha recolocou a touca, assentiu com a cabeça, pegou o primeiro balde da soleira da porta e foi embora. Seu companheiro ficou onde estava. Olhou para um ponto além do leite e do leiteiro, além da sra. Touchet, além dos cavalos e dos portões da Casa Sangrenta. Também para um ponto além do cuidado, além da tolerância, além da serenidade. Por fim, se voltou para as alfaces e sorriu diretamente para a sra. Touchet. Não um sorriso simpático. Um sorriso penetrante, que continha uma ameaça. Depois se inclinou, pegou o segundo balde e caminhou em direção à despensa, passando por todas as gavetas da cozinha tão cheias de coisas pontiagudas e ameaçadoras. O leiteiro começou a assobiar de novo e saiu correndo. As cabecinhas de alface ao redor se movimentaram ao vento. A sra. Touchet pensou, inexplicavelmente, em são Domingos. Caminhando depressa de volta para a casa, não sabia ao certo o que a havia desconcertado tanto. Contudo aqui estava o batimento cardíaco, muito alto em seus ouvidos.

PARTE QUATRO

De alguém que ama os desprezados.
Assinante sob pseudônimo do Fundo
de Defesa do Requerente Tichborne

1. O artista e o autor

O terceiro mês de fevereiro em Hurstpierpoint foi polar: o jardim repleto de neve. Belíssimo, mas de pouca utilidade para qualquer pessoa exceto Clara, que cavou "canais marítimos" e construiu icebergs, sem jamais dar sinais de que "pegaria um gripão", não importava quantas de suas irmãs mais velhas e reumáticas lhe avisassem que isso ia acontecer. De alguma forma essa criança se tornara uma garota afetuosa e feliz, por quem até mesmo a Megera sentia afeto. Feliz e convenientemente pouco curiosa. O tipo de criança que não questiona quando encontra um chicote velho de montaria no fundo do guarda-roupa, nem faz perguntas se alguns poemas de amor escritos à mão caem de um exemplar de *Os pássaros da América*, de Audubon. Quando descobriu a sra. Touchet destruindo um tipo diferente de evidência certa manhã, foi muito fácil desviar a atenção dela:

"O que você está fazendo? Esse era o pacote para o pai?"

"Era."

"Mas por que você acabou de jogar ele no fogo?"

"Não era um pacote agradável."

“Ah! Bom, é melhor atiçar o fogo e mover as brasas — isso vai fazer com que queime mais rápido.”

Ele havia chegado no mesmo papel pardo dos pacotes anteriores. Dentro, uma primeira edição de um dos romances que William escrevera na meia-idade, *Antiga catedral de São Paulo*, com todas as ilustrações recortadas. O significado disso só ocorreu a Eliza meses depois. A neve tinha desaparecido, o sol estava brilhando, os primos tomavam chá no jardim e um William furioso lia em voz alta uma carta do jornal:

“*Ao editor do* The Times: *‘Senhor — sob o título de “Diversões de Páscoa”, afirma-se que o romance do sr. W Harrison Ainsworth* A filha do avarento *foi dramatizado pelo sr. Andrew Halliday e produzido pelo Teatro Adelphi, e como meu nome não é mencionado de forma alguma em conexão com o romance…’* ”

“… Mas quem diabos…?”

“… Eliza, por favor não interrompa: você não ouviu nem a metade. *‘… e como meu nome não é mencionado de forma alguma em conexão com o romance — nem mesmo como o ilustrador —, sinto-me na obrigação, se me permitem, de informar ao público por intermédio de suas colunas do fato (do qual todos os meus amigos particulares estão cientes) de que o romance* A filha do avarento *partiu de MIM’* — Canalha! Mentiroso! — *‘e não do sr. Ainsworth.’* Dá para acreditar nisso? Como alguém pode acreditar nisso? Custo a acreditar!”

A sra. Touchet suspirou profundamente: “Pobre George”.

“*Pobre George*, ela diz! Você está louca, prima?”

Não louca, mas distraída. Todos os pacotes misteriosos dos últimos dois anos estavam agora se alinhando no pensamento dela e apontando em uma única direção.

“Ele continua: *‘Minha ideia, sugerida àquele senhor, era escrever uma história em que o personagem principal fosse um avarento, que tinha uma filha, e que as lutas dos sentimentos de amor pela filha e amor pelo dinheiro deveriam produzir certos efeitos e resultados; e como todos os meus antepassados estavam envolvidos na Rebelião de 45, sugeri que a história se passasse naquela época, para que eu pudesse introduzir algumas cenas e circunstâncias relacionadas àquela grande luta partidária, e também...'.*"

"William — já ouvi o suficiente. Você vai acabar se engasgando com esse bolinho."

"Ele vai em frente, com suas mentiras e insinuações, e então temos isso: '*Não quero dizer que o sr. Ainsworth, ao escrever esse romance, não tenha introduzido algumas de suas próprias ideias*' — Rá! Isso é gentil da parte dele! —, '*mas como a ideia inicial e todos os pontos e personagens mais importantes emanaram de mim, penso que concordarão que o título de criador do romance* A filha do avarento *seja conferido a Seu obediente servo, Sir George Cruikshank, Hampstead Road, nº 263*'. É *aí* que você mora, seu canalha!"

A sra. Touchet torceu um guardanapo nas mãos: "Bom, tudo isso é muito desagradável".

"Desagradável? Primeiro: ele envia uma carta aos jornais estadunidenses afirmando ser o verdadeiro autor de *Oliver Twist*, nada menos que isso — e agora é a minha vez? Pelo menos teve a bondade de esperar até que Dickens estivesse morto! Que diabo pode ter se apoderado do homem?"

A sra. Touchet ergueu os olhos para a filha mais nova do romancista, sentada de pernas cruzadas no gramado, cantarolando sozinha, entrelaçando um cordão de margaridas. O que consome as pessoas? Infelicidade, sempre. A felicidade está ocupada de outra forma. Tem um propósito no qual focar. Tem margaridas, tem montes de neve. A infelicidade abre o vazio, que então precisa ser preenchido. Com coisas como cartas furiosas para o jornal *The Times*.

"Está bastante claro", disse Eliza, pensando no passado, "que ele guarda rancor. De Charles pelo enorme sucesso, suponho, e de você… bem, se você se lembra, William, ele achou que iria fazer as ilustrações do romance *Antiga catedral de São Paulo*…"

"*Antiga catedral de São Paulo: Uma história da peste e do fogo*", corrigiu William, amargo. "E, se me permite, não fiquei sem meu próprio 'enorme sucesso'. Você deve se lembrar de que *Jack Sheppard* vendeu mais que *Oliver Twist* na época."

"Claro, sim…"

"… Quatro vezes mais, na verdade."

"Sim, William — eu realmente não quis dizer… Só quis dizer que: sem avisar, você, em vez disso, contratou outro homem para fazer o trabalho. Quer dizer, para ilustrar *Antiga catedral de São Paulo*. George fez as ilustrações de todos os outros. Ele se sentiu menosprezado, suponho. Às vezes você descarta as pessoas, William. E Charles descartou *todo mundo*."

"E isso é vingança? Trinta anos depois do acontecido?"

"Cruikshank sempre foi um bêbado desagradável."

"Não arranje justificativas para ele. Além do mais, hoje em dia ele é abstêmio —escreve panfletos intermináveis sobre o assunto. Sinceramente, você é muito provocadora! Por que agora escolhe arranjar desculpas para um homem que sempre odiou? Ainda lembro de quando você estava quase pronta para assassiná-lo — e por causa de umas tirinhas sobre os negros! Na verdade, esse é um hábito muito irritante que você tem, Eliza. Você passa a gostar das pessoas no exato momento em que deveriam ser condenadas com mais severidade."

Isso, por ser algo tão próximo da realidade, doeu. Ela pegou o livro e tentou ler, mas as palavras flutuavam. Um pintassilgo veio até a tina de água dos pássaros e se banhou. A filha mais nova do romancista correu pelo gramado para exibir as margaridas. A nova esposa dele podia ser ouvida cantando desafinada em algum lugar. Há sempre tantas coisas para fazer, mas, quando o vazio se abre, só resta o vazio. *Duzentas libras por ano, duzentas li-*

bras por ano, duzentas libras por ano. Ouvia essa frase percorrendo seu cérebro todos os dias, quase de hora em hora. O dinheiro continuava lá, intocado. Não tinha ido ver o banqueiro. E ainda estava aqui, em Hurstpierpoint. Seu pensamento congelou em torno desse assunto: o único caminho seguro era não fazer nada. Com relação a isso havia tentado orar, mas ficara desapontada, não recebendo a resposta que queria. No lugar da resposta viera uma pergunta surpreendente: *Estou em dívida com quem*?

2. Ficção contemporânea

"Meu Deus, isso não acaba nunca? Ridículo!"

Ele olhava aborrecido para a primeira página, na qual, combinando bem com seu humor, um desenho do Requerente podia ser visto, mais gordo do que nunca, preparando-se para uma audiência no tribunal no dia 11 de maio, dali a um mês.

Eliza estreitou os olhos para a manchete: "Eles esperam galerias cheias. Estar presente vai ser a última moda, ao que parece. Até o príncipe de Gales planeja uma visita. Já me perguntei se *nós* deveríamos ir...". Riu com delicadeza, como se a ideia tivesse acabado de lhe ocorrer. "Você *anda* procurando por um assunto contemporâneo."

William deixou Clara subir em seu colo e olhou para a sra. Touchet como se ela tivesse perdido o juízo.

"*Você* usa ele, paizinho."

William aceitou a oferenda, colocando o cordão de flores em volta do pescoço e beijando a criança na testa. Mas depois se virou para a prima com uma expressão ofendida no rosto:

"Sou perfeitamente capaz de encontrar um tema para um romance sem a sua ajuda, muito obrigado. Mas não permita que eu impeça *você* de ir — e por que não levar a sra. Ainsworth? Sim, aí está uma ideia; na verdade, vou sugerir isso. Sei o quanto vocês duas gostam dos seus passeios de senhoras..."

A crueldade não era algo natural em William. Mas de vez em quando ele atacava dessa forma e acertava um golpe desajeitado. Ela sentiu a injustiça daquilo, especialmente porque já não tinha nenhuma arena na qual contra-atacar. Muito tempo antes existiam o chicote de montaria, as gravatas de seda, o aperto firme. Hoje em dia ela só mordia a língua, como todas as outras mulheres que já conhecera.

"O que é isso que você está lendo, afinal?"

A sra. Touchet baixou os olhos para o livro que estava pousado em seu colo.

"Ah, apenas o segundo volume daquele romance. Estou gostando bastante."

"O tal de Eliot?"

"O nome verdadeiro dela é sra. Lewes. Mas sim. Gosto dele."

William fez uma careta como um cachorro chupando limão.

"Não consegui terminar o volume um — e não há mais sete? Antigamente homens decentes se satisfaziam com três... Por que diabos uma mulher precisa de tantos? Não há aventura, não há drama, nenhum assassinato, nada para estimular ou gelar o sangue. Devo dizer que não consigo entender as ótimas críticas. Como se fosse uma nova Mary Shelley! Mas não há um pingo da imaginação de Shelley. Apenas um bando de gente vivendo a própria vida em uma aldeia — uma vidinha completamente sem graça. Um tema ainda mais chato do que um julgamento. Devemos nos espantar que seja uma mulher? Um óbvio truque publicitário da revista *Blackwoods*, e veja como o público cai nessa! É só disso que falam esses romances modernos para mulheres? Pessoas?"

"Eu gosto", repetiu a sra. Touchet, e levou um bolinho à boca, o melhor jeito de ocultar um sorriso.

3. O Tribunal de Apelações Comuns, 11 de maio de 1871

Por mais que Eliza odiasse pessoas horríveis, também não conseguia resistir a elas...

E agora que estava sentada na galeria com a nova sra. Ainsworth, precisava admitir que estava satisfeita com a companhia. Nenhuma delas jamais havia participado de um julgamento; acontece que houve vários *longeurs*. Escrivães tiveram que ser enviados para diversos pontos da cidade a fim de intimidar jurados relutantes, ou até o Palácio de Westminster para resgatar testemunhas desorientadas pelos corredores, e, nesses momentos morosos — se não fosse pela conversa constante de sua acompanhante —, teria se voltado para a leitura. Mas a nova sra. Ainsworth tinha um jeito de tornar inteiramente impossível qualquer leitura e, na verdade, qualquer contemplação privada ou fuga mental. Continuava uma pessoa convenientemente atada ao presente, feito as amarras de um balão de ar quente.

4. *Dramatis Personae*

"Aquele lá é o sr. Ballantine. Willie diz que ele costumava vir jantar nos bons e velhos tempos, mas quem é que sabe com Willie! De qualquer forma, é ele quem está aqui pelo Sir Roger. Aparência engraçada, se quer saber minha opinião — papada de cão perdigueiro. Mas naturalmente acredito muito que as pessoas se parecem com o que de fato são. O interior delas chega ao exterior mais cedo ou mais tarde, e um advogado perdigueiro como esse é o ideal para farejar todos esses Tichborne com suas mentiras... No entanto, dá para ver que o juiz Bovill não é farinha do mesmo saco. Parece uma verdadeira serpente. Ora, não se deve brincar com homens com a persuasão de uma serpente, sra. Touchet — por certo já lhe disse isso antes —, e uma serpente como juiz será um incômodo para Sir Roger, naturalmente. E toda essa crina de cavalo e pó de arroz! Se soubessem a aparência que essas perucas comidas pelas traças têm quando vistas daqui de cima, por certo desembolsariam algum dinheiro para comprar umas novas."

Sarah se inclinou para a frente e olhou pelos binóculos de teatro que a sra. Touchet tentara com afinco dissuadi-la de trazer.

Porém os binóculos já não pareciam tão inadequados. A linha entre o tribunal e o teatro era muito mais tênue do que imaginara. Sir William Bovill, ladeado pelos três magistrados, sentou-se em um palco elevado, sob uma cobertura alta de madeira em forma de proscênio, e atrás dele estavam pendurados um leão e um unicórnio pintados em musselina, como um cenário. Eliza podia muito bem imaginar um Ícaro suspenso nessa estrutura — as asas de madeira cobertas com penas de ganso — ou uma religiosa esquisita com uma vassoura de cozinha pressionada entre as pernas. Enquanto isso, do lado oposto a esse "palco" e de frente para ele estava sentado um grupo de escrivães e consultores jurídicos indistinguíveis, todos de peruca, dispostos em semicírculo exatamente como se estivessem sentados no espaço reservado para a orquestra, e os espectadores estavam amontoados em duas "caixas" no térreo. E do que mais se poderia chamar o ponto de vista de Sarah e Eliza senão de "Deus"?

"O que você acha de Coleridge, Sarah?"

"Perdão, qual deles é ele?"

A sra. Touchet apontou de forma discreta. "Sir John Duke Coleridge. Descendente do poeta. Está representando os Tichborne."

Para sua surpresa, Sarah achou isso muito engraçado:

"Que espécime! Um mariquinhas, vou dizer a você. Já viu uma cara de mosca morta como essa? Quem quer que leve um poeta para a batalha não tem como saber muito sobre a guerra! Ha ha ha! Ah, eu diria que Ballantine pode muito bem lidar com ele. Mas aquele que tá com ele, o auxiliar do Coleridge, o tal Hawkins — ele é falcão pelo nome e falcão por natureza.* Veja aquele nariz parecido com um bico. Vamos ficar de olho nele!"

* Falcão: *hawk*, em inglês. (N. T.)

Ela se virou — de forma um tanto teatral — para focar as lentes em uma dúzia ou mais de homens de aparência atormentada sentados na galeria dos repórteres.

"Mas nem chega perto dessas cobras aí que a gente vai ver. Pois uma cobra é uma cobra é uma cobra é uma cobra..."

Nas observações introdutórias de Ballantine, graças ao trabalho minucioso dessas cobras nos jornais diários, não havia muita coisa que fosse novidade para nenhuma das duas mulheres. Mas Sarah ficou satisfeita porque fora confirmado em um tribunal — e diante de tal audiência — que um naufrágio poderia de fato afetar a mente e as lembranças de infância de um indivíduo, e que muitas vezes os aristocratas "não liam mais livros" do que as pessoas comuns, e dificilmente se poderia esperar que escrevessem cartas gramaticalmente corretas para mães havia muito falecidas, ou se lembrassem para sempre de todas as palavras tolas em francês que supostamente haviam crescido falando. A sra. Touchet, enquanto isso, achou interessante ouvir que o pai de Roger tinha sido cruel e que a infância dele fora infeliz, tendo passado a maior parte da vida na França. Nas adversidades dos aristocratas ela encontrava provas da antiga sabedoria sobre camelos, homens ricos e buracos de agulha. Depois de um período pouco edificante na escola militar, Roger ingressara no exército, servindo na Irlanda. Durante as férias em Tichborne Park, a casa de seu tio, ele se apaixonou pela prima de primeiro grau, Katherine "Kattie" Doughty. Mas tanto os Doughty quanto os Tichborne vetaram o relacionamento. Impedido de se casar, Roger deu baixa no exército e foi em busca de aventura no Novo Mundo. Lá ele não se afogou, mas sobreviveu. E certamente *não era* Arthur Orton, que era um homem totalmente diferente — "Um açougueiro, do tipo açougueiro, do distrito de Wapping", de acordo com Ballantine. Embora, por infelicidade, esse sr. Orton não tivesse sido localizado até o presente momento. Mesmo assim, não faltavam pessoas que conheceram o Requerente e que não o consideravam uma fraude. Prometeram ao tribunal — o ameaçaram com — centenas de testemunhas. Os membros do júri, desde o início visivelmente relutantes em assumir seus lugares, agora podiam ser ouvidos choramingando. A sra. Touchet, olhando com impaciência para baixo em busca do sr. Bogle ou do próprio Requerente, e não enxergando nenhum dos dois, deduziu que aquele seria provavelmente um caso longo. A nova sra. Ainsworth, encantada, expressou o desejo de voltar na primeira oportunidade.

5. Os usos da improvisação

Mas outra viagem seria um transtorno para William: ele tinha que escrever e não gostava da comida das filhas. Tendo sugerido o primeiro passeio apenas por despeito, ele por certo não imaginou que fosse se repetir. Agora começava a suspeitar dos motivos da prima, e a sra. Touchet, pressentindo o perigo, improvisou. Falou de forma comovente sobre a necessidade moral de "finalmente ensinar Sarah a ler e escrever". Esse julgamento não seria a oportunidade perfeita? Sendo sempre "mais fácil instruir onde já há interesse"? Poderiam até utilizar as transcrições do *Daily London News* como material de leitura, e a nova sra. Ainsworth por certo poderia ser ensinada a exercitar a caligrafia através de breves transcrições do tribunal. Quando tentava conseguir o que queria, a Megera era implacável: conseguia fazer com que quase tudo parecesse não apenas necessário, mas inevitável. William foi logo derrotado.

Eliza, quase com a mesma rapidez, percebeu que havia involuntariamente fornecido uma justificativa útil para as próprias atividades, pois agora poderia levar uma grande quantidade de papel e tinta ao tribunal sem levantar suspeitas. E na segunda viagem, ao ser informada por um jornalista ali ao lado que a mulher de nariz grande na galeria pública era a romancista famosa em pessoa! Pois bem, então se permitiu a indulgência de acreditar em coincidências — aqueles pontinhos que possibilitam vislumbrar a tapeçaria infinita —, tomando isso como um sinal da Providência de que estava no caminho certo.

6. Comédia no tribunal

Na terceira viagem, descobriram que o público de Tichborne versus Lushington havia crescido tanto que toda a comunidade fora obrigada a se deslocar do Tribunal de Apelações Comuns para a mais espaçosa Bancada da Rainha. A sra. Touchet olhou esperançosamente em busca de qualquer outro sinal da admirável sra. Lewes, mas se ela e seu nariz grande estavam presentes não foram vistos no meio daquela multidão. Dessa vez o povo veio preparado: tinham potes de caramujos comestíveis e cones de papel com castanhas para acompanhar a diversão, e riam e aplaudiam como se de fato estivessem em uma casa de espetáculos. (Visitantes muito ilustres — que não podiam ser acomodados com dignidade em meio àquela turba — receberam cadeiras e foram convidados a se sentar ao lado do próprio juiz.) A manhã foi preenchida com vários antigos carabineiros do 6º Regimento de Dragões jurando sobre a Bíblia que o movimento das sobrancelhas do Requerente era o mesmo que recordavam em Sir Roger, ou que as orelhas dele eram curiosamente familiares, ou que reconheceriam aqueles cotovelos em qualquer lugar. Absurdo. A nova sra. Ainsworth recebia tudo com um espírito de extrema seriedade. Apesar disso, em outros momentos ela conseguia surpreender Eliza com sua astúcia:

"Agora, sra. Touchet, por favor repare como aquela empregada de Tichborne Park mencionou a contração da boca, assim como o capitão... Mas levando em conta que o capitão está usando todos aqueles malditos galões dourados, *ele* consegue ser ouvido, enquanto tipos como Ethel são tratados como se fossem algo que está na sola do sapato de Coleridge! E alguém poderia me dizer por que esse tal de Coleridge fica repetindo *Será que você ficaria surpreso em ouvir* toda vez que abre aquela maldita boca? Não considero nada do que aquele homem diz uma surpresa. Ele acha que pode falar com uma garota trabalhadora decente como se ela não fosse nada! O que há de tão surpreendente nisso? Mas ele não vai fazer a mesma coisa com o sr. Lushington, você vai ver só."

Eliza consultou suas anotações. Ela pensava ter uma mente ágil, mas era Sarah quem parecia ter alcançado uma compreensão total dos procedimentos com muito mais rapidez.

"Mas Lushington é apenas o *arrendatário*, não é? Pelo que percebo, ele não tem nada a ver com o caso, Sarah, exceto no nome."

"É isso mesmo. Ele não tem nenhum maldito cavalo nessa corrida. Mas os jornais da manhã dizem que ele prometeu desocupar Tichborne Park mais cedo, para abrir espaço para o 'verdadeiro proprietário'. Isso dá bem a medida do quanto o nosso sr. Lushington está convencido. Então, o que você acha *disso*?"

"Bom, para começar, como ele nunca conheceu Sir Roger, infelizmente não vejo como..."

"Eu também não conhecia o safado, nem nenhuma dessas cobras aí, nem ninguém do bando." Sarah gesticulou para os ávidos comedores de castanhas que as cercavam. "Isso não nos impede de ter direito às nossas opiniões, não é?"

* * *

Depois do almoço, o alfaiate de Sir Roger da época do exército, um certo sr. James Greenwood, foi depor para confirmar, para deleite da corte, que Sir Roger estava agora "significativamente mais robusto. A única coisa que resta dele são os olhos". Como ficava cada vez mais claro para a sra. Touchet, nenhum tipo de questionamento solene dos advogados poderia reprimir ou negar a sensação que o povo tinha de estar em um carnaval cômico. O sr. Coleridge, em particular, tinha o infeliz hábito de fazer o tipo de pergunta que se prestava muito facilmente a uma interpretação cômica:

> COLERIDGE: *Ouvimos dizer que você é alfaiate. Quem é seu funcionário?*
> GREENWOOD: *Minha parceira de negócios.*
> COLERIDGE: *Mas quem é essa pessoa, sr. Greenwood?*
> GREENWOOD: *Ora, a sra. Greenwood, é claro!*

A nova sra. Ainsworth, dando batidinhas com um lencinho em ambos os olhos, reproduziu o diálogo com mais hilaridade do que qualquer coisa que você encontraria no London Pavilion.

7. Capacidade negativa

No dia 29 de maio foi noticiado que o Requerente prestaria depoimento no dia seguinte. Sarah passou o dedo indicador bem devagar sob a frase, pronunciando todas as palavras. Eliza sentiu algo vibrar dentro dela — antecipação. Pois aonde quer que o Requerente fosse, lá ia seu amigo, o sr. Bogle, e ela tinha seus papéis, seu tinteiro, sua caneta, e a sincronia era impecável. Mal conseguiu se controlar no trem, os dedos tamborilando na janela. Conhecera as vertigens do amor e as sensações febris do ódio e do medo, mas esse sentimento era diferente. Era uma agitação do sangue que ainda assim estava sob controle total da mente. Era isso que a admirável sra. Lewes sentia enquanto trabalhava? O que William e Charles haviam sentido todos aqueles anos?

8. Você <u>é</u> Arthur Orton?

Chegando cedo, entraram no tribunal à frente de uma multidão e se sentaram no piso térreo, a menos de seis metros de onde o sr. Bogle estava sentado com o filho, ambos os rostos visíveis de perfil para a sra. Touchet. Seus desenhos não eram melhores do que os de uma criança de cinco anos, mas agora ela tentava esboçar o contorno deles com frases. A barba rala do sr. Andrew Bogle, os escassos tufos brancos dos cabelos e aquela vigilância típica de uma coruja. A beleza impressionante e os olhos estreitos e penetrantes do seu filho Henry. Também notou que Henry estava tão ocupado quanto ela, rabiscando furiosamente em um bloco de notas, preenchendo o dobro de páginas. Enquanto isso, depondo de pé, estava — letárgico — o Requerente. Era um dia quente. Tendo recusado orgulhosamente uma cadeira às dez da manhã, agora, às onze, ele parecia estar sofrendo com aquela escolha. Para Eliza, ele parecia exausto e adoentado. A boca se contorcia com frequência e a voz era fraca, como se lutasse para sair das profundezas do homem. Eliza sentiu pena dele. Parecia bastante derrotado, evitando até mesmo os olhos de seu próprio advogado, Ballantine, que naquele momento tentava gentilmente conduzir seu testemunho. O tribunal ficou em silêncio. O que todos precisavam era de uma explicação razoável para aquela visita clandestina e incriminatória a uma certa família Orton em Wapping. Isso era permitido? Se ele era de fato um aristocrata, como conhecia aqueles humildes Orton — e por que diabo fora visitá-los? Juntos, advogado e cliente concordaram que, embora fosse verdade que o Requerente tivesse ido fazer uma visita a esses Orton de Wapping — quando estava *en route* para se encontrar com a mãe em Paris —, a visita tinha sido apenas uma "cortesia". Na condição de "representante e amigo vindo da Austrália do sr. Orton", o Requerente tinha querido apenas que esses Orton soubessem que o filho deles "estava prosperando" no Novo Mundo e que enviava lembranças. E não, ele não era o próprio Arthur Orton, e não sabia por que tantas pessoas em Wapping pareciam achar que fosse. Eliza teve vontade de rir. Mas como essa parte do depoimento foi recebida com um silêncio respeitoso pelo público — e como estava habituada a achar engraçadas muitas coisas que os outros não achavam —, ela mordeu a língua.

Agora Ballantine se voltou para a obscura evidência visual. Era verdade que em sua fotografia Sir Roger demonstrava ter lóbulos nas orelhas e que o Requerente não, mas os daguerreótipos não eram uma prova determinante em um tribunal, sendo muito moderninhos e muitas vezes de origem incerta, além de serem facilmente adulterados e falsificados. A sra. Touchet viu-se concordando plenamente com esse argumento. Então Coleridge se aproximou. A sra. Touchet olhou para o outro lado para verificar o efeito dele nos Bogle. Não viu nenhuma mudança na calma inabalável do sr. Bogle, e no filho notou apenas uma pequena rigidez na mão que escrevia. O Requerente, por sua vez, enfim admitiu a necessidade de uma cadeira. Seu grande corpo afundou; um copo d'água foi posto ao lado de seu cotovelo; ele cruzou os braços sobre a borda do boxe que delimitava o local para o depoimento das testemunhas, baixou os olhos como um touro cansado e deu um suspiro profundo. Coleridge começou. Será que o Requerente ficaria surpreso em saber que um detetive particular descobrira que pelo menos dois membros da família Orton estavam recebendo pagamentos secretos? Presumivelmente do Requerente? Presumivelmente em troca do silêncio deles? Ele ficaria surpreso em saber que Roger Tichborne nunca estivera em Wagga Wagga na vida? O Requerente ficaria surpreso em saber que fora visto por um cidadão local de Wapping e identificado como ninguém menos que Arthur Orton? Que um certo sr. Orton deixara Wapping ainda menino e navegara para o outro lado da terra e que eles tinham os registros desse navio? O Requerente hesitou, gemeu, murmurou. Coleridge tentou se afirmar:

"Pergunto: Você ficaria surpreso em ouvir isso?"

"Não estou surpreso em ouvir *você* dizer isso."

Hilaridade no tribunal. Demorou um longo momento até que o pobre Bovill conseguisse fazer com que ficassem quietos.

Então Hawkins se levantou, estendeu a toga para trás como um toureiro e perguntou diretamente ao Requerente: "Você *é* Arthur Orton?".

9. Não a caneta dela

Um arfar bobo percorreu a sra. Touchet, como se essa pergunta, acima de todas as outras, fosse astuta e irrespondível. Sarah apertou a mão dela. Além de um senso de oportunidade cômico, o Requerente tinha talento para o drama. Esperou um longo momento, se levantou brevemente e levou a mão ao peito, como um homem fazendo um juramento de fé: "Não sou". Aplausos efusivos. O sr. Bogle foi visto acenando com a cabeça várias vezes, enquanto seu filho Henry aplaudiu com os demais. Mas essa glória durou pouco: a rodada seguinte de perguntas dizia respeito ao período em que Sir Roger estudara no Stonyhurst College, a respeito do qual o Requerente parecia se lembrar bem menos que nada. Não sabia quem era Virgílio, nem se era escritor ou rei. Achava que o latim era grego e não conseguia distinguir nenhum deles do francês, sua suposta língua nativa. Não distinguia Shakespeare de Galileu ou física de biologia. Não sabia descrever o conteúdo de um pacote lacrado que ao que tudo indicava Sir Roger deixara com o administrador de Tichborne Park — um certo sr. Gosford — antes de zarpar para o Brasil. Ou, se sabia, recusava-se a contar.

O tribunal estava agora opressivamente quente: suor de culpa escorria pelo rosto do Requerente. Era muito difícil não sentir pena daquele homem. Tudo tão obviamente fora da alçada dele, preso em uma mentira cada vez maior que ultrapassara até mesmo sua própria e substancial circunferência. Sem mencionar todas essas pessoas influenciáveis, pouco instruídas e sem dúvida muito bem-intencionadas que tolamente defendiam a causa dele…

Quando a corte por fim fez um intervalo para o almoço, Eliza transmitiu a si mesma o lembrete de ser uma boa cristã. Não ia dar risadinhas ou parecer satisfeita demais consigo mesma. Seria gentil e atenta aos sentimentos feridos de Sarah, sempre lembrando que as falsas crenças são precisamente aquelas às quais tendemos a nos apegar com mais força. Antes que pudesse falar, porém, Sarah explodiu de entusiasmo:

"E não é maravilhoso como ele dá a volta em todos esses engomadinhos de nariz empinado? Quanto mais aqueles advogados falam, mais ele prova o seu valor! Se fosse falso, é claro que teria se alongado em cada tópico, como as pessoas falsas sempre fazem, mas ele é um lorde, então nem se dá ao trabalho. Sabe o que faz e isso é tudo que importa. Virgílio! E quem é esse Virgílio quando está todo desleixado em casa?"

De volta ao tribunal, para se convencer de que não estava enlouquecendo, a sra. Touchet resolveu simplesmente anotar tudo o que se passava entre Coleridge e o Requerente, sem acrescentar qualquer comentário:

COLERIDGE: *O que é química?*
REQUERENTE: *É sobre química, é claro.*

C: *Eu sei. História é sobre história e assim por diante. Pergunto sobre o que é.*

R: *Sobre diferentes ervas e venenos e sobre a substância dos medicamentos.*

C: *Você quer dizer o que existe na venda de um boticário?*

R: *Acho que uma dose disso lhe faria bem.*

Era assim o tempo todo, e muitas risadas do público, e quaisquer que fossem as deficiências das fotografias elas podiam pelo menos captar uma cena inteira de uma única vez, algo que uma caneta jamais conseguiria. Pelo menos não a caneta dela.

10. O que é real?

Bem na frente de Eliza, nos assentos que ficavam diante do palco, uma jovem de ossatura grande tinha estado o dia todo desenhando. Olhando por cima do ombro da garota, a sra. Touchet sentiu inveja daquela demonstração de habilidade superior. Com apenas alguns traços leves, a garota havia capturado a pomposidade de sapo de Bovill, a cara de texugo de Coleridge, a papada pesada e a exaustão do Requerente e até mesmo os olhos faiscantes do jovem Henry Bogle. Ah, eis a musa dos lápis de cor! A garota de ossatura grande, sentindo alguém atrás de si, se virou. Tinha um rosto largo, simples e inteligente. Olhos azuis redondinhos. Bochechas que ficaram muito vermelhas, como as de um escocês. Outra vez uma vibração de um tipo bem diferente percorreu a sra. Touchet. Então: um clamor na sala do tribunal! Arquejos! Por um momento desconcertante Eliza acreditou — como às vezes acreditamos em pesadelos — que o mundo inteiro e tudo o que nele havia era apenas um sonho criado por ela.

* * *

"Você pretende jurar perante o juiz e o júri que *seduziu* essa senhora?"

Mas Coleridge não estava falando da sra. Touchet nem da sra. Ilustradora. Estava falando com o Requerente e apontando para Katherine Doughty, o amor de Roger na juventude, atualmente uma mulher de meia-idade e de aparência tímida, sentada na segunda fila e casada com outra pessoa. O Requerente assentiu. Arquejos!

"E sob *juramento* você afirma que no infame pacote lacrado — por infelicidade agora destruído — você de fato deixou instruções ao sr. Gosford sobre o que fazer no caso de sua prima... *entrar em trabalho de parto*?"

"Juro solenemente por meu Deus que sim", respondeu o Requerente, causando alvoroço, embora, pelo que Eliza pôde perceber, ele estivesse falando tanto daquele jeito mais por aborrecimento — e talvez pelo desejo de jantar mais cedo — do que por qualquer motivo mais calculado. Se ele fosse Roger, saberia o que havia no pacote lacrado, e poderia muito bem ser algo emocionante, nem que fosse para acabar com o tédio do interrogatório. Enquanto isso, a "prima" fugia da corte aos prantos.

"Caramba! Vamos ter um espetáculo agora!", gritou Sarah, se levantando e agarrando o assento da frente, mas em vez disso o tribunal se dissolveu no caos e teve de ser suspenso.

11. Tudo é mudança

Eliza estava precisando de uma longa caminhada depois disso. "Bem, evidentemente faça o que tiver vontade, sra. Touchet, mas eu não seria do tipo que anda sem propósito... Se algum dia você tivesse que andar descalça de Brighton a Londres, como fiz uma vez, isso evidentemente aplacaria seu desejo de caminhar para lugar nenhum sem um motivo real. Não, vou sentar minha bela bunda em algum lugar e comer uma torta, perdoe o meu palavreado. Imagine que ele foi e deixou ela prenha! Que sedutor é o nosso Sir Roger! Vejo você na estação às quatro."

Eliza Touchet sentia-se orgulhosa de como caminhava. Era a maneira dela de entender a própria idade ou, melhor, de desafiá-la por completo. Se perto dos sessenta anos você conseguisse ir tão longe e tão depressa quanto aos quarenta — aos vinte! —, isso significava que o tempo não havia passado? Do tribunal, chegou à estrada Edgware sem nenhum sinal de falta de ar, estimulada pela visão da pobre e difamada Katherine Doughty, uma mulher acanhada e sem qualquer vestígio da antiga juventude no rosto. Mas ao chegar à área de Kilburn ela se viu respirando com dificuldade, e suspirando, diante das muitas coisas que haviam mudado. A Casa Mapesbury fora vendida e, um pouco mais adiante, A Granja também. Todas as antigas propriedades estavam fechadas, em ruínas ou demolidas. As ferrovias cortavam os campos, e às vezes os próprios campos desapareciam por completo sob fileiras de pequenas casas comicamente construídas muito próximas umas das outras, com grades substituindo sebes e postes de iluminação onde antes havia olmos. Ela se orientou por pubs e igrejas — todo o resto era transformação. O rio Kilbourne não corria mais — uma ferrovia corria em seu lugar —, os Poços tinham sido fechados e o Velho Sino demolido e substituído por um novo estabelecimento com o mesmo nome. Só percebeu que estava se aproximando do rio Brent pelo bater das asas molhadas de um ganso, encoberto como estava por uma olaria e por mais casas ainda. Eliza se repreendeu pela vaidade. A passagem do tempo agia de forma muito mais brutal na terra do que nas pessoas. Ela ainda era Eliza Touchet. Mas o que era este lugar?

12. Uma lembrança

Na ponte ela parou e olhou para a água estagnada com um espírito reflexivo. De repente sua Frances estava com ela mais uma vez, ainda jovem, não doente, não morta aos trinta e três anos, debruçada na ponte ao lado dela, olhando para baixo…

Ambas estavam um pouco sem fôlego, na lembrança dela, por terem percorrido toda a distância desde Elm Lodge acompanhadas por uma pequena aglomeração de agricultores e crianças animadas. Os caçadores de Sua Majestade, que raras vezes eram vistos tão ao norte, se locomoviam de forma agressiva pela vizinhança. Vestidos de escarlate, montados em cavalos, rodeados por cães. A multidão local seguia os cavaleiros pelas ruas, mas Eliza e Frances, mais experientes, arregaçaram as saias e pularam as cercas de quatro áreas rurais apenas para perder de vista todo o grupo de caçadores perto de Kilburn Woods. Estavam descansando na ponte Grand Union — tendo desistido da perseguição —, quando o cervo apareceu de repente debaixo delas. Animal magnífico! Em pânico, ele deve ter mudado de rumo e ido para Paddington. Agora hesitou por um momento; então pulou no rio e nadou para se salvar. Suas patas pouco eficientes agitavam a água, ele parecia prestes a se afogar, mas logo estava lutando para subir na margem oposta, feito um potrinho recém-nascido. Um grupo de estudantes reunidos na margem comemorou esse raro exemplo dos fracos escapando dos fortes. Os cães uivaram. Os cavalos bufaram com intensidade e se viraram. Frances chorou lágrimas de alegria. Voltaram para casa felizes, de mãos dadas. Mais tarde Eliza ouviu de um zelador da igreja que o cervo fugira direto da água para o cemitério St. Mary, onde foi encurralado e despedaçado. Uma história que ela guardou para si.

13. Todas as Almas

Do outro lado da ponte, a sra. Touchet agora aceitava que suas pernas doíam, e virou à esquerda no cemitério a fim de começar a longa caminhada de volta à cidade para reencontrar a segunda sra. Ainsworth e pegar o trem para casa. A amada Kensal Lodge estaria diante dela em um minuto e, em seguida, a Mansão Kensal, se ambas não tivessem sido derrubadas pelos construtores como tudo o mais. Em outro teste a que suas faculdades eram submetidas, tentou se lembrar do ano em que se mudaram de Kensal Lodge para aquela segunda propriedade, mais grandiosa. Fora em 41? 42? No auge do sucesso de William, enfim.

Num impulso melancólico, ela se virou e refez os passos, passando pelos portões do cemitério Todas as Almas. Os mortos continuam onde estão, pelo menos. Outros se juntam a eles, mas essa é a única mudança. Ela se sentou no primeiro banco que surgiu, e ao erguer os olhos fez uma careta para o monumento de seis metros de altura diante dela, que não sofrera qualquer alteração exceto pelo crescimento da hera em torno da absurda dedicatória de trinta centímetros: PARA ELA. Durante o tempo em que morou ao lado desse cemitério, aqui dando suas caminhadas matinais, gostava de fingir que a ELA em questão era Frances. Que essa demonstração rococó de dor — os querubins voando, o camafeu esculpido na pedra, a estátua gigantesca da "Fé" encarnada na figura de uma bela jovem —, que tudo isso era para Frances. Um pensamento reconfortante. Nem era uma ligação totalmente ilógica ou sentimental: eles tinham conhecido a senhora, não muito bem, mas sabiam quem era. Emma Soyer, o prodígio da pintura. Frances gostava muito dela. Ah, mas Frances gostava de todo mundo. Tinha ficado muito impressionada com a habilidade precoce da garota, e Eliza imaginava que era incrível alguém tão jovem pintar tão bem, embora não considerasse o talento um mérito em si, sendo o talento, assim como a beleza, uma questão de sorte. Mas era verdade que a garota, com apenas dezoito anos, contribuíra com um belo quadro para o movimento, que então leiloaram, arrecadando um valor significativo para a causa abolicionista. A pintura retratava duas irmãzinhas negras, a mais velha olhando para o céu com um livro no colo, enquanto a mais nova encarava quem quer que a olhasse direto nos olhos, com a intenção de despertar sua consciência. Lindos vestidos elas ostentavam, e lindas expressões, pacientes e ainda assim confiantes na liberdade, com uma palmeira oscilando atrás delas. Foram retratadas como aquilo que eram, seres humanos, e essa era a questão.

A própria artista era uma garota pálida, de aparência estranha, com um nariz comprido e pontudo feito o de um homem francês. Mais tarde ela se casou com o chefe de cozinha da sociedade de cavalheiros The Reform Club — ele era Soyer; antes disso ela era simplesmente Emma Jones — e assim, como a sra. Touchet, descobriu-se na posse de um nome francês ambíguo, embora claramente tivesse tido um uso mais prático para ela. Era famosa na França: *Madame Soyer*. No próprio país ela estava mais próxima de uma curiosidade, mais um dos cães de Samuel Johnson, o pincel na patinha. No entanto, apesar de todo o sucesso no mundo dos homens, o bebê de Madame Soyer também morrera, e ela com ele, com apenas vinte e oito anos. Pobre mulher. Por outro lado, aqui estava esse monumento gigante PARA ELA, e era de se presumir que suas pinturas ainda estivessem em algum lugar, em alguma parede — na verdade, não se dizia que estavam expostas nas do rei Leopoldo? Conversas espirituosas e perspicazes entre mulheres, por outro lado, não podiam ser expostas em parede alguma. Ninguém constrói um monumento para isso. Até mesmo Lady Blessington, a despeito de toda a sua tolice, tinha entendido isso, esgueirando-se com sabedoria pelas prensas, por entre as linhas de Byron.

14. Uma única alma

Uma dose devastadora de autopiedade, mais adequada a uma criança, tomou conta da sra. Touchet. Ela se pôs de pé e procurou uma história mais triste que a sua para animá-la. Não precisou ir muito longe. Apenas algumas centenas de metros à esquerda, estava a trágica garota Hogarth. Morta sem ter tido filhos. Morta sem ter feito arte nem publicado livros nem encontrado algum tipo de reputação para si mesma. Morta antes mesmo de a feminilidade tê-la reivindicado:

Mary Scott Hogarth
Jovem, bonita e boa
Deus, em Sua misericórdia, a incluiu entre Seus anjos
Na tenra idade de dezessete anos

Só mesmo Dickens, pensou a sra. Touchet com amargura. Só ele poderia imaginar que esses dois primeiros adjetivos teriam alguma relação possível com o terceiro. Sentimental. Sobretudo em relação a esse assunto da morte da cunhada. As lágrimas soluçantes que havia derramado ao lado do túmulo daquela jovem! O lamento animalesco enquanto baixavam o caixão! Uma dor inconveniente e reveladora, antinatural e pouco masculina. Chorou mais do que sua esposa! Assim como, apenas um ano depois, Eliza iria chorar mais pela perda de sua Frances do que havia chorado por seu marido. Mais do que William chorara por Frances...

Ela se recordava do funeral da garota Hogarth como sendo um dia quente de maio como aquele, carregado com o cheiro de flores apodrecendo. Depois que tudo terminou, na curta e silenciosa caminhada para casa, William parecia perturbado. Será que se perguntava, como ela, se os arranjos domésticos de Dickens eram tão singulares quanto os dele? Talvez aquilo não tivesse lhe ocorrido. Muitas coisas não lhe ocorriam.

Se não partisse agora, perderia o trem. Caminhou depressa de volta aos portões principais, passando por maridos e esposas enterrados no mesmo buraco por toda a eternidade; mais uma vez PARA ELA. Projetado, encomendado e inaugurado pelo obsequioso sr. Soyer, que, no entanto, havia comparecido à inauguração com uma bailarina aparentando ter metade da idade dele. A sra. Touchet se permitiu um sorriso discreto. Enquanto professarmos a crença de que duas pessoas podem, de forma harmoniosa — ou factível —, investir todo o amor e interesse neste mundo apenas uma na outra, até que a morte as separe — bem, então a vida, por mais curta que seja, continuará a ser uma comédia humana pontuada pela tragédia. Via de regra, era assim que ela pensava. Então havia esses momentos de graça em que se surpreendia com a ideia de que, se alguém de fato entendesse o significado da palavra "pessoa", consideraria doze vidas um período muito breve para amar uma única alma.

15. Adiado até novembro!

Da noite para o dia os jornalistas se tornaram puritanos, como tantas daquelas metodistas que desmaiaram pelos corredores. Isso apesar de o sr. Gosford, o administrador da propriedade, ter destruído havia muito tempo o pacote secreto e de nunca ter olhado dentro dele. Nessa lacuna da narrativa, a historinha de amor proibido e possível gravidez do Requerente Tichborne se encaixava perfeitamente — era o tipo de escândalo que oferecia algo para todo mundo. Não pela primeira vez, a sra. Touchet ficou chocada: como a paixão despertada por danos imaginários à "honra" feminina podia ser maior do que qualquer coisa de fato cometida contra a própria mulher? *Somos simples abstrações para eles*, ela escreveu na parte de cima de uma folha. Mas isso não estava de acordo com nada do que escrevera até então — ela não conseguia explicar nem para si mesma o que de fato queria dizer com aquilo. Franzindo a testa, riscou a frase.

No andar de baixo, a análise de Sarah era, por outro lado, clara e frustrantemente precisa:

"Ele só foi lá e mencionou o que não se menciona! Por acaso ele não sabe que essa gente rica encontra os bebês na plantação de repolhos? Ah, agora está perdido. Agora perdeu os nobres e ganhou a multidão! Pois preciso dizer que *a gente* sabe o que tem entre as próprias pernas, ou espero que a gente saiba. Além do mais, a gente se lembra de ter usado! Vou lhe dizer quando o tribunal vai ser convocado, sra. Touchet: quando todas aquelas damas sonolentas pararem de corar!"

Eliza, muito desanimada, guardou a caneta e os papéis na gaveta trancada e fez o possível para voltar às atividades da casa. Mas o que antes era apenas irritante agora parecia insuportável. Por que esta casa e este jardim? Por que Hurstpierpoint? Por que essas visitas semanais a Gilbert? Por que as tarefas de Sísifo do café da manhã, almoço e jantar, preparados e eliminados e preparados de novo? Qual o sentido de tudo isso? William trabalhava sem descanso em seu vigésimo nono romance. Por que incluir Catherine Howard e Ana de Cleves? Por que ela precisava ouvir essas coisas? *Duzentas libras por ano*. Mas era dinheiro dos Touchet. Estava coberto de sangue. E doá-lo, no entanto, era ter que saber para quem e por quê.

Estava chateada com William por provocá-la. ("Pobres das minhas duas repórteres do tribunal! Elas sofrem sem o julgamento! Você encontrará um artigo muito divertido na *Punch* sobre 'A Desistência de Tichborne', Eliza. Vou separar a revista para você.") Quase tão irritantes eram as tentativas de Sarah de estabelecer uma comunhão fraterna entre elas. ("Devo dizer que estamos sofrendo. Este lugar é chato demais para garotas como a gente.") Ela não queria falar com nenhum Ainsworth nem ouvir qualquer um deles. Havia outra pessoa. Uma noite até sonhou com ele.

Estavam sentados à mesa em algum lugar no centro de Londres e ela estendia a mão para pegar a dele, dizendo: *Conte-me tudo*. Mas, quando acordou, ainda estava em Hurstpierpoint.

16. Um artigo divertido na revista *Punch*

UMA SUGESTÃO SURPREENDENTE

O Público Britânico está sofrendo. Uma longa protelação no estimulante conhecido como TICHBORNE, BOVILL, BALLANTINE, COLERIDGE & Cia. produziu um estado de agitação pouco saudável acompanhado, agora que o estimulante não está disponível, por um correspondente estado de depressão. Os jornais, que contêm uma dose normal de assassinatos e violência, aliviam o apetite do público. A natureza intrínseca do povo está desequilibrada. Chefes de família respeitáveis acordam no meio da noite gritando "Será que você ficaria surpreso em ouvir?" e declarando que veem Requerentes subindo pelas paredes. Senhorinhas idosas não conseguem mais se concentrar nas pastagens frescas dos bons livros e suspiram por interrogatórios. As jovens deixaram a leitura de romances de lado a tal ponto que a SRA. MUDIE deve estar alarmada.

Dadas as circunstâncias, perguntamos: "Será tarde demais para adotar uma sugestão lançada pelo correspondente de um veículo de comunicação contemporâneo e reunir o Requerente, o advogado e o tribunal na praia de Brighton?".

Ao combinar negócios e prazer, e tornar o processo atraente, esse julgamento poderia não apenas se tornar mais suportável para todos, advogado, juiz e júri, como até mesmo ser obrigado a pagar uma parte de suas próprias e pesadas despesas.

O tribunal, ao se basear na formação dos Menestréis de Christy, com o Requerente e o procurador-geral como "os homens em cada ponta da fila", atrairia uma gigantesca multidão.

Os procedimentos legais poderiam ser abertos com solo e refrão, este último do tipo crioulo habitual —

Eis o velho JOE (ou Bo, conforme o caso)
MAU!
e ele está tão
MAL!
Fuén fuén, jidi-du, Juba, Bang!

O interrogatório formal continuaria de maneira jocosa, até que chegasse a vez de Bones cantar uma música mais ou menos assim: —

Supondo que ele num seja você
E supondo que eu era eu mesmo
E supondo que a gente fosse os açougueiro de Wapping.
Como a gente ia ficar surpreso!

Isso naturalmente terminaria com um colapso. Depois disso Tambourine tomaria a palavra —

"Eu inscrareço, SR. BONES, pru qui é qui eu sô essa creança qui gosta da Catidrau di São Paulu? Dissisti disso? Sim!

Pruque com tod'ssa orientaçã quis cê tá dano cê ná pódi presuadi eli!"

Este é um mero esboço, do qual o talento e a habilidade dos envolvidos poderiam fornecer um quadro completo. Estamos apenas expressando a opinião de milhares de pessoas quando clamamos: "Está aberta a temporada da tolice! Deem-nos — Ah, deem-nos o nosso caso TICHBORNE mais uma vez!".

PARTE CINCO

Bogle: Eu mesmo nunca me surpreendi com nada.
Hawkins: Você nunca se surpreendeu com nada?
Bogle: Nunca na vida. Não me lembro de ter acontecido.

Transcrição do tribunal

1. *London Daily News*, sexta-feira, 10 de novembro de 1871

Tendo o tribunal retomado as sessões, a primeira testemunha chamada foi Andrew Bogle, *o homem negro cujo nome foi mencionado com tanta frequência durante o julgamento, e não precisamos dizer que sua aparição no espaço reservado às testemunhas despertou considerável interesse. É um homem idoso, de aparência respeitável, com os cabelos um tanto grisalhos, rosto inteligente e voz e modos muito suaves. Ele pediu para ser acomodado em uma cadeira, e uma foi imediatamente colocada no lugar das testemunhas. Sua vestimenta chamava mais atenção por causa de uma gravata azul-brilhante, que no dia anterior havia sido objeto de alguns comentários jocosos do advogado. O sr. Ballantine, sargento, inquiriu-o da seguinte forma:*

SARGENTO BALLANTINE: Creio que você esteve muito doente recentemente.

BOGLE: Sim, por um tempinho.

SB: Creio que agora está hospedado em Harley Lodge, a residência de Sir Roger Tichborne.

B: Sim.

SB: Quantos anos você tem, Bogle?
B: Tenho sessenta e quatro anos.
SB: Você é natural da Jamaica?
B: Sim.
SB: Você se lembra, quando tinha cerca de onze anos, do falecido sr. Edward Tichborne?
B: Lembro.
SB: Ele foi o cavalheiro que mais tarde se tornou Sir Edward Doughty?
B: Sim.
SB: Você se lembra de ele estar na ilha da Jamaica?
B: Sim.
SB: Acredito que ele administrava algumas propriedades que pertenciam ao então duque de Buckingham, não é mesmo?
B: Sim.
SB: Como você o conheceu?
B: Eu costumava ir à casa dele pela manhã.
SB: E ele o contratou como pajem?
B: Ele me mandava entregar mensagens.
SB: E você acabou sendo admitido como pajem. E você continuou como pajem durante o tempo em que ele permaneceu na Jamaica?
B: Sim.
SB: E quando ele retornou para a Inglaterra você voltou com ele como pajem?
B: Sim.
SB: E você permaneceu seis meses na Inglaterra? Ficou em Tichborne Park e em Upton Park, em Alresford?
B: Sim.
SB: Tichborne Park era sua casa e você ia com frequência a Alresford?

B: Sim, com muita frequência.

SB: Ao término dos seis meses, você e seu patrão retornaram para a Jamaica?

B: Sim.

SB: Você residiu com ele por dezoito meses na Propriedade Esperança, que pertencia ao duque de Buckingham? E ao término desse período o sr. Tichborne abriu mão da administração da propriedade?

B: Sim, e me trouxe com ele para a Inglaterra.

SB: Pouco antes da chegada dele à Inglaterra uma srta. Doughty havia morrido.

B: Sim, e isso o deixou de posse das propriedades.

SB: Você continuou a serviço dele até março de 1853?

B: Sim, e nos últimos vinte anos da vida dele fui seu criado e sempre o atendi.

SB: Após o casamento dele você o acompanhou em sua viagem ao exterior? Você estava mais ou menos familiarizado com todos os membros da família Doughty e Tichborne?

B: Estava.

Em inquirições posteriores a testemunha disse:

B: Eu mesmo me casei duas vezes, a primeira com a enfermeira de Lady Doughty; a segunda com a professora. Ambas estão mortas.

SB: Quando você viu o jovem Tichborne pela primeira vez?

B: Há muitos anos. Ele era apenas uma criança começando a dar os primeiros passos. Foi quando ele visitava Sir Doughty em Upton. Eu conhecia muito bem os pais dele. A babá dele era Sarah Passmore. Lembro da ida dele para Stonyhurst, e em geral ele passava as férias em Tichborne. Havia um cômodo entre o quarto dele e o meu. Eu costumava sair com ele para atirar, pescar e caçar, diversão de que ele gostava muito. Ele fumava dia e noite.

SB: Havia muitas visitas de cortejo em Tichborne?

B: Às vezes.

SB: Ele gostava muito da companhia dos cavalheiros?

B: Não, ele gostava mais de ficar lá embaixo na companhia dos criados do que de ficar com os cavalheiros.

(*Risos*)

SB: Havia mais de um encarregado da caça?

B: Apenas um e mais um menino, e ele costumava ficar bastante com eles.

SB: Ele era muito musical?

B: Sim; ele costumava fazer um bocado de barulho com uma trompa.

(*Risos*)

SB: Como ele falava inglês?

B: Muito mal no começo — um inglês ruim; mas melhorou bastante antes de deixar a Inglaterra.

SB: Depois da morte de Sir Edward Tichborne, você continuou a serviço do pai de Tichborne?

B: Sim; por cerca de quatro meses.

SB: Não encontraram nenhum defeito em você?

B: Não que eu saiba.

SB: Depois de deixar o serviço, você e sua esposa decidiram ir para a Austrália?

B: Eu me casei depois disso e fomos para Sidney na primavera de 1854.

SB: Você costumava se comunicar com Lady Doughty?

B: Sim. Recebi dinheiro dela para pagar nossa passagem e, até o momento de retornar para a Inglaterra com o Requerente, recebi de Lady Doughty uma pensão vitalícia de cinquenta libras. Desde que estou na Inglaterra, a pensão foi interrompida.

2. Caminhando até Willesden

Se a inquirição de testemunhas era uma forma de estímulo, ela afetava as duas mulheres de modo diferente. Provocava em uma delas uma fome gigantesca — facilmente saciada por costeletas de porco assadas — e na outra uma compulsão por caminhar, apesar do frio. Mas a de Eliza também era uma espécie de fome. Certas tardes, sentia que não havia como dizer até onde poderia ir. Poderia caminhar para sempre. Em vez disso, chegando ao topo da colina em Kensal Rise, foi surpreendida justamente por aquilo que estivera procurando. Uma poderosa sensação de déjà vu. Saber que o que estava lembrando não era um episódio de sua vida, mas um eco ficcional saído das páginas de *Jack Sheppard*, o único dos muitos livros do primo de que ela realmente gostava, não tornava a sensação menos poderosa:

> Imediatamente abaixo dela estava Willesden — a aldeia mais encantadora e isolada nos arredores da metrópole —, com suas casas de fazenda dispersas, as nobres granjas e a velha torre cinzenta da igreja espreitando acima de um bosque de árvores assombradas por

gralhas... Toda antiga igreja rural é linda, mas a de Willesden é a igreja rural mais bonita que conhecemos...

Para esse local a sra. Touchet dirigia agora seus passos. As casas de fazenda estavam menos dispersas e as granjas, cercadas, mas a igreja medieval se mantinha lá. Silenciosa e remota, perdida no tempo. Ao se aproximar do portão, pensou que o adro estava diferente, mas só porque a memória o conservara num eterno maio. No auge da amizade deles, ela, William e Charles galopavam até a igreja Saint Mary todos os domingos, saltando cercas de forma imprudente, competindo entre si... Descendo do cavalo, ela encontrava flores presas no cabelo. Agora era um novembro sombrio. Os dias de cavalgada da sra. Touchet haviam ficado para trás. Ela curvou o corpo comprido para passar pelo arco baixo e avistou as balas Roundhead ainda alojadas nas pedras. Ouviu o arrastar de pés do zelador da igreja em algum lugar. Nessa igreja vazia, diante de uma alcova vazia — onde já estivera uma Madona Negra, antes da devastação de Cromwell —, ela agora se benzia como sempre fizera, embora já não se preocupasse com a alma de Cromwell. Foi até o canto leste para acender uma vela para Frances. Depois, num estranho impulso, acendeu mais duas: uma para cada uma das falecidas esposas do sr. Bogle.

Seis de março de 1838. No próximo mês de março, pensou a sra. Touchet, minha Frances estará morta por mais tempo do que esteve viva.

3. *Jack Sheppard*, 1838

No final as coisas aconteceram muito de repente, enquanto tudo ao redor era tumulto e ansiedade. Frances ainda estava na casa do pai e a família dela, os Eber, tinha acusado William de "negligência conjugal" e retirado em segredo as crianças da escola. Enquanto isso a sra. Touchet estava de volta a Kensal Lodge, dedicando-se às tarefas domésticas na ausência de outra pessoa que o fizesse. O dinheiro obtido com o romance *Rookwood* havia terminado. Esbanjado no Porto, nos botões de ouro e no entretenimento constante. A sequência do romance — ambientado na corte francesa de Henrique III — revelou-se confusa e impopular: a editora não conseguiu cobrir os custos. E em meio a essa absoluta tempestade ainsworthiana, de repente Frances morreu. Não a viam fazia três meses — e ainda assim ela morreu. A sra. Touchet devia ter sido enviada para a casa dos Eber como emissária, a fim de encorajá-la a voltar para casa, mas ela morreu. Nas fantasias de uma Eliza mais ousada, ela tinha até mesmo imaginado levar a jovem esposa fugitiva para a Itália, onde o sol cura todos os males, e lá teriam encontrado uma casinha aninhada entre uma extensa plantação de oliveiras e enviado uma carta a Kensal Lodge meses depois confessando a intenção de ficar por ali. *Decidimos viver como as mulheres de Llangollen, só que vestindo roupas de algodão branco em vez de lã preta...*

No entanto, ela morreu. Os Eber a enterraram em um jazigo da família em Oxfordshire, um funeral para o qual William não fora convidado, muito menos sua peculiar prima. A sra. Touchet desistiu de Chesterfield e se mudou para Kensal Lodge de forma definitiva. *Minha Frances está morta.* Não importava quantas vezes repetisse isso para si mesma, a morte dela continuava sendo um fato irreal. Mas não acreditar era o mesmo que enlouquecer. Foram semanas de agonia e lágrimas. Agora, mais de trinta anos depois, percebeu que mal se lembrava daquela época e que só restava o que viera depois. O vazio. A forma como o vazio se abria dentro dela. Sentada nesse mesmo banco de Willesden dia após dia, olhando para a mesma alcova vazia, com a mente igualmente vazia.

Foi durante aquele conturbado ano de 1838 que sentiu que havia finalmente entendido *para que* servia a escrita, ou pelo menos para que servia no caso de William: como uma fuga do vazio. Distração. No espaço de uma semana, conforme o esperado, ele estava de volta ao trabalho, escrevendo para seu velho amigo Crossley. Porventura Crossley tinha algum material relativo ao ano de 1724 ou ao reinado de George I? Se William fosse a Manchester, poderia pegar emprestado um exemplar do *Newgate Calendar*...

Naquele mês de abril, o *Jack Sheppard* de William estava bem encaminhado. Ela lia o romance à medida que ele o escrevia. Ela o leu antes de qualquer pessoa. Era a mãe de Jack, a sra. Sheppard, que estava no topo de uma colina olhando para a igreja de St. Mary. E foi aqui, nessa mesma igreja, que o jovem Jack começou a vida de pequenos crimes, furtando os objetos do bolso de um congregante. Eliza se considerava uma leitora sofisticada, mas *Jack Sheppard* despertou a criança nela. Perdeu o fôlego quando o menino ladrão escalou os muros da prisão de Newgate. Chorou lágrimas de frustração moral quando Jonathan Wild, o principal "capturador de ladrões" do governo, provou ser tão ladrão quanto qualquer um dos pobres pecadores que enviava para a forca. No instante em que o jovem Jack escapou pela terceira vez da cadeia, ela soube que havia mais vida nesse infame arrombador de casas de Newgate do que em uma dúzia de duques franceses. Quando terminou de ler, pensou: *vulgar, violento, sensacionalista, ridículo*. Mas também entendeu que não precisaria se preocupar com o preço do Porto por um bom tempo. Não sugeriu nenhuma alteração, apenas fez objeção a uma cena de sedução em que Jack se submete a duas prostitutas ao mesmo tempo: a "amazônica" de cabelos negros Bess Edgworth e a loira de narizinho empinado Polly Maggot. Aquilo a "escandalizou". Ou foi o que disse na época. Foi nisso que se forçou a acreditar. Agora se perguntava se não havia confundido frustração e arrependimento com piedade e repulsa. Por que William deixara para imaginar tão tarde, na ficção, o que a própria realidade acabara de excluir?

4. A "controvérsia de Newgate"

O que ela não conseguia lembrar por nada neste mundo era se o verdadeiro Jack Sheppard era um rapaz de Willesden ou não. No auge da Sheppard-mania — quando o livro estava vendendo mais do que *Oliver Twist* e sendo apresentado em vários palcos em versões musicais terríveis —, ela ouvia dizer com frequência que o local de descanso final do menino era aquele pequeno cemitério próximo a Willesden Lane. Talvez William tivesse escrito isso. Ao longo dos anos, apesar de tudo, ele escreveu um monte de coisas que não eram bem assim. Um naco de bacon, tílias e Dick Turpin cavalgando por Cricklewood. Eliza atribuía isso não a alguma habilidade especial do primo, mas ao fato de que a maioria das pessoas acaba por se revelar por demais sugestionável, com cérebros feito peneiras por onde a verdade despenca. Fato e ficção fundem-se na mente delas. Canções que William havia escrito anos antes voltavam aos palcos e eram confundidas com história. Quantos londrinos ainda acreditavam que Sheppard, esperando no patíbulo de Tyburn para ser enforcado, cantava para a multidão que esperava: *Nix my doll, pals, fake away…?*

Continuem roubando, meus amigos! Da vida para a ficção e da ficção para a vida. Que negócio terrível. Ao menos William fazia isso de maneira desajeitada, com uma incompetência benigna. Seu amigo Charles fizera isso como um mestre — como um ator. Era precisamente isso o que havia de tão perigoso nele. Charles Dickens sempre desempenhava um papel. Por essa razão, a sra. Touchet não se surpreendeu de jeito nenhum que o papel de "melhor amigo de William" se revelasse tão temporário. Na verdade, assim que *Sheppard* passou a ser publicado em série na revista *Bentley's Miscellany* — enquanto *Oliver Twist* se preparava para deixar o mesmo periódico —, ela pressentiu problemas no horizonte. Via o jeito como Charles estremecia sempre que os dois livros eram mencionados juntos, como "romances de Newgate", na maioria das vezes em artigos que se preocupavam com o efeito moral pernicioso dos romances de Newgate. Uma colisão era inevitável. Havia um antagonismo de sensibilidades entre eles. Charles — cuidadoso, sempre consciente da própria reputação — detestava versões teatrais não licenciadas de *Oliver Twist*, mas William adorava qualquer peça de *Sheppard*, por mais que fosse malfeita, horrendamente adaptada ou pontuada por canções horrorosas. Ele fazia amizade com os mesmos empresários inescrupulosos que Charles já considerava inimigos. E quando Charles renunciou ao cargo de editor da *Bentley's*, passando-o para William — que o recebeu com prazer —, apenas a sra. Touchet pareceu compreender que essa era a maneira do jovem de se livrar não apenas da revista, mas também da amizade. Não muito tempo depois, Dickens mandou o cachorrinho dele, John Forster, terminar o serviço, com um ataque cruel e ferino na revista *Examiner*. Todo o objetivo daquilo — até onde a sra. Touchet conseguiu perceber — era determinar uma ampla distância entre livros mal escritos e moralmente corruptores, como *Jack Sheppard*, e o que quer que seu bom amigo Charles escrevesse.

O quanto tudo isso magoou William ela nunca soube. Naquela época ele era calejado — tinha que ser —, de espírito sempre alegre, resiliente por instinto. As vendas estavam em alta. As crianças tinham voltado a Kensal Lodge. Os Eber eram facilmente subornáveis, e de repente havia dinheiro para distribuir a eles. O primo não viu nenhuma encrenca chegando, até que ela surgiu, feito sua amada iluminação ainsworthiana, na primeira página do *London Daily News*:

LORDE WILLIAM RUSSELL ASSASSINADO!

MORDOMO CONFESSA

INSPIRADO NO "JACK SHEPPARD" DE AINSWORTH

Não era verdade. O mordomo de Russell talvez tivesse lido o *Newgate Calendar* e se inspirado na criminalidade arrojada que se encontrava ali. Mas a conexão foi suficiente. As vendas despencaram. Condenações histéricas e autointeressadas dos romancistas de Newgate foram disparadas de todos os lados pelas mesmas pessoas que cantaram as canções, assistiram às peças e devoraram os capítulos publicados em série. Mas àquela altura Charles já havia se colocado fora de alcance. Dissimulado e falso como Jonathan Wild.

O mundo está cheio de hipócritas: isso não tinha o poder de surpreender nem de entristecer a sra. Touchet. Ela tinha vivido tempo demais — e feito visitas demais à Bancada da Rainha — para ficar de alguma forma surpresa com esse fato. Bem pior, na opinião dela, era o cruel redirecionamento ou alteração de qualquer curso natural, como quando forçamos um rio para baixo da terra ou submetemos uma criança à nossa vontade. Pensando nisso agora, lamentou com sinceridade o rumo que William havia tomado como consequência daquilo. Ele se mandava para o passado distante e lendário — onde se sentia mais seguro — ou para as alturas longínquas do éter, do sobrenatural, onde nada é real e nada importa. Todas aquelas intrigas da corte, reis e rainhas, mosquetes, rendas, lambris! Todos aqueles ciganos mágicos, bruxas, fantasmas! Nunca mais conseguiria se ocupar como devia com os tipos de história que estavam bem na frente dele. Histórias como a dela — ou, por sinal, como a do sr. Bogle. Histórias de seres humanos lutando, sofrendo, iludindo os outros e a si mesmos, sendo cruéis uns com os outros ou gentis. Quase sempre as duas coisas.

5. Feito duas ervilhas numa cesta

SARGENTO BALLANTINE: Alguma vez você foi além de Sydney no período em que viveu na colônia?

BOGLE: Nunca mais longe do que oito quilômetros.

SB: Você nunca esteve em Wagga Wagga?

B: Não.

A *testemunha, submetida a uma nova inquirição, explicou que em algum momento de agosto de 1866 seu filho, barbeiro, fez a barba de um homem que disse ter visto Sir Roger Tichborne em um hotel próximo.*

SB: Em consequência disso você foi até as proximidades do Hotel Metropolitan em Sydney?

B: Fui.

SB: E enquanto esteve perto do hotel, alguma pessoa passou por você?

B: Ninguém que eu conhecesse.

SB: Você viu alguma pessoa que achou que conhecesse?

B: Ninguém além do Requerente. Ele foi a única pessoa que eu vi, e ele e outra pessoa estavam no pátio do hotel — na parte de trás. Eu me sentei para esperar por ele na porta do hotel.

SB: Nessa ocasião você já tinha recebido uma descrição da aparência dele?

B: Nenhuma descrição além do relato do meu filho.

SB: Qual foi a sua opinião?

B: Ora, assim que o vi, soube que era Roger Tichborne; logo à primeira vista.

SB: O quanto ele passou perto de você?

B: Cerca de três ou quatro metros.

SB: Ele viu você?

B: Ele me viu, parou e olhou. Olhei intensamente para ele e sorri, então ele veio até mim e disse: "Bem, velho Bogle, é você?", e eu disse: "Sim, senhor". Ele me disse que estava indo lá para cima ou algo assim e acho que ele disse: "Vejo você de novo em um instante". Foi isso que entendi que ele disse e em poucos minutos o empregado de mesa veio e me pediu para ir naquela mesma direção. Subi então as escadas e vi Roger sozinho no quarto. Eu disse: "Peço perdão, vim para ver Sir Roger Tichborne, mas você não é ele, é?". Ele disse: "Ah, sim, Bogle, sou eu". Eu disse: "Você ficou um bocado mais robusto!". Ele disse: "Sim, não sou aquele rapaz esbelto que era quando deixei Tichborne".

SB: Ele perguntou mais alguma coisa?

B: Ele me perguntou quanto tempo fazia que eu estava em Sydney e respondi que fazia por volta de doze anos. Então ele me perguntou se eu tinha morado em Tichborne com o pai dele depois que ele partiu. Disse que morei por cerca de quatro meses. Ele me perguntou por que eu fui embora e eu disse que tinha sido porque o sr. Gosford, o administrador da propriedade, disse que seria feita uma reforma. Eu disse a ele que, depois de uma conversa com Sir James, eu fui embora. Ele me perguntou se os irmãos Godwin estavam vivos.

SB: Quem eram eles?

B: Eram agricultores vizinhos de Tichborne e um deles arrendou uma fazenda por lá. Então ele disse que o Godwin mais velho era um sujeito muito mesquinho e que nunca daria a esses dois irmãos nem meia coroa dividida entre os dois para gastarem.

SB: Ele mencionou alguma outra pessoa?

B: Sim. Até então eu não sabia que existiam dois filhos de Godwin. Achei que só havia um. Ele me perguntou pela sra. Martin, e se ela estava viva.

SB: Quem era ela?

B: Foi a babá da mãe do meu patrão. Disse a ele que estava viva quando parti; que a sra. Martin era uma mulher muito velha, com quase oitenta anos, que nunca foi vista fora de casa à toa por ninguém. Ele também perguntou por dois irmãos chamados Guy, pessoas bem conhecidas na aldeia.

SB: Quem eram eles?

B: Bem, eram personagens de segunda categoria.

(*Risos*)

SB: Ele mencionou mais alguém?

B: Sim, ele perguntou por Etheridge, o ferreiro da aldeia.

SB: Você se lembra se ele mencionou mais alguma coisa?

B: Ele me perguntou se eu lembrava de ter saído para caçar coelhos com ele e o Brand, o encarregado da caça. Isso acontecia com frequência.

SB: Quanto tempo durou a conversa?

B: Cerca de uma hora, e ele me perguntou se eu lembrava que seu tio Edward costumava explodir às vezes.

SB: E o tio Edward de fato "explodia"?

B: Às vezes.

(*Risos*)

SB: Mais alguma coisa?

B: Sim, contei a ele o que eu tinha ouvido falar do naufrágio e do desaparecimento dele, e ele disse que foi terrível e que quase perdeu a vida. Essa foi a única vez que mencionei o assunto do naufrágio para ele.

SB: Foi você que citou o nome dessas pessoas para ele ou foi ele para você?

B: Ele para mim. Eu nunca tinha pensado em nenhum deles, exceto no sr. Gosford. Então ele me disse que iria para a Inglaterra na próxima embarcação, e eu disse que eles ficariam muito felizes ao ver que ele estava de volta.

SB: Você tinha alguma intenção de ir para a Inglaterra?

B: Não naquela época, mas antes disso tive a intenção de ir. Depois daquela conversa eu fui ver ele todos os dias, mas ele nunca estava, e só conversei com ele quatro vezes.

SB: Pois bem, depois de vê-lo tantas vezes, você tem alguma dúvida de que ele é o Roger Tichborne de antigamente?

B: Nem a mais ínfima.

SB: Você alguma vez lhe deu informações sobre a juventude dele com o intuito de favorecer sua reivindicação?

B: Nunca. Eu poderia lhe dar muitas informações se ele me pedisse, mas ele nunca me fez uma única pergunta.

SB: Depois dessa conversa no hotel, você ficou convencido de que ele era Roger Tichborne?

B: Sim, fiquei. Na verdade, ele era tão parecido com um dos tios dele que não tinha como eu estar errado. Nunca na vida conheci ninguém tão parecido com o falecido Sir Henry Tichborne.

SB: Eles eram parecidos, não eram?

B: Sim, como duas ervilhas numa cesta.

(*Risos*)

6. Condescendência no estereoscópio, 1845

O nervosismo da sra. Touchet era tamanho que ela deixou a arrumação da mesa para as garotas e foi vaguear pelo jardim da frente. Lá em Kensal Lodge essa teria sido uma atitude razoável; em Kensal Manor o jardim era muito mais amplo e bonito, havia um carvalho perfeito e um banco rústico embaixo dele — ela se sentou. Tirou o bilhete angustiante do bolso da saia e o releu:

Cara sra. Touchet,

Escrevo com pressa para alcançar o correio das dezesseis horas. Será que você se lembra do anúncio de William quando passou a editar a revista <u>The New Monthly</u>? Ele esperava que os colaboradores fossem "eminentes não apenas pelo talento, mas também pela posição elevada". Para ser breve: fiz objeções a isso, talvez mais do que o necessário, e escrevi um artigo um tanto destemperado na revista <u>Punch</u> respondendo a essa reivindicação, pois não acredito que devamos falar de "posição elevada" em nossa república de letras. Seja como for, escrevi, enviei e depois não pensei mais nisso. Nesse meio-tempo, rece-

bi um convite para Kensal há três dias, para hoje à noite, e disse sim com todo o prazer, e estou indo conforme planejado — mas agora me dou conta de que a Punch foi publicada ontem. Escrevi para William a fim de explicar e pedir desculpas. Você acha que serei perdoado?

Respeitosamente,
William Thackeray

Eram quase dezenove horas. Os outros convidados eram:

Maclise

Chapman

O irmão de Chapman

Um jovem advogado chamado sargento Ballantine com um rosto comprido feito um cavalo

Uma poeta horrível que William conhecera "no teatro"

As garotas

Ela mordiscou a unha do polegar e olhou por cima do ombro para as janelas da sala de jantar. Observou William e suas três graças rindo e se cutucando, em vez de colocar com capricho os bombons cor-de-rosa e amarelos à frente de cada lugar à mesa, tal como haviam sido instruídos a fazer. Parecia mais um irmão mais velho do que um pai. Será que tinha visto o correio das dezesseis horas?

Cinco minutos depois, foi com uma espécie de torpor que ela parou na soleira da porta junto a William, dando as boas-vindas às pessoas, interessada apenas em saber se o rosto à frente dela tinha um nariz achatado feito o de um boxeador e uma expressão apática. Então de repente lá estava ele: muito vermelho e olhando suplicante para ela, como se ela tivesse algum poder de congelar o tempo ou fazer o tempo voltar ou então interromper a necessidade de Thackeray de se virar em algum momento para encarar o anfitrião do outro lado da porta.

"Viva! Thackeray!"

"Boa noite, William."

"Ah, quantos deleites temos para você hoje à noite! Dos maiores para o menores, temos: minhas filhas..."

"Bom, elas sempre são..."

"... Ainda não terminei: as filhas, um ganso estupendo, temperado pela nossa sra. Touchet, alguns bombons literários vindos direto de Paris, ervilhas frescas da nossa horta, muitos flans, cortesia de não sei quem e não saberia dizer de onde — mas a sra. Touchet saberá —, um jovem advogado brilhante que fala com bom senso — ao contrário de seu anfitrião —, uma poeta luminosa que vem se tornando minha protegida, vários amigos antigos e uma das maravilhas do século: um estereoscópio." O vermelho havia desaparecido do rosto de Thackeray, e agora ele aceitava a mão que o anfitrião lhe oferecia. "E não há nenhum lorde ou lady à vista, posso garantir." O vermelho voltou. William riu. "Entre, entre. Vou lhe dizer que sua cabeça quente o dignifica. Nenhuma injustiça jamais lhe passará despercebida, isso é certo."

A sra. Touchet, maravilhada, fechou a porta atrás deles.

Talvez tenha sido o dom da alegria de William, talvez o tempero da sra. Touchet, o flan com uvas de Cook, a beleza radiante das garotas ou a qualidade do Porto. O jantar foi perfeito. O único transtorno surgiu no final, com os bombons, que a sra. Touchet escolhera justamente porque suas citações provinham de romances. Mas depois que a mesa adivinhou corretamente as frases de Austen, Richardson, Bunyan e outros mestres falecidos, a sra. Touchet abriu seu próprio bombom apenas para ser confrontada por um aforismo de alguém que continuava a viver de forma irrepreensível, embora estivesse muito ocupado hoje em dia para vir jantar.

"Pode repetir, por favor?", pediu Chapman. "Você fala muito baixinho."

"Ah, não é bem um aforismo: '*Nunca vemos a nós mesmos — não nos vemos e nunca vimos — e suponho que nunca veremos*'. Sr. Chapman, temo que você, mais do que ninguém, *deveria* conhecer essa citação."

"Bem, bem, a imortalidade dos bombons já..." William baixou os olhos para a própria citação, que era de Sterne. No silêncio, todos os outros também pareceram achar suas próprias frases mais uma vez fascinantes. Por fim, William ergueu a cabeça para olhar para a prima com uma expressão atormentada de dúvida.

"É de *Pickwick*, não é?"

A sra. Touchet se levantou e amassou a citação na palma da mão.

"*Nickleby*. Agora vamos para esse estereoscópio. Anne-Blanche o comprou ontem em Covent Garden e nós o guardamos sobretudo para esta noite..."

As garotas foram primeiro, e ficaram tão encantadas com um conjunto de imagens do Congo que William teve de lembrá-las da fila de abelhudos ávidos atrás delas. A favorita da poeta era uma imagem muito banal da nova ponte de Londres. William e Maclise ficaram impressionados com uma praça em Florença e ambos atestaram que aquilo era o equivalente "a estar naquele mesmo lugar". Sabiam disso porque ambos estiveram ali muitas vezes.

O jovem advogado com cara de cavalo se abaixou e pôs os olhos nos orifícios:

"Ah, ora, esta imagem aqui é muito boa. O Lago Kandy. Meu próprio irmão está no Ceilão neste exato momento. Incrível. Você consegue ver as árvores, a água, a terra — tudo em três dimensões, como se estivesse parado ali mesmo."

"Talvez eu esteja sendo muito bronca", observou a sra. Touchet, "mas será que não consigo ver a mesmíssima coisa bem diante de mim todos os dias da minha vida? Na verdade, não estou sempre 'naquele mesmo lugar'? Afinal, o mundo real se apresenta em três dimensões. Quatro, se você acredita em uma dimensão do espírito."

Isso fez todo mundo rir, mas quando chegou a vez dela de pôr os olhos nos orifícios daquela estranha máquina, a sra. Touchet perdeu o senso de humor. Uma vista do Ceilão. Uma montanha distante, um lago, três pessoas desconhecidas em um barco estranho. Tudo emoldurado por árvores desconhecidas que nunca veria, nem por si mesma, nem nesta vida.

7. Na lojinha de quinquilharias

Dezembro trouxe uma onda de frio. O rio Tâmisa congelou, os paralelepípedos estavam escorregadios do gelo e todos os cavalos eram dignos de pena. Mesmo em um ambiente fechado os advogados usavam luvas. O juiz Bovill foi cercado por senhoras preocupadas com sua saúde que lhe traziam chá quente e sopa. Depois de uma longa manhã de inquirições, Sarah e Eliza caminharam pelo canal, soprando os dedos, conversando. Sarah tinha mudado de ideia em relação a Bogle:

"Uma coisa posso dizer a respeito dele: ele sabe de que lado do pão foi passada a manteiga. Foi procurar ouro nos lugar lá — acontece que não tinha nenhum. Aí descobre que no fundo prefere Londres do que Nova Gales do Sul. Bom, dizer isso foi correto e decente da parte dele. Tenho certeza de que a gente deu a ele mais liberdade inglesa — e tratamos ele melhor — do que qualquer pessoa naquela ilha-prisão esquecida por Deus!"

"Hummm..."

Sarah parou abruptamente de andar e olhou para o gelo, onde um homem corajoso estava sentado pescando por um buraco.

"Sei bem o que você pensa de mim, sra. Touchet."

A sra. Touchet, vermelha feito um escocês, tentou interceptar a passagem dela.

"Não se preocupe com isso. O que quero dizer é que sei que nem sempre concordamos e que aquela era a sua casa, claro, antes de ser a minha, e tudo mais. Agora, posso não ter os ares e as graças..."

A sra. Touchet tentou mais uma vez negar que alguma vez tivesse...

"Não, você vai me deixar falar", disse Sarah com uma nova autoridade. "Eu digo: sei o que você pensa de mim. Mas você não é capaz de imaginar de onde eu vim. E isso é tudo o que eu quero dizer."

Ela empurrou o peito para cima e apoiou o queixo nele. O gesto tinha a intenção de indicar o fim do assunto. Mas durante a vida inteira Eliza se recusou a ser serva do páthos e nunca aceitou qualquer argumento baseado somente na emoção:

"Com todo o respeito, Sarah, tenho conhecimento das suas... circunstâncias pregressas. E posso lhe assegurar que nunca a julguei à luz delas."

Sarah bufou e empinou o peito um centímetro para cima.

"Jamais fiz tal coisa na vida. Eu mesma conheci a privação. Quando meu marido morreu, me deixou na pobreza, e se não fosse por William..."

Mas não conseguiu terminar por conta das risadas da segunda sra. Ainsworth.

"Pobreza, foi? Pobreza, ela diz!"

"Não vejo o que há de tão divertido em..."

"Você vem comigo."

"A próxima sessão é às três horas. Para onde devo ir, exatamente?"

"Wapping. A região de Orton. A minha região também, por

coincidência. Gostaria de mostrar uma coisa a você. Pobreza! Rá! Por que essa cara? Você gosta de caminhar, não gosta? Leva só uma horinha se a gente caminhar rápido."

Caminharam a passos largos, seguindo o rio congelado. Junto à Tower Bridge, o gelo parecia ilimitado e intransponível, mas à medida que avançavam para o leste, diversos navios atracados o partiam em blocos e ilhas, até parecer que não havia mais gelo ou sequer água, apenas navios. A sra. Touchet expressou surpresa por ter caminhado tão longe para que lhe mostrassem a indústria e a riqueza, casas geminadas à beira do rio e uma refinaria de açúcar de sete andares, mais alta que Babel.

"Bem, isso tudo é dos Camden, dos Calvert e dos King — eles são os donos disso tudo, da refinaria, daqueles navio tudo e até onde a vista alcança. Tem muito dinheiro em Wapping, sempre teve. Você pode descer pelo cais e ver *palácios* lá embaixo. Ver como viviam os barqueiros daqueles navios enormes... como *ainda* vivem. Quando eu era criança, a gente chamava eles de Candenados, Calvos e De Quinta."

Por pouco a sra. Touchet não objetou, mas depois se lembrou de que estavam sozinhas. E na ausência de testemunhas, ela se deu conta, nada de fato a ofendia, exceto a crueldade.

"Meu pobre avô? Afanou um saco de café da parte de trás de um daqueles navios. Mandaram ele para Nova Gales do Sul. Dezoito aninhos. Ninguém nunca mais viu ele. Os pobres rapazes eram despachados naquelas embarcações o tempo todo, algumas vezes acorrentados, outras vezes não — mas nenhum voltou. Veja o Orton! Era assim que as coisas eram. Todo o dinheiro estava naquelas água, e aqueles sujeitos Camden tiraram o máximo proveito disso, e a gente tirou o máximo proveito deles. Aqueles marinheiro tudo não precisam de alimentação e água e de uma boa assistenciazinha? Antes de navegarem para o mais sombrio do Daomé ou para onde quer que estivessem indo? Ainda precisam.

E nós todas fizemos a nossa parte. Minha avó costumava dizer que os navios também precisavam ser roubados para garantir o seguro. Estamos fazendo um favor para eles, ela dizia. Era engraçada, a minha avó. Trabalhava de costas, certo, sim, trabalhava, mas as pessoas por aqui a respeitavam, claro. Tinha o orgulho dela. Duas coisas que jurava que nunca ia fazer: ir para uma casa de caridade ou ir com um sujeito negro, como algumas iam por aqui. Padrões. Nunca mais me esqueci disso."

À medida que se aproximavam da Hermitage Wall, os cheiros mudavam, os ruídos mudavam, e Sarah deu uma guinada brusca em direção à água, agarrando a mão de Eliza e impedindo-a de olhar duas vezes para uma ruela estreita de moradias em ruínas, com telhados inclinados e todos aqueles rapazes descalços olhando fixamente das portas.

"*Eu* caminharia até lá com prazer, sra. Touchet, mas aquele não é lugar para você. Sei que você acha que sabe muitas coisas lendo seus livros de histórias e tudo o mais, mas a coisa aqui é bem diferente, posso lhe garantir. Tome essa via e em cinco minutos você vai estar em Stepney!"

"Mas o que *tem* em Stepney?", perguntou uma desconcertada sra. Touchet. Nunca estivera tão a leste.

"O que tem em Stepney, ela diz!" Mais uma vez Eliza suportou a segunda sra. Ainsworth rindo dela. "Uma gente que você não quer conhecer nunca, sra. Touchet. Eu mesma venho de Stepney. Sabe quem mais era um puro exemplo de Stepney? O diabo do Jack Sheppard. Nascido e criado. A mãe da minha avó materna — acho que foi ela —viu ele enforcado. Não leu isso em nenhum livro de histórias, ela estava lá! Willesden *uma ova*. Deus do céu, amo o nosso Willie, mas tem vezes que eu acho que ele realmente não sabe diferenciar o traseiro do cotovelo... Jack Sheppard era de *Stepney*. E minha gente é de Stepney, remontando até o *Domesday*.* Eles se mudaram para Wapping para evitar o subsídio.** Venho de gente orgulhosa e livre, sra. Touchet. Não aceitamos o benefício para ninguém se o preço for nossa liberdade. Venho daquele tipo de gente que prefere morrer do que viver em espaços fechados. Nenhum Wells jamais viu o interior de uma casa de caridade e nunca verá. Preferimos as ruas, muito obrigada. Agora, é só a gente descer essa via."

Deram uma série de voltas e reviravoltas até chegarem a um beco coberto. A única luz vinha do extremo mais distante, onde um arco baixo dava para uma escadaria íngreme de trabalhadores do mar, e além dela para o gorgolejante rio Tâmisa.

"Agora, como você chamaria isso?"

No meio do beco, outro prédio em ruínas com telhado inclinado. Eliza olhou para ele.

"Eu diria que é uma casa de penhores."

"Bom, né não."

"… *Não é, não*", interrompeu Eliza, por força do hábito.

"Né nem uma casa de penhores e né nem uma loja de usados. É uma lojinha de quinquilharias. Tem uma diferença. Espie pela janela."

* Referência ao *Domesday Book*, registro histórico detalhado do século XI que documenta a posse de terra e os recursos na Inglaterra. Subentende-se que a linhagem de Sarah remonta ao período de compilação do *Domesday Book*, sugerindo uma longa permanência na região de Stepney e uma conexão profunda com a localidade e sua história. (N. T.)

** Chamado de *Relief*, o subsídio era uma forma de assistência pública ou benefício concedido aos necessitados, especialmente no contexto histórico da Inglaterra do século XIX. Pessoas em situação de vulnerabilidade recebiam ajuda na forma de alimentos, abrigo ou de outros recursos básicos, o que em geral exigia que renunciassem à sua liberdade e autonomia para viver em uma *workhouse* — algo que a avó de Sarah se recusava a fazer. Traduzida anteriormente como "casa de caridade", uma *workhouse* podia abrigar pessoas de várias idades e assumir diversas formas, inclusive de instituição correcional. (N. T.)

O lugar estava atulhado de itens diversos. Partes de coisas, e não coisas em si. Canos e parafusos e tábuas. Uma pequena montanha de pernas de cadeira, sapatos sem sola, anquinhas sem tecido, martelos sem cabo. Lenços rasgados. Lamparinas sem pavio. A parte de trás de espelhos, sem a lâmina de vidro. Nada inteiro. Nada limpo. E acima da porta, em vez da habitual campainha de latão, uma bonequinha preta pendia, com um longo vestido branco e um lenço branco na cabeça.

"E como você *chamaria* tudo isso?"

"Bem, eu..."

"São quinquilharias, sra. Touchet. Refugos. Você vai a uma casa de penhores para penhorar seu anel de esmeralda ou seu relógio de ouro. Sabendo que pode ter eles de volta no momento em que o dinheiro entrar. Provavelmente você já viu o interior de um desses lugares, tenho certeza disso. Antes do seu dinheiro entrar. Quando estava na 'pobreza'. Mas suas lojas de usados são outra coisa completamente à parte — estão um degrau abaixo. Numa loja de usados você penhora uma cadeira, um belo terno, a sua cama e você nem... você *num tá nem esperando* ver nada disso de novo. Mas vai pagar seu aluguel por mais quinze dias, então você acaba fazendo isso. Posso estar enganada, mas não creio que alguma vez você tenha necessitado de uma loja de usados, não é, sra. Touchet?"

Sem intenção, a sra. Touchet olhou para a pedra granada em seu dedo, havia muito recuperada. Sarah sorriu. Não um sorriso simpático. Era um sorriso penetrante, que continha uma ameaça.

"Já a *lojinha de quinquilharias* é uma coisa completamente diferente. As quinquilharias são para aqueles que na vida conseguiram meio nada e que de quebra estão fodidos. Se alguma vez você for parar numa loja de quinquilharias, sra. Touchet, vai saber que chegou ao fundo do fundo do poço. *Aquilo é o que você é e é ali que você mora*. No fundo."

A sra. Touchet desviou o olhar em direção ao beco, para a água escura. Sentia medo.

"Você nunca esteve nem perto de uma loja de quinquilharias, sra. Touchet, posso lhe garantir."

Sarah abriu a porta, fazendo a boneca girar. Uma voz masculina alta gritou de trás do balcão: "Sarah Wells! Quem é vivo sempre aparece! É você?". Eliza ficou onde estava, do lado de fora, olhando para dentro. Acima de sua cabeça a boneca continuava girando, girando, girando. Pendurada na corda.

8. Ninguém para mandar

SARGENTO BALLANTINE: Você se comunicou de alguma forma com alguém?

BOGLE: Sim, quando ele concordou em me levar para a Inglaterra. Eu disse: "Não seria melhor eu escrever e informar que estava indo?". Ele disse: "Sim, talvez seja melhor você escrever para a minha tia Lady Doughty". Então pus meu filho para escrever e assinei a carta.

SB: Como você veio para a Inglaterra?

B: Bom, em parte foi por minha própria conta. Quando ele disse que estava indo para a Inglaterra, eu disse: Vai ter muita gente feliz em ver você, e quem me dera estar indo também. Ele disse: "Se você quiser eu levo você". Agradeci e disse que iria. Então abri mão dos meus poucos móveis, cedi meu pequeno quarto e então ele disse que não poderia me levar, já que queria dinheiro. Fiquei bastante irritado, e quando ele viu que eu estava irritado disse que me veria na manhã seguinte. Eu vi ele na manhã seguinte e ele disse que havia feito alguns arranjos e que era para eu ir com ele.

SB: Você guardou uma cópia da sua carta para Lady Doughty?

B: Não, nenhuma cópia.

SB: E quando retornou, você informou Lady Doughty de seu retorno?

B: Sim, tentei entrar em contato, mas ela se recusou a me receber, e a pensão vitalícia de cinquenta libras nunca mais foi paga.

Inquirição interposta pelo procurador-geral:

PG: O que você está fazendo agora?

B: Absolutamente nada. Estou morando na casa de Sir Roger Tichborne sem fazer nada.

PG: E é assim que tem sido desde que deixou Sidney?

B: Sim.

PG: Sua esposa voltou para casa com você?

B: Ela está morta.

PG: Seus filhos?

B: Um veio para casa comigo.

PG: Onde ele está?

B: Na escola.

PG: E Sir Roger Tichborne, como você o chama, paga pelos estudos dele?

B: Sim; paga seis libras por trimestre para manter ele na escola e, quando ele volta para cá nas férias, ele vem para a casa.

PG: Você morou com o Requerente em Sydney?

B: Não, nem por uma hora. Nunca recebi seis centavos dele em Sydney.

PG: Você é muito preciso.

B: Não, não tanto quanto o senhor acha.
PG: E você jura que nunca morou com ele?
B: Sim, juro que nunca morei nem dez minutos com ele.
PG: Então se ele disse a alguém que o criado do tio dele — ou seja, você — morava com ele na Pitt Street, isso não é verdade?
B: Não é verdade, é falso.

(*Risos*)

PG: Você diz que ele nunca lhe pediu nenhuma informação sobre a infância e a família dele.
B: Não, nunca.
PG: Durante todo o tempo em que você voltava para casa com ele e em que morou na casa dele aqui na Inglaterra, ele nunca lhe fez nenhuma pergunta com o propósito de obter informações?
B: Nem uma palavra, que eu me lembre.
PG: Você já deu a ele alguma coisa que fosse relacionada com a família dele?
B: Não, nada.
PG: Você já deu a ele não informações, mas artigos ou outras coisas?
B: Bom, acho que dei uma imagem de Sir Edward Doughty e uma página de um livro que eu tinha.
PG: Quando foi isso?
B: Em Sydney.
PG: Qual foi a sequência de eventos que o levou a dar a imagem a ele?
B: Bom, eu não dei. Peguei para mostrar para ele e ele mandou fazer uma cópia e eu tenho a minha agora.
PG: Com qual finalidade?
B: Não sei. Ele nunca me disse para que queria aquilo.

PG: Você já lhe deu uma planta de uma parte da propriedade?

B: Uma planta? Sim, mostrei a ele uma planta da casa Upton — ou melhor, um desenho —, era tudo o que eu tinha.

PG: Você tinha algum desenho, planta ou mapa da área de Hermitage em Wapping?

B: Não, e nunca tinha ouvido falar disso até ver nos jornais.

PG: Então, se algum dia ele lhe disse que se por acaso você tivesse a imagem do tio dele e também a planta de uma parte da propriedade Hermitage ele iria fazer uma cópia, isso não seria verdade?

B: Não, com certeza não, no que diz respeito ao mapa. Mas dei para ele a imagem do tio.

PG: E uma folha de um livro?

B: Sim, dei.

Aqui um papel foi entregue à testemunha, que disse que era a página em questão.

PG: De onde é que saiu essa folha?

B: Tenho um livro com esses papéis.

PG: Que livro?

B: Lady Doughty me deu.

PG: Onde está ele?

B: Na casa de Roger Tichborne.

PG: Você vai mandar buscá-lo?

B: Não tenho ninguém para mandar.

(*Risos*)

9. Acreditando em Bogle

William deu um basta depois do Natal. O julgamento já durava seis meses, não havia nenhum sinal de seu desfecho e não se podia esperar racionalmente que um homem pagasse tarifas semanais de trem para sempre. Se as senhoras moradoras de Little Rockley desejassem ver o Sr. Bogle & Cia. com maior regularidade do que uma vez a cada quinze dias, bem, que fosse, mas teriam que arranjar o dinheiro elas mesmas ou então caminhar até lá. *Duzentas libras por ano*, sussurrou o Diabo no ouvido de Eliza.

Por consequência, em janeiro elas se deslocaram para o tribunal apenas duas vezes, captando em ambas as ocasiões partes do discurso de Coleridge para a defesa, que durou um mês. Acharam-no enfadonho e prolixo. Eliza passou o tempo escutando as conversas em torno e, assim, descobriu um paradoxo comum de sentimentos: era possível "saber" que Sir Roger era uma fraude e ainda assim "acreditar" em Bogle. Na verdade, qualquer que fosse o lado da pessoa, a admiração por Bogle parecia ilimitada. Ele tinha um espírito "nobre" e "leal", "falava de forma direta" — ao contrário dos advogados — e "nunca vacilava". Em meio a uma tempestade de absurdos, o sr. Bogle era um centro de calmaria. Talvez tivesse conquistado algo na comparação com seus colegas depoentes, que tendiam a conjurar lendas sobre si mesmos no banco das testemunhas, inventando do nada histórias que depois se tornavam indistinguíveis da verdade até mesmo na cabeça deles. O passado era padronizado como presente. O presente manipulado de olho no futuro — e na principal oportunidade. Por outro lado, a história de Bogle nunca mudou. Foi essa mesma persistência, essa lealdade, que custou ao pobre homem sua pensão vitalícia e, fosse qual fosse a alegação de alguém, esse fato não podia ser negado. Tudo o que ele precisava fazer era concordar com os Tichborne que "Sir Roger" era uma fraude e sua pensão seria recuperada. Em vez disso, ele continuou firme. Trocar livremente uma soma de capital garantida pelas recompensas incertas da verdade! Na opinião dos comedores de caramujos, acomodados nos assentos populares, não havia sacrifício maior nem gesto mais nobre, não. Não nesta terra verdejante de Deus.

10. Tudo está perdido!

Como elas não iam ao tribunal com regularidade, foi pura sorte que as mulheres se encontrassem ali no último dia do julgamento, uma vez que ninguém presente na Bancada da Rainha naquela manhã de março tinha qualquer suspeita de que aquele seria o último dia, muito menos o Requerente. Ele havia se mudado no início da semana para o Hotel Waterloo na Jermyn Street, para beber e jantar às custas de um círculo otimista de pessoas que punham seus recursos nos Títulos de Investimento Tichborne. Ele, portanto, não estava presente a fim de presenciar um soldado de meia-idade tomar posição no banco de testemunhas e jurar pela Bíblia do Rei James que anos antes havia tatuado pessoalmente um coração e uma âncora no braço esquerdo de Sir Roger, quando os dois ainda eram rapazes. Assombro no tribunal! Todos ali presentes, homens e mulheres, tinham visto os braços enormes do Requerente apoiados no banco das testemunhas, com as mangas arregaçadas, sem qualquer marca, tal como no dia em que nasceu. Seria aquele o golpe fatal? No entanto, a ação civil movida pelo Requerente havia superado muitos outros obstáculos absurdos. Lóbulos de orelhas inexistentes, um idioma esquecido, uma educação ausente, um corpo e um sotaque transformados, a morte repentina da "mãe". Ainda assim, se o júri sabia de alguma coisa, era que tatuagens não somem sem mais nem menos de braços esquerdos. Agora o membro oficial do júri ficou de pé para dizer que já tinham ouvido o suficiente e que eles estavam prontos para dar o veredicto. O membro oficial do júri falou; Bovill assentiu; o mundo virou de cabeça para baixo. Agora o impetrante não era mais Sir Roger, e sim um criminoso chamado Orton, aqui acusado de perjúrio. Os guardas do tribunal receberam novas instruções. O criminoso Arthur Orton seria detido, preso e levado para a prisão de Newgate. Tudo estava perdido!

O tribunal explodiu! Apenas Bogle e o filho permaneceram imóveis nas cadeiras, as cabeças levemente inclinadas. Havia tanta gente correndo para as saídas que Eliza temeu uma tragédia — um tumulto. Quando se virou para Sarah a fim de sugerir que esperassem ali mesmo na galeria — pelo menos até que o clamor passasse —, encontrou a nova sra. Ainsworth já de pé, com a bolsa na mão:

"Estou indo para a Regent Street com os outros! Sir Roger precisa do povo ao lado dele. Ele num foi abandonado! A gente não vai deixar ele apodrecer!"

Por que dissuadi-la? Ali estava um momento de paz para reunir coragem.

11. Uma proposta

O júri foi liberado. A sala do tribunal se esvaziou depressa. O homem com quem a sra. Touchet tanto ansiava falar estava agora mesmo a um passo de entrar na Praça do Parlamento, e de lá — se não se colocasse corajosamente no caminho dele — escaparia do alcance dela, flutuaria para algum canto da cidade que ela talvez não conhecesse nem imaginasse e que nunca seria capaz de encontrar…

"Sr. Bogle, lamento abordá-lo desta maneira, mas meu nome é sra. Touchet e gostaria muito de levá-lo para tomar um chá…"

12. Andrew & Henry & Eliza

Havia imaginado esse encontro. Visualizara a si mesma abordando pai e filho, bem assim, fora do tribunal, e depois a caminhada pela Great George Street até um restaurante especializado em costeletas, a mesa de canto perto da janela, até mesmo o que diria enquanto o artrítico sr. Bogle acomodava-se lentamente em seu lugar. E em parte alguma dessas projeções mentais ela havia imaginado que lhe fossem pedir alguma explicação. Do mesmo modo que não esperava que os personagens dos sonhos dela parassem o que estavam fazendo e perguntassem à criadora adormecida por que estavam voando em um balão de ar quente, ou visitando a China, ou jantando com a rainha...

"Sem dúvida essa não é uma pergunta difícil, senhora..."

"Touchet."

"Sra. Touchet. Meu pai teve um dia muito longo e difícil. Considero meu dever protegê-lo de qualquer esforço adicional. Vou perguntar de novo: o que a senhora quer com meu pai?"

Ele não disse *meu pááái*. Não havia qualquer indício daquela melodia caribenha que ela esperava e que tinha ouvido em vários púlpitos ao longo dos anos — por um momento isso a desconcertou. E esse jovem Mestre Bogle nem estava, como aquelas vozes musicais da lembrança, defendendo a causa dele. Pelo contrário, foi Eliza quem agora se viu argumentando:

"Bem, eu… só quero falar com ele. Mas talvez ele possa responder por si mesmo. Sr. Bogle?"

O Bogle mais velho estendeu uma mão firme para acalmar o filho impulsivo.

"Madame. Eu falei. Falei e não acreditaram em mim. Acho que agora terminei de falar. Sir Roger está arruinado. E, se ele está arruinado, não estou ainda mais arruinado? Não. Agora vou para casa. Venha, Henry."

"Mas, sr. Bogle… *eu* acredito no senhor."

E ao dizer isso em voz alta, ela se deu conta de que era verdade.

Ele a olhou com cautela. Estivera segurando a cartola nas mãos; agora suspirou e a pôs de volta na cabeça.

"Bom. Já não tem importância."

"Ao contrário, sr. Bogle, agora vai haver um processo criminal, no qual sem dúvida seu testemunho será importante. Sobretudo levando em conta que neste momento o interesse da população pela sua situação é imenso."

Henry franziu a testa: "A senhora é jornalista, então?".

"Eu… bem, não. Sou escritora", improvisou a sra. Touchet, o rubor inundando suas bochechas. Ela tinha esperado que não houvesse necessidade de acabar numa mentira direta. Mas algo no olhar astuto e dissecador do filho a fez ir em frente: "Em outras palavras, escrevo artigos ocasionais. Para um periódico. *Bentley's*. E tenho certeza de que nossos leitores estariam muito curiosos para saber mais a respeito da história de seu pai".

"Entendo. E o que isso renderia?"

"Render? Sinto muito, não entendo."

"Sra. Touchet, com todo o respeito, se meu pai tem alguma coisa de algum valor para a senhora, então é justo que ele seja pago por isso. Fomos informados de que esses jornais de Londres vendem duas vezes mais depressa nos dias em que aparece o testemunho do meu pai. E ainda assim, não vimos nenhuma vantagem nisso até o momento."

A sra. Touchet lutou para esconder seu desapontamento com essa exibição aberta de venalidade. Apertou a bolsinha nas mãos com um pouco mais de força.

"Sr. Bogle, infelizmente não posso pagar pelas entrevistas. Pelo que sei, não é uma prática comum." Um olhar secreto passou então entre os Bogle, que ela fez o possível para decifrar. Ofensa? Fome? Orgulho? "Mas se houver alguma outra forma pela qual eu possa ser de alguma ajuda... Talvez, bem... Eu me pergunto se você e seu pai não poderiam me acompanhar em uma boa refeição quente. Vocês devem estar precisando de sustento depois de um dia tão longo e desafiador."

Tinha ido longe demais? Pôde ver com que apuro defensivo o filho estava vestido. Mantinha os dedos enluvados aninhados na palma da mão para esconder os buracos. Usava um relógio de bolso parado, feito de latão, no casaco surrado. Os sapatos eram desses encontrados em lojas de artigos usados, com solas novas colocadas de tempos em tempos, e com três tons diferentes de couro marrom. Ele talvez tivesse dezesseis anos. Os dois se afastaram dela por um momento e se consultaram, e parecia que a opinião de Henry venceria. Mas então o pai colocou a mão no pulso do filho mais uma vez e deu um passo à frente:

"Eu vou. Meu filho vai caminhar conosco até a Regent Street. Ele precisa ir até Sir Roger; ele vai ser necessário lá. Mas eu vou com a senhora e vou comer."

13. Um espetáculo público

A caminhada não foi longa, mas nunca na vida ela havia passado por algo parecido. Lady Godiva não teria atraído mais atenção. Nas barracas de café, filas de pessoas se viravam para olhar e, no interior do ônibus puxado por cavalos, uma dúzia de cabeças giraram. Os condutores de carruagens de aluguel se voltavam nos assentos para examinar por trás o que já havia sido analisado pela frente. Alguns reconheciam Bogle e gritavam seu nome — *Ei! Bogle! A gente acredita em você, Bogle! Nossos cumprimentos a Sir Roger!* —, mas a maioria confundia os três com algum tipo de família. Uma visão não inédita nos bairros pobres — assim imaginou Eliza —, mas por certo raramente vista passeando pela cidade.

Sendo ingleses, a maioria dos comentários era inaudível, venenosa, impassível. Ela se esforçava para ouvir, mas nunca conseguia captar nada com clareza: estava sempre meio metro à frente quando o falante começava. Mas as crianças, tendo menos escrúpulos, riam abertamente e podiam ser ouvidas perguntando umas às outras o que era que ia acontecer se você desse banho num etíope, qual seria a sensação de um cabelo afro na sua mão, orientando umas às outras como se defender de canibais. A inclinação da sra. Touchet teria sido encher o ar com tagarelices, mas nem Bogle nem o filho disseram uma palavra. Caminharam em silêncio até chegar a um provável restaurante especializado em costeletas e por cuja janela a sra. Touchet pôde ver pelo menos uma mulher de aparência respeitável jantando. Aqui Henry se despediu deles, e um atendente espantado conduziu os dois comensais para uma mesa atrás de um pilar, longe de qualquer luz natural.

"Sra. Touchet, repeti inúmeras vezes tudo o que tenho a dizer e tudo o que sei a respeito do assunto. Falei com os cavalheiros da imprensa e no tribunal. O que mais posso dizer que não tenha dito?"

A sra. Touchet olhou para a mesa. Por alguma razão, era muito difícil olhar nos olhos dele.

"Com todo o respeito, sr. Bogle, acredito que seria muito interessante para as pessoas saber como foi que o senhor se viu em uma situação tão inusitada. Toda a sua história despertaria interesse, indo muito além do contexto tão restrito que ouvimos no tribunal. Como foi a sua vida em Nova Gales do Sul, por exemplo, ou na Jamaica? Tomamos conhecimento de poucas coisas a respeito dos nossos domínios caribenhos desde que o terrível comércio terminou..."

"Aliás, sra. Touchet, esse comércio também faz parte da minha história..." Ele falou de um jeito distanciado, olhando além dela, na direção da cozinha. Um conjunto de castiçais de estanho estava entre eles. Ele pegou um, sentindo seu peso nas mãos. "A senhora acha que eles servem costeletas de porco aqui?"

"Eles são famosos pelas costeletas, sr. Bogle", murmurou a sra. Touchet, e se calou por um momento. Ela já havia ficado sem ter o que comer pelo menos uma vez em sua vida?

"Gosto muito de costeletas."

"Então é isso que pediremos. Sr. Bogle, o senhor gostaria de me contar alguma coisa da sua história? Quero dizer, me contar alguma coisa da sua vida?”

O sr. Bogle suspirou, largou o sal e a pimenta e pareceu voltar à mesa, ao momento presente, vindo de algum lugar distante.

“A vida é um negócio comprido. O que devo dizer sobre a minha vida?”

Ela quase estendeu a mão por cima da mesa.

“Conte-me tudo.”

14. A história de Bogle

"Minha vida teve muitas partes", disse Bogle. "É difícil dizer quantas vidas vivi ou onde minha história de fato começa. De uma coisa tenho certeza: minha história não é a que deveria ser. Eu deveria ter sido um grande homem. Descendo de grandes homens por parte de pai. Mas quase não me lembro do meu pai, e só posso falar do que Myra me contou. Myra era a minha mãe, e muito do que sei da vida do meu pai foi ela que me transmitiu. Pobre mulher, que não tinha mais nada para me dar além disso! Outras coisas que sei da história dele quem me contou foi a Amorinha, que trabalhou primeiro no moinho e depois na caldeira, e que veio do povoado do meu pai. A Amorinha sobreviveu à minha mãe e ao meu pai. Pelo que sei, ainda está viva. Amorinha não era o nome verdadeiro dela, assim como Modelo de Perfeição não era o nome do meu pai, mas era desse jeito que eles eram chamados em Esperança, onde nasci. (Minha mãe nasceu em Esperança, e Myra era o único nome dela.) Esperança fica na localidade de Saint Andrew, na Jamaica. Não tenho outro nome para ela a não ser minha terra, mas meu filho Henry fica irritado quando falo assim. Meu filho é um jovem muito bom e intenso. Foi educado aqui na Inglaterra. Recebi toda a educação que tenho em Esperança, e o meu pai morreu lá, mesmo que aquilo estivesse tão abaixo dele. Mas vou fazer o que meu filho ia preferir e vou contar primeiro da vida que eu deveria ter conhecido, ou seja, a vida que o meu pai queria...

"Meu pai era africano. Ele se chamava Anaso. O nome dele tem um significado. Significa: 'A criança deve evitar o que a terra proíbe'. O povo dele tinha um nome para tudo e era chamado de *nree*, creio eu. Não sei dizer como essas coisas são escritas, mas o som é esse. Eles vieram de florestas ao norte do mundo deles. Quando perguntei para Amorinha o que esse nome significava, ela disse: nosso povo proibia toda matança e qualquer sangue derramado no solo, e não tinha nenhum exército por causa disso. O que você chama de Deus a gente chamava de terra, e o nosso nome para isso era *chi*. Grandes homens governavam. Eram chamados de *oh-zo*. Foi isso o que Amorinha me falou. Todos aqueles nomes eram estranhos para mim, mas não eram estranhos para Amorinha ou para o meu pai. Esse era o mundo dele, e ele era um dos homens bem-nascidos dentro dele.

"Mas na aldeia do meu pai também havia os inferiores. Eles foram tomados dos nossos inimigos, que eram chamados de flechas, creio eu. Raptamos esses flechas e os rebaixamos. Nós os dominamos e eles trabalhavam para nós, e o nome que lhes demos foi *oh-hoo*. Mas mesmo os *oh-hoo* eram superiores à Amorinha. (Amorinha devia ter outro nome, mas eu nunca soube qual era. Ela nunca me disse.) A família dela era da posição mais e mais baixa: já nasceram lá embaixo. Eram chamados de *oh-soo*, o que significa que a pessoa é uma abominação. Morar perto da mãe de Amorinha ou mesmo tocar na mão da mãe dela era má sorte, e todos os bebês da mãe de Amorinha morreram, exceto Amorinha. A família de Amorinha pertencia ao meu avô, que, segundo dizem, era um *oh-zo* e um homem livre. Ele recebia animais abatidos do vilarejo dele como homenagem à sua grandeza e tinha um lugar no conselho como juiz, como o sr. Bovill. Junto com outros grandes homens, ele protegia a aldeia e os *oh-hoo* e os *oh-soo*, e nunca fez nada que a terra proibisse. Entre eles, nenhum homem ou mulher jamais tinha ouvido o nome do Nosso Senhor, mas o governo deles era tão sábio e tão bom quanto qualquer outro visto nos evangelhos. Não foi só uma casa ou só um tribunal que o meu avô governou, foi muito mais do que isso, muita gente. As pessoas diziam *Igwe!* quando ele passava. Era um sinal de respeito. Ele usava um gorro vermelho com penas de águia e carregava um bastão alto, que decerto tinha um nome. Quem me dera saber qual era. Havia estátuas dos nossos ancestrais em sua casa. Ele vertia água no solo queimado, nos pés de madeira delas, e isso também era sinal de respeito. Nunca testemunhei essas coisas e não sei se pronuncio os nomes delas direito. Mas Amorinha jurou que tinha visto essas coisas quando era criancinha, e minha mãe nunca duvidou dela, então por que eu duvidaria?

"Agora vou falar de como o meu pai foi raptado. Ele tinha nove anos. É a época em que a infância termina e o caminho para os grandes feitos começa. O rosto dele tinha acabado de ser marcado como o do pai dele. O sangue escorria dos sulcos das bochechas dele, mas ele não chorou nem gritou. Chorar teria sido uma grande vergonha, e ele estava muito orgulhoso e pronto para se tornar um homem. Mas primeiro o segredo da máscara precisava ser revelado a ele. Na aldeia havia uma tradição: homens mascarados dançavam pela aldeia em determinados dias e em determinadas épocas do ano. Eles vinham como juiz e júri, mas mascarados. Proferiam sentenças de julgamento àqueles que tinham cometido erros. Acreditava-se que os mortos da aldeia falavam através deles e a identidade desses homens mascarados era um grande segredo. Esse segredo jamais deveria ser contado a uma mulher: era um segredo que só seria revelado a rapazes com sulcos nas bochechas. E o meu pai era um deles. Mas aconteceu uma coisa terrível! Um dia, um homem mascarado veio até meu pai quando ele caminhava sozinho e disse que ia levar meu pai a um lugar especial, onde o segredo seria revelado. Essa era a tradição e meu pai foi com o homem. Mas esse homem mascarado era uma fraude. Ele não era da aldeia do meu pai. Era um flecha. Não levou meu pai para o lugar especial. Levou ele pela floresta até o mar e vendeu meu pai para um escocês, que colocou ele num barco. O meu pai chutou, lutou e se debateu, mas era uma criança e o escocês era um homem adulto. Amorinha e muitos outros estavam acorrentados naquele barco. O meu pai foi incluído naquele grupo. Em torno dele as pessoas choravam com amargura por se encontrar em situação tão degradante. O meu pai não chorou (me disseram). Não chorou quando os mais velhos marcaram o rosto dele com uma faca e não chorou no navio, embora a viagem tenha sido muito longa e difícil, e o sofrimento dele fosse grande e várias pessoas tivessem morrido. Meu pai nunca mais viu a casa dele, nem sua mãe, nem seu pai, nem as irmãs, nem os irmãos, nem ninguém que fosse parente dele. O nome do navio era *Rei David*. Navegou para Bristol e depois para o porto de Kingston, na Jamaica, deixando para trás a vida que eu deveria ter conhecido."

PARTE SEIS

Andrew Bogle
Preto 25
Caribenho
Retirado do país
por Edw: Tichborne: Exmo.

Da lista de escravos da Propriedade
Esperança, Saint Andrew, Jamaica, 1826

1. Em Esperança

Alguns grandes homens carregam com eles seu orgulho — apesar de todos os motivos de orgulho terem desaparecido —, e era assim com Anaso, mesmo que ainda não tivesse dez anos. Notando isso, o sr. Ballard o rebatizou de Modelo de Perfeição. O sr. Ballard tinha um senso de humor de Glasgow e se orgulhava de dar nomes espirituosos. A mulher mais feia de Esperança se chamava Afrodite e o vigia manco se chamava Hércules. O sobrenome "Bogle", que significa espantalho, ele dava a qualquer pessoa que tentasse se orgulhar de sua aparência ou comportamento. Durante o período de adaptação, Ballard observou esse garoto cuidando dos cavalos com orgulho, polindo as armas com orgulho e catando merda de porco com certa expressão no rosto, como se julgasse que até mesmo aquele trabalho tão leve estava abaixo dele. Isso vindo de um africano saído de um navio, e preto como ninguém jamais vira em Esperança! Mesmo assim, o garoto se revelou esperto, e Ballard começou a levá-lo em suas rondas matinais. Um erro. Ali estava uma criança astuta, que sabia como se tornar indispensável em muitos lugares e situações improváveis. Fazendo pequenos serviços para os tanoeiros e fabricantes de rodas, por exemplo, ou para as enfermeiras caribenhas na enfermaria e até para os guarda-livros, cujos lápis apontava. Seu lugar de direito era o grupo dos menores: empilhando cana-de-açúcar, removendo esterco de cavalo. Foi um erro de Ballard — mas nada estava dando muito certo naquele inverno. Houve problemas no vilarejo negro — causados pelo próprio Ballard, mas ainda assim problemas — e também na Casa Grande, onde as empregadas já não esperavam ele sair da sala para começarem com risinhos. Ele estava no meio de uma discussão áspera com o grupo principal sobre a necessidade de um arado, durante a plantação de dois novos campos a cana-de-açúcar tinha sido socada tão fundo que apodreceu — apesar dos avisos que ele deu sobre o solo —, e um furacão tinha arrancado o telhado do galpão onde a cana-de-açúcar era guardada. Em outras palavras, foi só confusão, mudança e humilhação, e por consequência foram dados alguns passos para trás e problemas que dariam frutos muito mais tarde foram semeados. Um exemplo foi o fato de que aquele Bogle estava bem ali com ele na sala quando Ballard soube que seu patrão havia morrido:

28 de novembro de 1775

Ai de mim, senhor, tendo perdido nosso único filho — e único herdeiro — no mês passado, devo agora escrever com notícias piores. Perdi meu querido marido, e com ele meu único amigo verdadeiro. Palavras são inadequadas para expressar minha dor por essa perda inesperada e inestimável! Esse evento afundou minha mente em tal estado de entorpecimento que mal consigo me manter ou fazer qualquer coisa que seja necessária em minha presente situação, embora a responsabilidade pela propriedade Esperança agora recaia somente sobre minha pessoa,

Anna Eliza Elletson

A morte de Roger Hope Elletson dificilmente poderia deixar o sr. Ballard abalado — ele nunca conhecera o homem. Mas tinha sido alertado por seu antecessor — outro trabalhador escocês muito abusado — de que a única coisa pior do que um proprietário inglês ausente era a esposa intrometida e sentimental de um homem desse tipo. E assim se provou:

Fiquei extremamente preocupada com seu relato da doença que se espalhou entre os negros, sobretudo porque você parece tão desesperado para que Phoebe Varapau e Terça Esperança se recuperem, assim como temo que façam parte do grupo de negros velhos pelos quais o sr. Elletson tinha mais afeição... Sei que ele estimava todos, e sempre foi desejo e vontade dele que fossem bem cuidados na doença e na saúde e que a situação deles fosse tão confortável quanto possível. Portanto, peço a você o favor de continuar o plano humanitário e de nunca usar de qualquer punição, a menos que considere isso absolutamente necessário para preservar a autoridade que lhe foi concedida. Peço que lhes assegure meu afeto para com eles, e confio fortemente em sua bondade e humanidade para cumprir com os meus desejos em relação ao bem-estar de todos. Fico muito feliz que você tenha perspectiva de sucesso no plano de irrigação da propriedade,

AEE

Ballard leu a carta duas vezes e avaliou as opções. Sabia que Ruthland, o último administrador da propriedade, tinha sido expulso de Esperança por se desviar demais do "plano humanitário", tendo punido quatro garotos por abandonarem um campo de cana-de-açúcar em plena estação das chuvas. Tinham deixado seus buracos meio cavados, eles acabaram sendo inundados e arruinaram a colheita. Mais tarde os garotos foram descobertos na área reservada aos escravos cuidando das próprias plantações. Ruthland queimou as orelhas deles. Algum informante desconhecido escreveu aos sentimentais Elletson relatando tudo isso: Ruthland perdeu sua posição. Agora era a vez de Ballard trabalhar em condições impossíveis para uma inglesa sentimental que não saberia distinguir uma tira de cana-de-açúcar de um pirulito.

2. Punição

Se ele quisesse punir Johanna Grandona, teria de agir com cautela. Ou ela estava no mercado de domingo, vendendo provisões, ou no vilarejo negro, um lugar labiríntico concebido para frustrar qualquer homem racional. Ele havia trabalhado em propriedades onde o alojamento dos negros era organizado de forma racional e ordenada, como um quartel. Em Esperança os negros viviam num conjunto desorganizado de habitações individuais, e a Casa Grande, construída pelos espanhóis, ficava, por alguma razão, no mesmo nível do restante da propriedade, o que a tornava inútil em termos de vigilância. Assim, quando ele olhava pelo vidro manchado da janela de seu quarto todas as manhãs, na direção das cabanas — tentando localizar a de Johanna —, tudo o que conseguia enxergar era um bosque, e agora que estava no interior desse maldito bosque tudo o que conseguia enxergar, como sempre, eram trilhas demais, árvores demais. Parando de repente, gritou com Modelo de Perfeição, como se o garoto silencioso tivesse acabado de acusá-lo de estar perdido:

"Bom? Cê sabe o caminho para a casa da Johanna ou não?"

Anaso podia andar até Derenneya de olhos vendados. Conhecia todas essas trilhas labirínticas e aonde iam dar, conhecia cada lugarzinho caiado de branco e os que moravam ali. Diferenciava as cabanas dos escravos nascidos no Caribe daquelas dos africanos que tinham vindo de navio, sabia quais vigas de loureiros estavam podres, quais estavam perfeitas, sabia quem cultivava fruta-pão e *ackee*, quem cultivava gengibre e abacate, e que preço recebiam por isso tudo aos domingos. Sabia que o complexo de Derenneya era de longe o maior e mais respeitado, e isso não era porque ela estava tendo outro filho do sr. Ballard — como o próprio Ballard parecia acreditar —, mas porque alimentava três ramos da família dela só com os produtos de sua horta. A parte dela das terras das pessoas escravizadas era, por enquanto, lucro puro e invejável.

"Achando graça de alguma coisa, Bogle?"

Coitado do homem que precisa procurar a mãe do próprio filho! Coitado do homem que nunca ouve o verdadeiro nome dela!

"Ah, não, não, sr. Ballard, por aqui."

Chegaram ao quintal de Johanna. Estava vazio: a maioria das pessoas tinha ido ao mercado. Mas um pequeno grupo de mulheres idosas vestidas de branco havia se reunido no perímetro. Ficaram paradas com os cotovelos apoiados na cerca, olhando para Ballard, com seus turbantes de domingo.

"Entre. Diga a ela para vir aqui."

"Sim, sr. Ballard."

Anaso seguiu em frente, se esforçando para caminhar da forma mais natural possível pelo terreno acidentado, como se nada o atrapalhasse. Aquilo acalmou as mulheres. Anaso particularmente acreditava que essa cautela era desnecessária. Passava o dia todo com o sr. Ballard, semana após semana, havia feito um estudo do caráter dele e sabia que era possível desenterrar cada pote de moedas escondido nesse quintal e enterrá-lo de novo nas tábuas do piso bem ao lado da cama do próprio Ballard: o homem não ia notar. O homem não notava nada.

"Bem?"

Modelo de Perfeição reapareceu, balançando a cabeça. Algumas mulheres começaram a rir. A porta da cabana de Johanna estava aberta. Dali Ballard podia ver três estátuas, esculpidas com a madeira dos algodoeiros, com olhos brancos de búzios; e uma figura menor, de madeira balsa, com chifres de carneiro de trás para a frente.

"Circulando, circulando, todas vocês!"

Ele bateu os braços e gritou como um homem correndo atrás de pássaros. Ninguém se mexeu. Foi Ballard quem teve de se pôr em movimento, caminhando a passos largos para dentro da casa. Anaso o seguiu.

Lá dentro Derenneya estava ajoelhada a um canto, as costas largas voltadas para os dois. Eles a observaram verter água no solo queimado. Anaso deu um passo à frente, paralisado. Lembrando! Ballard o golpeou perto da orelha:

"O que cê pensa que tá olhando?"

Barriga flácida. Aspecto fantasmagórico. Duas presas amarelas, tudo o que restava dos dentes de Ballard.

"Nadinha, sr. Ballard."

Nunca misture africanos que vieram de navio com africanos que vieram de navio: a experiência ensina pelo menos isso a um administrador de propriedade prudente. Quando ele chegou, Ballard colocou o garoto Bogle na choupana de uma mulher livre caribenha, meiga e obtusa, a Velha Phoebe, que chamava Esperança de lar e jurava que jamais iria embora. Mas agora a Velha Phoebe estava na enfermaria com o rosto meio comido pela bouba. Quem é que sabia onde Bogle passava as noites? Quem é que sabia o quanto daquela bobagem de Obeah o garoto já havia testemunhado?

"E a bebê?"

Anaso apontou para a trouxinha na cama. Ballard foi até lá olhar. Nariz de Ballard, olhos de Ballard. Sem dúvida um Ballard. Mas com os lábios e o cabelo de Johanna e, por algum motivo, ainda mais escuro que Johanna. Ainda mais escuro que Modelo de Perfeição! O que explicava as risadinhas e o fascínio geral. A infeliz impressão era de dominação mágica por parte da mulher. Um triunfo do sangue dela sobre o de Ballard.

"Bogle, pegue ela. Leve lá para fora."

Ballard se virou ao se sentir observado. Mais turbantes brancos, duas dúzias deles agora, ainda espreitando. Precisava agir agora ou perderia o momento.

"Bogle, *leve a bebê lá para fora*."

A pequena Derenneya olhou para Anaso. Ele sabia que o nome dela significava *fique com a mãe, faça-lhe companhia* e que essa era a primeira filha do sr. Ballard que a mãe permitira que vivesse. Uma criança especial, então. Poderosa. Anaso olhou de volta, não querendo ser ele próprio considerado alguém sem poder. Teve a sensação de que estava segurando alguém de sua própria aldeia. Ela era muito escura e muito bonita, assim como a mãe. Como sua própria mãe. Ele fechou os olhos. *Fique com a mãe*. Gostaria de poder prometer isso, mas o sr. Ballard não queria que o que estava por vir fosse testemunhado. Ao sair da cabana, Bogle sentiu a mãozinha da criança se estender e agarrar a orelha dele. Ouviu Ballard fechar a cortina.

3. Modelo de Perfeição Bogle e Roger Mulato

A jovem viúva sentimental Anna Eliza Elletson não ficou viúva por muito tempo, vindo a se casar com alguém chamado marquês de Chandos no ano seguinte. Ballard pediu ao ferreiro que criasse uma nova marca, refletindo essa mudança. A partir de então, todas as crianças e os recém-chegados a Esperança tiveram MC marcado a ferro nos ombros, em vez de RE, como acontecia na época de Elletson.

Dois anos depois nasceu o bebê da duquesa de Chandos, uma menina — também chamada de Anna Eliza. Todos em Esperança foram instruídos a ficar em casa e orar pela alma da pequena Anna num domingo, desperdiçando assim um dia perfeitamente bom de mercado, o que provocou grande ressentimento. Logo depois chegou um jovem em Esperança, vindo de Liverpool. Era mulato, da mesma idade de Modelo de Perfeição, e veio com instruções:

Se Roger puder ser útil como artesão, ele terá o direito de escolha, mas não quero que seja colocado em qualquer trabalho árduo, porque pretendo lhe dar sua liberdade, se ele se comportar bem e você aprovar.

O que exatamente Ballard devia fazer com um dos bastardos de Roger Elletson ele com certeza não sabia. A mãe do menino era uma tal de Polly, levada da propriedade antes da época de Ballard e que desde então era uma criada na residência dos Elletson na cidade, na Curzon Street. Ele era notavelmente pálido, como se tivesse apenas um quarto de ascendência africana. Isso parecia ter tido um efeito sentimental previsível em sua dona. No entanto, se a nova duquesa de Chandos se dignasse a pôr os pés em Esperança, logo descobriria ser proprietária de muitas pessoas não mais escuras que esse Roger e de não poucas pálidas como o próprio Ballard — fato que às vezes tinha o poder de surpreender as mulheres batistas que visitavam o lugar, mas que não surpreendia mais o sr. Ballard. Ele era um homem de fatos, não de sentimentos, encarregado de produzir pelo menos duzentos tonéis de açúcar de alta qualidade e cento e vinte barris extragrandes de rum por ano, e um fato puro e simples era que, se alforriasse os bastardos de cada advogado, proprietário ou administrador de Esperança, bem, então a cana-de-açúcar iria apodrecer nos campos. Do jeito como as coisas andavam, os lucros já estavam apertados: era preciso estar o tempo todo preparado para perdas. Alguém estava sempre caindo em um tacho de cobre com caldo de cana fervente, sucumbindo à bouba, perdendo um braço ou uma perna nas moendas ou simplesmente caindo morto no meio de um campo plantado pela metade. Até mesmo os africanos que vinham de navio sucumbiam a um ritmo alarmante. O clima era impossível, o trabalho, árduo. Era difícil para todo mundo. Ballard tampouco era daquela opinião ultrapassada de que os administradores subalternos e feitores tinham necessariamente de ser escolhidos em meio ao grupo de pessoas não brancas. Durante o período de sua administração ele já havia contratado muitos feitores escoceses, alguns negros, uns poucos irlandeses, e não conseguira extrair um denominador comum deles. Mas nunca, jamais, tinha conhecido um feitor mulato que fosse algo diferente de um desastre absoluto. *Si é preu ter um mestre ou uma mestra, mi dá um branquelo ou 'ma branquela — ná mi dá um mulato, eles ná si dá beim cagenti.* Assim dizia o conhecido ditado entre os negros. Duas décadas no comércio de açúcar ensinaram a Ballard a verdade disso.

Leu a carta mais uma vez e olhou o recém-chegado de cima a baixo. Comparado a Bogle — que deu um passo para longe do novo companheiro, como que para evitar a conexão —, o menino era um exemplar lamentável. Pernas tortas, magricelo, chorão. Outro fato: Esperança não precisava de outro "artesão útil". Uma geração de rapazes tinha sido treinada para esse propósito dez anos antes, sendo que, dos cerca de cinquenta pedreiros, tanoeiros, carpinteiros, apenas um punhado tinha atualmente mais de trinta anos. E um garoto como esse, criado na Inglaterra, que nada sabia de plantas medicinais, jamais seria bem-vindo na estufa. Jenny e Moira dominavam aquele lugar, se engrandecendo com o título de "enfermeiras", embora, até onde Ballard soubesse, toda a medicina de verdade fosse praticada por um certo "doutor Paul", um homem negro alto que teria tido algum tipo de formação médica em Kingston. Qualquer que fosse a verdade nessa história, esses trabalhadores negros supersticiosos não seriam atendidos por nenhum outro médico. Não fazia nem um mês que o próprio Ballard fora forçado a colocar um pé ulcerado nas mãos do "médico" quando uma árvore caída bloqueou a Kingston Road.

"Mas o que exatamente você *fazia* em Londres?"

O garoto pareceu confuso com a pergunta. Olhou para Bogle, que respondeu por ele:

"Recados, sr. Ballard. Ele corria pelo lugar, aqui e ali. Um pajem."

Ballard fez um som exasperado e bateu o pé. Já não lhe causava dor.

"Não pode falar por si mesmo? O gato comeu a sua língua?"

O garoto começou a chorar de novo.

"Disseram que não posso usar o garoto em trabalho pesado — e parece que ele não vai abrir a boca. Que utilidade prática ele tem para mim?"

"Sr. Ballard, ele pode cavalgar comigo. Cuidar dos animais comigo."

O melhor, para administradores subalternos e feitores, era começar nos currais, com os animais, ou que fossem treinados como capatazes, para acostumá-los a domar um cavalo e patrulhar as plantações de cana-de-açúcar. Com garotos tão novos como aquele, esse treinamento poderia ser feito com prudência e do jeito certo, em cima de jumentos. Bogle já estava bem encaminhado e talvez se mostrasse uma boa influência. Ballard disse a Bogle para registrar *Roger Mulato* na Lista Geral de Negros na coluna intitulada: "Galinhas e Porcos".

4. “é eu quem ná fala bobagem aqui, porque ná falo verdadi”

Com o passar do tempo, só Johanna Grandona lembrava o verdadeiro nome de Modelo de Perfeição Bogle, mas eles não se viam muito em qualquer que fosse o dia. O próprio som do nome Anaso soava estranho para Anaso. Até que se tornou Modelo de Perfeição. Até que se tornou Bogle. O verdadeiro nome de Johanna era um que ele não ousaria dizer em voz alta, mesmo que se lembrasse dele. O ódio dela a perseguia por toda parte. Amaldiçoava aqueles a quem odiava; eles muitas vezes morriam por causa disso. Johanna vivia em um mundo diferente. Passava as manhãs carregando nos braços os enormes fardos colhidos, deslocando-se dos lotes de terra até o galpão, erguendo o machado, partindo cana. As tardes ela passava na caldeira, empunhando a concha mais comprida, aguentando aquele calor da fornalha. Nesse meio-tempo, Modelo de Perfeição alimentava os animais, ajudava os carpinteiros, acompanhava a instrução de Roger. Apontava os lápis. Observava o contador escrever *notória fugitiva* ao lado do nome de Johanna, foi assim por três anos seguidos, e ficava admirado com a persistência dela — e com o que isso havia lhe custado. Dois dedos do pé. Um seio. O rasgo no rosto, cicatriz que ia do olho ao queixo.

Amorinha trabalhava na moenda. Alimentava com cana-de-açúcar as novas engrenagens horizontais, que faziam parte do plano humanitário, sendo menos letais que as verticais. As engrenagens ainda engoliam membros, mas não com tanta frequência. Um dia a engrenagem prendeu a mão esquerda de Amorinha. Por coincidência Modelo de Perfeição e Roger estavam passando. Roger ficou mudo em cima do jumento, horrorizado com tamanha quantidade de sangue, mas Modelo de Perfeição saltou da mula, correu lá para dentro e a libertou do maquinário. Ele a carregou até a enfermaria. A mão não estava mais lá e o braço estava mutilado até o ombro. Roger comentou que a culpa era dela por ter chegado perto demais. Pouco antes de desmaiar, Amorinha olhou para Modelo de Perfeição e gritou: *Igwe!*

Naquela mesma noite, na cabana deles, Modelo de Perfeição dormiu mal. Olhou para Roger, que sonhava profundamente. Havia no garoto uma estranha mistura de covardia e crueldade que seu companheiro tinha dificuldade de desculpar ou explicar, mas que Johanna Grandona, com sua mediunidade, diagnosticou prontamente. Uma alma dividida. A maioria das pessoas tem apenas um espírito animal dentro de si, mas Roger tinha dois: o rato e a cobra. Modelo de Perfeição não podia negar isso. Já vira a sombra do rato, da cobra, do rato, da cobra passar muitas vezes pelo rosto daquele garoto, estava acontecendo até mesmo agora, enquanto dormia ao luar. Pobre do homem que vive no próprio sonho! Roger não sabia nada do que a terra proibia. Nunca conhecera nenhum mundo além deste. Por que deveria ter alguma noção de que este seu mundo estava de cabeça para baixo? Em vez disso, tentava encontrar algum sentido nele. Era lamentável ser mulher, lamentável ser louca como Johanna Grandona, ou negro como Modelo de Perfeição, ou pobre e agora com um braço só como Amorinha, e de tudo isso resultou, na mente de Roger, que as pessoas dignas de pena deveriam sofrer mais, pois não era essa a ordem natural das coisas? Melhor Amorinha do que ele! Sem dúvida os inferiores eram inferiores por uma razão. Johanna Grandona falava em línguas. Achava que sua filhinha negra tinha o poder da profecia. Quando lhe diziam para ficar quieta e não dizer bobagens, ela não escutava — e veja aonde isso a levou. Colocou mau-olhado nas pessoas. Afirmou que *é eu quem ná fala bobagem aqui, porque ná falo verdadi*. Não havia como dizer a ela que estava errada.

Roger, por outro lado, considerava que não dizia bobagens. Tinha os dois braços. Era quase tão pálido quanto o sr. Ballard. A única coisa que não fazia sentido para Roger Mulato era o fato de ter, por algum motivo, sido colocado em pé de igualdade com Bogle, o africano do navio, sendo que ele próprio era filho de um grande homem. Não era ele que merecia cavalgar o cavalo maior? Não o montaria com mais altivez?

5. Um jantar, uma tempestade, uma morte

Ballard tinha ouvido dizer que o interior de um homem mais cedo ou mais tarde chega ao seu exterior e, sentado diante de Thistlewood, ouvindo a história dele sobre fazer um negro cagar na boca de outro, mais uma vez ficou impressionado com a verdade disso. Havia algo de muito errado com esse homem. Sua pele era doentia, como se alguma podridão interna estivesse se exteriorizando. A língua era cinza feito uma lápide e a boca de um vermelho desagradável, e com ulcerações. Sem dúvida as lágrimas de riso dele eram quarenta por cento de uma prova disso.

"Então amordacei ele e deixei ele cozinhando no sol a tarde toda. E essa foi a última vez que o desgraçado roubou uma fruta-pão de *mim*!"

Ballard sorriu sem entusiasmo. Pôs a mão sobre o copo, evitando que Modelo de Perfeição voltasse a enchê-lo, na esperança de que isso pudesse encorajar Thistlewood a fazer o mesmo. Thistlewood ergueu seu copo, assentindo com a cabeça apenas quando o rum tocou a borda. No entanto, mesmo com sua absoluta degeneração, o homem ainda conduzia uma negociação difícil:

"Agora o meu ponto. Você vai ficar com César e com outros dez como ele, além de quatro mulheres até o próximo mês de maio — embora eu insista no mesmo aluguel. Sua situação com a água é irrelevante para mim, Ballard, o preço foi combinado há muito tempo. Ninguém de Breadnut Pen vai lhe causar problemas, isso eu posso prometer. Eles já sabem a esta altura que é a cabeça deles no topo de uma lança se causarem."

Por mais de uma década, Ballard vinha se sentando desse mesmo modo diante de Thomas Thistlewood uma vez por ano, para jantar, na época da colheita. Nunca tinha sido uma experiência agradável. Particularmente, considerava o homem um lunático e, além disso, um péssimo empresário, já que era um mau negócio enfiar cabeças em lanças: homens sem cabeça não conseguem realizar nenhum trabalho. Tinha muita pena do homem. Filho de fazendeiro de uma família duvidosa, sem polidez, sem produção de açúcar e só com cento e sessenta acres, sendo essa terra toda arrendada. Sua principal fonte de renda parecia vir dos trinta e dois trabalhadores negros que alugava, embora já tivesse espancado a maioria até a morte — outro exemplo de um mau negócio. Se pudesse escolher, preferiria nunca mais ver esse homem, nunca mais ouvir as histórias dele nem vê-lo se afogar em rum. Mas o tamanho imenso de Esperança era a desvantagem da propriedade. Havia mais cana para ser extraída do solo do que mãos capazes de colhê-la. Este ano, tal como no ano passado, Thistlewood o tinha entre a cruz e a espada.

"... Aí fui lá e falei pra ele: o que é que você faz por aí com o *seu* pau? Tá banhando ele em leite de jumenta?"

Ele fedia. O colarinho da camisa estava preto de sujeira. Tudo que saía de sua boca era obsceno, sangrento ou pingava perversidade, e ele parecia totalmente perdido no presente, inconsciente de Mary e Deirdre entrando e saindo com a comida, Modelo de Perfeição se inclinando para colocar uma costeleta de porco em seu prato ou Johanna Grandona escutando e batendo panelas com fúria na cozinha. Na cabeça dele, estava de volta a seus dias de glória. Ainda um feitor no Egito, onde o primeiro grupo de mulheres tinha sido de seu harém pessoal. No momento em que se levantou com dificuldade, acordo fechado, quase todo o jantar na parte da frente da camisa, ele mal conseguia ficar de pé. Johanna teve que ser trazida para ajudá-lo a voltar para a carroça. Bogle abriu a porta. Ballard ficou nos degraus da frente, acenando. Sem dúvida notou Johanna resmungando no ouvido de Thistlewood numa língua estrangeira. Mas ela sempre fazia isso.

6. A grande tempestade

A grande tempestade veio naquela noite, mal atingindo Esperança, permanecendo apenas no Oeste, e dez dias se passaram até que os moradores de Esperança soubessem da destruição em Breadnut Pen. As terras arrendadas de Thistlewood foram totalmente arrasadas, junto com sua própria casa, e também a propriedade vizinha de seu amigo Wedderburn, pois a ira de Johanna era enorme e não tinha limites. Corriam rumores. Dizia-se que as mesmas palavras que Johanna resmungara no ouvido de Thistlewood ela proferira para cada bastardo de Ballard pouco antes de eles morrerem. Alguém afirmou tê-la visto mergulhar o polegar em sangue de galinha e desenhar uma cruz na nuca de Thistlewood. Tudo isso era uma enorme tolice, claro, mas tolices têm de ser controladas, caso contrário o caos impera. Ballard, como um homem de fatos, sentiu que não tinha outra escolha racional a não ser corrigir Johanna de novo, e dessa vez publicamente, embora, claro, nunca tivesse tido a intenção de matá-la. Um erro de cálculo. Em Esperança, os nomes iam se desassociando das pessoas ao longo do tempo, e Johanna Grandona, no final das contas, não era mais a garota forte e saudável de tempos passados.

7. Hereditariedade

Johanna Pequena herdou a beleza da mãe, a força da mãe e o trabalho que antes cabia à mãe. Também tinha o dom da mãe, ou a loucura dela, dependendo de para quem você perguntasse. Tinha sonhos proféticos e falava em línguas. Modelo de Perfeição a invejava. Ela tinha herdado algo — vinha de algum lugar. Quando ela balbuciava, ele pensava: *a língua de sua mãe*. Sabia que era um pensamento indigno, mas não conseguia evitar. Aos treze anos, ela já estava na caldeira, retirando a espuma do tacho maior com a concha mais longa, tal como a mãe havia feito antes dela, e através do calor tremeluzente ela era facilmente confundida com a mãe. Ela logo fugiria? Também conseguiria matar aqueles que amaldiçoava e desprezava? As pessoas de Esperança mantinham um interesse constante em Johanna Pequena e em seu progresso. Ela era filha de Esperança, sua história familiar, conhecida por todos. Eles se lembravam do assassinato de sua mãe e da impressionante carta anônima que comovera tanto a sentimental Lady Chandos, que ela demitira o sr. Ballard para substituí-lo por um certo sr. Mackintosh, que no fim das contas não se mostrou melhor. Ninguém sabia quem havia escrito aquela carta. Que diferença teria feito se soubessem? Modelo de Perfeição não tinha uma linhagem que alguém conhecesse ou se importasse em conhecer. Pelo que constava a Esperança, ele tinha vindo de lugar nenhum. Ele mesmo passou a achar isso. Às vezes, bem tarde da noite, olhava para a pequena janela para além de Roger e tentava evocar o rosto de sua mãe ali, em meio aos loureiros. Nada.

Quando Modelo de Perfeição tentou imaginar Lady Anna Eliza Chandos do Plano Humanitário, apenas um círculo leitoso lhe veio à mente. Era difícil conciliar essa imagem indistinta com as notícias recentes da Inglaterra. Essa mesma Lady Chandos — durante uma festa e num "alto-astral" — tinha puxado uma cadeira em que seu amado marquês ia se sentar, e a queda o matou. Parte do plano humanitário? Ou uma forma diferente de receber uma herança? Enquanto ele removia o excesso de tinta dos livros contábeis com o mata-borrão, notou o dinheiro do falecido duque fluindo para Esperança, reconstruindo o galpão onde a cana-de-açúcar era guardada e ampliando a casa das caldeiras, entre outras melhorias. Não houve mais cartas de Lady Chandos. Muitos em Esperança se entretinham com visões da lady acorrentada, ou com a cabeça em uma estaca, ou trasladada para Botany Bay, na Austrália, junto com outras assassinas de maridos. Mas Modelo de Perfeição, a par de toda a correspondência de Esperança, sabia a verdade. Lady havia "enlouquecido de dor". Lady estava em um asilo. Esperança e todas as almas ali agora pertenciam a uma menina de doze anos, no interesse da qual a propriedade fora confiada a dois advogados de Londres, até que essa nova Anna Eliza atingisse a maioridade.

Roger confessou-se espantado: nunca conhecera nenhuma mulher louca na Inglaterra, achava que se tratava de uma condição peculiar à Jamaica. Mas Bogle não pensava na loucura como pertencente a nenhuma pessoa em particular. Cada carta que chegava e saía de Esperança era maluca. Cada coluna de números, tonel de açúcar e barril de rum. O mundo estava afundado na loucura. Ela cobria tudo, como o clima.

8. Myra

Era loucura valorizar a sanidade em um lugar assim? Myra talvez não fosse linda, mas a mente dela era clara e brilhante feito um riacho, e para Modelo de Perfeição isso bastava. Eles se conheceram quando crianças, quando ele estava doente na enfermaria, com disenteria, e era função dela coletar plantas medicinais para as enfermeiras. Agora já estavam bem crescidos. Ele comandava o pequeno grupo em Indigo. Ela fazia parte do primeiro grupo de mulheres em Derry, o canavial do qual Roger era o encarregado. Os domingos eram tudo que eles tinham. Quando estava dentro dela, ele não conseguia imaginar por que os homens queriam poder, dinheiro, terras ou qualquer coisa que não fosse aquilo, aquilo bastava. Incrível que a gente não visse pessoas copulando em vias públicas, nos corredores das igrejas, em qualquer lugar que pudessem encontrar! Ele a amava e vivia para os domingos. Mas não era assim para Myra. Derry era bem conhecido. Em Roger a cobra por fim triunfou sobre o rato, e qualquer um que trabalhasse sob seu comando era de fato digno de pena. Havia domingos em que sete dias pareciam tê-la envelhecido sete anos. Às vezes acariciar os sulcos nas bochechas dele era o máximo que ela conseguia fazer antes de adormecer.

Modelo de Perfeição queria filhos, pelas mesmas razões pelas quais os homens sempre quiseram ter filhos, mas também porque entendia que para Myra isso poderia significar um respiro. Haveria pelo menos algum tempo longe de Derry para amamentar o bebê e depois, talvez, um período para cuidar dos órfãos de mãe e os não desmamados. Mas todo mês ela sangrava e nenhum bebê nascia. Outras pessoas na mesma situação iam até Johanna Pequena. Uma galinha era morta, o sangue espalhado pelo perímetro de uma cabana, e logo depois um bebê chegava. Myra era contra. Sua mente era brilhante e clara, mas também podia ser rígida e teimosa. Falava de Jesus e do Diabo, mas parecia não entender que o pobre Mercury estava sendo atormentado pelo espírito da tia morta, ou que a alma da filha de Abba estava presa nas raízes da paineira, ou mesmo que Johanna Pequena, quando em transe e sob a influência da convince,* podia falar com indígenas mortos havia muito ou profetizar sobre o mundo que estava por vir. Coisas que eram bastante óbvias para Modelo de Perfeição, pois ele as tinha visto e ouvido. Ele pressionou Myra, mas ela não ia mudar de ideia. Continuaram esperando e se decepcionando.

Num domingo ela lhe mostrou um abscesso atrás da orelha esquerda e perguntou se ele ainda a amaria se ela fosse feia. Ela tinha lágrimas nos olhos. Ele disse que sim, mas não sabia se o que havia dito era de fato verdade. Na enfermaria lhe deram melão-de-são-caetano para beber e uma pasta da mesma planta para esfregar na pele. Uma enfermeira o chamou de lado e o avisou: "*Mu-*

* Religião jamaicana, também chamada de bongo ou flenke. (N. T.)

lher ná ganha filho si si alimenta de melão-de-são-caetano". Mas o que ele podia fazer? Em um canto mais afastado, isolados dos outros por cortinas, estavam os piores casos. Alguns não tinham nariz, ou olhos, ou ambos, ou tinham bocas sem lábios que agora eram meros buracos em direção ao vazio, com alguns dentes perdidos se revelando. A bouba aterrorizava Modelo de Perfeição quando criança, e a visão daquelas pessoas ainda o enchia de horror. Devia ter visitado Myra mais vezes do que visitou. Mas ela havia chegado às mãos das enfermeiras a tempo e foi poupada do pior. Perdeu uma orelha e a pele ao redor do pescoço ficou escamosa para sempre, mas sobreviveu.

9. Estéril

Modelo de Perfeição teve muitos filhos ao longo dos anos, embora com Myra ainda não tivesse nenhum, e descobriu que o espírito dessa criança irritada e ainda por nascer era um problema sem fim. Ela o perseguia, destruindo sua horta, trazendo-lhe doenças frequentes e amigos traiçoeiros. Apesar disso, ainda amava Myra e confiava na mente brilhante e clara dela. Foi ela quem lhe explicou que se aceitassem a oferta para se casar na Igreja dos Irmãos Morávios, bem, seriam perseguidos pelos morávios para sempre. Quanto a toda aquela conversa frívola de "melhoria" — que tinha sido apresentada a ele como uma boa notícia —, ela sabia que, se não trabalhassem mais aos sábados, isso só ia significar que trabalhariam duas vezes mais às sextas-feiras. Não, ela não dava muita importância às notícias que vinham da Inglaterra, preferindo ser precisa e cuidadosa com o dinheiro que tinha guardado, na esperança de que um dia a liberdade dela pudesse ser comprada. Talvez fosse sábia. Mas Modelo de Perfeição temia que sem um filho a amargura engolisse Myra por completo.

10. "Andrew de Myra"

O século estava prestes a virar. Logo Myra já não sangraria e seria tarde demais. Pouco antes do festival de *junkanoo*, Modelo de Perfeição foi em segredo até Johanna Pequena. Ela lhe disse para ir ao aqueduto e procurar na base pantanosa de cada pilar uma planta com pequenas flores violeta e cheiro de menta. Seu nome era poejo. Uma erva traiçoeira, poderia "trazer criança, mas também desperdiçar uma barriga jovem". Modelo de Perfeição agradeceu a Johanna Pequena e foi para o *junkanoo* com boa disposição. Não havia disputa entre o Natal e o *junkanoo* em Esperança: a sentimental Lady Chandos havia muito presumira que se tratava de algo parecido com as celebrações discretas de seus próprios camponeses ingleses e havia autorizado o festival, baseada no princípio de que ele acontecia "somente uma vez por ano". Mais recentemente, os advogados escreveram cartas condenando a "dança frenética", a "bebida e o barulho pagãos", mas Lady estava confinada no asilo e não respondeu. O *junkanoo* continuou. O homem vestido de vermelho com a máscara branca e a casinha na cabeça percorreu a propriedade soprando sua concha, os mascarados dançaram, a cantoria explodiu, muito rum foi bebido e a festa continuou até o sol nascer:

Jaw-Bone, Jaw-Bone, John House Canoe!
Você nos conhece e nós conhecemos você!

Modelo de Perfeição colocou poejo pulverizado na xícara de Myra.

Quando Andrew, o filho deles, finalmente chegou, em setembro, o *junkanoo* assumiu um significado especial. Todos os anos, Myra colocava o menino nos ombros do pai e eles dançavam atrás daquele que chamavam de John House Canoe, que usava sua casa na cabeça e, portanto, não conhecia nenhum exílio. Andrew de Myra. Foi o próprio Modelo de Perfeição quem escreveu o nome na Lista Geral de Negros, pressionando o mata-borrão com cuidado e grande orgulho. Podia fazer muito pouco por seus filhos. Mas com o tempo e uma certa dose de astúcia, poderia fazer o seu melhor para evitar que Andrew de Myra aparecesse naquelas longas colunas que continham os nomes do primeiro e do segundo grupo de trabalhadores nos canaviais, colocando, em vez disso, o filho dentro daquelas margens mais seguras que o próprio Modelo de Perfeição conhecia:

Ajudantes da Casa
Condutores
Carpinteiros
Tanoeiros
Pedreiros
Feitores

11. O retorno final

Quando Andrew tinha seis anos, chegou da Inglaterra a notícia do triunfo do sr. Wilberforce no parlamento do sr. Grenville. No festival do *junkanoo*, naquele mês de dezembro, o povo comemorou. Mais tarde, na vida, Andrew teria poucas lembranças da mãe, mas sempre se lembraria de que ela permanecera cautelosa e desconfiada. Ela falava da Inglaterra com amargura, preferindo o exemplo de São Domingos, onde o povo "deu cabo do problema com as próprias mãos". Não dera crédito às promessas do primeiro-ministro Grenville. Se não chegassem novos trabalhadores africanos, isso não significava que seriam os únicos trabalhadores que os senhores tinham? Talvez fosse "o fim disso" para alguém, em algum lugar, mas não para eles.

Modelo de Perfeição, de forma desleal, baixou os olhos para as mãos de Myra e pensou que pareciam as de uma bruxa ou de uma velha. Tão acabadas! Sentia falta de mãos jovens, de amor jovem — sobretudo quando as buganvílias floresciam na primavera. No Domingo de Ramos, estava na Casa Principal mostrando a Andrew como lacrar uma carta com um selo de cera quando o filho percebeu a estranha ferida aberta na nuca do pai. Ele a havia deixado por tanto tempo que já não podia ser escondida por um lenço no pescoço. Mais tarde, na enfermaria, um velho africano que tinha vindo de navio o avistou e gritou *Igwe!* Modelo de Perfeição chorou. Suas bochechas, com aqueles sulcos dignos de orgulho, estavam caídas, ele parecia uma caveira. Mas ele tinha vindo de algum lugar. Ele se alojou no canto, com os piores casos. Perdeu primeiro os olhos, depois o nariz e depois a consciência. No dia 25 de outubro de 1808, Anaso, filho de Cuffay, deixou este mundo e retornou ao reino de seus ancestrais.

12. Por amor e lucro

Andrew Bogle achava muito provável que ele tivesse dezessete anos, ou algo assim. Tinha ossos pequenos e não era alto. Algumas pessoas falavam com ele como se fosse criança, outras como se fosse um homem, por isso achava difícil resolver essa questão na própria cabeça. A idade nunca foi posta à prova pelo trabalho pesado. Havia herdado o nome Bogle e por isso era considerado, tal como o pai, bom com tinteiros, selos de cera, cartas, recados, supervisão, polimento de armas e criação de animais. Permaneceu dentro das colunas do pai, ou seja, tal como o pai havia desejado. A mãe ficou em Derry. Ela teve uma filha com Mercury, a quem chamou de Leda, e depois um filho chamado Jasper, cujo pai era um mistério. O esforço a esgotou. Foi transferida para o segundo grupo e dessa forma — ou pelo menos era o que Andrew ousava esperar — conseguiu um pouco de descanso. No final, porém, tudo deu em nada: Leda morreu aos oito anos, Jasper aos nove. Isso destruiu o espírito da mãe. Ela "afundou". Andrew assumiu a responsabilidade de cuidar das áreas de terra arrendadas pela mãe, bem como das dele, e a visitava nas frequentes ocasiões em que ela acabava na enfermaria. Ele a marcou como "enferma" na Lista Geral. O olhar da morte recaíra sobre ela. Ele a pranteou enquanto ela viveu, sabendo que não demoraria muito.

Assim como Modelo de Perfeição valorizava uma mente clara e brilhante, seu filho Andrew valorizava a força. Estava apaixonado por Johanna Pequena, embora ela tivesse idade suficiente para ser sua mãe. Ninguém entendia esse amor, ele era motivo de chacota. Até Johanna Pequena ria dele. Ela o chamava de "menino". Ele a chamava de "esposa". Quando ele tentava falar de amor, ela gostava de dizer a ele para voltar para a Casa Grande e ir brincar com os tinteiros. Mesmo assim ele a amava e eles eram casados no coração dele. Ellis, o outro garoto da Casa Grande, achava o amigo louco e se preocupava com ele. Tentou chamar a atenção de Andrew para a bela Dorinda, a arrumadeira. Ainda no mês anterior, Dorinda tinha andado vinte e quatro quilômetros até a propriedade de seu pai em Santa Isabel, se apresentado a ele e declarado: "Senhor, sou sua filha e ainda assim estou presa como os israelitas no Egito!". Esse discurso ousado impressionou muito o inglês. Ele estava pensando em comprar a liberdade dela, se ela própria contribuísse com cinquenta libras. Ela havia levantado trinta: era um bom partido. Ellis estava interessado em bons partidos e gostava de discursar sobre o assunto. Tinha visto muita coisa em Esperança e se sentia uma espécie de filósofo, ou pelo menos alguém que conhecia alguma coisa a respeito da natureza humana, e sua convicção era de que as pessoas sábias nunca pensavam na questão do amor sem pensar também na questão do dinheiro. Essa nova Lady Anna Eliza, por exemplo, estava noiva do futuro duque de Buckingham desde os seis anos. Era o que Ellis chamava de "casamento por soma de bens". Significava que o que era dela seria somado ao que era dele e vice-versa. Depois que se casaram — e após a morte de sua mãe louca —, Anna Eliza herdou Esperança, muitas mansões na cidade de Londres, todas as propriedades dos Chandos na Inglaterra e na Irlanda, e ainda mais propriedades em um lugar estranho chamado Ilha de Wight, que Ellis erroneamente chamava de Ilha de White, ou Ilha de Branco. Tudo isso somou-se então às dezenas de milhares de hectares que pertenciam ao marido, o duque. Entre os bens do duque estava uma propriedade chamada Stowe. Tanto Bogle quanto Ellis tiveram a oportunidade de examinar essa propriedade quando ela escorregou de um envelope para a escrivaninha. Uma pequena gravura de uma casa muito grande. Quando o pai do duque morresse, a nova Lady Anna Eliza se tornaria Duquesa de Chandos e Buckingham e Condessa de Stowe, enquanto o marido seria o Duque de Buckingham Richard Brydges Chandos Temple Nugent Grenville, Conde de Stowe, pois, quando você se casava nesse sistema de casamento por soma de bens, seu nome ficava muito mais longo e demorava uma eternidade para ser copiado. Agora me explica, disse Ellis, o que isso tem a ver com o que você chama de amor?

Hectares por soma: 23 255

Renda anual de aluguel por soma: 70 420 libras

O próprio Ellis pressionou o mata-borrão nesses números. Estava, portanto, em posição de aconselhar aqueles que acreditavam em falsas ideias românticas. *Faz as contas, rapaiz, faz as contas!* Andrew gostava de Ellis e gostava de ouvi-lo. Porém não conseguia pensar no amor como lucro. Quando estava dentro de Johanna Pequena, não pensava em dinheiro nem em terras, nem em “somar”, nem em qualquer coisa que não fosse a sensação de estar dentro dela, seguro e enraizado. Se algo era somado, eram suas almas, fundidas no momento do êxtase.

13. Senhor Edward Tichborne

Em janeiro o representante do duque, o sr. Edward Tichborne, regressou. Como sempre, estava preocupado com a seca, escrevendo muitas cartas urgentes à Inglaterra sobre a necessidade de irrigação. Mas a duquesa de Buckingham e Chandos tinha lido a correspondência da falecida mãe a respeito do assunto e adotou o ponto de vista dela. O pobre solo da propriedade Esperança não sobreviveria ao processo: "O remédio seria pior que a cura". Era o trabalho de Bogle copiar os valores mensais de cultivo de cada área, na esperança de que esses números terríveis pudessem convencer a duquesa da sabedoria do plano. Cartas iam e vinham: ela continuava não convencida. Durante esse tempo ele prestou os serviços de pajem, como fazia sempre que o sr. Tichborne visitava a propriedade. O sr. Tichborne gostava de conversar. O pajem aprendeu muito ouvindo. Por exemplo, que era possível ganhar quinhentas libras por ano e ainda assim se sentir desvalorizado. Que um cavalheiro sempre usava sobretudo — mesmo que fizesse um calor infernal —, mas nunca a mesma gravata duas vezes na mesma semana. Ser o terceiro de sete filhos era uma tragédia terrível. Significava que você tinha de lutar para sobreviver em ilhas esquecidas por Deus como aquela. Muito vinho do Porto fazia mal aos pés. Em setembro, Bogle soube que deixaria Esperança por um período, para acompanhar o falante sr. Tichborne a Londres, Inglaterra.

14. Tagarelar

Uma casa foi alugada na Dean Street até o Natal. Bogle dormia em um quarto quentinho ao lado da cozinha. No andar de baixo moravam outras três pessoas: uma criada que era pau para toda obra, a cozinheira e um garoto sem um cargo específico, que fazia os trabalhos mais sujos. Bogle se espantou com a existência deles e com tudo o mais. Tinha visto irlandeses pobres em Kingston e alemães indigentes em Mandeville, mas os ingleses pobres eram de uma variedade e uma dimensão desconcertantes. Levando mensagens diárias de Tichborne para a duquesa em Pall Mall, ele muitas vezes desejava ter Ellis a seu lado, pois quando chegasse a hora de retornar para Esperança ele duvidava que seria capaz de fazer justiça a tudo o que tinha visto. Homens sem pernas deitados nas sarjetas, prostitutas seminuas nas portas, crianças mendigando centavos nos degraus das igrejas! Aqui nada era "somado". Os ingleses acabaram por se revelar não uma simples tribo de ricaços de cartola e saias de seda muito bem alimentados, e sim facções lutando de maneira selvagem, todas focadas na própria sobrevivência e, portanto, em certo sentido, nada estranhas ou desconhecidas. Às vezes a conversa no andar de baixo o fazia se lembrar das reuniões nas cabanas tarde da noite. A criada era muito parecida com Bella, lá da terra. Bella já havia trabalhado em outra propriedade, a fazenda Santa Catarina, onde tudo, na opinião dela, era muito mais rico, impressionante e administrado em maior escala. O mesmo acontecia com essa criada, que suspirava por sua posição anterior em uma "grande casa no campo" e se recusava a incluir as roupas dele para lavar porque esperava "não ter descido tão baixo na vida a ponto de ter que esfregar as coisas de um negrinho". A cozinheira, no entanto, o fazia se lembrar de Johanna Pequena. Gostava de murmurar de um jeito sinistro para si mesma e podia ser ouvida desejando a morte de uma variedade surpreendente de inimigos, desde o vendedor ambulante até o primeiro-ministro. Mas não era bonita como Johanna nem tinha os dons de Johanna. Ninguém que ela amaldiçoava morria.

A conversa mais ousada e surpreendente veio do garoto Jack, que não tinha sobrenome nem "pais de quem falar". Isso também o lembrou de Esperança, onde as bocas que mais tagarelavam tendiam a ser as mais famintas. Jack limpava penicos e chaminés, removia estrume de cavalo e recolhia carvão com uma pá. Ele disse que a guerra francesa tinha sido um "truque sujo" e uma "brincadeirinha de soldados para homens ricos", e que o duque de Wellington podia "enfiar a vitória no rabo". Estava indignado sobretudo com a recente "revolta em St. Peter's Field", onde a cavalaria tinha assassinado o povo pobre de Lancashire a sangue-frio por ordem do governo. E durante todo esse tempo o príncipe regente "simprismenti flutuava lá no veleiro dele, comendo carne e ficando ainda mais gordo!". Várias noites por semana Jack se esgueirava pela janela do quarto que compartilhavam no porão para participar de uma "reunião de politicagem" em uma capela na Hopkins Street. Lá ele ouvia todos aqueles "homens que amam a liberdade e que não têm medo de falar do assunto" — embora a cidade inteira estivesse "repleta de espiões do governo". Você podia ser mandado para Botany Bay só por dizer um membro, um voto. Por reclamar do preço do pão. Contaram a Bogle de um certo John Baguely, um herói de Lancashire, no presente momento "confinado na prisão de Newgate" apenas por repetir a frase: *Liberdade ou morte!* No entanto, apesar de todos esses perigos, Jack insistiu com Bogle que ele o acompanhasse até a Hopkins Street, nem que fosse apenas para ouvir um pregador chamado Wedderburn, filho biológico de uma escrava e seu senhor — "de cor como ocê" —, que fazia bem em dizer: "Os escravos deveriam matar seus senhores quando bem entendessem!".

15. Pragmatismo

Numa viagem fora da cidade — estavam visitando Sir Henry Tichborne em Tichborne Park —, Bogle deu por si encurralado na área externa da prisão de Newgate. Uma enorme multidão inundou a rua para assistir a um enforcamento e todo o tráfego de passagem acabou ficando preso naquela massa humana, como se fosse melaço. Três meninos enfrentavam a forca pelo roubo de uma ovelha. Bogle gostava bastante de Jack, mas não o suficiente para ser enforcado por causa dele. Sempre que ouvia a janela do porão sendo aberta, fechava os olhos e fingia dormir.

16. Linhagem

Para onde os Chandos-Buckingham iam viajar durante o outono? Havia muitas possibilidades, era a discussão anual deles. A duquesa preferia a própria Avington. Os aldeões a adoravam ali entre eles, a protegiam dos extremistas, e os painéis Tudor impediam a entrada de correntes de ar. Os aldeões de Stowe, por outro lado, ela achava "taciturnos". A escolha do duque predominou: foram para Stowe. Se Tichborne desejasse agora realizar algum negócio concreto com o duque antes do Natal, precisaria de uma charrete melhor do que a que ele possuía, mais uma parelha de cavalos e um lugar aceitável para passar a noite. Tudo isso custava dinheiro, e ele preferia conduzir os negócios por carta. Mas os gastos do duque estavam fora de controle e o homem era famoso por ignorar cartas de advogados e credores. Teria de ser confrontado em pessoa.

Num dia chuvoso de meados de outubro, eles seguiram para o Norte, joelhos contra joelhos em uma carruagem alugada, Tichborne falando e Bogle ouvindo. Oito horas, durante as quais Bogle aprendeu muitas coisas. Sempre soube que um homem poderia ser bem-nascido e ainda assim não ser honrado — seu próprio pai sofrera esse destino —, mas nunca imaginara que esse poderia ser o caso de alguém como o sr. Edward. O próprio Tichborne parecia surpreso. Como é que um homem de uma família "tão nobre e antiga como a minha" passou a "trabalhar feito um escravo" — e ainda mais para um esbanjador e embusteiro tão notório? A resposta tinha algo a ver com o fato de ser católico — Bogle não conseguiu seguir a lógica daquilo com precisão —, porém tinha ainda mais a ver com o velho problema já relatado diversas vezes de ser o terceiro de sete filhos. O duque, por outro lado, era o sortudo primogênito do próprio clã. "E quanto aos ducados! Procure a linhagem deles, por que você não faz isso!" Bogle não podia, porque lhe faltavam os meios. "Criadores de ovelhas! Criadores e comerciantes de ovelhas. Ah, e alguns soldados trapaceiros com benesses da regência. E não é que esses Temple e Grenville sabiam como se casar? Esses rapazes conseguem encontrar uma herdeira em um palheiro. Sabem como tirar vantagem de uma dama!"

Bogle admirou uma floresta dourada e castanho-avermelhada balançando ao vento forte ao passarem por ela. Uma vida não era suficiente para compreender um povo, as palavras que esse povo usava e a forma como pensava e vivia.

17. Passando a noite na pousada Galinha Castanha

Bogle amarrou os cavalos, escovou sua pelagem, limpou o estrume entremeado de feno do lado de fora da entrada, encheu os sacos de comida deles, levou-os para beber água, carregou as malas de Tichborne para cima, as desfez, deixou à mão a roupa de dormir de Tichborne, separou um terno para a manhã seguinte, engraxou os sapatos dele, carregou meia dúzia de baldes de água por dois lances de escada, preparou-lhe um banho, acendeu o fogo na lareira, substituiu a colcha da cama por uma de uma sacola de mão que também continha os lençóis da preferência de Tichborne, acendeu e colocou a proteção em seis lampiões, desceu de novo os dois lances de escadas. Tichborne estava jogado em uma poltrona perto do fogo, tendo acabado de abrir uma garrafa de vinho do Porto. Bogle tentou ir para a cama.

"Ah, senta aí, garoto. Me faz companhia!"

Bogle se sentou. A garrafa era grande e ficou vazia em uma hora.

"Posso dizer uma coisa a favor dela: ela trata os pobres como os próprios filhos. Às vezes pode ser indulgente demais nesse sentido — como você mesmo deve saber, Bogle —, mas pelo menos é cuidadosa com o dinheiro dela e faz bom uso dele. O que a faz valer vinte dele, aos meus olhos — e aos do banco. Como ele a trata de modo vergonhoso!"

Acontece que o duque era igual ao sr. Ballard: considerava as mulheres uma propriedade e tinha filhos em muitas casas, por toda parte. O dinheiro escorria pelos dedos dele feito areia.

"E quanto ao belo garoto — o segundo duque, como será em breve... Quatro meses aquele esbanjador passou na Europa, e maldito seja se ainda restou um pedaço de vidro colorido ou uma estátua dos Médici em toda a Veneza. Ele ainda vai colocar a mãe numa casa de caridade. Tal pai, tal filho. Desregrado — em todas as coisas. Por que você acha que tivemos que trazer o garoto de volta de Roma? Não ficaria surpreso se encontrasse um Buckingham bastardo nascido em cada prostíbulo da Itália..."

Bogle soube que a duquesa, que se casara aos dezesseis anos, tinha agora quarenta anos e não falava mais com o marido infiel e esbanjador, preferindo a companhia de seu cachorrinho. Parecia um arranjo bem estranho. Tichborne riu:

"Ah, não se preocupe, Bogle. Eles sabem lidar com essa situação. Em Stowe um sujeito pode ser casado como se fosse um sultão...

... ter doze esposas e ainda assim nunca pôr os olhos em nenhuma! Você vai ver."

18. Uma casa muito grande

Na manhã seguinte o céu escureceu e depois desanuviou. Na longa e conturbada chegada pela área rural, Bogle teve o primeiro vislumbre de uma casa como nenhuma outra, na qual talvez coubessem umas vinte propriedades como Tichborne Park. Dois lacaios encharcados desceram correndo os degraus da frente e dirigiram a carruagem para a entrada usada durante os dias de mau tempo. Tichborne e o pajem, completamente secos, entraram direto em uma caverna subterrânea feita de pedra branca. Aqui as paredes se inclinavam para dentro e o teto era baixo. Duas criaturas macabras — metade gato, metade mulher — esperavam por eles no final de uma escada que levava sabe-se lá para onde. Tudo era de um branco impessoal, frio ao toque. Entalhes de homens com cabeça de pássaro revestiam a parede. Assustado, Bogle se virou com rapidez, tropeçando em um caixão de pedra grande o suficiente para acomodar uma criança morta. Tichborne riu; Bogle estava com medo. De quem eram esses ancestrais?

Do nada, um criado de libré apareceu — "O duque está feliz por você estar aqui e por ter chegado pelo corredor egípcio.

É um complemento recente. O duque está muito orgulhoso dele" — e os conduziu para fora da câmara sinistra e para o interior de um vasto túnel subterrâneo, como uma rua longa e coberta, em ambos os lados, por prateleiras com armas. Bogle teve a impressão de que andaram por muito tempo. Virando à direita, depois à esquerda e à direita de novo. Criados passavam apressados uma vez ou outra. O túnel se ramificou em outros túneis. Aqui, cheiro de algo assando. Lá, som de metal sendo moldado. Uma casa do tamanho de uma cidade com um arsenal para defendê-la.

Depois estavam no andar superior. A luz fluía por vidraças gigantescas. Bogle não achava que fosse possível caminhar tanto e ainda estar na parte de dentro. Uma grande sala redonda com um círculo de vidro no teto. Uma sala comprida e estreita, como uma estação de trem, cheia de livros. Uma sala de instrumentos musicais. Uma sala com estátuas. Uma sala decorada com pequenas cabeças decapitadas e fincadas em lanças, pintadas diretamente nas paredes. Ao sair dessa sala, Bogle a olhou mais uma vez: as lanças eram na verdade trepadeiras verdes adornadas com laços amarelos, e todas as cabeças eram rosadas e sorridentes. Uma sala repleta de sofás. Uma sala como o galpão de armazenamento da cana-de-açúcar: seria necessário fazer a colheita de dez plantações de cana-de-açúcar e empilhá-las horizontalmente para encher aquele espaço. Outra sala em forma de galpão, com uma mesa dourada como a da lenda da River Mumma se estendendo de ponta a ponta. Depois outra sala, com teto de ouro. Mais escadas. Um vislumbre de uma cama, grande feito um barco, revestida de veludo. Essa casa ostentava seda, ouro e veludo, como uma mulher. Nenhum cômodo estava vazio, nenhuma parede estava nua.

Chegaram a um corredor, abobadado como uma igreja, com

uma escadaria curva que subia. Aqui Bogle teve a impressão de que as paredes eram pintadas com cenas de sua terra natal. Pelo menos sentiu que reconhecia as palmeiras e os cedros, as colinas arborizadas, a água azul-esverdeada cintilante. Aqui e ali, nos bosques, alguém tinha acrescentado a seu bel-prazer pequenos grupos de indígenas nus e não assassinados, como se restasse algo deles além dos gemidos e lamentos nas conchas. Subindo as escadas, ele se virou, procurando Kingston, e quase colidiu com dois rapazes de avental e pincéis nas mãos. Eles espalhavam tinta branca sobre a imagem de uma baía ao pôr do sol. "Temos mais quadros para pendurar do que espaço na parede para pendurá-los." O criado explicou isso com um orgulho peculiar, como se a casa fosse propriedade dele. "Sendo assim, é preciso criar espaço." Bogle observou uma cascata desaparecer sob uma camada de tinta branca, "A Sala Rembrandt", anunciou o criado e abriu uma porta.

19. Um jovem arqueiro negro

Tichborne foi pego de surpresa. Ele não esperava encontrar o casal junto: estava acostumado a jogá-los um contra o outro. O duque estava sentado a uma mesa de jogo perto do fogo, a duquesa em um canto afastado perto de uma janela, um cachorro pug ronquejando acomodado em seus braços. Tichborne respirou fundo e começou seu infeliz discurso. Bogle caminhou até o duque, colocou o maço de papéis relevantes diante dele, desfez a fita roxa, recuou e ficou perto da porta. Nesse calhamaço estavam colheitas ruins, furacões, bebês mortos em demasia, braços decepados, muitos casos de bouba, batistas intrometidos e africanos velhos e enfermos, vindos de navio, que nunca mais seriam substituídos por novos. Enquanto Tichborne falava, o duque gemia e andava para cima e para baixo. A duquesa permaneceu onde estava, junto à janela. Bogle encontrou uma espiral dourada no papel de parede e seguiu seu caminho repetitivo pela sala.

"Chega, chega — é *inútil*, Tichborne. Você pode falar de solo e de furacões até me cansar: é só uma questão de tempo. Nem mesmo em São Domingos os pobres franceses estão em menor número como nós estamos. O Parlamento é a única via possível, mas precisamos de cabeça fria e neste momento os acionistas das Índias Ocidentais estão em um estado de extrema ansiedade. Quem pode culpá-los? Abolicionistas e o partido liberal em um ouvido, um monte daqueles malditos batistas e metodistas no outro. A situação é extremamente explosiva. Tenho motivos para acreditar que tenho a confiança deles e que eles julgam que servirei aos seus interesses — até porque também são os meus. Mas você deve entender: o nome 'Grenville' dificilmente pode ser agradável para eles. Nenhum sujeito na Jamaica sonha mais em fazer fortuna — apenas em preservar o pouco lucro que obtém —, e sabemos a quem devemos agradecer por *isso*... Entre Esperança e o outro lugar — Middleton! — de fato é uma maravilha que tenhamos sobrevivido. Mas minha esposa acha tudo isso bastante irônico."

Tichborne fingiu inocência: "É? Em que sentido?".

Ninguém respondeu. A duquesa foi até a janela mais próxima. Qual era o sentido de ter tido um tio no cargo de primeiro-ministro se esse mesmo tio trabalhava contra os interesses da família? Tichborne observou o duque folhear os papéis em sua escrivaninha, como se a resposta para esse enigma pudesse ser encontrada ali. Silêncio. Só havia Mimi, a pug, ronquejando. Desde que chegara à Inglaterra, Bogle havia se acostumado ao silêncio e a ficar em pé feito uma estátua, os olhos voltados para a frente. Encontrou maneiras de se ocupar. Os padrões do papel de parede. As velas ou lamparinas presas em arandelas redondas de parede. As esculturas em uma lareira. As pinturas nas paredes. Se houvesse um rosto negro em um canto de qualquer quadro, em qualquer lugar de uma sala, ele se orgulhava de encontrá-lo em um segundo — supôs que estivesse com saudades de casa. Ainda assim, só agora notou o garoto arqueiro na parede oposta. Não era um quadro pequeno e talvez fosse essa a causa da demora, pois estava acostumado a encontrar rostos assim nos cantos das telas ou escondidos no meio de uma multidão. Esse garoto ocupava todo o quadro. Bogle gostou muito do jovem. Tinha um arco na mão e uma aljava nas costas, e se parecia muito com Ellis ao lado do sr. Macintosh quando saíam para caçar javalis. Só que esse jovem arqueiro não carregava nada para ninguém. Aqueles eram seus próprios arcos e flechas, e ele caçava por conta própria. Bogle sentiu uma pontada de tristeza brotando na garganta e engoliu em seco. Como o garoto se parece com Ellis! Ah, como estou com saudades de casa!

20. A ordem das coisas

O vento e a chuva diminuíram à tarde e o sol apareceu. Tichborne saiu pela porta situada ao sul para esperar pelo cocheiro. Bogle o viu atirado, exaurido em um banco de pedra debaixo de algumas flores de laranjeira moribundas. Bogle, que não recebeu nenhuma orientação, permaneceu onde estava, entre as portas que davam para uma "varanda norte" e outro conjunto que levava ao sul. Um campo privado à frente, outro atrás, ambos se estendendo até o horizonte.

Olhou em volta. À esquerda, quatro homens nus num pedestal lutavam contra uma cobra. A pedra era preta. Os homens pareciam não ser. Bogle não sabia por qual motivo estavam nus e qual a razão de estarem lutando contra uma cobra. Nada disso lhe interessava; ele se virou. À direita, acima da cabeça dele, mais pessoas de pedra surgiam das paredes. Esse grupo estava suspenso em pleno ar como espíritos malévolos, mas não havia motivo para medo, não, eles não se moviam, e não havia magia envolvida, apenas artesanato, como quando você esculpe uma figura num algodoeiro. Deu um passo à frente. A cena ali representada era feita de pedra branca e parecia contar a história de um grande homem — algum tipo de rei. Uma mulher estava ajoelhada abaixo dele, se preparando para transmitir uma coroa. Soldados, curiosos e crianças estavam reunidos em torno desse par, lembrando a Bogle as velhas intrometidas de Esperança, apoiadas nas cercas. Atentas. Interessadas no poder. Por fim, no chão, nu, aos pés do rei — medroso feito um cachorro aos calcanhares do dono —, havia um homem negro, tal como ele mesmo.

Bogle não sabia como uma casa ficava tão grande quanto uma cidade, com dois campos privados de cada lado. Não sabia por que os homens lutavam contra cobras. Não sabia em que mundo um garoto como Ellis seria livre para caçar por conta própria. Mas a cena nesse quadro branco ele compreendeu de cima a baixo — era tão familiar para ele quanto seu próprio nome. A ordem das coisas. Em Esperança era função dele colocar a ordem das coisas em colunas organizadas, com letra legível, na Lista Geral, como fora tarefa de seu pai antes. Mas mera tinta e papel não eram dignos de um lugar como este. Aqui se gravava em pedra.

21. Em caso de guerra universal

Na primeira noite depois de voltar a Londres, Bogle ficou surpreso consigo mesmo. Ele disse: "Espere". Não foi fácil pegar suas coisas na escuridão, não tinha prática nisso como Jack e testou a paciência do novo amigo durante a busca pelos sapatos. Mas agora estava pronto e seguiu Jack pela janela, noite adentro. As luzes e o vidro criavam formas e sombras imprevisíveis na escuridão, revelando pessoas e lugares em lampejos estranhos. Passou depressa por todas as mulheres do Soho, tentando não parecer inexperiente demais, surpreso demais. Depois, na Hopkins Street, na porta da capela, uma ruiva disse que seriam doze centavos. Por esse valor você ganhava um ingresso com uma cabeça impressa — Jack já tinha um — e seria admitido em "qualquer debate, além das palestras de domingo". Meio aliviado, Bogle se virou para ir embora, mas Jack fez um estardalhaço: "Ora, a gente tá aqui *pelos* pobres e maltratados ou não tá?". A garota ruiva fez uma careta: "Jack, você é um bocudo, a esta altura a gente já sabe disso". Mas em seguida suspirou e deu um passo para o lado: "Se for só uma vez, um centavo serve".

A capela era uma coisa improvisada. Você subia uma escada estreita de madeira até chegar a algo parecido com um celeiro, onde talvez cem pessoas, de pé, postavam-se diante de um "presidente" sentado a uma mesa. Eles estavam atrasados, o primeiro orador acabava de terminar, e neste momento o presidente se levantava e repetia a proposta em debate: "Em caso de guerra universal, qual dos dois Grupos terá probabilidade de sair vitorioso: os Ricos ou os Pobres?". O segundo orador se ergueu diante de um coro de gritos enfáticos, entre eles o de Jack. Bogle sentiu um tapinha nas costas: "Seu homem é o próximo — Wedderburn!".

Seu homem? O cabelo era bem liso e estava mais próximo do de Roger Mulato que do dele próprio. Tinha nariz de pug e feições de um valentão. Na verdade, a única coisa familiar nele era o nome — tinha um ar de ser lá da terrinha —, mas antes que Bogle tivesse tempo de avaliar com mais atenção este último ponto, o homem já estava de pé e havia começado. Tinha um jeito eletrizante de falar. A melodia familiar das ilhas harmonizada com o fervor dos garotos do Soho. Enfatizava cada ponto com as mãos — agarrando o ar como se torcesse o pescoço de algum agente governamental invisível — e estava cheio de perguntas. Havia somente duas classes de pessoas na Inglaterra, os muito ricos e os muito pobres, e como é que isso tinha acontecido? O público não sabia, mas berrou de forma entusiasmada. Por que a terra era propriedade de apenas quatrocentas famílias que tomavam o cuidado especial de se casar apenas entre si? Bogle não sabia nada acerca disso, mas se viu aplaudindo como os demais e pensou em Ellis, que teria ficado surpreso com a cena. Esse poderia ser de fato filho de um escravo? Todos os olhos estavam sobre ele, e todos os ouvidos. Tinha a alma do público na palma da mão, e Bogle percebeu que sempre havia considerado esse espírito de liderança um dom feminino por causa das Johannas. Mas o ódio desse homem também o perseguia por toda parte. Essa fúria ardia: você sentia o calor só de estar perto dele. Estava tão enfurecido com o "Massacre de Peterloo" quanto Jack, e ao ouvi-lo agora Bogle percebeu quantas das ideias e frases marcantes de seu jovem amigo eram, na verdade, emprestadas. Elas seguiam a mesma característica da fala desse homem pardo:

> Meu lema é assassinar!
>
> Deus deu o mundo aos filhos dos homens como herança — e eles foram espoliados dela!
>
> Estou com Thomas Spence: qualquer pessoa que considere um pedaço de terra sua propriedade privada é um criminoso.
>
> O dia 16 de agosto foi um dia glorioso porque o sangue derramado naquele dia cimentou a nossa união.

O sangue poderia ser glorioso? Houve aplausos ao redor, confirmando a glória. E o que tinha acontecido na França ia acontecer aqui, e todo lorde e lady estavam fugindo para o exterior, porque agora sabiam que os pobres famintos estavam determinados a não suportar sua condição miserável nem mais um minuto. Vários homens de quem Bogle nunca ouvira falar *perderiam a cabeça*, e o Príncipe Regente, de quem ouvira falar, era um tolo de cara redonda, bêbado e devasso. "Ele não se importa nem um pouco com o sofrimento das pessoas!" Neste momento Wedderburn estrangulou o ar com as mãos, e a multidão repetiu o gesto, como aqueles estranhos espetáculos de marionetes que Bogle às vezes espreitava em Covent Garden: *ELE NÃO SE IMPORTA NEM UM POUCO!* Por um longo momento, nenhuma outra fala foi possível. O público estava barulhento demais. O presidente bateu na mesa, pedindo ordem. Wedderburn abriu as mãos que estrangulavam e apontou de forma ameaçadora para a única janela:

"E eles nos dizem para ficarmos quietos como aquele *maldi-*

to Jesus Cristo sentimentaloide que como um *maldito idiota* nos diz que quando levamos um tapa num lado do rosto devemos nos virar com suavidade e pedir para nos baterem no outro! Eu gosto é do velho e bem-disposto são Pedro! Dê-me uma espada enferrujada, pois declararam guerra ao povo! Queimaram o panfleto de Carlyle sobre os direitos do homem, mas não conseguem queimar as palavras na minha cabeça! Nem que me enforquem! Glória a Thomas Paine!" Um rugido percorreu o celeiro como o furacão que atravessou o galpão da cana-de-açúcar. Bogle se virou para Jack para lhe fazer uma pergunta, mas o garoto estava com o braço levantado, segurando a espada de são Pedro, e agora sacudia aquela coisa invisível no ar e rugia junto com os outros, o cuspe voando de sua boca.

No caminho para casa, Bogle conseguiu fazer sua pergunta. Jack franziu a testa. Pareceu a Bogle que Jack gostava de falar, mas não de ser questionado.

"Como você soletra isso? P-A-I-N, eu suponho. E foi Thomas *Spence* quem pesquisou o assunto na Bíblia, entre todos os lugares, e *ra-tifi-cou de uma vez por todas* que a terra não é propriedade de ninguém, pois foi dada por Deus a cada homem! E Thomas Pain… Bem, foi ele quem disse que todos os homens têm direitos, e *esse*, jovem Bogle, se você quer mesmo saber, é Pain."

Mas qual a razão de impingirem um nome tão infeliz a Pain, que significava *dor* em inglês, Jack não sabia dizer. Então Jack perguntou a Bogle o que ele havia achado de tudo aquilo e Bogle disse que tinha esperado ouvir mais a respeito dos escravos e Jack respondeu o que exatamente ele queria dizer com isso, pois esse era o objetivo da coisa, por acaso ele era estúpido, pois sem os direitos os homens não eram todos escravos? Bogle não disse nada. Caminharam em silêncio até a avenida Shaftesbury, onde Jack, com a voz muito alta, perguntou se ele voltaria à Hopkins Street, e Bogle, atento aos espiões, disse que não.

22. Colheitas amargas

Para Bogle, perder o *junkanoo* lhe dava uma sensação de mau agouro, mas Tichborne insistiu em passar o Natal em Tichborne Park e depois o Ano-Novo na casa dos primos Doughty em Dorset. Por fim, no dia 3 de janeiro, seu pajem foi mandado de volta para a Jamaica, sozinho. Um mês depois, a primeira pessoa que Bogle viu ao descer do navio em Falmouth foi Ellis, vestido de preto, segurando um chapéu contra o peito.

Amorinha jurou que Myra *"só si deitô cum tranquilidade nu chão e morreu"*. Mas Amorinha ainda pensava nele como um garoto e sempre tentara protegê-lo. Por "chão" ela se referia ao piso pegajoso da caldeira, embora ninguém parecesse saber nem ousasse dizer quem colocara sua mãe para trabalhar ali e por quê. Só Johanna poderia confortá-lo, e ela não estava em lugar nenhum. Havia assumido a forma de um cavalo selvagem e fugido para as colinas, ou então sua alma havia migrado para um algodoeiro, ou estava com o velho Obboney em pessoa, amaldiçoando todos eles do outro lado. Era a temporada de plantio e Bogle deveria supervisionar a rebrota. Em vez disso, foi até a Casa Grande para saber de Ellis a verdade sobre a localização de Johanna, e Ellis olhou para ele suplicante. A verdade só iria acrescentar mais dor à dor: por que ele deveria ser o porta-voz disso? Com relutância, abriu a gaveta do armário e entregou a Bogle uma cópia da carta que dera origem ao problema. Era de Macintosh para os advogados:

Ela está sempre prevendo o fim do mundo. Tanto o nosso mundo em Esperança quanto o próprio mundo.

Era bem verdade que Johanna fora vista andando sob as janelas da Casa Grande em uma arenga contínua, cantando e ameaçando Roger — mas ela sempre fazia essas coisas. O mistério era por que o sr. Macintosh estava tão nervoso:

Talvez ela esteja sob a influência de alguma congregação: temos visto muitos batismos de negros ultimamente. Ela recita certos versículos perturbadores do Levítico, que facilmente são mal compreendidos pelos outros e que certamente têm a intenção de ser uma forma de incitação a uma rebelião ou a um motim. Ela tem uma mentalidade milenar.

Essa última coisa era difícil de entender. Mas na página seguinte o sr. Macintosh se deu ao trabalho de escrever exemplos esclarecedores:

E santificareis o ano quinquagésimo e proclamareis liberdade em toda a terra, a todos os seus habitantes: Será um jubileu para vós, e retornareis a cada um a sua possessão, e devolvereis cada um à sua família.

A terra não será vendida para sempre; porque a terra é minha, porque vós fostes estrangeiros e peregrinos comigo.

E se teu irmão que mora contigo empobrecer e for vendido a ti, não o obrigarás a servir como escravo.

Os advogados, assustados com tantos e tão recentes surtos de rebelião em toda a ilha, encaminharam o assunto ao Juiz de Paz. Johanna Pequena foi sentenciada a três meses de correção em uma máquina de tortura na prisão de Kingston.

23. Autômato

Durante um período depois de ficar sabendo disso, Bogle descobriu que já não conseguia sentir nada. Sempre que alguém tentava magoá-lo ou ludibriá-lo, ou tirar vantagem dele de alguma forma, ele apenas ficava confuso. Por que cargas-d'água pensavam que ele estava *ali dentro* e que de alguma forma ainda poderia ser ferido? Se a própria Ol' Higue tivesse vindo sugar a vida dele, o teria encontrado já esvaziado. Ele descobriu que era possível viver desta forma: como uma pele sem qualquer conteúdo depois da visita de uma *soucouyant*. Ninguém percebeu. Na verdade, na opinião do sr. Macintosh, a eficiência dele só melhorou, e lhe foram confiadas mais tarefas, algumas das quais implicavam pequenas liberdades que ele não conseguia apreciar e com as quais já não se importava. Aos domingos ele levava a esposa de Macintosh à igreja e se sentava ao lado dela durante o culto. Às segundas-feiras cavalgava até Kingston para pegar as cartas vindas da Inglaterra e quaisquer exemplares do *Times* que tivessem sido descarregados dos barcos.

24. Cato Street

Em meados de maio, enquanto colocava os jornais no aparador, ele avistou um rosto negro em uma estranha charge na primeira página: *The Spencean Philanthropists*. Um grupo de homens usando perucas e batas, sobretudos e óculos dançavam em círculo, como se estivessem em torno de um mastro, e no topo desse mastro havia cinco cabeças espetadas em pontas. Quatro cabeças rosadas e uma negra. Bogle se sentou onde estava e leu os nomes.

Brunt
Ings
Thistlewood
Tidd
Davidson

Era a cabeça de Davidson que tinha atraído a atenção dele: o sujeito era um caribenho de Kingston. Juntos, esses homens sem cabeça eram "radicais". Como Jack, detestavam lorde Sidmouth, afirmavam que a terra pertencia a todos, queriam o "sufrágio universal" e o retorno de algo chamado "habeas corpus". Em um celeiro na Cato Street, esses homens conspiraram para assassinar os governantes da Inglaterra como vingança por Peterloo e também para libertar os ingleses de seu atual "estado de escravatura" — uma frase que Bogle releu três vezes antes de descartá-la como um erro de impressão. Continuou lendo: a trama foi frustrada. Havia um espião no meio deles. Com certa inquietação ele percorreu com o dedo o restante da longa coluna, procurando o nome "Jack", e encontrou, em vez disso, outro nome familiar: Robert Wedderburn. Mas Wedderburn, que já tivera muitos contatos anteriores com os condenados, por coincidência se encontrava em segurança na prisão na noite em questão — preso por "escritos sediciosos" —, por isso ainda tinha a cabeça sobre os ombros. Bogle olhou para aquela estranha charge por um longo tempo e finalmente sentiu algo. Mas o quê? Uma coceira mental irritante que, quando decidiu coçar, descobriu que estava fora de alcance.

25. Thistlewood! Wedderburn!

Estava quase na época da colheita. Bogle partiu na longa cavalgada até a propriedade Santa Catarina para buscar os cinco homens que Esperança havia alugado para a estação. Por volta do meio-dia, chegou aos restos incendiados da antiga casa de Thistlewood, Breadnut Pen, na fronteira com a propriedade de Wedderburn. Parou seu burrico no meio do caminho. Thistlewood. Wedderburn. Será que podia ser? Mas Thistlewood estava morto havia trinta anos! Só sobrevivera na lembrança, uma espécie de bicho-papão que as senhoras idosas usavam em suas histórias para assustar crianças malcomportadas. Entretanto, a propriedade de Wedderburn não foi fechada nem vendida. Além disso, por que algum jovem Wedderburn ou algum jovem Thistlewood iria conspirar contra seus anciões? As pessoas eram coerentes, não partiam de forma abrupta nem viravam o mundo de cabeça para baixo, não fazia sentido — sem dúvida a Inglaterra estava tão cheia de Wedderburns e Thistlewoods quanto a Jamaica estava de Cudjoes e Pompeys. Por outro lado, as crianças às vezes são uma colheita amarga. Tinha ouvido mulheres idosas dizerem isso. Às vezes elas não vinham para somar. Em vez disso, desfaziam — elas destruíam. Amaldiçoavam seus pais e queimavam suas casas por completo. Isso era chamado de vingança dos jovens. Bogle olhou para as plantações, lembrando-se de Londres, de Wedderburn e das mãos estranguladoras tão cheias de sentimentos. Ele mesmo era mais jovem que Wedderburn, mas sempre fora quieto por temperamento, atento. Agora sabia que o ódio nunca o consumiria com tanta facilidade quanto o desespero ou a sensação de não ter sentimentos. Pensou que se esse Thistlewood sem cabeça fosse de fato um dos Thistlewood jamaicanos, de alguma forma devia ter ajudado o fato de haver pelo menos um pai para amaldiçoar e uma casa para destruir. Certamente era como ter um alvo para uma flecha. Nesse meio-tempo Bogle montou no burrico e se desesperou. E ele, o que é que ele tinha?

26. O eterno retorno de Johanna

Quando as buganvílias começaram a murchar e as chuvas cessaram, Johanna voltou. Não era a mesma mulher que ele amara. Eles amarravam suas mãos a uma esteira gigante, como se você fosse uma burra, e chicoteavam você enquanto você passava o dia todo andando, até que o cocho debaixo dos seus pés se enchesse de sangue. Tentou falar de amor com ela, como fizera uma vez, e lhe contar o que vira na Inglaterra. Os olhos dela se reviraram na cabeça. Não ouvia nada além da própria voz. Riu dele. Sempre rira dele, mas essa risada era diferente. Ela disse: "Você é um tolo, Bogle. Tive um sonho. Eu vejo tudo".

27. O profético sonho circular de Johanna Pequena

nós VEREMOS que fizemos o que a própria terra PROÍBE. Mas tenho um SONHO e é a VERDADE e acreditem em mim que vai acontecer. Digo a vocês que o mundo está DE PERNAS PARA O AR. Essa gente é como a GRAMÍNEA! Onde são PLANTADA ELAS ENRAÍZA elas SE ESPALHA e DESTRÓI! Isso é ocultado de GAROTOS TOLOS, mas não de MIM. Tenho um SONHO. Sei que esse tempo vai ACABAR e um novo tempo vai COMEÇAR, como está escrito nos livros deles e NA SUJEIRA NA MINHA BOCA e na merda daquele velho Diabo OBBONEY em pessoa. Vi o MECANISMO SECRETO DO MUNDO! Alguns dizem que o mundo repousa nas costas de uma tartaruga, mas isso não passa de um CONTO DE FADAS PARA PIRRALHOS! O mundo repousa numa ESTEIRA PENAL! Isso eu VI. Tenho um SONHO. A ESTEIRA GIRA, nunca PARA, e em cima dela repousa cada CIDADE BRILHANTE, e NAVIO, e MOEDA DE OURO, e todos os REIS E RAINHAS e LORDES E LADIES, e todos os HOMENS DA IGREJA, pois é uma ESTEIRA BANHADA EM SANGUE e esse é o MECANISMO SECRETO DO MUNDO! Quem caminhar nela vai CHORAR e dizer olhe pra mim fui tão REBAIXADO! Digo que TODAS AS COISAS DEVEM MUDAR e quem agora está de pé DEVE CAIR, e toda a terra que está fechada DEVE SER ABERTA, e cada folhinha da GRAMÍNEA será CORTADA, e OS MORTOS IRÃO VIVER, e os vivos irão morrer, e os REIS DEVEM CHORAR, e as pessoas irão entrar nos palácios deles e CAGAR NOS SEUS ASSOALHOS, e HAVERÁ UM ACERTO DE CONTAS! Tudo o que foi tirado de nós EU IREI RECUPERAR! Teremos narizes e olhos de novo e também bocas e IREMOS FALAR DA ESTEIRA até o dia do JUBILEU DE MOISÉS! Sonhei que NADA MORRE e que NADA É ESQUECIDO, pois A ESTEIRA É UM CÍRCULO e não haverá fim para os círculos até que todos tenham visto a ESTEIRA e caminhado entre o seu SANGUE. E até os CEGOS IRÃO VER A ESTEIRA, mas será TARDE DEMAIS! *CHUKWU SELA AKA, UWA AGWU!* A terra vai QUEIMAR, vai nos rejeitar, A CADA UM DE NÓS, pois ela está CANSADA DE NÓS, e nada vai viver e nós

28. Gramíneas, 1826

Quatro anos se passaram até Tichborne retornar para Esperança. A primeira coisa que fez ao chegar foi mandar Bogle para os registros contábeis. Num único ano, duzentos e oitenta e oito tonéis de açúcar tinham diminuído para cinquenta, cento e quarenta e cinco barris robustos de rum para apenas catorze e cada cantinho de Esperança que podia ser arrendado tinha sido, como se o duque fosse um homem pobre que precisasse de cada centavo que pudesse arrancar do chão. Tichborne escreveu aos advogados e descobriu a verdadeira extensão das dívidas do duque. Cento e cinquenta mil libras, relativas a "Stowe e outras despesas". Uma visita de duas noites do czar russo, por exemplo, originou uma redecoração que custou dez mil libras. O próprio rei era "um visitante regular" e isso também se revelou dispendioso. Tichborne ditou uma carta ao duque. Não abordou os gastos dele — não era algo mencionável entre os dois —, mas pediu ao duque que considerasse a possibilidade de assegurar um contrato de água com o acampamento militar localizado mais abaixo da propriedade. Os dejetos do engenho de Esperança poderiam ser redirecionados com facilidade, era um plano simples e prático e renderia cerca de dois mil por ano. O duque não gostava de falar de coisas práticas: uma resposta poderia levar meses. Nesse meio-tempo Tichborne teve um ataque de fúria por causa da gramínea. Ela tinha sido plantada anos antes por Ballard com a intenção de ser um belo contorno da propriedade, mas essa espécie provou ser voraz e quase impossível de erradicar. Enfiou-se por toda parte, se espalhou com extrema rapidez, sugou a vida do solo, matou espécies nativas e acabou sendo uma verdadeira praga sobre a terra. Tichborne não entendeu por que Johanna Pequena ria ao explicar tudo isso. Ele fez com que Macintosh incumbisse um grupo de mulheres da tarefa inútil de arrancá-la, raiz por raiz.

29. Retirado do país

Em junho, Bogle teve um pequeno prazer vicário: Ellis iria se casar com Dorinda. Uma igreja dissidente em Black River havia concordado, e a sentimental duquesa tinha dado uma autorização especial, redigindo uma longa carta e descrevendo o casamento como a confirmação oficial da virtude e um controle sobre as paixões, a cujo acesso por pobres desfavorecidos e africanos nenhum cristão sensato deveria tentar impedir, dada a particular necessidade deles. Bogle vestiu sua roupa de algodão branca e acompanhou seus queridos amigos até Black River. Era dia de mercado: a igreja estava lotada de gente. Mas quando os proclamas foram lidos e Ellis e a noiva se ergueram, as pessoas nos bancos caíram na gargalhada e na zombaria. Passaram-se vários minutos até que o ministro conseguisse restaurar a ordem: "E como cês vive? Em pecado, aposto!". A congregação baixou a cabeça enquanto o ministro falava e ficou em silêncio. Dorinda chorou. Mas os amigos estavam casados. Bogle tentou ficar feliz por eles, embora fosse um sentimento agridoce: sua Johanna se recusava a pisar em tal lugar. Ainda assim, mantinha a esperança de que Johanna recuperasse a sanidade, de que a lei mudasse e de conseguir persuadi-la um dia desses. Mas até mesmo essa ideia — a de que ele tinha coisas como "dias" e esperanças podendo ocorrer no espaço entre eles — acabou por se revelar uma presunção. Na manhã seguinte Tichborne ainda não havia recebido a resposta do duque e, em um ataque de ressentimento, largou o emprego e deixou a ilha, levando o pajem com ele.

30. Uma lua de mel europeia

Pararam em Londres apenas por alguns dias, para buscar uma mulher — "Bogle, esta é a sra. Kathryn Tichborne. Nós nos casamos em maio" —, e depois partiram para a Europa em "lua de mel". Aqui estava uma palavra nova. Tudo era novo. Ninguém jamais explicou para onde estavam indo ou quanto tempo ficariam quando chegassem lá. Logo aprendeu que era melhor dormir em azulejos vermelhos empoeirados do que nas camas que de vez em quando lhe ofereciam: os pisos eram mais frescos, com menos pulgas. Era alto verão. As pessoas supunham que ele deveria estar acostumado com o calor, quando na verdade o achava desagradável, sendo um calor muito mais seco do que na Jamaica e sem o alívio das chuvas. Na Espanha, um estudante o picou com um alfinete para ver se sangraria. Na França, uma camareira confessou ter cortado um tufo de seu cabelo enquanto ele dormia, curiosa para saber "se de fato crescia sozinho". Na Alemanha, um jovem cavalariço filosófico explicou que, sendo ele "um dos submissos", em breve herdaria a terra. Cada igreja que visitavam era um palácio dourado, no entanto, para Bogle, os padres pareciam muito ardilosos com suas sandálias e batinas puídas, brincando de pobreza. Na Itália, depois de mais de um ano de viagens, o duque e Tichborne quase colidiram. Tichborne estava a caminho de Veneza e o duque, como depois se descobriu, já estava lá, navegando no porto, escondendo-se de seus credores britânicos. Seu barco se chamava *Anna Eliza* e custara dezesseis mil libras. Foram informados de tudo isso certa noite em Roma por um visconde chamado Byng, que era dono de "metade de Londres e da maior parte de Bedfordshire". Contemplar esse jovem feliz e rico pareceu deprimir Tichborne: ele bebeu demais e se retirou cedo para seus aposentos. Na manhã seguinte, anunciou que voltariam pelo mesmo caminho por onde tinham vindo e iriam para casa, passando pela Espanha.

Em Paris, aguardando a travessia final, receberam notícias extraordinárias. Um primo distante da família Doughty tinha morrido, deixando a Tichborne todos os seus bens, com a condição de que mudasse seu nome para Doughty e gerasse um herdeiro homem. A sra. Tichborne já estava grávida: era uma boa perspectiva. A herança incluía uma boa parte de Bloomsbury, bem como a residência Upton House em Poole, Dorset. Tichborne ficou radiante, balançando-se de um lado para o outro, dificultando para Bogle puxar as calças de seu senhor para cima ou mesmo prendê-las.

"Boas notícias, sr. Edward. Você está emergindo no mundo."

"*Progredindo*, Bogle. Mas sim, parece que sim."

Durante todo esse tempo Tichborne havia acompanhado de perto o progresso de seus muitos irmãos, o coração sempre angustiado. Agora começava a pensar se sua sorte estaria mudando. Um irmão morrera na China, outro na Índia e um terceiro em sua terra natal, o que o colocou em segundo lugar na sucessão. Enquanto isso, o Tichborne mais novo ainda não tinha filhos, e havia pouco tempo o mais velho fora amaldiçoado com uma sétima filha, para se somar às seis que já tinha. Seria possível que não houvesse nenhum herdeiro homem? De volta à Inglaterra, Kathryn prontamente deu à luz um menino chamado Henry. Nada poderia minar o recém-descoberto otimismo de Edward. Nem mesmo a notícia de que a ridícula esposa francesa de seu irmão mais novo acabara de ser abençoada com um filho, chamado Roger.

PARTE SETE

Então por que supor que vocês são os poucos escolhidos?

Robert Wedderburn

1. D de Doughty

Com a chegada do bebê Henry, Edward e Kathryn renunciaram ao nome de Tichborne e se tornaram o sr. e sra. Doughty, perdendo a paciência com quem se esquecia disso. Por um tempo, como lembrete, Bogle desenhou um D na palma da mão. A família se mudou para Upton. A propriedade tinha seu próprio administrador, um certo sr. Gosford, bem como uma cozinheira, três criadas nervosas que nunca tinham visto um "etíope", um jardineiro bêbado e dois jovens cavalariços. Era uma casa grande, mas Bogle já andara pelos corredores de Stowe e se sentia o tipo de homem que não podia mais ser surpreendido. Quando a sra. Doughty ficou gravemente doente, ele não se surpreendeu — muito menos quando ela se recuperou —, mas os Doughty ficaram atordoados tanto com essa visita da má sorte quanto com a cura. O sr. Doughty construiu uma igreja do outro lado da estrada, visível das janelas da frente, para que a sra. Doughty pudesse se lembrar da graça de Deus no leito de convalescença. Isso trouxe Johanna Pequena à lembrança de Bogle, lançando quatro pedras em uma linha para afastar os espíritos. Isso não o surpreendeu.

Certa noite de agosto, o sr. Doughty desceu correndo as escadas sem uma única peça de roupa e disse a Bogle para se vestir e preparar a carruagem. Quinze minutos depois Bogle os conduzia até Poole Harbour, tal como fora instruído, os olhos semicerrados de sono. No cais, dois homens faziam profundas reverências diante de um terceiro homem que ostentava muitos cordões dourados no uniforme, mas com os dentes superiores salientes feito os de um burro. Tichborne parecia muito agitado. Suas pernas arqueadas tremiam: "É o conde de Ponthieu, Bogle. Mantenha a porta aberta". Bogle segurou a porta. Por que todos estavam tão bem-vestidos à uma hora da manhã? Conduziu a carruagem até o castelo de Lulworth, tal como foi instruído, deixou os homens lá e os conduziu de volta para Upton ao som dos roncos de Tichborne. Na manhã seguinte a coisa toda tinha assumido o aspecto de um sonho, embora ele não tivesse dormido. Depois do jantar, estava tão exausto que mal conseguia equilibrar a garrafa do Porto na bandeja. O novo sr. Doughty, tendo dormido a maior parte do dia, estava cheio de energia, ansioso por companhia. Queria saber o que Bogle achara do conde de Ponthieu, mas Bogle não tinha reparado em nada nele, a não ser naqueles dentes. O sr. Doughty riu até lhe saírem lágrimas dos olhos.

"E se eu lhe dissesse que o passageiro com 'dentes de burro' era o rei exilado da França?!"

Ele estava cansado demais. Apenas assentiu.

2. Upton Park, Poole

A vida em Upton tinha um ritmo regular. Girava em torno de refeições pesadas, bebidas diferentes em horas diferentes do dia, entregas de jornais e visitas diárias à Capela de Upton. Às vezes Bogle pensava que se tivesse frequentado qualquer igreja com a mesma frequência com que ia àquela capela, bem, então teria acreditado em algo bastante diferente e talvez até pensado em "Deus" de forma totalmente diferente, como um muçulmano ou um protestante. Mas ele morava em Upton e ia à missa, e em pouco tempo não havia outro Deus para ele além daquele a quem todos em Upton oravam. Ia à capela duas vezes por dia e logo ganhou fama de devoto, pela qual foi elogiado. Com isso, concluiu que a oração devia ser mais difícil para os outros do que para ele. Nada parecia mais natural do que direcionar os pensamentos para um reino invisível — ou descansar os joelhos cansados nos bancos. Ainda mais obscura era a ligação entre essa reputação crescente e as cinquenta libras que Doughty agora lhe informava que lhe seriam oferecidas anualmente pelos serviços prestados à família. Assim, com pouquíssima pompa, ele se juntou à categoria dos servos remunerados.

3. A Revolta do Natal, 1831

O Natal chegou, com cheiro de passas e xerez. Ninguém dançava nem usava uma casa na cabeça. Eles se sentavam em suas cadeiras, abriam bombons e liam as citações breves contidas ali. O Natal passou. Demorou mais de um mês até que alguém em Upton soubesse da "Revolta do Natal". Bogle viu-se obrigado a pintar sobre seu anseio pelo *junkanoo* uma imagem renovada de escravos queimando suas casas fabricadas de restos, maroons jamaicanos e milicianos caçando os culpados, execuções em massa. A ilha dele estava em chamas.

Todo fim de tarde, nos jornais, a história dessa revolta negra se tornava mais extensa e, com algumas variações, o sr. Doughty expressava seu alívio por já não estar mais envolvido de modo algum com o "maldito comércio de açúcar". Bogle levava o jornal para o quarto depois do escurecer e lia as longas colunas à luz de uma única vela, tentando entender se só a costa norte estava queimando e quem exatamente estava sendo executado nas praças da cidade por se recusar a trabalhar. Mas de todas as pessoas negras da Jamaica só havia uma com nome, no que dizia respeito ao *Times* — Sam Sharpe —, e depois de algum tempo ele compreendeu que só estava se aborrecendo. O que ele queria saber, nenhum jornal inglês jamais lhe diria.

Na sala de jantar, em fevereiro, uma mulher com um vestido decotado estremeceu de maneira teatral e largou o garfo e a faca: "Ontem li que o primeiro fogo foi aceso por uma mulher, e o que vocês acham que ela disse enquanto fazia isso? *Sei que morrerei por isso, mas meus filhos serão livres*. Sem dúvida é algo sentimental da minha parte, Edward, mas fiquei comovida".

O sr. Doughty respirou fundo e aceitou que Bogle, ao lado de seu ombro esquerdo, voltasse a encher seu copo.

"O negócio todo é insustentável — eu sabia disso no momento em que abandonei o barco. Faríamos bem em deixar toda a ilha afundar no mar."

Mais tarde naquela noite, em sua cama, Bogle fechou os olhos e se entregou a uma visão. Colocou a primeira tocha na mão de Johanna, as palavras do jornal em sua boca, depois se deitou e viu a coisa toda se elevar feito uma fogueira.

4. Reforma, 1834

Ele leu atentamente as explicações e os argumentos durante semanas. Mas não importava quantas colunas lesse sobre o assunto, tudo parecia uma maluquice. Podia acontecer de o Parlamento estar maluco? Ouvira dizer que o calor afetava a mente inglesa — julho era especialmente úmido e opressivo —, e em agosto o primeiro *Times* o informou que a lei fora aprovada. Voltou a dobrar o jornal com cuidado e o colocou em uma bandeja ao lado do Porto e dos queijos.

"Bogle, o problema é que você *vai* procurar um sentido onde não existe nenhum. Vou lhe dizer uma palavra: *reforma*. É a obsessão do dia, e suponho que você poderia chamar isso de uma espécie de loucura... Tudo agora tem de ser 'reformado'. Por quê? Essa é a parte que ninguém parece capaz de me explicar. Mas nada deve escapar da nossa nova paixão pela reforma, no país ou no estrangeiro! Acabamos de decidir que quem vende balinhas ou possui uma olaria terá direito a voto, e agora que estamos cansados de nos intrometer nos nossos próprios assuntos, parece que nos voltamos para as Índias Ocidentais. Infelizmente esse é o único sentido que consigo tirar disso tudo, e não é muita coisa. Aprendizes! Já você só precisa pensar na sua, como se chama... na sua Johanna. Aquela não queria trabalhar nem quando a chicoteavam! E eles imaginam que ela vai trabalhar como 'aprendiz'? Mas esses são os liberais e a 'reforma' deles para vocês. Para início de conversa, querem 'abolir' exatamente aquilo que lhes deu suas boas posições, pois só Deus sabe que eles não têm nobreza de nascimento. Eu digo: mostre-me um conservador honesto em algum momento. É perfeitamente óbvio que os proprietários de terras devem ser ouvidos em questões políticas, aqui *e* no estrangeiro. Não somos os únicos a ter realmente algo em jogo? Até um cego poderia enxergar esse ponto. Em vez disso, só estamos empurrando o problema com a barriga. Lembra da nossa velha amiga sentimental, a duquesa? Você acredita que ela começou a mandar seus próprios camponeses para lá? Para cobrir a escassez de trabalhadores braçais? Irlandeses, na maior parte. E aí está, Bogle. Com reforma ou sem reforma: alguém tem de cortar aquela maldita cana-de-açúcar. Graças a Deus estou fora desse negócio amaldiçoado!"

Era uma notícia impressionante. Jack em uma plantação de cana-de-açúcar?

"Bom, essa é a triste piada de tudo isso. A maioria morre uma semana depois de chegar. Não aguentam o clima. Estão desabando feito moscas, ouvi dizer."

Na cama, ele tentava visualizar essa liberdade que não era bem liberdade. Era e não era. Que estava "aqui", mas também não "neste instante", e que chegaria mais tarde para Johanna, porque ela trabalhava no exterior, e mais cedo para Ellis, porque ele não trabalhava no exterior. Uma liberdade de duas caras, que já pertencia a rapazes como Jack, mesmo que fizessem o mesmo trabalho e morressem feito moscas. Sua mente ficou em branco diante do paradoxo. Como quando aquele cavalariço alemão filosófico tentou descrever uma flecha voadora que voou e que de alguma forma não voou, que foi lançada e ainda assim não atingiu o alvo…

5. Srta. Elizabeth

A srta. Elizabeth era a enfermeira da sra. Doughty. Ela não era bonita, e o amor não era o mesmo que ele havia sentido por Johanna Pequena, mas achou descabido compará-las. Aqui na Inglaterra o amor não era uma paixão, mas uma espécie de soma, uma consolidação, e os pais de Elizabeth eram bem pobres, mas limpos, assim como ela, e durante a vida toda ele teve admiração por enfermeiras, começando pelas senhoras lá da enfermaria. Ao se casar com Elizabeth, a boa reputação dele poderia se somar à dela, a parca remuneração de Elizabeth se juntar à dele, e ambos estariam sob o amparo dos Doughty. Era uma boa perspectiva. Com dois anos do salário dele parcialmente guardado, ele poderia alugar uma casinha na aldeia, e tinha notado muitas vezes que essa srta. Elizabeth reparava nele. Com o jardineiro Guilfoyle ele aprendera que, se tentasse, não iria ofender. Começou a pensar em casamento.

6. Negro Bogle

Quando ela o aceitou, ele ficou discretamente feliz, mas, antes que pudesse pedir a bênção dos Doughty, o único filho e grande esperança do sr. Doughty, Henry, adoeceu e morreu. O menino tinha apenas seis anos, e Elizabeth temia que seu fracasso em salvá-lo pudesse pesar contra ela. Eles esperaram. Quando, no final do ano, foi anunciado um novo período de resguardo da sra. Doughty, aquele pareceu um momento tão bom quanto qualquer outro. Bogle entrou na sala de estar com medo, tropeçando nas palavras, mas logo percebeu que os Doughty esperavam notícias mais inconvenientes e ficaram satisfeitos com a perspectiva de uma dupla de criados casados e estabelecidos que pretendiam continuar trabalhando, em vez de perder um ou ambos para o casamento, o que era um problema habitual. A única dificuldade era que a obsessão pela reforma ainda não tinha, como explicou o sr. Doughty, "se dignado a atingir a fé única e verdadeira". Teriam de se casar na Igreja Anglicana vizinha, em Great Cranford.

Bogle prendeu a respiração na porta da igreja. É claro que havia os habituais sussurros e olhares de estranhos, mas quase todos na igreja eram conhecidos deles, e o apadrinhamento dos Doughty se mostrou irrepreensível. Ninguém riu. Ele era, para o povo de Poole, o "Negro Bogle", o devoto, quieto e confiável valete do sr. Doughty e uma figura única na aldeia, assim como o garoto na barreira do pedágio com cinco dedos ou a idosa srta. Ellen, que sempre tinha morado com a srta. James. O casamento apenas consolidou a posição de Bogle como curiosidade local, e ele se acomodou no papel, não surpreendendo ninguém e na maior parte do tempo seguindo sem se surpreender, embora ocasionalmente se assustasse ao ouvir seu nome na boca de Doughty ou de seus convidados, sendo invocado como prova, à mesa do jantar, dos "exageros maliciosos dos Quakers". Pois o nosso Negro Bogle, marido da nossa querida enfermeira Elizabeth, não era um sujeito tão contente e saudável quanto qualquer pessoa em Poole esperaria encontrar?

7. Quem eu sou, na verdade?

O primeiro filho deles, John Michael Bogle, nasceu no ano seguinte — meses depois da filha dos Doughty, Katherine —, e o bebê Andrew John chegou um ano depois. Às vezes Bogle vislumbrava o próprio rosto no pequeno espelho acima da lareira. Quem era essa fraude bem alimentada, com uma casa com lareira e um pequeno espelho acima daquela lareira, com dois menininhos pardos, e seu próprio jornal vespertino no colo? À noite, na cama, essa falsa figura desaparecia, sendo mais uma vez substituída pela original. Elizabeth acabou se familiarizando com os sons de gemidos e choro durante a noite, sobressaltos, até mesmo gritos. Ela se sentava e observava o misterioso marido enquanto ele se debatia ao lado dela. Ele parecia se contorcer sob a pressão de alguma força invisível, como se tentasse escapar de uma mão poderosa que o imobilizasse.

8. “escravidão”

Quando John tinha cerca de dois anos, a palavra “liberdade” voltou ao jornal vespertino de Bogle. Dessa vez afirmava ser incondicional, total, e a data estava marcada: 1º de agosto de 1838. Ele tentou imaginar como seria. Tudo o que lhe veio à mente foi o *junkanoo* — uma visão tola, ele sabia. A questão não era como seriam as celebrações, mas o que aconteceria no dia seguinte. Mesmo assim os olhos dele estavam arregalados enquanto lia e, quando fechou o jornal, ficaram cheios de lágrimas. Tantas pessoas engolidas nas moendas. Mulheres, homens, crianças, bebês. Geração após geração. O pai dele. A mãe dele. A nobre linhagem de Johannas. Subjugados. Mentes sulcadas. Corpos mutilados. Almas fervidas até evaporarem. Combustível humano. A esteira penal dando voltas e voltas. Cem anos? Duzentos? O cavalariço filosófico mencionou trezentos. Corte as pessoas até o talo, plante outras nos buracos. Decepe mãos, orelhas, seios. O cocho cheio de sangue. Nos sonhos dele, esse cocho era infinito. Nos sonhos dele, ele caminhava ao lado desse cocho para sempre, descalço, pela gramínea, gritando. No entanto, tudo o que os leitores do *The Times* saberiam sobre essa esteira penal era que havia deixado de operar.

Desviou o rosto de Elizabeth e olhou para o fogo. As pessoas em Poole raramente perguntavam e tampouco se mostravam curiosas sobre qualquer coisa que tivesse acontecido a alguém fora do distrito de Poole, mas às vezes, quando o assunto inevitavelmente surgia, Elizabeth se encarregava de lidar com as indagações de forma rápida e delicada, como a enfermeira que assume a conversa depois que o médico sai do cômodo:

"O sr. Bogle foi pajem do sr. Doughty quando criança, e prestou um grande serviço para ele na ilha..."

De todos os dons extraordinários de Johanna Pequena, talvez o mais precioso tenha sido o de "nomear". Só ela conhecia a palavra secreta que, se dita em voz alta por qualquer uma das partes em um casamento, iria amaldiçoar a união e a arruinar. Os casais de Esperança a procuravam para descobrir qual era a palavra secreta deles — diferente para cada dupla —, a fim de que não tropeçassem nela por acidente e arruinassem a felicidade deles, embora, com o passar do tempo e na maioria dos casos, o homem ou a mulher a invocasse de propósito. Essa noite a palavra secreta de Bogle estava em todo o *The Times*. Quando Elizabeth se levantou para cuidar do bebê que chorava, ele pegou o jornal e o atirou no fogo.

9. Somando e subtraindo

Quando John tinha oito anos e Andrew, sete, os pulmões de Elizabeth se encheram de um líquido permanente que não podia ser drenado. Ela gorgolejava e parecia estar se afogando. John correu quase um quilômetro até Upton, mas quando Bogle foi levado à cabeceira da cama de sua mulher ela já estava morta. Todas as coisas pelas quais ele tinha trabalhado, todas as esperanças, todas as possibilidades e perspectivas para o futuro...

"Bogle! Notícia extraordinária: nos mudaremos para Tichborne Park no outono. Meu pobre irmão morreu na terça-feira — seu título passou para mim. Uma mudança como essa trará sempre suas dificuldades, claro, e não me esqueço do seu infortúnio recente, mas lhe garanto que Hampshire é um condado belíssimo e um excelente local para um novo começo. A sra. Doughty — Lady Doughty-Tichborne! — faz questão de que você leve seus garotos. Até se deu ao trabalho de escolher uma boa escola católica, não muito longe de Reading. Espero que você considere seguir a recomendação dela. Ela pensa sempre no seu bem-estar, e um garoto aprendiz com um pouco de educação vale seu peso em ouro — e, a propósito, geralmente pode-se contar com ele para se manter limpinho."

Ele estava cansado demais. Apenas assentiu.

10. Tichborne Park

Tichborne Park era uma grande casa branca parecida com um bolo de casamento, e Sir Edward a dedicava ao princípio do prazer. Caçar, comer, beber e jogar cartas eram as atividades características do lugar, e qualquer um que se sentasse à mesa e tentasse falar de lucros trimestrais, algodão, açúcar, importações, exportações ou qualquer coisa que cheirasse a comerciantes e mercados era prontamente desviado do assunto:

"Bogle, traga uma bebida para esse homem! Não teremos nenhum tipo de comércio durante o jantar!"

Era impossível não notar a mudança de Sir Edward. Até então ele temia qualquer contato com os irmãos sobreviventes e as famílias deles. Agora que era o chefe inequívoco do clã, Bogle passava grande parte do tempo entregando convites aos Tichborne próximos e distantes, que de repente passaram a ser bem-vindos para almoçar ou jantar ou até mesmo para estadias prolongadas. Roger, o jovem sobrinho afrancesado, visitava a linda prima "Kattie" em todas as férias escolares — sempre que voltava do colégio Stonyhurst —, e com o passar dos anos Bogle costumava usar o exemplo desses dois jovens em crescimento para imaginar a altura e os modos dos seus garotos. Via John e Andrew raras vezes. Mandavam cartas regulares para casa com uma caligrafia elegante, algumas por semestre, agradecendo Lady Doughty por um pudim de Natal, uma cesta de Páscoa, uma pequena estátua da Virgem. Na maior parte das vezes havia uma página exclusiva para o pai escondida atrás dessas saudações formais, rabiscada em grande velocidade, reclamando de cômodos frios e do tratamento frio. O que ele podia fazer? Eles eram órfãos de mãe. Se a cozinheira não lhe preparasse uma refeição tardia depois que a mesa fosse retirada, raramente ele preparava uma refeição noturna para si mesmo. O que faria com dois garotos órfãos de mãe?

11. Amor ou propriedade?

Anos mais tarde, no tribunal, perguntaram a Bogle se ele tinha ficado surpreso com a "proximidade antinatural" entre Katherine "Kattie" Doughty e seu primo Sir Roger, como se qualquer amor entre primos só pudesse ser "antinatural". Na sua ilha não era assim, mas ele acrescentou esse tópico à sua lista particular de aversões inglesas dignas de nota. Na época ele segurou a língua e deixou Sir Edward "explodir", como era o hábito dele. Bogle escutou com atenção, mas nunca soube se a raiz do problema era o amor ou a propriedade:

"Quero vender Upton — como é meu direito concedido por Deus —, então fui até ele e disse: querido sobrinho, visto que agora você é maior de idade, por algum motivo não posso dar continuidade sem a sua assinatura de aprovação em um documento legal. E o que você acha que ele me diz? '*Amo Upton e amo a sua Kattie e só vou deixar você vender a casa se eu puder me casar com ela.*' Eu lhe digo, Bogle, quase o estrangulei com minhas próprias mãos. Meu primo de primeiro grau! Minha própria maldita casa por vender! Um idiota inútil com uma mãe frrrancesa totalmente biruta. Só por cima do meu cadáver, Bogle."

Roger não devia pôr os pés em Tichborne Park. Sir Edward reuniu Bogle e todos os criados para lhes dizer isso e explicar o que cada homem ou mulher deveria fazer caso avistasse o jovem soldado na propriedade. Essas instruções tiveram um tom marcial e eram comicamente improváveis, dado o reumatismo de Bogle, a circunferência substancial da cozinheira e o permanente estado de embriaguez de Guilfoyle. Além disso, Roger sempre foi popular no porão. Bebia tanto quanto Guilfoyle, fumava mais que a cozinheira e divertia as criadas com suas tentativas de tocar uma trompa. Havia algo de absurdo e triste no banimento dele. Pela primeira vez desde que se conheceram, Bogle teve em relação a Sir Edward um sentimento ao qual até então resistira com firmeza: pena. Sexto sentido, talvez. Essa foi a última vez que os criados de Sir Edward ficaram juntos diante dele, ouvindo.

12. Apadrinhamento, 1853

Um baque alto veio do andar de cima. Bogle soube exatamente o que era no momento em que ouviu: um corpo caindo no chão. O primeiro pensamento dele foi: *Como vou viver?* Depois do funeral, esperou dois excruciantes dias para bater à porta dos aposentos de Lady Doughty, chapéu na mão. Ela o ouviu em um silêncio que ele não conseguiu avaliar, dispensando-o em seguida sem resposta. Passou uma noite sombria na casinha da aldeia, imaginando o interior de um asilo. Na manhã seguinte ela enviou um bilhete, pedindo para vê-lo. Explicou que ela mesma estava voltando para Upton e que, apesar de Bogle estar sem emprego, ele não deveria envergonhar a família do falecido marido dela nem por sua própria conduta nem pela dos filhos, que logo estariam fora da escola e precisariam de um emprego remunerado. Ela o aconselhou a tentar um emprego com o irmão de Sir Edward, o novo baronete, Sir James, que estava se mudando para Tichborne Park com sua difícil esposa francesa, Henrietta, e o filho deles, Roger. Bogle assentiu.

* * *

Estava errado sobre Poole. Ninguém o respeitava nem o amava nesse lugar: a vida dele era só apadrinhamento. Ninguém foi até a casinha para apresentar suas condolências ou manifestar solidariedade, e ele trabalhava para o novo baronete havia apenas alguns meses quando Gosford o chamou de lado e explicou que Sir James "desejava fazer uma mudança". Nenhuma razão foi dada. Bogle tentou captar o olhar do ardiloso administrador. Ambos tinham ouvido Lady Tichborne referir-se a Bogle como "aquele macaco". Ela não tentava disfarçar quando limpava com um lenço cada xícara que ele lhe passava antes de se dignar a beber.

"Sinto muito por isso, Bogle", Gosford disse, falando com um remendo na parede logo acima de sua cabeça. "A decisão foi tomada."

Bogle assentiu.

13. Garantia

Todos os esforços que fez em nome dos filhos deram em nada. Como não conseguiu encontrar nenhuma posição de aprendiz para o mais velho, teve que apelar para Lady Doughty, que concordou em fazer algumas indagações. A farmácia que ela encontrou em Nottingham foi um fracasso. O farmacêutico alegou que John brigava com os clientes. John disse que os clientes não aceitavam suas recomendações e temiam que os remédios fossem venenos. Ele foi dispensado. Bogle viajou para Upton mais uma vez, a fim de apelar a Lady Doughty pessoalmente. Tentou explicar o quanto a perspectiva para seus garotos era sombria, "a cor deles estava contra eles", e se perguntou em voz alta se seria melhor todos irem embora do país. Lady Doughty suspirou e lhe informou que, apesar de Sir Edward "não ter deixado nenhuma provisão legal", ela iria, em nome da caridade e da consciência cristã, continuar lhe oferecendo a soma de cinquenta libras para sempre. Bogle assentiu. Ficou parado um pouco mais do que seria educado, na esperança de receber um pedaço de papel, algo assinado, qualquer coisa que pudesse ter na mão como garantia, depois de todos aqueles anos.

"Boa sorte para você, sr. Bogle… e adeus."

14. Jane Fisher

A renda vitalícia de Lady Doughty iria mais ou menos mantê-lo em sua casinha, mas o problema dos filhos persistia. Os dois jovens se desesperavam com a Inglaterra como raramente acontecera com o pai — muitas vezes ele não tivera tempo para desespero. Mesmo agora o desespero precisava esperar, enquanto o amor intervinha, ou pelo menos o afeto conveniente. Ela era uma solteirona da região, filha de um soldado. Lecionava na escola da aldeia — outra profissão pela qual Bogle tinha respeito — e atendia pelo belo nome de Jane Fisher. Por uma década, ele só havia falado com ela nos dias de mercado e por apenas alguns minutos. Com uma aparência curiosa, cabelos cor de fogo e olhos que saltavam fora das órbitas, ela sabia uma coisinha ou outra sobre como era ser encarada. Os dois tinham muito em comum. Foi ideia de Jane embarcar para a Austrália — como o jardineiro Guilfoyle tinha feito no ano anterior —, e ele ficou feliz por ter escolhido uma mulher e não uma garota, e uma mulher que também sentia não pertencer ao lugar e que por isso não tinha aquela cautela complacente dos que sempre estiveram enraizados com segurança. Era uma boa candidata. Dessa vez se casaria na igreja que ele escolhesse.

15. Águas salgadas

Embora feliz por deixar a Inglaterra, estava aterrorizado, como sempre, com o mar, um medo que naqueles três longos meses não diminuíra um dia sequer. Seu reumatismo era atormentado pelo movimento do navio. Mas ao chegar a Nova Gales do Sul descobriu que sua renda podia comprar mais coisas. Conseguiram alugar um chalé de cinco cômodos e logo acrescentaram um filho, Henry, à felicidade deles. No intervalo de um ano, John, seu filho mais velho, estava ganhando a vida tocando violino onde quer que as pessoas quisessem ouvi-lo, e o jovem Andrew se tornara aprendiz de barbeiro. Quando chegou uma carta de Lady Doughty com a notícia da morte, no mar, de seu sobrinho Sir Roger, Bogle chorou. Não por Sir Roger. Por um alívio tardio e extasiado, por ele próprio ter cruzado com sucesso o oceano mais uma vez, como seu pai havia feito antes dele, e ainda assim não ter morrido.

16. O aviso de Johanna

Dô cum uma mão. Tiro ca otra. Na ilha, quarenta e três anos não era uma idade impossível para ter um filho, nem mesmo improvável, mas ele não estava na ilha, e aos quarenta e três anos Jane deu à luz um segundo filho, chamado Edward, apenas para morrer três semanas depois de "hemorragia uterina". Bogle olhou para essas palavras incompreensíveis no relatório do médico e ouviu o aviso de Johanna tão claramente como se ela estivesse na sala com ele. Ele mesmo ajudou a cavar a sepultura. No dia seguinte segurou nos braços o quarto filho órfão de mãe, tão pequenino e necessitando tanto de alimento. Em desespero, tentou leite de ovelha. Uma semana depois, cavou outra cova.

17. O aviso de Lady Mabella de Tichborne

Muito antes da Conquista, quando as florestas verdes abundavam, os Tichborne já existiam na Inglaterra. Mas o primeiro indício real no registro histórico apareceu no reinado de Henrique II. Naquela época eles estavam estabelecidos em Hampshire. A sentimental Lady Mabella de Tichborne era casada havia muito tempo com Sir Roger, que não era sentimental, e essa diferença de temperamento tinha sido a causa de muito sofrimento entre os dois. Ela generosa, ele avarento. Enquanto ela era suave e misericordiosa, ele era duro e implacável em seus julgamentos, uma vez formados. Agora, no leito de morte, ela queria uma garantia de Sir Roger de que ele faria "algo pelos pobres". Sir Roger se inclinou sobre a esposa moribunda e lhe disse que se ela conseguisse sair da cama e rastejar pelas propriedades deles com uma tocha acesa na mão, bem, então ele prometia dar aos pobres exatamente a quantidade de grãos que ela conseguisse reunir antes que a tocha se apagasse. Ela rastejou por pouco mais de nove hectares. Pouco antes de se dar por vencida e morrer, declarou que se os grãos ali obtidos não fossem distribuídos anualmente, como fora prometido, uma maldição cairia sobre os Tichborne. A sete filhos se seguiriam sete filhas, e a linhagem dos Tichborne terminaria. A ruína seria o destino deles.

Assim teve início a Doação dos Tichborne. A família prosperou. Duzentos anos depois, quando o jovem Chidiock Tichborne perdeu sua cabeça desmiolada por causa da rainha escocesa, é preciso dizer que a confiança da família na proteção das doações vacilou. Anos depois, James I lhes concedeu o título de baronete: a fé foi restaurada. Durante os duzentos anos seguintes, a porção de terra chamada de O Rastejo continuou a fornecer grãos para os pobres de Hampshire, até que o sétimo baronete, um tal Sir Henry, se cansou da multidão de indigentes que se reunia em suas terras uma vez por ano e pôs um fim nisso.

Mas a feitiçaria é paciente. Esse baronete teve sete filhos. O filho mais velho, outro Henry, teve sete filhas. O terceiro filho, Edward, conseguiu ter um filho, mas sua vida foi curta, morrendo com apenas seis anos, e o filho seguinte de Sir Edward foi uma menina. Outro neto, nascido no mesmo ano, viveu mais e adotou o nome de Sir Roger setecentos anos depois do antecessor.

18. O que é real?

"Foi meu filho Andrew quem pagou minha passagem de volta. Foi um gesto bonito dele. Mas só meu filho mais novo veio comigo — meu Henry. Navegamos no *Rakaia*. Sir Roger viajou de primeira classe com o dinheiro que Lady Tichborne enviou a ele. Ficamos na segunda classe. Foi bastante difícil por causa do meu reumatismo. E quando voltamos para a Inglaterra a minha pensão vitalícia tinha sido extinta. Lady Doughty interrompeu o pagamento porque jurei que Sir Roger era verdadeiro, quando Lady Doughty e todos os Tichborne acreditavam que era falso — exceto a própria mãe de Roger. Depois sua pobre mãe morreu. E agora parece que tudo está perdido. Mas devo me manter firme por Sir Roger. Sempre me mantive firme."

Bogle enfiou a mão no bolso de seu sobretudo puído e tirou um quadrado de jornal já amarelado que fora cuidadosamente recortado.

Uma bela RECOMPENSA será dada a qualquer pessoa que puder fornecer informações que nos levem a descobrir o destino de ROGER CHARLES TICHBORNE. Ele partiu do porto do Rio de Janeiro em 20 de abril de 1854 no navio *La Bella*, e desde então nunca mais se ouviu falar dele; mas um relatório chegou à Inglaterra informando que uma parte da tripulação e dos passageiros de um navio com esse nome foi recolhida por um navio com destino à Austrália, Melbourne, acredita-se. Não se sabe se o referido Tichborne estava entre os afogados ou salvos. Ele teria atualmente cerca de 32 anos; é de constituição delicada, bastante alto, com cabelos castanhos muito claros e olhos azuis. O sr. Tichborne é filho de Sir James Tichborne, baronete (já falecido), e é herdeiro de todos os seus bens. O anunciante está instruído a declarar que uma RECOMPENSA muito generosa será dada para qualquer informação que possa indicar com segurança o destino dele. Todas as respostas devem ser endereçadas ao sr. Arthur Cubitt, Gabinete dos Amigos Desaparecidos, Bridge Street, Sydney, Nova Gales do Sul.

"Nenhuma recompensa chegou às minhas mãos até agora. Mas estou me mantendo firme. Vou continuar me mantendo firme."

19. A porta se abre para dentro

O fascínio tinha reduzido a sra. Touchet ao silêncio de uma freira. Durante toda a sua vida ela vinha tentando abrir uma porta trancada. Insistiu o máximo que pôde — usando meios pessoais e metafísicos —, na crença de que a porta se abria para fora, para a realidade suprema, e que essa era uma visão concedida a poucas pessoas nesta vida — sobretudo se tivessem nascido com o sexo feminino. Agora, sem nenhum esforço dela, a porta tinha se soltado das dobradiças. Enfim ela conseguia abri-la! Mas, para seu espanto, a porta se abriu para dentro. Ela se encontrava dentro da mesmíssima coisa que estivera procurando.

"Ah, aqui está meu filho, Henry! Mas... Sir Roger?"

A sra. Touchet voltou à realidade. O jovem Bogle estava logo atrás da mesa, rígido feito um soldado numa guarita.

"Sir Roger está ocupado. Eu não deveria ter me ausentado por tanto tempo. Com licença, sra. Touchet... meu pai se cansa com facilidade. Precisamos ir. No momento não tenho liquidez, mas Sir Roger me garantiu que possui uma conta aqui e que isso será acrescentado a ela."

A sra. Touchet corou: "É totalmente desnecessário, é o mínimo que eu...".

"Sir Roger cuidará disso. Adeus, sra. Touchet."

O Bogle mais velho pegou de volta seu quadrado de jornal, dobrou com cuidado e o colocou no bolso.

Quando se ergueu para sair, a sra. Touchet enfiou a mão dentro da bolsa e tirou um *carte de visite*:

"Se eu puder ajudar em alguma coisa."

Henry deu um passo à frente para pegar o cartão, franzindo a testa ao ver o nome — era de William — antes de fechá-lo na mão: "Obrigado. E adeus".

No trem de volta para Hurstpierpoint, a sra. Touchet sentiu que o trem em si estava parado e que a mente dela era que avançava cada vez mais rápido. A porta se abria para dentro! A ilha exótica que estereotipara não era aquele mundo completamente diferente e inconcebível. Não ficava muito distante nem fazia parte do passado. Na verdade, lhe parecia agora que as duas ilhas eram, na realidade, duas faces do mesmo problema, profundamente interligadas, e que essa era uma verdade que não precisava ser procurada ou caçada, ela não estava escondida atrás de um véu, uma tela ou de qualquer tipo de porta. Estava e sempre estivera em toda parte, como o clima.

Assim que chegou a Little Rockley naquela noite, a sra. Touchet foi direto para a pequena escrivaninha de seu quarto e escreveu tudo, tal como se lembrava.

PARTE OITO

Venham todos, alegres amigos, que fingimento admiram,
E demos vivas aos autores britânicos que à nossa linhagem aspiram;
Aqueles que, não tivessem nascido cavalheiros, como nós teriam o comércio desprezado,
E cada um teria se tornado um verdadeiro cruzado,
E um trunfo.

São eles os rapazes que conhecem o mundo, são eles que conhecem a humanidade,
E teriam também esvaziado os bolsos, se a Fortuna (que de enxergar não tem capacidade)
Não tivesse, para aborrecer seu gênio, os enfiado em uma falsa posição,
A respeito da qual só podem escrever, e não executar sua missão,
Como um trunfo.

Se continuarem como começaram, logo as coisas se ajustarão,
E seremos a classe dominante, os outros expulsos serão;
Nós mesmos executaremos as leis e elevaremos a posição,
Isso é olho por olho, pois fariam disso a única recreação
De um trunfo.

De "O novo brinde do farsante",
Tait's Edinburgh Magazine, 1841

1. Apelos ao público, 1873

A sra. Touchet estava sob a curiosa ilusão — comum nesse estágio do processo — de que tudo estava interligado. Por um lado, se perguntava se estaria ficando maluca. Por outro, as crianças em idade escolar saltitavam no parque ao som de uma nova rima:

Agora me pergunto o que ele pensa,
Pois é certo que em Newgate ele vai parar,
O quanto gostaria de estar em Wapping,
E em um grande e antigo açougue trabalhar!

O debate animado a respeito de Tichborne estava por toda parte. Tornou-se o único assunto de conversa do padeiro. O clube dos trabalhadores de Hurstpierpoint anunciou uma palestra gratuita — *Traição a Sir Roger! Pode o direito prevalecer contra o poder?* —, a ser apresentada na sala do clube, acima do antigo Horse Inn, na outra terça-feira. Ela notou um tichbornismo especialmente devotado entre os que compartilhavam o interesse comum pela bebida e pelo jogo. Cada balcão de pub em Horsham tinha sua Caixinha de Fundos Tichborne, e Sarah voltou das corridas com a perspectiva crescente de um julgamento criminal.

Só William achava-se imune. Estava ocupado com seu romance jacobita — *Os rebeldes de Manchester do fatal ano de 1745* — e, com o "Grande Aspirante"* monopolizando sua mente, achava muito irritante qualquer menção à desprezível fraude chamada "Sir Roger". A sra. Touchet tornou-se especialista em esconder um novo tipo de contrabando: canecas, jarros e estatuetas de Tichborne, panfletos e jornais sobre Tichborne, uma lata de biscoitos Tichborne, com um retrato mal desenhado do Requerente na tampa... Todas essas coisas encomendadas por Sarah, pagas antecipadamente e entregues direto na casa. Foi como a obsessão por Garibaldi se repetindo. Só que dessa vez ela achou impossível manter uma distância divertida. Criou o hábito de recolher algo chamado *Tichborne Gazette* da pilha de lenha da cozinha e de ficar acordada até altas horas da madrugada lendo-o, intrigada com a combinação inebriante de defesas de Tichborne lado a lado com artigos sobre reforma agrária, reforma do júri, republicanismo, sindicalismo, pagamento para os parlamentares, "sufrágio universal" — se o universo excluísse as mulheres —, discursos anticatólicos e páginas inteiras entregues ao movimento antivacina, pois quem sabia as verdadeiras intenções desses homens ricos e suas agulhas? Leu que uma cama reforçada de tábuas de madeira havia sido fornecida para o Requerente, pois a cama padronizada da prisão não conseguia sustentá-lo. Leu que a fiança do Requerente havia sido fixada em dez mil libras. Então, no dia 25 de março, a sra. Touchet leu um apelo do próprio homem na primeira página do *Evening Standard*:

* Charles Edward Stewart (1720-88). (N. T.)

> Cruelmente perseguido como sou, só consigo divisar um caminho, e esse caminho é adotar a sugestão que tantos me fizeram, ou seja: a de "apelar ao público britânico" por fundos para a minha defesa e, ao fazê-lo, apelo a todas as almas britânicas que são inspiradas pelo amor à justiça e pelo respeito pelas regras, e que estão dispostas a defender os fracos contra os fortes.
>
> Todas as doações para o Fundo de Defesa Tichborne, The Strand, 376.

Por um momento de loucura, pensou em ir até o endereço indicado. O que encontraria lá? Bogle e o filho sentados a uma mesa redonda, talvez, e Guildford Onslow, e aquele primo distante de Tichborne, e o amigo da família com o olho de vidro, como ele se chama... o antiquário ingênuo, ah, mas qual *era* o nome dele... Francis Baigent! — e talvez alguns taberneiros e proprietários de pistas de corrida, e o jardineiro Guilfoyle, de volta de Nova Gales do Sul, sentado meio bêbado numa cadeira, com as botas sujas em cima da mesa...

"Eliza. *Eliza*. Você está ouvindo uma palavra do que estou dizendo?"

Eliza ergueu os olhos da costura esquecida no colo. William estava junto à porta, o rosto muito vermelho, com o que parecia ser um livro fino na mão, erguido como uma prova.

"O que é isso, William?"

Ele foi andando até ela e o colocou em suas mãos. Não era um livro, mas um panfleto envolto em uma belíssima e macia pele de cabra curtida em verde-escuro com detalhes dourados:

O ARTISTA E O AUTOR

UMA DECLARAÇÃO DOS FATOS

Pelo artista GEORGE CRUIKSHANK

Provando que o Ilustre Autor,

O sr. W. Harrison Ainsworth, "é presa de

uma curiosa ilusão" no que diz respeito à origem de

A *filha do avarento*, A *torre de Londres* etc.

"Mas quando chegou isso? Fiquei lendo até muito tarde ontem à noite, devo ter me descuid..."

"Primeira entrega do correio. O que *isso* tem a ver com alguma coisa?"

A sra. Touchet mordeu o lábio.

"*Etcetera*. O que o patife quer *dizer* com 'ETCETERA'?"

"Ah, William. Ninguém leva George a sério, e qualquer pessoa que empregue a expressão 'declaração dos fatos' está sem dúvida esperando a descrença. Se ele não voltou a beber, então evidentemente está perturbado. Meu conselho é manter distância."

"Vou responder na mesma moeda. *Não* vou permitir que minha reputação seja arrastada pela lama dessa maneira."

"Mas quantas cópias dessa coisa ele pode ter imprimido... ou vendido? Por seis centavos? Não, não, William, já pensei nisso e o aconselho com veemência a ignorar essa... essa... provocação. Responder por certo só traria mais publicidade ao que é, no momento, um insulto muito obscur..."

"Pretendo escrever para ele diretamente e confrontá-lo diretamente."

"Bem, isso não é nada típico de você, William."

"Não estou entendendo o que você quer dizer — é totalmente típico. As coisas não podem ser deixadas como estão. A única coisa que não posso tolerar é o ressentimento entre velhos amigos."

A única coisa que você não pode tolerar, corrigiu Eliza em silêncio, é não ser apreciado.

2. Liberdade!

Tinham chegado cedo e ficaram bastante satisfeitas com o lugar que conseguiram na frente daquela multidão gigante. Mas então as enormes portas da prisão de Newgate começaram a ser descerradas com grande esforço e a massa de pessoas correu para a frente, Sarah foi varrida de vista, totalmente perdida da sra. Touchet — e aí surgiu o Requerente! O barulho era tremendo. Bandeiras tremulavam, chapéus voavam, a multidão começou a se mover em ondas mais uma vez. Procurou por Sarah, mas foi impossível. Um vislumbre da carnificina de Peterloo passou por sua mente em um vislumbre. O rosto deve ter revelado seu pânico: em meio à cacofonia, ouviu alguém muito próximo chamando seu nome. Ergueu os olhos e viu Henry Bogle. Estava na mesma plataforma improvisada que o Requerente, ao lado do pai e de vários outros, com uma mão parda estendida para ela:

"Sra. Touchet! Rápido! Pegue minha mão!"

Ela hesitou por um bom tempo, por razões que ocultava até de si mesma. Mais uma vez a multidão se moveu em ondas. Pegou a mão dele. Abriu-se espaço para ela entre o peculiar grupo de pessoas no palanque. Eram cerca de uma dúzia, ao todo, amontoadas à sombra considerável do Requerente, por quem a multidão clamava.

Fale, Sir Roger!

Nós acreditamos em você, Sir Roger!

Mas foi Guildford Onslow com seu bigode de morsa quem deu um passo adiante:

"Amigos! Apoiadores! Não se enganem sobre os fatos. Se não fosse pelas classes trabalhadoras — que chamo de parte nobre do público britânico —, nosso Sir Roger ainda estaria na prisão!"

Um grito enorme de aprovação saudou essa "declaração de fato". Mas isso era verdade? De sua posição recém-elevada, a sra. Touchet conseguia enxergar muito longe no mar humano. Sem dúvida os homens de boinas e as mulheres malvestidas não eram difíceis de identificar, formando pequenos grupos, erguendo bandeiras curiosas:

Marceneiros unidos por Tichborne!

O Clube de Debate de Whitechapel não acredita no embuste do rufar de tambores

O DOMÍNIO CONTRA O DIREITO É SEMPRE ERRADO

Os trabalhadores de Croydon são fãs do jogo limpo

ASSOCIAÇÃO DE WILLESDEN PELA LIBERTAÇÃO DE TICHBORNE

Mesmo para a impassível sra. Touchet havia algo de inspirador e comovente na ideia de todos aqueles centavos arrecadados com zelo e das doações por assinatura. Um trecho de Shelley veio à sua mente: *Vocês são muitos, eles são poucos…*

Se ao menos Onslow fosse um poeta! Mas era um proprietário rural e falava nessa condição, defendendo seu pensamento de forma persuasiva, mas sem beleza. Como poderia ser admissível que todo o dinheiro e o poder do Estado fossem mais uma vez usados contra esse pobre homem sem um centavo no bolso? Quem iria defender Sir Roger no seu segundo julgamento? As injustiças do primeiro iriam se repetir? Por que aquela corte estava sempre lotada de aristocratas? Por que não fora permitida a entrada de nenhum trabalhador decente? E quantos jesuítas fizeram parte daquele júri? Outro rugido subiu, acompanhado pelo som de pequenas moedas batendo nas laterais dos baldes. A sra. Touchet não se lembrava de haver um excesso de aristocratas ou jesuítas no primeiro julgamento, e tinha certeza de ter visto muitos homens pobres. E que escolha tinha o governo senão aceitar o custo dos casos que lhe eram impostos? Mas fatos tão áridos e inconvenientes não tinham importância aqui, nesse oceano de sentimentos. Agora Onslow cedeu o palanque ao Requerente. Foi necessário abrir um espaço considerável para ele: a sra. Touchet se viu arrastada até a beira do tablado, perto de uma mulher de olhos vesgos, que reconheceu como a esposa do Requerente, e de alguns filhos maltrapilhos dele, todos agarrados à saia horrorosa da mãe. Ali estava uma oportunidade de examinar "Sir Roger" por trás. Ele ainda não havia atingido as proporções de um Daniel Lambert, mas as sete semanas das rações de Newgate de alguma forma acrescentaram muitos quilinhos ao seu corpo. Nem o tempo de prisão o tornara mais eloquente nem o livrara dos vestígios de Wapping.

"Não sou de falar muito, meus amigos. Estou aqui para lhes dizer que sou o próprio Sir Roger? Longe disso. Vocês vão decidir por si mesmos, como ingleses livres. Estou aqui apenas para dizer uma coisa: *todo homem merece um julgamento justo*. Mesmo sendo pobre. E isso é tudo o que peço e é o que qualquer homem merece, afinal. E digo isto a todos: sem dúvida os advogados são muito hábeis em muitas coisas, e muitas vezes conseguem fazer preto parecer branco, mas com maior frequência, lamento dizer, eles fazem o branco parecer preto!"

Se a rainha em pessoa tivesse aparecido nesse pequeno palco — com seu vestido de luto, assobiando uma melodia alegre —, não teria recebido uma resposta mais jubilosa. *Vamos, Roger! O direito contra o poder!* A sra. Touchet observou esse homem peculiar recebendo a adulação do público sem um momento de ansiedade, como se fosse simplesmente o esperado. Uma onda de dúvida invadiu o pensamento dela. Uma fraude não ficaria nervosa? Uma fraude não faria um esforço maior para convencer?

A multidão começou a clamar por Negro Bogle. Ele deu um passo à frente, tirando com calma seu chapéu surrado. Um silêncio espontâneo, imperioso e respeitoso se espalhou, pois o povo sabia que ele falava baixinho. Tinham ouvido a história dele no tribunal, a leram nos jornais, a ouviram ser cantada na rua — até a assistiram no palco. Ainda não estavam fartos dela. *Conheci Sir Roger quando ele ainda era um menino, em Tichborne Park...*

Eliza ouviu junto com eles, mas sentiu que só ela de fato ouvia o homem, afetada como estava por essa nova consciência, por essa percepção furtiva. Uma pessoa é uma coisa imensurável! Ela podia correr para a frente do palco e declarar: *Uma pessoa é uma coisa imensurável!* As pessoas viam apenas o chapéu surrado, os esparsos tufos de cabelo e a pele escura, tão diferente da delas. Ouviam apenas a voz baixa, pronunciando palavras cadenciadas em um determinado arranjo. E confundiam tudo isso com uma pessoa. O gentil, simples e idoso "Negro Bogle". Não tinham como saber o que ele vira nem onde estivera. Talvez, refletiu a sra. Touchet, seja sempre assim. Nós nos equivocamos mutuamente. Todo o nosso arranjo social é uma série de erros e compromissos. A simplificação de um mistério grande demais para ser visto. *Se soubessem o que eu sei, sentiriam o mesmo que eu!* No entanto, mesmo depois de alguém ter vislumbrado por trás do véu que separa as pessoas, como ela vislumbrou... como é difícil manter em mente a vida que os outros tiveram! Tudo conspira contra isso. A própria vida.

Com esse encadeamento de ideias, a sra. Touchet quase chegou à beira das lágrimas. Não percebeu de imediato que o sr. Bogle já havia terminado, e agora, quando ele se virou na direção dela para fazer sua saída — indiferente aos aplausos selvagens que havia provocado —, a sra. Touchet mais uma vez sentiu vontade de correr para a frente e dizer a ele que ela, só ela, entendera. Desde o dia transformador no restaurante de costeletas ela tinha, de fato, "mantido em mente a vida que ele tivera", e agora olhava para ele suplicante, de modo a transmitir esse sentimento, mas o sr. Bogle apenas sorriu com educação para a estranha jornalista, contornou-a e se juntou ao filho na beira do palanque.

BOGLE FALA A VERDADE, gritou um homem, muito perto do tímpano esquerdo da sra. Touchet, espalhando saliva no sapato dela. Ela olhou para baixo, a fim de examinar a pessoa que gritava, um homem pobre entre muitos, de boina e calça surrada, as mãos enegrecidas pelo trabalho. Como o sr. Bogle havia conseguido cativar tanto esse estranho inarticulado? Por que a sra. Touchet — com todas as suas boas intenções, sua facilidade com a linguagem, sua imaginação fértil — ainda lutava para se fazer entender?

3. Magnetismo

Magnetismo, supôs a sra. Touchet. A capacidade de prender a atenção de uma multidão. Muitas vezes teve curiosidade de saber mais sobre essa qualidade. As mulheres raras vezes falavam em público, e as poucas que vira tentar em geral a deprimiam. Muitos subterfúgios e súplicas, balbucios nervosos, sermões moralistas. Elizabeth Heyrick era uma exceção. *Ela* falava bem. Mas tinha sido em uma sala de visitas em Leicester. Falar em público exige a liberdade de falar em público, sem medo da censura ou do escárnio masculino, o que nunca faltou, mesmo em cavalheiros supostamente esclarecidos. Dickens, por exemplo! Lembrar das opiniões dele sobre o discurso público feminino, abertamente ventiladas, fazia a sra. Touchet sentir um furor assassino na mesma hora: desejou poder ressuscitá-lo da sepultura com um floreio da caneta, só pelo prazer de fazê-lo voltar à terra mais uma vez. Como uma mulher poderia melhorar se estava totalmente cercada pelo desprezo? Quando lhe eram dadas tão poucas oportunidades? Por outro lado, o sr. Bogle tinha o dom, assim como "Sir Roger", e nenhum deles devia ter praticado muito. O magnetismo era então um atributo natural? A pessoa mais magnética que ela já conhecera fora o próprio Dickens, e se considerava uma das poucas pessoas que de fato compreenderam que a fonte de atração daquele homem não era o sucesso ou a fama, ou mesmo o dinheiro, e sim algo inato, pois ela se sentara ao lado do obscuro Boz de vinte e dois anos e observara toda a mesa se voltar para ele sempre que o jovem falava. Claro que a maioria dos homens não tinha esse dom; pelo contrário, eles a entediavam até as lágrimas. E as cabeças, também, sempre se voltaram para as mulheres em homenagem à sua beleza. Na juventude, sendo muito alta, delgada e de aspecto inflexível, a sra. Touchet tinha sido amplamente excluída dessa área de influência. Agora estava velha. A exclusão era total. Ninguém mais queria se sentar ao lado dela durante o jantar, e mesmo naqueles encontros literários de muito tempo antes todas as suas conversas tinham sido privadas. Ainda assim, nos últimos tempos suspeitava cada vez mais de que algumas mulheres também possuíam poderes magnéticos de atração — acima e além da mera beleza —, que ela própria poderia ser uma dessas mulheres e que, além disso, poderia haver muito mais mulheres assim do que normalmente se supunha. Mas como pôr essa teoria à prova?

4. Um jantar literário público, prefeitura de Manchester, 12 de janeiro de 1838

O problema era a falta de clareza. O convite original fora redigido de forma a tornar muito difícil saber exatamente para quem era oferecido esse "jantar público". O prefeito falou em "homenagear o filho pródigo literário de Manchester". Mas na segunda página surgiu uma menção sinistra ao "seu amigo Boz", de quem se esperava que "também consentisse em estar presente". A sra. Touchet se fortaleceu: ela era especialista no manejo do orgulho masculino. Mas William respondeu, sem demonstrar qualquer sinal de inveja ou inquietação profissional: *Não preciso me alongar sobre os méritos do sr. Dickens, pois por consenso ele foi instalado no trono das letras desocupado por Scott.* Isso a surpreendeu. Por outro lado, William adorava Manchester, jantares, estar em público, ser homenageado. Animado pelo convite, ele decidiu fazer uma viagem de cinco dias: "Invada o cérebro de Crossley — e roube de sua biblioteca!". A sra. Touchet não sabia de uma única vez em que o primo tivesse visitado o sr. James e voltado sem um novo romance em mente. E um novo romance, uma vez iniciado, logo estaria concluído, necessitando de um grande jantar para comemorar sua publicação no Sussex Hotel, em Blackfriars, ao qual muitos jovens literatos inevitavelmente compareceriam que na plenitude do tempo produziriam seus próprios romances, o que exigiria ainda mais jantares literários. Assim gira a esteira da literatura…

Estar ocupado, para William, era estar vivo. Não satisfeito em escrever três capítulos por dia, ele começou a interferir nos arranjos administrativos da sra. Touchet, escrevendo cartas a torto e a direito para Manchester, providenciando acomodações, verificando horário de transportes e outras questões que ela havia aperfeiçoado havia muito tempo e para as quais não precisava de assistência. Aborrecida, ela rondava a mesa dele, estalando a língua em sinal de reprovação e suspirando. Costumava pensar nos trinta e três anos como a idade da sabedoria crescente. Fora a idade em que ela finalmente havia começado a se conhecer. Agora era William quem tinha a idade de Cristo. Ele era sábio? Ela fez uma avaliação: afastado da esposa, com problemas financeiros e sogros litigiosos, sem dúvida não era mais aquele jovem literato despreocupado que ela havia amado e conhecido fazia muito tempo. *Ele* sabia disso? Lendo por cima do ombro dele, ela pensou que, para William, a única coisa mais obscura do que as motivações das outras pessoas eram as próprias motivações dele.

> Agora, a respeito do jantar público. Será concedido a mim ou a Dickens — ou a ambos? Agindo de acordo com sua carta anterior, convidei meus amigos para me acompanharem, imaginando que o jantar seria oferecido em minha homenagem; mas não tenho nenhum sentimento em relação a essa questão, apenas desejo obter um entendimento claro sobre o assunto.

Ele tinha sentimentos; eles precisavam de um arranjo cuidadoso. Para atingir o objetivo, a sra. Touchet criou um canal de comunicação separado entre ela e Crossley, com o propósito de conseguir, nos bastidores, uma homenagem equivalente. Era um negócio de certa delicadeza e sigilo, mas o objetivo foi atingido. O gênio de vinte e seis anos e o filho pródigo de trinta e três chegaram a Manchester no último dia dos feriados de Natal, com neve no chão, um frio intenso no ar, mas com apenas sentimentos calorosos um pelo outro.

5. Duplamente abençoado

Sabendo que os dois homens adoravam caminhar e "abrir o apetite" — tanto para um dia de escrita como para o almoço —, a sra. Touchet aconselhou William a levar Charles a um passeio por Manchester. William entediou seu brilhante amigo com a fachada da antiga moradia dos Ainsworth, os portões de sua escola e o interior da capela na Cross Street — "Meu avô pregou aqui! Pertenço a uma longa linhagem de dissidentes!" — antes de embarcar em uma série mais interessante de voltas erradas, que os cuspiram inesperadamente bem no limite da igreja São Miguel e os Anjos. Charles ficou fascinado. Aqui, na desolação fétida, entre as prostitutas e os mendigos, viu dois homens martelando tábuas sobre uma vala comum. Eram os excluídos e os supérfluos que o fascinavam. Essas pessoas também interessavam a William, mas até certo ponto. Ele era um garoto da King Street: os pobres viviam em um lugar diferente. Charles, por outro lado, tinha um instinto para os recantos mergulhados em desespero. Em uma só manhã, viram muito mais escolas decrépitas, albergues para homens, abrigos para mulheres marginalizadas e orfanatos do que

William tomara conhecimento durante toda a sua juventude na cidade. Por fim, com os dedos dormentes e o estômago roncando, seguiram para a Mount Street. Crossley se encontrou com eles nos degraus da Casa de Reuniões de Amigos — conforme previamente combinado com a sra. Touchet — e, com cuidado, estabeleceu um tom de igual estima:

"Dickens e Ainsworth! Ainsworth e Dickens! Manchester é duplamente abençoada!"

"Você cresceu, James."

"Apenas em uma direção. Ler é um péssimo exercício."

"Bem, a sua mente ultrapassa a da maioria dos homens. Dickens — Crossley."

Em Hurstpierpoint, todas as manhãs a sra. Touchet ia ao encontro da pequena carruagem do correio e fazia o possível para ler nas entrelinhas. Pelas cartas de William, deduziu que os dois homens estavam honrados e encantados, mas também que Dickens fora forçado a suportar à mesa um longo relato do primo sobre as românticas e altamente improváveis lembranças de infância a respeito de Peterloo. Imagine William com dez anos liderando sua pequena "brigada" de meninos da King Street, "com os corações cheios de sonhos jacobitas", até os limites de St. Peter's Field, onde atiraram pedras no esquadrão de cavalaria de Manchester, zombaram dos magistrados, aplaudiram Henry Hunt e escaparam por pouco com vida... A carta de William era muito longa. Perto do final ela se permitiu pular os parágrafos.

A carta de Charles era curta. Pretendia saboreá-la com uma xícara de chá ao lado do fogo. Em vez disso, a leu imóvel na rua, incapaz de parar depois que começara. Crossley tinha um livro de má reputação que queria dar a William — uma primeira edição de *The Newgate Calendar* —, e assim os jovens literatos se reuniram mais uma vez na noite seguinte em um restaurante de costeletas. Encontraram Crossley e sua barriga considerável em um canto sossegado, entalado entre a parede e a mesa, já rodeado por meia dúzia de pratos fumegantes. *Passei a noite toda pensando em como ele conseguiria sair dali, mas ainda mais surpreso com como havia conseguido entrar.* A sra. Touchet riu alto. Lendo *Um conto de Natal* muitos anos depois, na sua cabeça ela substituiu o Fantasma do Natal Presente pela visão de Crossley pairando sobre uma abundância de comida, entalado em um canto…

William regressou a Sussex animado e com os olhos brilhantes. Fez cócegas nela por trás quando a viu passar por ele na escada e parecia mais bonito do que nunca. Como era fácil amá-lo quando ele estava feliz! Como era fácil amar qualquer pessoa nessa condição. Olhando para trás, sempre considerou aquela viagem bem organizada e perfeitamente encenada para Manchester como seu último grande sucesso doméstico. De qualquer forma, foi a última com que se importou. Seis semanas depois, Frances morreu. As crianças voltaram para a escola em Manchester. William mergulhou em seu novo romance. A sra. Touchet, sem ocupação, enfrentou o vazio.

6. Verão de 1872

Era como nos velhos tempos. Ela estava nas mesmas prefeituras e nos grandes prédios de compra e venda de grãos e nos teatros em que estivera com Frances, só que agora ela era uma velha. Envelhecer acabou por se revelar um negócio muito estranho. Estava aprendendo tantas coisas novas sobre o tempo! Ele podia ser torcido e dobrado até que o passado encontrasse o presente, e vice-versa. Ela estava aqui e acolá, naquela época e agora, era revigorante, mas às vezes também confuso.

De novo, um jovem filho da África estava diante dela, como um desafio.

Mas dessa vez ele não estava em uma plataforma demonstrando o funcionamento do interior de uma algema, ele estava ao lado dela, em um guichê, garantindo que ela comprasse um bilhete de volta.

Mais uma vez teve que mentir para William. Alegou que passava os dias na Sala de Leitura da Biblioteca Britânica, pesquisando a história dos Touchet, uma ideia que ele achou excêntrica ao extremo, mas que não questionava desde que ela chegasse em casa a tempo para o jantar.

Na verdade, ela estava em um trem, indo para uma reunião.

Às vezes era impossível viajar e voltar no mesmo dia.

Nessas ocasiões, dizia a ele que iria "passar a noite em Manchester, com a minha sobrinha".

E hoje essa parte, pelo menos, por acaso era verdade.

7. Salão de Livre-Comércio de Manchester

Por conveniência, tinham viajado em trens separados e agora Henry estava atrasado. Ela ficou do lado de fora do Salão de Livre-Comércio na Peter Street, no lado oposto da rua, como ele havia instruído. Para sua surpresa, ele tinha sido bastante firme quanto a isso. Durante o verão, as reuniões de Tichborne se tornaram cada vez maiores e mais indisciplinadas, até que "não eram mais adequadas para uma mulher entrar sozinha". *Uma mulher velha*, ele quis dizer, mas não disse. Em troca, ela fingiu não notar os olhares e comentários que acompanhavam esse jovem filho da África aonde quer que ele fosse. Esperando por ele, lhe ocorreu que também ela se tornara um objeto de fascínio: as pessoas não esperavam que uma velha fosse tão alta.

Preferindo observar a ser observada, examinou a multidão que se dirigia para a entrada. Era o maior comício até agora, e também seria o mais lucrativo, custava doze centavos por cabeça. Ela tinha comparecido a todos eles, desde a soltura do Requerente em abril. Em algum ponto eles começaram a se fundir na cabeça dela. De início o Requerente e Bogle foram assediados em uma estação ferroviária. Já em outras ocasiões Bogle ficava em um banco e falava diretamente com as pessoas, mas na maior parte das vezes eram resgatados por um taberneiro local ou um proprietário de pistas de corrida, ou pelo jovial proprietário de uma mansão, e transportados em uma carruagem particular para almoçar ou para caçar, ou simplesmente para desfilar pelas ruas de uma cidade já cheia de fotos deles. Então, no início da noite, o evento propriamente dito começava. Os oradores se revezavam no palanque: um representante da cidade, depois Onslow, Tichborne, Bogle. Às vezes os soldados do antigo regimento de Roger falavam, ou o médico do exército, ou o primo, ou o amigo da família: Francis Baigent. Seguiam-se palavras de ordem, apelos por doações e os discursos padronizados — muitos deles imprudentes. Mais de uma vez ouviu Onslow afirmar que o presidente do Supremo Tribunal era um jesuíta disfarçado, aliado aos Tichborne, e que lhe havia sido prometido um pagamento na forma de terras e propriedades. Era o tipo de conversa que poderia comprometer o próximo julgamento ou colocar um homem na cadeia por desacato ao tribunal. E por todos os lados do palanque, nos assentos baratos, a histeria crescia. Qualquer menção ao Conselho do Rei, ao juiz Bovill, ao júri ou aos próprios Tichborne provocava gritos selvagens na multidão. Com muita frequência ela ouvia o grito: *Um enforcamento é bom demais para eles!* Tentava lembrar a si mesma que o que estava testemunhando era uma sincera emoção de massa — a desapropriação — sendo distorcida e manipulada para propósitos escusos. Ainda assim, eles a assustavam. Seria esse "o povo"? Era esse o povo *dela*? Apenas Bogle mantinha a cabeça fria. Sua admiração por ele crescia a cada dia. A história dele nunca ultrapassou os próprios limites, nunca se transformou em conspiração ou se tornou ilógica. Ele nunca se enfureceu, nunca acusou. Era simplesmente inabalável quanto à verdade, mesmo que a sra. Touchet achasse inconcebível que o que ele repetia com tanta firmeza fosse, de fato, a realidade. Mas, assim como ela preferia um muçulmano a um ateu, sentia que sempre escolheria o tipo de convicção e crença de Bogle, em vez do cinismo e da venalidade de um homem como Onslow. Havia algo mais? Talvez também houvesse algo na estética. Onslow era um homem que parecia uma morsa de cara vermelha! Quando ela era jovem, não achava a gentileza uma coisa atraente: ela a havia ignorado. Meu Deus, claro, o magnetismo, sem dúvida, mas naquela época a gentileza não havia sido registrada. Agora que estava velha, a gentileza lhe parecia a única coisa importante. Que rosto gentil tinha o sr. Bogle…

No início, havia sido meticulosa ao anotar todos os assuntos dos encontros de Tichborne, por mais maluco que isso fosse. Agora, sob o peso da repetição, não pegava com frequência a caneta, preferindo apenas observar o entorno. Por exemplo, este vestíbulo. Um *palazzo* laranja gigantesco! Na última vez em que esteve em Manchester, a Lei dos Grãos ainda não tinha sido revogada e tudo isto não passava de um campo repleto de grama. No entanto, continuava sendo possível cair no feitiço encantador da antiguidade fraudulenta do edifício — e até mesmo esquecer que St. Peter's Field havia existido. Que adorável o sol brincando no arenito! Nunca tinha estado na Itália — nunca tinha estado em lugar nenhum — e se sentia grata por essas imitações locais.

8. A fachada

Onde *estava* Henry? Sentia aquela pena incômoda emanando das pessoas que passavam por ela. Será que a consideravam uma velha lamentável que não tinha o que fazer? Lançou a cabeça de modo desafiador para cima, em direção à fachada. Nove damas de pedra alegóricas, espaçadas em intervalos, retribuíram seu olhar. Pensou que a que estava no centro devia ser a própria *Livre-Comércio* — estava coberta de cevada e parecia orgulhosa da Revogação —, embora a senhora com a lira e a caneta, o rosto congelado de autoestima, seguramente fosse a *Arte*. Mas e a mulher com o barco, era o *Tráfico* ou o *Comércio*? A jovem elegante com um vestido drapeado clássico, com uma roca de fiar algodão e um monte de pacotes e maquinaria, era provavelmente a *Indústria*, mas a sra. Touchet visitara as trabalhadoras da indústria do algodão de Manchester, muitas luas antes, e achou que a semelhança era mínima. Ela estava em terreno mais seguro com os continentes. A *Europa* parecia a deusa Atena, com uma mão aberta, à espera de pagamento. A *Ásia* tinha uma caixa de chá de um lado, um barril de especiarias do outro e tesouros no colo. Ela, como a

Europa, estava totalmente vestida. A *América* estava seminua, selvagem. Tinha caixas de algodão e melaço, usava um cocar indígena e mantinha um punhado de charutos por perto. Em primeiro lugar, de que forma o algodão e o melaço surgiram era um mistério que a sra. Touchet supôs que poderia ser respondido pela próxima senhora. Mas sobre esse assunto a *África* permanecia em silêncio. Tal como a América, havia perdido suas roupas, e à volta de seus pés descalços estava reunida a contribuição que ela tinha dado ao mundo. Marfim, leões, uvas, algumas frutas exóticas que a sra. Touchet não conseguiu identificar, penas de avestruz, potes e tapetes. Nada mais.

"Sra. Touchet, perdoe meu atraso. A senhora está bem? Está olhando para alguma coisa?"

"Ah! Henry!" Há pouco tempo ela havia ampliado os bolsos de todas as suas saias para acomodarem de forma adequada um bloco e uma caneta. O resultado dessa engenhosidade feminina era que com frequência ela tinha manchas grandes de tinta nos dedos enrugados, igualzinho a uma estudante. "Nada. Nada mesmo. Devemos ir?"

9. Visitando as garotas Ainsworth, 28 de outubro de 1838

Deus me livre de escrever romances, pensou a sra. Touchet. Deus me preserve dessa indulgência trágica, dessa vaidade inútil, dessa cegueira! Em um dormitório frio, a mais de trezentos quilômetros de distância, três meninas órfãs de mãe e de coração partido esperavam que o pai as visitasse. Mas William estava ocupado em sua mesa, engendrando Jack Sheppard.

"Eliza, me ajudaria muito se você fosse no meu lugar. Dickens está ansioso para fazer a viagem — está determinado a tentar o trem. Forster irá acompanhá-lo. Escrevi todas as cartas de apresentação necessárias, nossa srta. Harding, da escola, espera por você, e aqueles alegres Irmãos Grant aguardam Charles. Você conhece a cidade bem o suficiente. Gostaria de poder ir, mas esse é um momento vital para mim; estou batendo na porta do terceiro volume. Posso contar com você?"

Durante a viagem, decidiu não dizer absolutamente nada de interessante. Iria dirigir todas as conversas necessárias ao rude e desagradável sr. Forster e ignorar seu amigo brilhante, que suspeitava ser um vampiro. Não queria aparecer em mais nenhum romance. Mas era a primeira vez que viajava de trem: se agarrava, aterrorizada, às laterais do assento, divertindo Charles imensamente e enfraquecendo as próprias defesas. Ali estava um jovem irresistível e irrepreensível. Ela se sentia tanto fascinada quanto enojada por ele. De algum jeito, ele era alguém com quem era fácil conversar. E era bom demais em ouvir.

"Agora, Forster, o que me diz? *Eu* digo para levarmos um bolo para essas pobres meninas Ainsworth órfãs de mãe antes de fazermos qualquer outra coisa. As fábricas de fiação de algodão podem esperar, assim como esses prósperos Grant. Bolo e conforto devem vir em primeiro lugar!"

Ele de fato era uma pessoa boa ou só queria ser visto como uma pessoa boa? E isso importava?

10. O mundo do sentimento

Ela se lembrou de uma padaria na King Street: um bolo de limão foi escolhido. Os três puseram a mão sobre a caixa de bolo na carruagem alugada, para firmá-la, e a tolice disso fez com que chegassem à Escola para Jovens Senhoritas da Srta. Harding com um espírito leve demais para o tipo de missão que tinham pela frente. Charles reconheceu isso antes dela. Num instante seu rosto se transformou, passou da leveza à simpatia, e encontrou seu reflexo em três meninas melancólicas caminhando pelo longo corredor como se em direção a uma execução. A sra. Touchet se lembrava bem disto em relação à escola: nenhuma informação era dada com antecedência, assim mantinham todas em um estado permanente de submissão e medo. Mas agora sorrisos surgiram no rostinho delas, e Fanny — sempre a mais ousada — começou a correr. Charles foi abraçado de forma exuberante e abraçou cada menina. A sra. Touchet, que conhecia essas meninas desde que elas tomaram conhecimento de algo ou alguém, ficou de lado com as mãos cruzadas à frente.

"E aqui está a sra. Touchet", disse Emily, que sempre se lembrava das boas maneiras. "E é o sr. Forster, não é? Que surpresa agradável. Que gentileza de todos vocês terem vindo."

O sr. Forster, que parecia tão inseguro quanto Eliza Touchet nesse mundo de sentimentos, manteve-se ocupado cortando o bolo.

11. Algodão e Confiança

O trânsito estava inacreditável, passaram um sufoco dos diabos se movimentando pela cidade. Como sempre, o condutor tinha muito a dizer a respeito do assunto. Charles colocou metade do corpo para fora da carruagem a fim de tentar entender tudo, mas acontece que o sotaque de Lancaster do homem era bastante carregado, até mesmo para Charles. A sra. Touchet foi encarregada da tradução:

"Bom, em resumo, ele culpa Villiers."

Charles ficou fascinado: "De que forma ele o culpa?".

"Culpa pelo trânsito. Se reunirmos cinco mil homens em um local para um protesto — ou pelo menos é o que esse homem acha —, isso vai afetar o trânsito de forma inevitável. Devo dizer que entendo o que ele quer dizer."

Charles riu. Forster franziu muito a testa: "Os homens são perversos. Os da classe trabalhadora em especial. Como raramente parecem estar a par dos próprios interesses!".

Isso foi dito com uma entediada superioridade e ornamentado com um suspiro. A sra. Touchet não deixou passar:

"Talvez nem todos os homens da classe trabalhadora gostem de ver seus interesses explicados pelos filhos dos condes, sr. Forster."

"Você DISCORDA da revogação, sra. Touchet?"

"Eu não disse isso."

"Para mim é óbvio que a lei deveria ser revogada — POIS A ERA DO LATIFUNDIÁRIO ACABOU."

Não pela primeira vez, a sra. Touchet se perguntou por que esse sr. Forster não conseguia modular a voz como as outras pessoas faziam. Os sussurros dele eram perfeitamente audíveis; a voz normal era uma sirene de nevoeiro. Mesmo quando estava apenas um tantinho empolgado, ele soava como um náufrago tentando atrair atenção.

"Concordo. E uma vez que o ilustre sr. Villiers arrisque os lucros da própria família — *se* arriscar —, eu o cumprimentarei. Mas quando uma era acaba, não deveríamos nos perguntar o que irá substituí-la?"

"É a era dos HOMENS COM IDEIAS, sra. Touchet! É a era dos homens da INDÚSTRIA E DO IMPULSO CRIATIVO. Melhor um gestor benevolente que um LORDE AUTORITÁRIO. E pelo que William nos conta a respeito desses admiráveis Grant, nenhuma dupla de empregadores poderia administrar um local de trabalho MAIS CRISTÃO OU ACOLHEDOR para um trabalhador, OU MESMO UMA TRABALHADORA. Na verdade, é exatamente isso QUE ESTAMOS AQUI PARA OBSERVAR."

Charles fez uma expressão de falsa solenidade: "Como pode ver, sra. Touchet, o sr. Forster e eu temos grande confiança nos Grant e na classe média em geral. E sabemos de fonte segura que esses Grant são bons homens de classe média. O próprio Ainsworth nos garantiu isso".

"DE FATO GARANTIU."

"Melhor ter leis", disse a sra. Touchet, baixinho, na esperança de que isso pudesse encorajar uma modulação de voz mais geral. "É melhor ter leis e não confiar na bondade e no acolhimento cristão de ninguém. O senhor deposita grande confiança na classe média, sr. Dickens. Mas a confiança é uma qualidade política muito incerta, na minha experiência. Quanto à bondade e ao acolhimento cristãos, eles sempre podem ser revogados."

"E leis podem ser revogadas."

"Sim, porém é mais difícil."

Isso tirou o sorrisinho do rosto dele. Ele olhava para ela como naquela vez na casa de Lady Blessington: como se um navio estranho acabasse de chegar ao porto.

"DICKENS, ESTAMOS NOS DESVIANDO DA QUESTÃO."

"Como, Forster? Explique."

"Tudo o que estou tentando explicar À DAMA, que talvez NÃO SEJA BEM VERSADA EM ECONOMIA POLÍTICA, é *O SEGUINTE*: se o preço do milho cai, bom, isso é um bem inquestionável para O TRABALHADOR, e embora ele possa de fato *ser* o *ILUSTRE CHARLES VILLIERS*, esse cavalheiro ainda está DO LADO DOS TRABALHADORES e fazendo o possível e o impossível para revogar essa MALDITA LEI, que, como a dama deve saber, mandou muitas FAMÍLIAS DECENTES PARA OS ALBERGUES e deixou muitos PROPRIETÁRIOS DE TERRAS MAIS RICOS DO QUE NUNCA. Não compreendo o que a dama TERIA a objetar em relação à revogação, *SE* estiver do lado do progresso, COMO ENTENDI QUE ESTÁ."

"No final das contas, um pão de forma maior é um pão de forma maior, sra. Touchet." Como ele adorava dizer o nome dela! O nome o divertia. Tudo o divertia. Até a infelicidade de ter um melhor amigo sem qualquer senso de humor: "E se a comida for barata, sra. Touchet, nosso amigo condutor ali em cima terá um pouco mais de dinheiro no bolso, e se tiver um pouco mais de dinheiro no bolso, então vai comprar mais coisas, inclusive mais daquele tipo de coisas que os *camaradas* de trabalho dele produzem, e assim, sra. Touchet, a roda do livre-comércio gira!".

Era uma boa história. A sra. Touchet conseguia pensar em outra: se a comida fosse barata, então os salários também poderiam ser reduzidos pelos "gestores benevolentes", que, por sua vez, aumentariam seus lucros. Mas sentia que estava se tornando entusiasmada e talvez um tanto cômica, ou comicamente monstruosa, e não queria aparecer em mais nenhum romance. Conteve a língua. Conteve a língua até o fim da viagem e durante a visita pelas instalações da "fábrica de chita mais moderna da Europa". Os irmãos Grant tinham um aspecto tão próspero quanto William afirmara — uma dupla de sujeitos esféricos, de bochechas rosadas e bigodes grisalhos —, e eram exageradamente joviais. Tudo o que qualquer um deles dizia terminava com um ponto de exclamação. Eram bastante pobres na Escócia! Mas agora eram muito ricos em Lancashire! Portanto tinham bons motivos para estar felizes! E dinheiro mais que suficiente para serem benevolentes! A sra. Touchet ficou parada em silêncio entre o sr. Dickens e o sr. Forster, e ouviu a história de como acontecera aquela feliz transformação. O preço baixo do algodão estava no centro de tudo. A história se estendeu por muito tempo. Olhou em torno. Percebeu que se estreitasse os olhos o lugar ficaria menos parecido com uma fábrica que tecia sofrimento humano a longo prazo em busca de lucro e mais parecido com uma série de garotas locais de rosto duro girando uma fileira interminável de prensas de impressão.

12. E se?

"Mas basta de nossas peripécias envolvendo a chita! Lamentamos muito aborrecer uma senhora! Em breve tomaremos chá na residência Grant Lodge, em frente à lareira! Onde esperamos que encontre companhia mais adequada!"

Na sua imaginação, a sra. Touchet já estava lá, na companhia de uma dupla de mulheres nórdicas altas, sisudas e delgadas, companheiras inevitáveis de irmãos tão esféricos e exclamativos. Em sua mente, já estava sendo arrastada para uma fria antessala feminina — longe do fogo e do debate masculino —, para continuar discutindo receitas de pudim de ameixa, planos para uma escola dedicada à educação de crianças carentes, a desencorajante vida sexual dos pobres...

"A senhora está bem, sra. Touchet? Está pálida."

Parte do que as pessoas interpretavam como sendo a generosidade dele era apenas uma incrível capacidade de concentrar toda a atenção em toda parte e em tudo o tempo todo. Estava inacreditavelmente quente na sala. O barulho era ensurdecedor. No entanto, as mulheres passavam de máquina em máquina com um empenho silencioso, como se não reparassem em nenhuma delas, e a sra. Touchet se recusava a ser a primeira a desabar. Se o sr. Charles Dickens conseguia suportar, ela também conseguiria. Balançou a cabeça e conteve a língua. Os irmãos Grant continuaram a explicar o significado de uma grande moeda que agora era passada das mãos de Dickens para as de Forster e por fim para as dela. Não era uma moeda do reino. Estava gravada: Grant. E era com essa moeda grantiana, os visitantes logo souberam, que cada uma dessas garotas era parcialmente paga, e assim era livre para comprar algodão puro para si e provisões para a família na loja ao lado, também de propriedade dos irmãos Grant.

Forster elogiou a economia daquilo. Charles elogiou o resultado: garotas tão bem arrumadas e agradavelmente elegantes! A sra. Touchet sentiu fibras de algodão no fundo da garganta e tossiu. Sendo esse o primeiro som que ouviram da visitante, os Grant lhe prestaram especial atenção e iniciaram um discurso de vinte minutos sobre a importância das janelas abertas, seus benefícios e as vantagens que daí decorrem. *E se vocês não fossem tão bons*, pensou a sra. Touchet, *e optassem por deixar as janelas fechadas?* E se, em vez de fornecer roupas boas e limpas para "suas garotas", vocês as deixassem andar vestidas com trapos ou aniagem? E se ficassem menos ricos no próximo mês? A benevolência deve subir e descer como o mercado?

Esses eram os pensamentos da jovem sra. Touchet. Muito mais tarde, quando já estava bem mais velha, desejou tê-los expressado. Na época, quatro homens falantes — dois joviais, um vampírico e o último incrivelmente espalhafatoso — eram demais para ela. Eram os quatro lados de uma caixa através da qual nenhum ruído dela poderia escapar.

13. A rainha vs. Castro, 23 de abril de 1873

O mundo é tamanho, e tão diverso, e o tempo inteiro — como pode ser contido? A linguagem? *Quando começa o julgamento?*, uma mulher pergunta à outra. *Hoje*, vem a resposta. Mas a palavra "hoje" pode ocultar multiplicidades. Pois o dia 23 de abril era o dia comemorado pelo *velho inimigo*. O dia em que a sra. Touchet, em protesto, gostava de usar saias xadrez e reler *Macbeth*. Dia do aniversário do Bardo. Também o dia da morte. O dia em que Eliza Touchet viu pela primeira vez a sra. Anne Frances Ainsworth. Sim, hoje, para a sra. Touchet, era um dia simbólico, um dia iluminado, um dia de coincidências — de magia! No entanto, para Sarah, o que era "hoje"? Quarta-feira?

"Só olhe para esses advogados, agora vestidos de azul! Devo dizer que gosto dessas golas de pele: *muito* chiques. Mas que bando de velharia chinfrim desenterraram para o júri!"

De volta aos assentos superiores do Tribunal de Justiça. Dessa vez o juiz era, de fato, Sir Alexander Cockburn, e não havia argumentos que pudessem convencer Sarah a pronunciar o nome sem dar uma entonação afetada à primeira sílaba, *cock*, pau em inglês. Para contrariar as alegações de preconceito de classe, dessa vez o júri era composto apenas de trabalhadores, comerciantes e taberneiros. Bogle, atormentado por dores nas articulações, não estava presente, mas Henry foi enviado em seu lugar. Ele se sentou à direita do Requerente, tomando suas fartas e misteriosas notas. Meses atrás, a sra. Touchet tentara explicar à nova sra. Ainsworth que, embora fosse verdade que "a Coroa" estivesse agora processando o Requerente, isso não significava que a própria rainha estaria presente. Sarah, ignorando-a, mandou fazer um vestido "especial". Era cor-de-rosa e amarelo, bufante, com babados, e enfeitado de uma forma que até Luís XV o teria rejeitado. O cabelo estava trançado atrás, como pãezinhos de Páscoa.

"Opa, aqui está o velho Hawkins de novo! Falcão pelo próprio nome... Mas dessa vez estamos prontos para recebê-lo, sr. Hawkins!"

Nem tanto. A promotoria começou com um resumo devastador dos fatos. Os irmãos de Arthur Orton receberam pagamentos secretos do Requerente. O Requerente deu ao tribunal uma lista de marinheiros desaparecidos no *Bella*, mas nenhum desses nomes estava na lista da tripulação do *Bella*. Em vez disso, os nomes foram descobertos em meio à tripulação do *Middleton*, navio em que um certo adolescente chamado Arthur Orton navegou de Wapping para a Tasmânia muitos anos antes. (Tão parecido com um romancista!, pensou a sra. Touchet. Como mente para dizer a verdade!) Quase todas as pessoas que conheceram Sir Roger se lembravam de uma tatuagem em seu braço esquerdo. O Requerente não tinha essa marca. Por toda a América do Sul o Requerente se autodenominava "Tom Castro", só virando "Sir Roger" na Austrália, depois de os anúncios de Lady Tichborne terem alcançado aquelas paragens. Concluindo, seus apoiadores eram imbecis, fraudadores ou as duas coisas. Francis Baigent, "amigo da família e antiquário", era um idiota de mente fraca que continuava turvando as águas, inadvertidamente alimentando o Requerente com mais informações do que jamais conseguiu arrancar do próprio. Quanto a Andrew Bogle! Bom, depois de todas as considerações já feitas, ele era um homem negro:

"E embora me desagrade, via de regra, insultar classes inteiras de homens, não posso esquecer que há parcelas da etnia negra que não são publicamente reconhecidas como defensoras da verdade..."

Risos no tribunal. A sra. Touchet olhou para baixo com ansiedade, para ver o efeito sobre Henry, mas ele estava de costas para ela, e a sra. Touchet teria que esperar pelo menos um dia para que Sarah não o parasse no corredor e fizesse referência a isso de uma forma ou de outra, até ela própria voltar à estação. Na semana seguinte essa oportunidade surgiu, mas ela hesitou e não falou nada. Falar nisso seria apagar a humilhação? Ou só iria piorar as coisas?

14. Uma questão de dimensão

Depois de resumir os pontos principais, Hawkins passou a reiterá-los com riqueza de detalhes, processo que levou dezessete dias. Depois disso, Cockburn quis saber quantas testemunhas o advogado pretendia chamar. Hawkins olhou para o documento diante de si: "Duzentas e quinze, Meritíssimo".

A única pessoa que não reagiu a isso, até onde a sra. Touchet percebeu, foi o próprio Requerente. Ele estava sentado à esquerda de Hawkins, suspirando, bocejando e rabiscando de forma alternada. Às vezes desenhava os jurados, às vezes os advogados, às vezes o próprio Cockburn.

"Que inferno, pensei que a gente ia sair daqui em maio, no mais tardar, claro. Veja bem, tenho uma temporada de corridas em que me concentrar. Quanto tempo você acha que toda essa história vai durar, sra. Touchet?"

A sra. Touchet encolheu os ombros. Sua estimativa particular e silenciosa era: cerca de oito volumes.

15. O décimo segundo mensageiro

Ocorreu à sra. Touchet que a lei — por mais que a idealizasse em sua mente — não tinha regras suficientes, e algumas pareciam ser um tanto arbitrárias. Por que razão, em um processo criminal, o acusado não era autorizado a falar em seu próprio nome? E como exatamente um homem se torna advogado? Cada advogado presente na sala praticava "a lei" de forma diferente, embora todos fossem prolixos — isso eles tinham em comum. Fazia dois meses que ela ouvia falar na evidência francesa, e não havia nenhuma explicação lógica ou razão para aquela espécie de interrogatório. Ninguém parecia saber como começar ou em que ponto terminar, quais informações eram pertinentes e quais eram simplesmente irrelevantes. Era como ler um romance de William. Jesuítas muito idosos dos tempos de escola parisienses de Roger foram enfileirados pela acusação, apenas para que o advogado da contraparte — um excêntrico irlandês chamado Kenealy — os atacasse em vários pontos da doutrina católica. Essa peripécia, embora popular entre o público, não tinha nenhuma relação, pelo que ela podia ver, com o caso. Passaram-se quinze dias irrelevantes discutindo-se a verdadeira natureza da confissão. Não era verdade que os jesuítas praticavam a "prevaricação"?

"Issaí não é verdade, não é, sra. Touchet? Seu grupo não mente por causa do seu Deus, não é? Mesmo no tribunal?"

Antes que a sra. Touchet pudesse se defender contra tamanha calúnia, o peculiar advogado de defesa começou a interrogar um velho monge chamado Lefèvre sobre o significado de seu sobrenome:

"E o senhor não recebeu o nome do notável santo? Estou falando, é claro, do santo do século V, Alexis Lefèvre? E aquele santo, tal como o nosso tão maltratado Sir Roger, não deixou o seio de sua família durante anos, apenas para retornar, muito tempo depois, como mendigo? E não foi acolhido por essa antiga família como mendigo, e ainda assim nunca foi reconhecido..."

"Aah, agora ele ficou entre a cruz e a espada, sra. Touchet! Você pelo menos tem que 'confessar' isso..."

Havia algo de demente naquele advogado de defesa, algo bastante incômodo nele e na maneira como sua mente funcionava. Barbudo feito Moisés no deserto, seus olhos — minúsculos atrás dos óculos grossos — tinham um ar fanático. Ele trouxe para todos os debates a faceta que a sra. Touchet mais temia e da qual mais esperava que a lei estivesse a salvo: o sentimento. Quase todo sentimento dele era de fúria. Ele florescia com ela. Jesuítas e católicos de todos os matizes o enfureciam, mas também "o grupo social dominante", "os homens da imprensa", "os juízes de peruca", "o governo corrupto" e muitos outros grupos excêntricos: "os marinheiros mentirosos", os "sapateiros de Wapping", os "franceses desonestos". Ele parecia capaz de confundir qualquer evidência racional apresentada ao tribunal e enlouquecer ao expor a própria loucura. Hawkins chamou em sequência quarenta e oito homens de Wapping para depor, cada um deles apontou para o Requerente e o chamou de Arthur Orton. Kenealy conseguiu encontrar cinquenta e oito daquele mesmo bairro para negar isso com veemência. Pressionou o capitão Angel — que havia conhecido os pais de Orton e o próprio Arthur em Hobart — até ele ter um colapso mental:

"Suponho que seja possível, sr. Kenealy, que ele não *saiba* que é Arthur Orton. Quero dizer: ele poderia esquecer a própria identidade... Podem ter ocorrido coisas assim na história do mundo, como um homem não reconhecer a si mesmo!"

Para a sra. Touchet, era uma ideia bela e filosófica. Mas o sr. Kenealy se ergueu de um salto como um homem fazendo um brinde: "Um homem não *reconhecer a si mesmo*, meu senhor? Pois tal coisa é dessas *a serem concebidas nos nossos pensamentos mais loucos*!".

E foi nesse exato momento que de repente — ela o reconheceu!

Kenealy!

O irlandês — o poeta! Amigo de Maginn? Sim! O impetuoso criador de versos da cidade de Cork! Tão mudado! Tão barbudo, de óculos, lábios finos, papada marcante, olhos enlouquecidos... Será que poderia ser? O rosto jovem havia desaparecido por completo. O cabelo ruivo estava grisalho. A barriga era protuberante. Mas era ele. Ela vasculhou a memória. *Kenealy*. Edward Kenealy. Da cidade de Cork. Excêntrico, implacável. Estudou línguas antigas. Escreveu poemas enfadonhos, indecifráveis e cheios de um denso misticismo. Ficara desiludido com a escrita — disso ela se lembrava —, desprezando toda e qualquer companhia literária. Deixou de aparecer nos jantares. Sumiu de vista. Anos depois houve algum escândalo relacionado a ele... não conseguia lembrar qual. Ia perguntar a William quando chegasse em casa. O que mais? Quando foi que o vira pela última vez? Talvez cerca de vinte anos antes. No topo da Colina do Parlamento. Ele estava estranho, parecendo exibir um colarinho com quatro pontas, e ela se lembrou de ter pensado: *Ele penhorou o casaco e agora deve estar usando duas camisas para se proteger do frio.* Foi nessa atitude de vulnerabilidade que concordou em ser acompanhada pela floresta e ouvir o que ele dizia durante todo o caminho, desse mesmo jeito frenético e monomaníaco atual. Foi um monólogo peculiar, sobre o mundo cair nas trevas a cada seiscentos anos, era uma espécie de ciclo, e a cada vez o povo esperava a chegada de um mensageiro espiritual que traria a luz — sim, era exatamente isso. Havia a profecia de um certo número de mensageiros — doze! Onze já haviam chegado, entre eles Buda, Maomé e Jesus. O ponto crucial era que o apocalipse se seguiria ao último deles. Quando os dois chegaram a Gospel Oak — a menos que a memória da sra. Touchet estivesse muito falha —, já havia sido fortemente sugerido que ela estava na presença do décimo segundo...

Ela girou no assento para contar essa espantosa coincidência a Sarah. Mas naqueles tempos de jovens literatos e vinho do Porto em Kensal Lodge, a nova sra. Ainsworth na verdade ainda era uma criança, talvez nem tivesse nascido. Voltou a girar e cruzou as mãos no colo. Contaria a William quando chegasse em casa. Ele entenderia. Sempre entendia. A deles era uma amizade que se mantinha ao longo dos anos, e essa, na opinião da sra. Touchet, era uma das relações mais próximas possíveis neste mundo sem esperança. Ladeados por dois infinitos de nada, compartilhavam extensões de ser quase idênticas. Conheciam um ao outro fazia muito tempo. Ela ainda via seu rosto jovem. Ele ainda via o dela, graças a Deus.

16. Apenas metade da história

Ela praticamente correu pela casa até o jardim. William estava sentado à sombra da macieira com um grande livro no colo. Quando se aproximou, uma gralha pousou na mesinha de ferro entre eles. Sarah a alcançou e tirou o chapéu para saudar o pássaro: "*Olá, sr. Gralha, como vai sua esposa?*". A exuberância daquilo pegou de surpresa tanto o marido quando a governanta. "O que vocês tão olhando pra mim como se fossem dois lunáticos? Vocês têm que dizer isso, senão são sete anos de azar: *Olá, sr. Gralha…*"

William fechou o livro com uma expressão cansada: "Não, querida. Você diz: *Um para a tristeza, dois para a alegria, três para…*".

"Talvez na King Street! Lá na minha vizinhança dizem: *Olá, sr. Gralha…*"

"William: a coisa mais extraordinária aconteceu."

Eliza tirou o chapéu e começou a matraquear os acontecimentos do dia: a hora do reconhecimento, a deliciosa coincidência literária.

"Kenealy! Lembro dele. Homem brilhante. Temperamento irregular. Muito irlandês. Nós o usamos bastante na revista em dado momento. Então ele escreveu alguns versos bem contundentes sobre *Chuzzlewit*, acho, e tive que chamá-lo de lado, sabe, e dizer que aquilo simplesmente não ia funcionar... Para dirigir uma revista literária séria, Eliza, você deve sempre garantir que apenas coisas boas sejam ditas e que todos os escritores continuem satisfeitos — sobretudo os famosos."

Eliza tinha certeza de que não era assim que funcionava. Conteve a língua. Enquanto isso, Sarah fugia pelo gramado, tendo chispado ao ouvir a palavra "literária".

"Mas, William, por alguma razão houve um escândalo em torno dele anos depois. Você se lembra?"

"Lembro. Ele tinha um filho na Irlanda — um filho bastardo, creio — e tirou o menino da mãe e o trouxe para cá para criá-lo sozinho... Ideia excêntrica, mas enfim, e uma noite..."

"Ele bateu na criança. Eu lembro!"

"Foi mais do que uma surra. Preto e azul com marcas de corda no pescoço. Encontraram o pobre menino vagando pelas ruas."

"Marcas de corda?"

"Meio estrangulado. Kenealy passou uns meses na prisão de Newgate por causa disso."

"Mas como ele se tornou advogado depois disso?"

William fez troça: "Se todo homem que já bateu numa criança perdesse sua subsistência por causa disso, que país de mendigos seríamos!". Eliza fez cara de repulsa. William ficou magoado: "Nunca encostei a mão nas minhas filhas, Eliza — como você bem sabe. Jamais encostaria. Mas os poetas nem sempre são os cavalheiros que imaginamos que sejam. Embora talvez o mesmo possa ser dito dos romancistas...". Ele bateu na capa do livro em seu colo e fez uma careta.

"Ah! Que tal o livro?"

"Bom, vejo que Forster conta apenas metade da história."

Isso foi dito com grande amargura e, embora a sra. Touchet

nunca tivesse gostado do homem, ela também não via como o sr. Forster poderia ter agido de outra forma. O que se esperava que ele dissesse? Que os espíritos da época às vezes trocam suas esposas por atrizes com metade da idade deles? Que os espíritos da época são conhecidos por intimidar os filhos e abandonar os amigos? As pessoas queriam o Dickens que tinham.

"Suponho que as biografias literárias sejam sempre mais ou menos parciais..."

"Sim, mas, Eliza, *eu* não tenho Forster. Tenho Cruikshank." Seu rosto adquiriu um ar de desânimo. "Às vezes me pergunto *o que* eu tenho."

Era uma política doméstica da sra. Touchet nunca encorajar pensamentos melancólicos: "Bem, para começar, você tem cem libras por ano".

"'*Por serviços à literatura.*' Tanto e nada mais do sr. Palgmerston. Foi um dia péssimo para mim quando Disraeli foi substituído!"

Tentou rir disso, como fazia no passado, contudo a amargura havia tomado conta dele e o riso que saiu foi mais próximo de um suspiro estrangulado. A sra. Touchet tentou imaginar como seria ter a mais alta autoridade do país lhe concedendo uma pensão como reconhecimento à sua vocação. Tentou imaginar como esse reconhecimento poderia ser considerado insuficiente. Até aquele momento, não tinha suspeitado que o primo desejava o título de cavaleiro, e, passado tanto tempo, ela não conseguia saber quão provável seria o velho amigo dele, Disraeli, algum dia lhe conceder o título. O que de fato lhe interessava em tudo isso era o pressuposto. O pressuposto do reconhecimento, do respeito — da própria atenção. Por que ele considerava que tais coisas lhe eram devidas? Era isso que os homens supunham?

17. Uma festa comemorativa no Sussex Hotel, Bouverie Street, 12 de dezembro de 1840

"Que tal, velhota. Vamos caminhar? Você consegue fazer isso?"

"Não me chame de 'velhota', William. Ainda não tenho quarenta. Vou buscar meu regalo de pele."

Ainda não havia neve, mas estava bastante frio: uma geada intensa cobria todas as sebes desde Kensal Rise até Maida Hill. Mais adiante, postes e a iluminação de lampiões, lojas com janelas embaçadas, crianças sem luvas e com as mãos nas axilas. Cheiro de café queimado. Cidade!

"Que ano foi esse e que esforço hercúleo, se é que posso dizer isso... Realmente sinto como se mal tivesse visto você — ou as meninas. Estou animado para lhe mostrar os desdobramentos do meu trabalho!"

Eliza estava curiosa para vê-los. Vinha cuidando da casa em Kensal Rise. Quando não estava fazendo isso, estava consolando três meninas de luto durante as férias escolares, que eram frequentes demais. Enquanto isso, William hospedara-se no Sussex. Era um hotel bastante pobre, mas ele gostava de lá, principalmente por ficar perto de seus editores. O resultado dessa conveniência foi que dois romances, escritos ao mesmo tempo, foram concluídos no prazo de um ano: *Guy Fawkes* e *A torre de Londres*. Ambos foram publicados em série no que era agora — já que Dickens havia renunciado a ela — a revista literária do próprio William, a *Bentley's Miscellany*. Ele havia produzido quatro capítulos por semana desde janeiro, entregando-os pessoalmente à gráfica, sem comentários de Eliza ou qualquer oportunidade de modificá-los. Durante anos ela tinha se ressentido um pouco por ser a editora de William de facto, mas não ter sido sequer convidada era uma afronta em um sentido diferente. Ela não era mais necessária. Será que precisava ser necessária?

"E quando você olha para trás", disse William, que não tinha parado para respirar desde Marble Arch, "digo, para o nosso sofrimento recente, é realmente notável como as coisas melhoraram."

"Bem, sim, acho que sim. Embora Anne-Blanche ainda chore até dormir..."

William deteve seu passo rápido e olhou confuso para além da sra. Touchet, em direção ao Palácio de Kensington.

"Eu estava falando daquele assunto sobre o *Sheppard*..."

"Ah."

"Na época foi tão excruciante, e ainda assim... Tudo passa. Banido do Clube Trinity! Barrado no Clube Athenaeum. Praticamente acusado de assassinato..."

"Não vamos exagerar, William."

"... apesar disso, agora que a tempestade *Sheppard* dá a impressão de ter passado, é realmente gratificante sentir o sol brilhando sobre nós mais uma vez. Não me importo nem mesmo com aqueles que talvez tenham tentado me colocar na sombra em um momento ou outro — Forster e Thackery, por exemplo. Não me ofendo e não consigo entender esses literatos que guardam rancor, como se uma crítica ruim fosse uma ferida mortal! Eu digo: deixe o passado para trás. Ficarei feliz em ver os dois hoje à noite. Já contei que o *Torre*, em particular, parece estar vendendo a uma velocidade incrível? Mal conseguimos imprimir a maldita coisa com rapidez suficiente."

Como é fácil tratar bem as pessoas quando as coisas vão bem para você!, pensou a sra. Touchet. Em voz alta, ela disse: "Notícias alegres".

"*Muito* alegres. Só gostaria que tivéssemos conseguido convencer Crossley a vir até aqui. Gostaria de comemorar com ele."

"William, Crossley nunca veio a Londres. Ele nunca virá a Londres. Você é um tolo por continuar a convidá-lo."

"Rá! O que você chama de tolice, sra. Touchet, eu chamo de otimismo eterno. Sempre espero o melhor, e o mais engraçado é que quase sempre sou recompensado!"

"Hummm."

Viraram na Strand Street, onde aparentemente já era Natal. Era um pecado ter pavor do Natal, mas ela se angustiava de ver as vitrines das lojas enfeitadas com correntes de papel. Na época do Natal, seus ressentimentos domésticos transbordavam. Quem iria cortar todas aquelas fitas e tirar as bagas de azevinho amassadas e grudadas no assoalho? Quem iria envolver todas aquelas salsichas de porco no bacon? Quem iria se lembrar de comprar cravo-da-índia e laranjas? Sabendo a resposta, a sra. Touchet sentiu aquela irritabilidade generalizada se transformar em um rancor semelhante ao de uma Megera, inadequado para uma festa repleta de jovens literatos. Mas ali estavam todos eles, na sala de jantar, aclamando a chegada tardia do anfitrião, que tinha um graveto preso em seus famosos cachos e que realmente deveria ter pegado um coche de aluguel como qualquer romancista que se preze. Pendurando o sobretudo dele bem devagar em um gancho, a sra. Touchet fez uma inspeção sub-reptícia e invertida dos convidados através de um espelho jateado. Maclise, Dickens, Kenealy, Maginn, Thackeray, Forster, além de vários rostos novos, nem todos jovens, mas todos de bochechas vermelhas e em um estado de embriaguez avançada. Uma dupla de garotas bem-arrumadas trazia agora pratos de costeletas e batatas, que chegavam em pouca quantidade e muito tarde. As rodadas de brindes não podiam ser interrompidas agora. William se lançou ao desafio de imediato:

"Deixe-me falar pelo major Elrington! Se você não o conhece, ele é o Governador da Torre, e sem a ajuda dele Cruikshank e eu... Onde está Cruikshank...?"

"Chegando! Do mais profundo leste de Londres!"

"Tenha pena do homem que não conhece nem o norte nem o oeste."

"De fato, é digno de pena! Ora: sem o major Elrington, as maravilhas arquitetônicas da Torre teriam permanecido desconhecidas para Cruikshank e para mim e, portanto, esse livro — que é a razão de nos reunirmos esta noite para celebrar — nunca teria existido. Lembro-me bem da noite em que George e eu avançamos para a pequena praia de Hungerford Stairs, aguardando um barco, com a nobre Torre pouco visível ao luar e ainda assim parecendo acenar para nós do outro lado do turbulento Tâmisa..."

A sra. Touchet, pressentindo uma longa narrativa, aproveitou sua melhor chance, atravessando depressa a sala para procurar um assento mais distante do círculo de autocongratulações. Ela se viu ao lado de Kenealy.

"Já foi chamado para fazer um brinde, sr. Kenealy?"

"Não. Infelizmente acredito em falar com um propósito."

A sra. Touchet riu: "Ah, então você acha que está no lugar errado?".

O sr. Kenealy não riu: "Acho que vim para Londres em busca de substância e me vejo sempre fustigado pelo calor".

"Entendo. Mas na Irlanda as pessoas são realmente tão sérias, sr. Kenealy?"

"Elas conhecem Deus", disse esse homem estranho, e atravessou a sala como se os dois não estivessem conversando. A sra. Touchet ainda estava se recompondo do choque de tal brusquidão irlandesa quando ouviu seu nome tilintando:

"Um brinde à sra. Touchet!"

"É isso! É isso!"

"Uma ode à sra. Touchet! Uma balada para ela! Defensora das mulheres! Defensora dos escravos!"

"Rainha de Exeter Hall!"

"Quais são as notícias sobre a Convenção, sra. Touchet? Os escravos dos Estados Unidos serão finalmente libertados?"

A sra. Touchet se ergueu, voltando ao círculo, a fim de acabar com aquele absurdo e tentar falar em seu próprio nome:

"A Convenção Antiescravidão foi realizada em junho. Mas as mulheres foram impedidas de participar, sr. Dickens. Para minha fúria e consternação, não pude comparecer."

Houve um suspiro cômico coletivo, interrompido por Cruikshank, que acabara de entrar. Para os olhos experientes da sra. Touchet, ele já tinha emborcado alguns copos:

"Impedidas? Não, não, acho que não, sra. Touchet — não, eu diria que está enganada. Fui ver a pintura de Haydon da história toda, você sabe, na semana passada, na Academia — nós, humildes caricaturistas, somos conhecidos por visitar galerias de arte pontuais —, e ela estava malfeita, se quer saber, e com uma concepção infantil de perspectiva — mais parecia um celeiro do que Exeter Hall. Mas com certeza há senhoras nela! Eu me lembro dos rostos."

"Que nunca se diga que Cruikshank esquece o rosto de uma dama!"

A sra. Touchet sentiu o rosto arder.

"Apostamos nas senhoras dos Estados Unidos!"

"Nas persistentes senhoras dos Estados Unidos!"

"Nas muito persistentes senhoras dos Estados Unidos que usam calças turcas!"

"Se ao menos a sra. Touchet fosse tão persistente quanto essas senhoras dos Estados Unidos que usam calças turcas!"

Encorajado talvez pela menção à Turquia, Cruikshank lançou-se em uma interpretação de "Lord Bateman", acrescentando mais versos do que a sra. Touchet jamais imaginara existir. Ficou feliz com isso: seu rosto ainda ardia. Só quando Bateman foi libertado daquela lendária prisão turca — tendo trocado sua liberdade por suas abundantes terras em Northumberland — foi que sentiu a cor desaparecer das bochechas.

Em seu constrangimento, não havia olhado ao redor nem notado que Thackeray estava sentado à sua esquerda. Agora ele se levantou e anunciou um brinde para o desacreditado jornalista e agitador político Richard Carlile, aquele "herói dos pobres", que a sra. Touchet achava que geralmente tinha razão acerca da imprensa, da polícia, das mulheres e do sexo, mas que estava totalmente errado sobre Deus:

"Não pretendo estragar esta alegre ocasião", disse Thackeray, fazendo exatamente isso em seguida, "mas sinto que cabe a mim propor um brinde ao nosso mais corajoso e mais ignominiosamente maltratado Carlile, cujo escritório fica ao lado deste belo estabelecimento e que esteve em pessoa com o povo todos aqueles anos em Peterloo. Foi Carlile quem publicou nosso amado *Direitos do homem* e o tão saudoso *Republicano*, só para ser encarcerado por seu trabalho, e é o exemplo de Carlile que espero — *rezo* — que tanto vá enobrecer quanto humilhar a todos nós que escrevemos para ganhar a vida, mas que não fazemos sacrifícios por isso, como esse grande homem fez. A Carlile!"

"Viva Carlile!"

"É isso! É isso!"

Thackeray voltou a se sentar entre William e a sra. Touchet, seu nariz de porco dilatado de orgulho. William se voltou para ele com cordialidade:

"Bem dito, senhor! Muito bem dito! O que *houve* com o *Republicano*? Todos nós o adorávamos quando jovens, em nossos dias de cabeça quente, e ainda assim ele fracassou... Parece que isso acontece com muitos periódicos, sobretudo os políticos — sabe-se lá por quê. Mas meu *Bentley's* está em boas condições, se assim posso dizer! Falando nisso, sabe, preciso falar com Charles a respeito de um assunto..."

A sra. Touchet e Thackeray observaram William encurralar Charles do outro lado da sala. Ela podia sentir a exasperação subindo de Thackeray como vapor.

"Desapareceu! Bom Deus, o governo o extinguiu com impostos. Foi uma política deliberada de repressão."

A sra. Touchet decidiu ser desleal:

"Meu primo é um homem gentil e generoso, sr. Thackeray, mas política não é o forte dele."

"Qual *é* o forte dele exatamente?"

A sra. Touchet ficou em silêncio. Foi a vez de outra pessoa corar.

"Me desculpe, sra. Touchet. Bebi demais. Ele é seu primo. E seu primo se sai muito bem, de acordo com todos os relatos, muito melhor, na verdade, do que eu. Nenhuma crítica minha pode prejudicá-lo."

"Pode até ser, mas teoricamente você deveria ser amigo dele."

Ela o observou respirar fundo. Era o tipo de homem que se sentia obrigado a dizer a verdade o tempo todo, por mais desconfortável que ela pudesse ser para os outros. Odiava pessoas assim.

"Na minha opinião, sra. Touchet, se eu posso ser muito sincero, acredito que você colocou o dedo na ferida. O que tão tolamente chamamos de 'cena literária' — antes de tudo uma expressão vulgar e ridícula — é na verdade apenas '*Você me bajula e eu bajulo você*', feito em nome da amizade, noite e dia. Sinto muito dizer isso, mas nosso querido Ainsworth... Bem, em primeiro lugar, ele confunde com muita facilidade títulos com talento. Atualmente, todas as páginas da *Bentley's* são escritas por uma Lady Fulana-de-Tal ou por um Sir Seja-Qual-For-o-Nome-Dele. E qual é o resultado? Uma baboseira incompreensível. Mas não sei por que alguém imaginou que essa editoria fosse capaz de ter algum discernimento, quando o próprio editor comete erros com tanta frequência..."

A sra. Touchet segurava o copo bem apertado na mão — já tinha bebido dois copos grandes —, mas o resto da temida frase de Thackeray não chegou.

"Me perdoe. De fato, bebi demais."

"Você disse o que pretendia dizer em um país livre. Por favor, termine."

"Bem, não é uma crítica tão terrível, eu só ia dizer que... bem, talvez seu primo confunda informação com interesse com muita frequência. Sobretudo nesse último volume."

A sra. Touchet suspirou e conteve a língua. No passado, parara de ler os romances de William perto do fim, no meio do caminho, e, em uma ocasião, depois de ter lido somente o segundo capítulo. Mas nunca havia sido derrotada pela primeira página — até agora.

"Fui até Kensal DUAS VEZES na semana passada. A CADA VEZ só para ouvir que você 'NÃO ESTAVA EM CASA!'"

A sra. Touchet se virou para descobrir a origem das vozes alteradas e não encontrou o esperado sr. Forster, e sim Cruikshank e William, o escritor encolhido no assento da janela e o ilustrador pairando sobre ele.

"Eu não estava! Eu estava *aqui*, Cruikshank, escrevendo. George, sinto muito se você está chateado, mas não tínhamos contrato para o *St. Paul's*, e quando alguém é abordado pelo *Sunday Times* é natural que..."

"Apertamos as mãos, senhor! Isso geralmente é um contrato suficiente para qualquer homem honrado! A menos que ele seja algum tipo de FRAUDE."

A sra. Touchet, pressentindo o desastre, ergueu-se de repente e propôs um brinde à jovem rainha.

"Boa ideia, sra. Touchet! À rainha!"

"E à nova princesa!"

"Muito bem dito! Um brinde à jovem rainha, à sua nova princesa e à saúde e glória do reino!"

"Melhor ainda — vamos cantar!"

Todos os jovens literatos se ergueram para ficar de frente para o retrato de Victoria. Encharcados de vinho, segurando os cotovelos uns dos outros, cantaram com entusiasmo sobre o que os britânicos nunca, jamais e em tempo algum serão.

18. A primeira página de *A Torre de Londres*

EM 10 DE JULHO DE 1553, CERCA DE DUAS HORAS APÓS O MEIO-DIA, uma forte descarga de material bélico irrompeu das torres da Durham House, então residência do duque de Northumberland, o grão-mestre do reino e ocupando o local do moderno conjunto de edificações conhecido como Adelphi; e, a um sinal, foi imediatamente respondida de todos os pontos ao longo do rio onde a artilharia pesada montada sobre rodas ou canhões poderia ser assentada — do hospital adjacente do Savoy —, do antigo palácio de Bridwell, recentemente convertido em uma casa de correção por Eduardo VI, por ordem de Ridley, bispo de Londres —, do Castelo de Baynard, a residência do conde de Pembroke —, dos portões da ponte de Londres —, e, por último, da bateria de artilharia da Torre —, uma galante caravana apareceu gradualmente no portão sul da mansão imponente acima mencionada e desceu as escadas que levavam à beira da água, onde, designado para sua recepção, estava um esquadrão de cinquenta barcaças soberbamente revestidas de dourado — algumas decoradas com estandartes e serpentinas, outras com tecidos de ouro e tapeçarias, bordados com os símbolos das companhias cívicas, outras com inúmeras flâmulas de seda às quais estavam presos pequenos sinos de prata, "fazendo um belo barulho e um belo suspiro quando balançavam ao vento", ao passo que outras, reservadas para os personagens mais importantes da cerimônia, estavam cobertas nas laterais por escudos maravilhosamente estampados com os brasões dos diferentes nobres e pessoas honradas que compunham o conselho privado, em meio aos quais a insígnia do duque de Northumberland — um leão exuberante, ou *quevée* duplo de coloração verde-esmeralda — aparecia orgulhosamente

19. Uma teoria da verdade

Era hora de a sra. Touchet decidir no que de fato acreditava. Separar realidade de ficção de uma vez por todas. Ficara preocupada com a ideia de que "a lei" precisava de uma teoria da lei. Depois de oitenta e cinco dias de tribunal, estava tendo problemas semelhantes com "a verdade". Será que a verdade precisava de uma teoria da verdade?

Falsus in uno, falsus in omnibus — assim dizia Kenealy. Ele usava o preceito livremente, brandindo-o contra as testemunhas, os advogados, os juízes, o próprio Cockburn, a Igreja Católica, a imprensa, Westminster e todo o sistema judiciário. Qualquer morador de Wapping que comprovadamente tivesse mentido para o cobrador de aluguel, o dono da mercearia ou o oficial de Justiça não era confiável na questão de Arthur Orton. Soldados que uma vez haviam se esquivado de um dia de treinamento para ir ao vilarejo beber um copinho de sidra — esses homens não tinham escrúpulos e poderiam dizer qualquer coisa sobre a existência ou não de tatuagens. Acontece que Gosford, o administrador, havia mentido sobre suas finanças pessoais. Portanto, não se podia confiar nele sobre o possível conteúdo do pacote lacrado ou sobre qualquer outra coisa:

"*Falso em uma coisa, falso em tudo* — é um princípio fundamental da lei. E *este* homem" — Kenealy tinha o hábito de apontar acusadoramente, como se para um mártir preso à estaca ou para uma bruxa amarrada em sua cadeira para o teste de afogamento — "o violou!"

Cockburn fez objeção a isso, lembrando ao júri que não existia tal princípio na lei comum. Em voz baixa Kenealy respondeu que essa era a lei do céu e que era uma grande vergonha que a Bancada da Rainha ficasse na nona região do inferno. Mas sua *sotto voce*, como a do sr. Forster, era perfeitamente audível para todo mundo. Ele recebeu a censura da bancada. Ele a recebia com frequência. Por resmungar, vociferar, blasfemar, pregar sermões, dar lições de moral e embarcar em incríveis tergiversações retóricas, algumas com duração de duas semanas ou mais. As pessoas adoravam. O espetáculo de um homem de Cork enfrentando a elite dominante animou um verão opressivamente quente e foi uma agradável distração da crise financeira. Se a sra. Touchet não tomasse o primeiro trem para a cidade, ela não poderia garantir seu assento e, ao final de um dia de procedimentos, a multidão do lado de fora era suficiente para encher o tribunal cinco vezes.

No trem de volta para casa, ela e Sarah se divertiam com os caricaturistas. Tichborne como o Jaguadarte, Kenealy como o Chapeleiro, Hawkins como o Coelho e Bogle como o Arganaz. Tichborne e Bogle se afogando no Tâmisa, Kenealy os conduzindo em direção às margens de Westminster, e Cockburn chutando os dois de volta para a água — a palavra JUSTIÇA pintada na sola do sapato dele. Kenealy como são Jorge, cravando a Espada de Tichborne no dragão do Judiciário. Kenealy como um domador de leões, o Requerente como um palhaço, Bogle como um equilibrista e Cockburn como o chefão, todos sob uma tenda de circo. O que por fim sugeriu, para a sra. Touchet, outra potencial teoria da verdade: *De todos os lugares em que a verdade pode aparecer, talvez o menos provável seja um circo.*

20. Os mistérios de Bogle e Luie

Andrew Bogle entrou no tribunal e depôs mais uma vez. Era impossível imaginá-lo sendo falso em uma coisa ou outra. Com muita calma e grande clareza, repetiu tudo o que havia dito no julgamento civil. Uma teoria da verdade é que aqueles que a dizem não demonstram ansiedade: esse era o sr. Bogle. Mas será que uma pessoa pode ser sinceramente falsa? Ou seja, ser falsa e não saber disso? Ela achava quase inconcebível que ele tivesse passado informações ao Requerente, exceto, talvez, sem querer. No entanto, sabia que ele era um homem astuto e inteligente...

Mas que mistério era o sr. Bogle! Desde o dia das costeletas de porco, ela havia feito muitas tentativas desajeitadas e malsucedidas de reavivar a intimidade daquela tarde, mas quando ela se preparava para dar de cara com ele nos corredores — ou chamar a atenção dele de seu lugar na fileira superior —, ele parecia assustado, desconfortável. Quando o caminho deles se cruzava, era só Henry quem falava com ela, enquanto o Bogle mais velho dava suas desculpas — articulações doloridas —, desejava-lhe um bom-dia e sumia de vista. Será que a considerava uma vampira?

Ela só queria saber o que se podia saber sobre as outras pessoas! Ao tentar entender as outras pessoas, a sra. Touchet geralmente seguia o princípio de Terence. Nada que fosse humano lhe era estranho, assim como presumia que se alguma vez tivesse pensado ou sentido alguma coisa, bem, seria extremamente improvável que ela fosse a única pessoa a ter pensado ou sentido aquilo. E se um escravo como Terence podia se considerar exemplo de um padrão geral, por que não a sra. Touchet? Com esse espírito, ela agora ponderava a respeito de sua própria tendência de acreditar naquilo que mais precisava que fosse verdade. Sim, talvez Bogle precisasse acreditar, não podia *se dar ao luxo* de não acreditar. E se isso fosse verdade para ele, certamente também era verdade para Henry, para o sr. Onslow e para o sr. Baigent, sem mencionar todas aquelas pessoas otimistas que se agarravam a seus "Títulos Tichborne"... Um bom dinheiro foi jogado fora, rendas vitalícias anuladas, reputações penhoradas, todos os ovos colocados na cesta Tichborne. A sra. Touchet extraiu mais uma teoria da verdade dessas reflexões melancólicas: as pessoas mentem para si mesmas. As pessoas mentem para si mesmas o tempo todo.

A outra possibilidade — a de que Bogle fosse o mentor de todo o caso — ela rejeitou de imediato. Uma conspiração tão bem planejada não era algo que se pudesse imaginar vinda de um homem negro idoso, calmo, simples, honesto e de temperamento equilibrado como Negro Bogle, então Hawkins, sentindo uma relutância geral na sala de audiência em ver esse velho gentil ser interrogado de forma tão enérgica, optou por não se deter nele. Em vez disso, voltou à questão do *Osprey*. Esse era o navio que havia resgatado o Requerente das águas, levando-o para Melbourne — de acordo com o Requerente. Uma testemunha se lembrou de um *Osprey* na Austrália por volta dessa época; outra se lembrou de um navio com o mesmo nome no Rio de Janeiro, bem como de um comissário de bordo que havia navegado nele: um dinamarquês chamado Jean Luie. *Para onde tudo isso está indo?*, a sra. Touchet se perguntava. Desejava que as páginas da vida pudessem ser folheadas para a frente como as de um romance, para ver se valia a pena prestar atenção ao que viria a seguir no presente. Estava completamente despreparada para o que viria a seguir. Kenealy se aproximou da bancada, com seu resumo erguido como uma tábua de Moisés: "Chamo para depor: JEAN LUIE".

Um homem de barba exuberante, chapéu barato e um pesado paletó de lã entrou no espaço das testemunhas. Sarah identificou seu sotaque como "estrangeiro". Sim, ele havia resgatado Sir Roger. Sim, era Sir Roger que estava sentado ali. Não, Sir Roger não tinha tatuagem. O sr. Luie havia cuidado pessoalmente dele e saberia. A sra. Touchet, atônita, esperava a atitude triunfante de sua companheira de tribunal, mas Sarah tinha os braços cruzados sobre o peito, como se quisesse impedir a entrada do testemunho desse sr. Luie em seu coração:

"Eu lhe digo que não gosto disso. Conveniente demais, de longe. Além do mais, os olhos dele são juntos demais. E não gosto da expressão no rosto dele. É a típica cara de um vigarista, acredite, já vi muitas. Eu lhe digo que estou tendo um mau pressentimento nas minhas partes íntimas. Diga o que quiser do velho Negro Bogle, mas ele tem uma cara honesta, mesmo que seja sombria feito o diabo! Onde estava o Luie quando tivemos o primeiro julgamento? Eu lhe digo, é uma armadilha! O pobre Kenealy vai viver para se arrepender dessa especulação de Luie. Ele é uma aposta ruim, sra. Touchet, pode anotar as minhas palavras."

Muitas das paixões liberais da sra. Touchet tinham origem no provérbio "*Acabe com a reputação de um cachorro e o enfor-*

que",* cuja verdade a atingira com grande força na infância. O sentido da vida era manter a mente aberta, nunca julgar com base em aparências ou reputações e sempre tomar decisões calcadas apenas em evidências. Continuou a levar essa ideia a sério na maturidade, muito depois que a maioria das pessoas sensatas a abandonou. Repreendeu Sarah por seu preconceito e, dessa forma, se enfurnou em um canto. Por quase um mês, ela se juntou aos partidários de Jean Luie. Houve entusiasmadas aparições de diferentes *Ospreys*, exames de listas de tripulação, testemunhas que nunca tinham ouvido falar desse Jean Luie, outras que achavam que o nome soava familiar, a apresentação de registros de naufrágios e muito interrogatório de funcionários da alfândega — até que certa manhã dois guardas entraram no tribunal e identificaram o sr. Luie como um condenado recém-libertado, na verdade um sueco chamado Lundgren, que atualmente era um membro ativo do Fundo de Defesa Tichborne.

* *Give a dog a bad name and hang him.* Segundo o provérbio, a pessoa acusada de cometer um ato ruim, ou de ser algo ruim, será influenciada pelo rótulo negativo recebido. (N. T.)

21. Espaço aberto

Embora havia muito fascinada por cantores etíopes — autênticos ou pintados, melancólicos ou cômicos —, a sra. Touchet nunca imaginou assistir a um concerto formal dessa música, muito menos com alguém como Henry Bogle a seu lado.

No entanto, uma semana depois da terça-feira, era exatamente isso que pretendia fazer.

Não pôde deixar de notar que as linhas de demarcação em torno dela estavam se dissipando e mudando com a idade. Ao passo que, em muitas outras pessoas que conhecia — nos homens, em especial —, essas mesmas linhas haviam se tornado mais definidas. Novas cercas foram erguidas, às vezes muros, às vezes muralhas. Não deixou de se congratular por causa dessa diferença.

Ela disse a William que estava indo ao Wigmore Hall para ouvir um francês tocar Bach.

22. Encanto

A sra. Touchet não tinha o hábito de cruzar o rio com frequência. Quando ela e Henry se aproximaram da margem sul — e o Tabernáculo Metropolitano despontou —, ficou inquieta. Claro que já tinha ouvido falar desse monumento ao protestantismo, mas a grandeza dele a chocou. Visto da água, ele parecia impressionante, quase tão gigantesco quanto o Vaticano. Uma vez lá dentro, porém, o projeto se mostrou racional de um modo tranquilizador e sem qualquer beleza, como o próprio protestantismo. Henry, com seu jeito meticuloso, pegou um lenço para colocar em seu assento. Juntos, calcularam o número de assentos em cerca de seis mil. Era uma noite quente e abafada, mas, quando a hora se aproximou, todos os lugares estavam ocupados.

"A reputação deles os precede. Primeiro cantaram para a rainha. Hoje, para seis mil britânicos. Que dia de progresso para o seu povo, Henry!"

"E para o seu, sra. Touchet."

Antes que ela pudesse responder, um aplauso colossal e ressoante encheu a vastidão. Logo atrás da orelha dela, uma mulher gritou *Bom, eles não são tão negros assim*, num tom que dava a entender que pretendia levar o assunto aos tribunais. A sra. Touchet, curiosa, olhou com seus binóculos de ópera para o pequeno palco circular abaixo. Quatro homens e sete mulheres haviam surgido. Alguns se pareciam com Andrew, outros com Henry, mas existiam várias outras nuances. O que mais a deixou perplexa foram as três jovens, que, daquela distância, poderiam ser confundidas com as filhas de William. Não havia ninguém como a personagem Topsy do romance *A cabana do Pai Tomás* com crinolinas infantis, ou como aqueles homens de uma trupe de menestréis, parados com suas cartolas surradas nas extremidades da fila. Apenas ternos sóbrios e vestidos modestos. A sra. Touchet, sempre sensível ao estado de espírito do público, captou confusão e discórdia na plateia, transformadas — após alguns minutos de sussurros urgentes — em nova acomodação. Que esses negros norte-americanos do Fisk Jubilee não se parecessem muito com os que se viam na Saint Giles Street, isso era de esperar. Estavam determinados a fazer as coisas de maneira diferente por lá. E se estivessem vestidos para ir à igreja, bem, ali não era uma igreja, e ainda por cima grandiosa? Mas uma igreja, para a sra. Touchet, tinha uma conotação diferente: uma igreja era apenas outra espécie de erro humano a ser reconhecido, como todos os outros. Esteticamente ela poderia ser persuadida por muitas igrejas, espiritualmente por algumas, mas nunca seria totalmente convencida. Não por qualquer templo feito por mãos humanas. Quanto a este "Tabernáculo", ele havia sido construído no local de um martírio bastante conhecido, portanto não era do agrado dela. Não gostava de ser lembrada dos excessos da rainha católica — nem de sua própria hipocrisia nesse ponto — e, uma vez que enveredava por essa linha de pensamento acusatória, achava muito difícil sair dela. O erro humano e a venalidade estão por toda parte, as igrejas são imperfeitas, a crueldade é comum, o poder é corrupto, os fracos vão para o paredão! Neste mundo, no que se pode confiar?

Quando Israel estava nas terras do Egito
Deixe meu povo ir
Oprimidos demais para que pudessem se insurgir
Deixe meu povo ir.

Arrebatamento. Beleza. O encanto traduzido — tornado visível! Será que já tinha ouvido música de verdade antes daquele momento?

23. O que podemos saber das outras pessoas?

Depois, se recompondo em frente ao Elephant & Castle, a sra. Touchet foi às lágrimas mais uma vez. A exultação viva! Que aqueles que estiveram em cativeiro havia tão pouco tempo erguessem a voz em canções tão alegres! Enquanto tentava transmitir um pouco dessa emoção agitada ao Bogle mais jovem, ele assentia e se abanava com o folheto da apresentação daquela noite, agitado de uma maneira diferente, distraído; de repente, ela percebeu que ele não estava ouvindo. Não pela primeira vez naquela noite, desejou estar ali com o Bogle mais velho. Desanimada, observou Henry examinando a multidão que saía, como se estivesse procurando um rosto em particular entre os seis mil, embora não tivesse mencionado nenhum plano para...

"Sra. Touchet, deixe que eu lhe apresente a srta. Jackson."

A sra. Touchet ficou muito ruborizada. Hesitou, sem saber o que fazer com as mãos. Fez algo estranho com a cabeça, uma espécie de movimento para trás, e em resposta a jovem negra à sua frente assentiu minimamente. Nada mais.

"Mas você é... você... você não é... uma das cantoras? Que

canto lindo! Que emblemático, se é que posso dizer assim, e que tangibilidade!"

Mais um ínfimo aceno de cabeça: "É muito gentil em dizer isso, senhora".

"Na semana passada, deixei meu cartão", explicou Henry, envergonhado, "oferecendo meus serviços como guia. Recebemos permissão dos acompanhantes dela e, como pode ver, a srta. Jackson aceitou minha oferta e agora me dá a honra de permitir que eu a leve para um passeio pela cidade."

Era apenas um garoto dizendo o tipo de coisa que achava que um homem deveria dizer. Ela notou a semelhança sombria das vestimentas dos jovens: roupas antiquadas e muito austeras, destinadas a dar uma impressão de decência irrepreensível. Esse formalismo de sala de visitas a desapontou de modo profundo. Seria isso, então, ser livre?

"Em vez de fazer da srta. Jackson uma turista, Henry, talvez seja melhor você lhe perguntar sobre sua história. Com certeza será uma história notável."

Disse isso na voz de reprimenda de sua mãe, morta havia muito tempo. Em resposta, a srta. Jackson sorriu com firmeza e não disse nada. Parecia estranhamente resistente à percepção que a sra. Touchet tinha de um evento importante. Por que essa jovem senhora estava tão determinada a se comportar como se não tivesse feito nada mais notável esta noite do que limpar uma cozinha ou servir uma refeição?

"A srta. Jackson está muito curiosa para ver o nosso 'Big Ben'."

A sra. Touchet franziu a testa, momentaneamente pega de surpresa pelo uso do pronome possessivo por Henry.

Em voz alta, disse: "Ah. Bem, não é muito longe".

"Pretendemos caminhar ao longo do rio. Não quer nos acompanhar, sra. Touchet? Sei como a senhora gosta de caminhar."

A sra. Touchet disse depressa que não os acompanharia. Um

alívio indisfarçável passou pelo rosto da srta. Jackson. A sra. Touchet ficou perplexa. Como era sombria essa srta. Jackson e, no entanto, como era orgulhosa, como era autoconfiante. Era bonita? A sra. Touchet não podia fazer nenhum julgamento, pois não tinha nenhum critério. No entanto, como especialista em desejo, se sentia em um terreno mais seguro com Henry. Ele tinha a aparência inconfundível de um garoto apaixonado. Parecia o pajem de Van Dyck olhando para sua princesa Henrietta com rosto de lua. Mas essa comparação só deixou a sra. Touchet ainda mais confusa, até porque Henry, sendo mais alto, olhava para baixo. E o único rosto branco como a lua era o dela.

Os três ficaram parados em um daqueles silêncios estranhos e etéreos, peculiares talvez à Inglaterra, em que uma conversa parece algo que ninguém jamais conseguiu levar a cabo, nunca, em tempo algum desde os primórdios da criação. A sra. Touchet tinha segurado vela durante grande parte da vida. Isso era diferente. Era uma sensação de exclusão desoladora, quase vertiginosa. Sentia uma consciência aguda de cada parte do rosto e do corpo, como se sua própria pessoa tivesse se afastado dela de repente, como se *ela mesma* fosse o elemento exótico surgido em cena de modo inesperado... Ah, mas que bobagem! Estava simplesmente muito quente, ela não era mais tão jovem como havia sido, seus pensamentos estavam confusos. Quando jovem, ela nunca havia entendido por que as mulheres idosas hesitavam tanto. Por que levavam as conversas a becos sem saída e quase sempre ficavam plantadas ali. Na época ela não sabia o que era não ter nenhuma definição no mundo, nenhum papel, nenhuma função. Não ser mais nem mesmo decorativa. Era muito fácil tropeçar, entender as coisas de forma errada ou não entender absolutamente nada. Estava oprimindo esses dois jovens que só queriam ficar sozinhos, conversar sobre assuntos que não eram do conhecimento dela.

Sentindo-se um tantinho humilhada, ficou quase muda enquanto eles se despediam de um jeito rígido e desajeitado. Ela observou os dois se afastarem em direção ao Parlamento, chamando a atenção de todos. Para a sra. Touchet, já não pareciam nobres filhos e filhas da África — cheios da graça do sofrimento, iluminados pela liberdade —, mas apenas um rapaz e uma moça tolos como quaisquer outros. Não conseguia se livrar de uma sensação de conspiração deles contra a sua pessoa. Uma conspiração de riso? De piedade? Durante todo o caminho para casa, a ideia a perseguiu como uma vergonha.

24. Um antigo mistério de Bogle, 1840

"Há algo muito misterioso em relação ao nosso sr. Bogle", comentou a nova sra. Doughty. "Ele nunca fica com raiva."

"Ah, todo mundo fica com raiva de vez em quando."

"Sim, Edward, esse é o meu ponto. Mas Bogle nunca fica. O Natal é uma época angustiante: ouço Lily batendo os pés na cozinha e Guilfoyle gritando com o garoto do estábulo. Mas nada aflige o sr. Bogle. Isso é misterioso. Se ele está com raiva, nunca demonstra — mas então para onde exatamente vai a raiva dele? Tem que ir para algum lugar. Às vezes, temo que esteja conspirando contra nós."

"Rá! Você lê romances demais, Kathryn. As senhoras deveriam parar de ler romances — nada de bom sai daí. Se dependesse de mim, uma petição nesse sentido seria levada ao Parlamento."

O próprio Bogle, que tinha ouvido essa conversa, só voltou a pensar nela em uma noite de meados de agosto. Estava trazendo o queijo, depois do jantar, e sir Edward, com uma pilha de jornais nas mãos, lia uma notícia em voz alta:

"No dia 15 de julho de 1840, cento e dez casas e anexos de negros foram consumidos pelo fogo, com móveis, roupas e outros bens de vários ocupantes, muitos dos quais escaparam com dificuldade da fúria das chamas, apenas com a roupa do corpo." Isso consta do relatório do comitê. Fiz parte desse maldito comitê. Graças a Deus saí desse negócio maldito quando saí!

A sra. Doughty aceitou um prato de queijo de Bogle e concordou com o marido que aquele era um negócio muito estranho, dada a frequência com que as coisas pareciam pegar fogo.

"Quantas vezes, Bogle? Quantas vezes dissemos a eles para não destruírem as pastagens em julho? Uma faísca, um sopro de vento e… vuuush! Ninguém ouvia. Ninguém em Esperança sabia nada de administração. Éramos eu e o Bogle contra todos eles!"

A nova sra. Doughty concordou que aquilo parecia muito difícil.

"Duvido que Buckingham sobreviva a isso. Que velho criminoso ele é! Estremeço só de pensar na extensão das dívidas dele nas circunstâncias atuais. Bogle, você pode limpar esses copos e trazer os de vinho do Porto. Ah, agora veja isto aqui: '*O comitê também ficou sabendo que somas consideráveis de dinheiro, em notas e moedas, de propriedade dos negros, foram perdidas. Muita prata foi encontrada derretida e calcinada na terra, vazada dos recipientes em que estava guardada*'. Sra. Doughty, a senhora não imagina quantas vezes tentei dizer àquele cabeça-dura do Buckingham que me deixasse pegar uma pá e cavar o chão ao redor daquelas malditas cabanas. Quem sabe quantas facas de manteiga e castiçais desapareceram da casa principal nas entranhas da terra! Mas ninguém me deu ouvidos. E agora vejam só. Minha nossa, Bogle, o que aconteceu com a sua mão?"

Bogle abriu seu punho trêmulo e viu os lindos pedacinhos de vidro verde caírem no chão, vermelhos de sangue, cintilantes.

25. “O grande problema está por fim resolvido”, 1844

Apesar dos problemas com o romance *Old Saint Paul’s*, era evidente que Cruikshank havia perdoado William o suficiente para concordar em ilustrar *Saint James’s ou a corte da rainha Anne: Um romance histórico* — um livro quase tão sem graça quanto o próprio reinado da rainha Anne. Pelo menos ele começou a participar dos jantares de novo. Thackeray também — mais vezes do que qualquer um queria que comparecesse —, e até mesmo Dickens reapareceu. Dickens, que tinha tantas outras coisas para fazer. Seria possível que William não tivesse adivinhado o motivo?

“Richard! Mas não esperávamos você! Vai ficar para o jantar?”

“Posso?”

“Ah, sempre temos uma ‘fonte abundante’ para o nosso sr. Horne. Você é de fato muito bem-vindo.”

“William, nesses aposentos você mantém uma beldade de cabelos louros, uma beldade de cabelos negros e uma beldade ruiva. É demais, sem dúvida. Você sempre deve esperar por mim!”

Fanny tinha dezessete anos, Emily quinze e Anne-Blanche era um ano mais nova. Elas *eram* lindas. Isso surpreendeu a sra.

Touchet, que nunca as havia considerado crianças atraentes. Ninguém competia mais para se sentar ao lado da prima-governanta de língua ácida. Essa honra passara a ser de Emily, cujos cabelos negros e pele de porcelana eram comparados aos de Diana com tanta frequência que se poderia pensar que ela tinha uma aljava de flechas presa às costas. Anne-Blanche foi beneficiada por alguma tia irlandesa distante de William e, sozinha, converteu Dickens à "adoração das ruivas". Fanny era a imagem da mãe. Essa semelhança causava dor à sra. Touchet. Tudo o que Fanny entendia era que a prima esquisita do pai não parecia gostar muito dela.

A sra. Touchet observava os literatos entrando e saindo da casa de um homem que não respeitavam, cuja mesa era apenas razoável e que ficava sem vinho do Porto com regularidade. A natureza básica e transacional de tudo! Era para *isso* que as filhas serviam? Até mesmo as garotas pareciam muito conscientes da condição básica da aparência delas à mesa, como se sempre tivessem sabido que deviam beleza aos homens e que agora havia chegado a hora de pagar essa dívida na íntegra. A reciprocidade que a sra. Touchet sempre acreditara ser possível, uma mesa idealizada, em torno da qual homens e mulheres se reuniam como iguais, usando apenas a inteligência — isso se revelou uma visão irremediavelmente ingênua. A beleza suplantou todas as outras considerações.

Sentia certa amargura. Mas sabia que, se deixasse a amargura dominá-la, o "prazer de sua companhia" seria não apenas indisputado, mas efetivamente evitado. Melhor adotar um otimismo frágil e forçado, consigo mesma e com todos os outros. Quando William leu para ela sua introdução a *Um novo espírito do tempo*, aconselhou-o vigorosamente a não se desesperar ou se vingar, e funcionou: lá estava o sr. Horne apenas um mês depois, bem-vindo ao jantar mais uma vez. Quando Thackeray atacou *Jack Sheppard* com base na moralidade, ela apresentou um forte argumento de que se tratava apenas de um caso de inveja, e William logo teve pena de Thackeray e o perdoou. Ainda assim, havia limites para esses fatores atenuantes. Às vezes não queremos ser convencidos a abandonar nossa tristeza, amargura ou raiva. Às vezes tudo o que queremos é consolo. Quem iria consolar a sra. Touchet?

"Veja isso!"

Eliza se sentou à mesa do café da manhã e olhou o jornal que havia sido jogado para ela. A bebedeira da noite passada a deixara com dor de cabeça. Disfarçar esse fato era seu único desejo naquela manhã.

"O *New York Sun*. Dos Estados Unidos?"

"Sim, Eliza, Estados Unidos. Dê uma *olhada* nele!"

A *Fraude*

ESCRITÓRIO DO SUN

13 de abril de 1844

10 horas da manhã

NOTÍCIA

SURPREENDENTE!

POR EXPRESSO VIA NORFOLK:

O

ATLÂNTICO ATRAVESSADO

EM

TRÊS DIAS!

SINAL DE TRIUNFO

DA

MÁQUINA

VOADORA

DO

SR. MONCK MASON!!!

Chegada à ilha de Sullivan,
perto de Charlestown, S. C.,
Do sr. Mason, sr. Robert Holland,
sr. Henson,
sr. Harrison Ainsworth,
e outros quatro

O grande problema está por fim resolvido. O ar, assim como a terra e o oceano, foi dominado pela ciência e se tornará uma estrada comum e conveniente para a humanidade. O Atlântico foi realmente atravessado em um balão…

O latejar na cabeça da sra. Touchet era enlouquecedor de verdade.

"William, me desculpe, mas não estou entendendo. Isto é um jornal?"

"Dá para ver que é!"

"Mas… você não esteve em nenhum tipo de balão. Além disso, um balão nunca poderia fazer uma viagem dessas."

"É uma farsa, Eliza. Uma espécie de Primeiro de Abril."

"Ah! Que esquisito!"

"O sr. Edgar Allan Poe é o verdadeiro autor deste artigo. Ele foi escrito para a diversão do público — embora a maioria aparentemente tenha acreditado!"

"Mas… por quê? Ainda não entendo. *Você* está no cesto do balão? Com que propósito?"

"'Eu' escrevo um diário desse evento imaginário. Que está reproduzido abaixo, em uma imitação da minha prosa. Sou o alvo da piada, Eliza. Eu, no caso, significando um personagem que nosso colega dos Estados Unidos tomou a liberdade de inventar!"

William se ergueu, folheou várias páginas e apertou um parágrafo de forma violenta com o dedo:

> ***As águas não dão voz aos céus. O imenso oceano flamejante se contorce e é torturado sem reclamar. As ondas montanhosas sugerem a ideia de inúmeros demônios gigantescos e mudos lutando em impotente agonia.***

Em meio ao latejar, a sra. Touchet tentou pensar em algo consolador para dizer. Pensou que jamais tinha visto o rosto do primo tão abatido, tão desolado, com uma carência tão infantil.

"Ele está zombando de mim, Lizzie? *Eu sou* uma fraude?"

26. Afunde ou nade

Pouco antes do Natal, foi presenteada, à mesa, com um pequeno livro marrom com bordas douradas, com a inscrição: *Para a sra. Touchet, de Charles Dickens, 17 de dezembro de 1843*. Parecia uma história de fantasmas para simplórios. Ela agradeceu e o colocou na estante. Três anos depois, ainda não o havia lido, mas, como todo mundo, agora estava quase tão familiarizada com o velho Scrooge e Marley, com os fantasmas e o Pequeno Tim — todos aqueles confeitos anglicanos — quanto com a própria época natalina. O sucesso do livro parecia ser ainda maior nos Estados Unidos, se é que uma coisa dessas era possível. Charles finalmente tinha ido além de meras vendas e chegado ao mesmerismo.

Aquilo tudo era muito difícil para William. Ele nunca disse uma palavra sobre o assunto, mas ela podia ver isso nele e em seus livros, que se tornaram mais frequentes, com temas mais sombrios. Adivinhou o objeto do romance seguinte no início da primavera, quando livros sobre o assunto começaram a chegar de Manchester: bruxaria. Naquele outono, ela tentou ler *As bruxas de Lancashire*:

> Nance Redfern, é preciso que se diga, era uma jovem muito formosa; mas nem sua beleza, nem sua juventude, nem seu sexo tiveram qualquer efeito sobre a multidão feroz, que estava acostumada demais a exibições tão brutais e degradantes para sentir qualquer coisa senão um deleite selvagem no espetáculo de uma criatura tão escandalosamente tratada e atormentada, e a única desculpa para a barbárie era a firme convicção de que lidavam com uma bruxa.

O teste de afogamento para identificar uma bruxa descrito em uma cena. Uma situação bem adequada aos interesses e talentos de William, do modo como se apresentavam. As tiras em volta dos pulsos. O tecido úmido enchendo a boca. O mergulho nas profundezas. Mas trinta páginas depois, era o próprio primo que se afogava. Ele sempre gostara de escrever cenas de tortura e restrição física, mas agora elas estavam desprovidas do romance e da emoção vicária habituais. Agora as cenas eram simplesmente sádicas. Apenas sangue e infortúnio. No entanto, o que ela de fato não esperava era a moralização:

> E quando, mesmo em nossos dias, tantas cenas revoltantes são encenadas para gratificar as paixões brutais da multidão, enquanto lutas de ringue são toleradas e animais miseráveis são incitados a se despedaçar uns aos outros, não é de admirar que, em tempos de menor conhecimento e refinamento, maiores crueldades sejam praticadas.

De todas as coisas para roubar de Charles, por que escolher os sermões?

27. Nos bastidores

Estou administrando o declínio. Assim pensava a sra. Touchet enquanto remendava as próprias roupas. O crepe surrado exigia um novo forro, o tecido canelado necessitava de remendos e as meias pediam cerzidos intermináveis: tudo isso levava tempo. Por que não podia usar o mesmo vestido preto todos os dias? Por que não podia andar nua ou com os muitos ternos que já não serviam em William? Em vez disso, tinha que administrar e manter esses últimos fragmentos de beleza. Até que a velhice chegasse e a libertasse dessa pantomima tediosa.

Nos jornais, leu a respeito do oposto do declínio: a revolução! Na Itália, França, Alemanha, Dinamarca, Polônia! Todas as manhãs, punha a cabeça para fora da janela do quarto com um espírito de antecipação. Tudo o que via era a sonolenta Harrow Road e seus exércitos de ovelhas. A Inglaterra estava imune?

Em setembro, uma carta interessante de Crossley foi recebida em Kensal Manor, endereçada a ambos:

14 de setembro de 1848

Prezados William e Eliza,

Vocês já devem ter ouvido falar que o chamado "Maior Devedor do Mundo" por fim perdeu a credibilidade por completo e que todo o conteúdo da Stowe House será leiloado. O homem nasceu com setenta mil libras, casou-se com uma quantia ainda maior, herdou metade da Jamaica e, ainda assim, está enterrado até o pescoço em uma dívida de um milhão de libras. Grande parte desse valor parece ter sido gasta com papel de parede. Bem, tudo isso é um negócio vergonhoso e um caso notório, mas devo admitir que meu interesse é tão somente pelos LIVROS *que serão vendidos na Sotheby's em janeiro. No momento minha saúde não permite que eu saia de Manchester. Tampouco prevejo que essa situação melhore nos próximos meses. Por isso imploro com humildade, pelo amor que têm por mim: será que um de vocês não aceitaria ir até a Sotheby's com uma plaquinha* CROSSLEY *e gentilmente oferecer um lance de até quarenta libras para a lista de livros aqui anexada? Eu ficaria "em dívida" com quem me prestasse esse favor, embora talvez não tanto quanto o pobre duque de Buckingham...*

Em janeiro, William foi à França para uma estadia prolongada. Era típico dele ir a um lugar logo depois de algo muito interessante ter acontecido lá. A sra. Touchet, por sua vez, foi à Sotheby's. Comprou livros sobre a rebelião de 1745, a Bolha dos Mares do Sul, práticas folclóricas medievais, Guy Fawkes, Defoe sobre a peste e muitas histórias de Londres, com o pleno conhecimento culposo de que estava mais ou menos atuando como intermediária. Assim como o ópio dos campos de papoula chega aos viciados nos portos, essas histórias acabariam voltando para William, dando origem a romances, ah, a muitos romances...

1º de julho de 1849

Querida Eliza,

Tristes notícias da França. Eu estava voltando pelos Pireneus, na esperança de encontrar nossos velhos amigos Lady B e d'Orsay em Paris, mas antes que conseguisse alcançá-los, a Lady morreu — deixando suas dívidas se administrarem sozinhas. D'Orsay, enquanto isso, ainda é procurado pela polícia inglesa! Os jornais daqui disseram que ela morreu de un cœur éclaté, que é uma maneira muito francesa de dizer que o coração estava dilatado e três vezes maior do que deveria. Mas é claro que nós que a amávamos já sabíamos disso…

Ele voltaria no Natal. Depois, na Páscoa. Ela enviou uma cópia de *Jane Eyre* para um endereço de encaminhamento em Viena. Em novembro ele escreveu de novo, com a notícia de que havia começado a redigir um romance autobiográfico e que perderia outro Natal. Levou muito tempo para que ela entendesse o óbvio: devia haver uma mulher — ou mulheres — no continente, e quem quer que ela ou elas fossem não poderiam ser trazidas para a Inglaterra de forma respeitável nem abandonadas por completo.

28. Teoria

A sra. Touchet tinha uma teoria. A Inglaterra não era um lugar real. A Inglaterra era um álibi elaborado. Nada de real acontecia na Inglaterra. Só jantares, colégios internos e falências. O resto, tudo o que os ingleses realmente faziam e realmente queriam, tudo o que desejavam, pegavam, usavam e descartavam — tudo isso eles faziam em outros lugares.

29. Infinitude, 1851

No mês de março seguinte, a sra. Touchet viu sua teoria favorita ser invertida, sob uma cúpula de cristal, no meio do Hyde Park. Tudo o que os britânicos já haviam feito em algum lugar agora estava aqui, em Londres, e em exibição. Ela foi com as garotas. Elas ficaram encantadas com a combinação de cavalheiros solteiros perambulando pela natureza, sanitários mecanizados, pelos quais se pagava um centavo, e tantas "baias" exóticas, cada uma representando algum aspecto da indústria global do país. Atrações favoritas da manhã:

O diamante Noor

Algumas pessoas de pele escura e cabelos sedosos, jamais vistas, vindas da Nova Zelândia

Um barômetro que usava sanguessugas para prever tempestades

Pausa para o almoço. Seguindo os elementos mais salubres da multidão, viram-se no segundo andar da antiga Casa Gore de Lady Blessington, recentemente convertida em um restaurante por Alexis Soyer. Não havia razão para explicar a pungência de tudo aquilo para as moças. A sra. Touchet comeu seu linguado de Dover cercada de mortos por todos os lados. Depois, de volta à batalha. Seguindo as garotas Ainsworth de espetáculo em espetáculo, a sra. Touchet observava as pessoas e se perguntava a respeito do sagrado. A indústria era sagrada para as pessoas, dava para ver isso, e a aquisição de terras. A irmandade dos homens e a força da libra esterlina eram praticamente a mesma coisa na cabeça deles, e a paz na terra significava só o fluxo suave de mercadorias, de Liverpool a Bombaim, de Melbourne a Manchester...

"De fato é uma *grande exposição*." Emily havia herdado do pai o hábito de dizer o óbvio. "O mundo civilizado inteiro está aqui!"

"E o incivilizado..." Fanny puxou a manga de Anne-Blanche até que a caçula dos Ainsworth foi forçada a se submeter a uma posição tutelada atrás da sra. Touchet, embora já tivesse vinte e um anos e muitas vezes parecesse a única adulta de verdade entre as três. Estava sendo protegida da visão de um grupo de africanos seminus no espaço reservado ao Reino do Daomé. Eles estavam sentados no chão do lado de fora de uma cabana de palha. Pareciam muito entediados. Enquanto as Ainsworth passavam apressadas, a sra. Touchet poderia jurar que ouvira um jovem membro da tribo dizer ao outro: *Onde é que ele está mesmo? Estou morrendo de vontade de mijar...*

Mas não ficou particularmente irritada com a Grande Exposição de 1851 até ler a avaliação simultânea do sr. Dickens e do sr. Horne a respeito do evento na revista semanal *Household Words*:

> Estamos caminhando na direção certa, rumo a uma condição superior de sociedade — no sentido político, moral, intelectual e religioso.

Será que eles acreditavam nisso de fato? De acordo com esses dois senhores, o paraíso logo chegaria à Terra. Era simplesmente inevitável, dado o progresso em toda parte. Apenas algumas poucas nações "estranhas, bárbaras ou excêntricas" estariam excluídas desse Éden, e apenas porque estavam presas demais aos próprios costumes, recusando-se perversamente a embarcar nas locomotivas construídas na Escócia, que no momento se precipitavam em direção à utopia. A China e os chineses eram o exemplo preferido.

> É muito curioso ter a Exposição de um povo que se pôs em ponto morto — sabe-se lá há quantas centenas de anos — lado a lado com a Exposição do mundo em movimento. Isso aponta para a moral de maneira surpreendente.

A moral, de acordo com o sr. Dickens e o sr. Horne, era o progresso. Adiante. Sempre em frente. Mais e maior. A humanidade precisava ser "avançada", a agricultura aperfeiçoada, a eficiência tornada ainda mais eficiente.

> Pense na grandeza dos resultados ingleses e na extraordinária pequenez dos chineses. Vá de nossa tecelagem de seda e da fiação de algodão, nós, bárbaros estrangeiros, às bolas de marfim laboriosamente esculpidas do Império florido, bola dentro de bola e círculo dentro de círculo, que não avançaram e não têm utilidade terrena há milhares de anos.

No entanto, essas bolas de marfim, que ofereciam o infinito na palma da mão, foram, para a sra. Touchet, o único momento de sublimidade — o único toque do sagrado — encontrado em todo aquele armazém de cristal.

30. Queima de estoque, 1852

O inverno chegou mais uma vez. A vida se restringiu. Apesar de terem passado a temporada de verão flertando com todos os solteiros de Londres, nenhuma das moças conseguiu convencer ninguém de que as filhas sem dote de um romancista que estava se afogando eram um bom investimento. Com William ainda na França, Fanny implorou à sra. Touchet que organizasse um jantar, mas, mesmo que a sra. Touchet estivesse inclinada a fazer uma coisa tão descarada, ler Dickens escrevendo sobre o "bloomerismo"* colocou seu coração contra Charles de forma permanente. Afinal, ele não gostava da ideia de sua esposa — ou de qualquer mulher — falar em público:

* Em um sentido literal, "bloomers" são as calças turcas mencionadas anteriormente, utilizadas no século XIX nos Estados Unidos e na Inglaterra como alternativa aos pesados vestidos. No entanto, o termo "bloomer" também faz referência à luta pelos direitos das mulheres, uma vez que eram esses os trajes utilizados por aquelas que muitas vezes estavam na linha de frente dos movimentos. (N. T.)

Pessoalmente, admitimos que nossa mente ficaria perturbada se nossa própria matriz doméstica considerasse necessário se entrincheirar atrás de uma pequena mesa ornamentada com uma garrafa de água e um copo e, dessa posição fortificada, apresentar-se ao público.

"Ah, por que você lê essa coisa, se a irrita tanto!?", Fanny quis saber. "Você está arruinando as nossas perspectivas!"

Uma frase terrível quase escapou da sra. Touchet: *Vocês não têm perspectivas!* Em vez disso, a blindagem da Megera se ergueu. Ela deixou de lado a última edição da *Household Words* e seguiu em silêncio para o quarto. Sempre que William se ausentava por longos períodos, esses silêncios se abriam dentro dela. Às vezes se perguntava a respeito dos limites deles. Até onde um silêncio poderia se estender? Ela se imaginava pronta para um convento. Uma vida de contemplação silenciosa não a assustava, não, não mais. O que a deixava petrificada era a interminável tagarelice que se ouvia em todos os lugares por onde passava.

3 de janeiro de 1852

Minha querida Eliza,

Em Madri encontrei um homem dos Estados Unidos tagarela e barulhento — existe outro tipo de sujeito nos Estados Unidos? — que anunciou o seguinte: "Paris é a mais bem-vestida, Roma é de longe a mais bonita, Berlim nos supera em intelecto e você precisa acreditar em mim quando digo que Nova York é o lugar mais estimulante do mundo. O que Londres tem para recomendá-la?". Pensei em você e respondi com grande confiança: "As pessoas. Em Londres, senhor, as pessoas são excepcionalmente interessantes!".

Às vezes, dizer o óbvio tem uma beleza própria. As pessoas de Londres eram *excepcionalmente interessantes*. Mas será que eram tão interessantes quanto já haviam sido? Uma das complicações de lidar com o declínio era a nostalgia. Agora aqueles jantares dos anos 1830 pareciam dourados para ela, e todos aqueles irritantes jovens literatos se transformaram em pessoas que ela se sentia quase sortuda por ter conhecido — apesar de Dickens. Mesmo as pessoas que ela claramente desprezava na época, agora via-se lembrando delas com um carinho sentimental...

Foi com esse espírito de autoengano que ela tomou o ônibus para Kensington em uma bela manhã de maio, descendo em frente à Gore House. Não estava sozinha: centenas de pessoas tiveram a mesma ideia, embora não soubesse se as motivações delas eram nostalgia, curiosidade, *Schadenfreude* ou o simples desejo de fazer um bom negócio. Ela foi de espaço em espaço, mexendo nas pequenas etiquetas de papel amarelo, que marcavam os preços, atadas a tudo, de cortinas harpa, do busto de Napoleão às próprias estantes. Era o último dia da Queima de Estoque de Blessington: ouviu um comerciante de tecidos *cockney* dizer a um velho judeu que vinte mil pessoas tinham entrado e saído desde a última quinta-feira. Não restava muita coisa de valor, apenas objetos grandes demais, ou caros demais, ou feios demais, ou pouco práticos. A sra. Touchet comprou uma pequena porcelana alemã de duas crianças negras, uma sussurrando para a outra, intitulada: UM SEGREDO OBSCURO.

31. Os anos de Brighton, 1853-67

William voltou da Europa com uma cópia de *A cabana do Pai Tomás* e a notícia de que uma mudança se aproximava. Emily cometeu o erro de mencionar a recente mudança de Charles da Doughty Street para a ainda mais grandiosa Tavistock Square, forçando William a ser explícito: "Infelizmente nossa mudança será em outra direção. Kensal Manor está agora além das nossas possibilidades". A outra direção era o sul. Nem mesmo a sra. Touchet conseguiu imaginar até que ponto ao sul as coisas iriam. Mas quando Brighton foi anunciada, ela sentiu um certo alívio nas moças. Londres era o cenário do fracasso delas.

Passaram catorze anos naquela casa alta, estreita e de estuque branco de frente para o mar. Olhando para trás, ela achava difícil fazer um relato adequado daquela época. Nos invernos, um vento frio soprava do mar e balançava as janelas, mas aquelas ondas de calor interno que antes a dominavam, deixavam suas bochechas escarlate e encharcavam seu corpete já tinham acabado fazia muito tempo: agora sentia cada corrente de ar. No verão, as risadas e os gritos das crianças penetravam o vidro e atravessavam sua espinha dorsal. Em outras palavras, sua condição de solteirona se estendeu até lá, e três mulheres outrora jovens, com diferentes graus de resistência, juntaram-se a ela. Enquanto isso, William escreveu sobre um naco de bacon, Charles II, o Lorde Prefeito de Londres, o cardeal Pole, a Torre, de novo, e sobre si mesmo. Quase não viam ninguém além de um ao outro. Por mais que a sra. Touchet não gostasse de admitir, havia certa doçura nisso. Quando era jovem, queria conhecer todo mundo, tocar todo mundo, ser todo mundo, ir a toda parte! Agora achava que se você amasse — e fosse amada! — por duas pessoas na vida, você tinha todo o direito de se considerar um Midas. E quando as meninas estavam na cidade e ela e William iam à pequena varanda para ver o sol ofuscar o mar — ela se sentia rica.

32. Grandes uniões

Quando Anne-Blanche completou trinta e um anos, surpreendeu a todos no Arundel Terrace, número 5, com o anúncio de que pretendia se casar com um certo capitão Francis Swanson, da Artilharia Real. O capitão havia passado um período de licença em Brighton na primavera anterior. Fanny e Emily ficaram sem palavras. William riu e lhe prometeu um naco de bacon. Os dois se casaram em agosto, num pequeno vilarejo medieval chamado Hardmead em Buckinghamshire, terra natal do capitão, onde William teve de ser carregado do antigo pátio da igreja até a cerimônia, pois em cada lápide havia um romance em potencial à espreita. A cerimônia foi pouco concorrida; Fanny e Emily choraram o tempo inteiro. A sra. Touchet havia planejado com antecedência e arrancado de forma sorrateira as notícias dos Estados Unidos da primeira página do *The Times*. No exato momento da vitória de Anne-Blanche sobre todas as outras mulheres da família, a sra. Touchet estava alegremente acomodada em seu banco, com a notícia escondida no hinário, orando no íntimo pela rápida derrota dos Confederados.

* * *

Talvez não fosse tão estranho que, quando ela pensava nos "Anos de Brighton", o acontecimento que tivesse ficado gravado em sua lembrança não fosse aquele casamento, mas outra união muito mais pública, realizada um ano depois, na bela igreja Saint Nicholas, que era o local favorito da sra. Touchet em Brighton. Não tinha sido convidada, mas leu no jornal que a festa de casamento seria realizada à beira-mar, logo abaixo de sua janela. Às dez da manhã, ela e William ocuparam seus lugares na varanda superior, relegando Fanny e Emily à varanda inferior:

"Vejo eles!" Fanny tinha a visão mais distante da curva. "É como se fosse o Hyde Park de novo!"

Emily perdeu o fôlego: "Eles estão vestidos, é claro...".

A sra. Touchet fez o possível para ver além de suas pupilas e vislumbrar a pupila da rainha, a "Princesa Africana", que a rainha, em sua sabedoria, havia casado com um capitão, não muito diferente do capitão de Anne-Blanche, só que muito mais rico e também...

"... muito preto! Estou quase com medo."

William se inclinou sobre a grade da varanda: "Emily, não seja ridícula".

Havia dez belas charretes puxadas por dez cavalos cinzentos. A srta. Sara Ann Forbes Bonetta surpreendeu a sra. Touchet: muito ereta em sua charrete, a cabeça voltada para o mar. Ela mesma parecia uma rainha avaliando seus domínios. Ainda mais surpreendente foi a festa de casamento, que parecia ter sido idealizada tendo em mente a simetria, como um pedaço de papel de parede. Oito damas de honra inglesas cavalgavam com oito noivos africanos. Depois, atrás deles, num contraponto, vinham oito damas de honra africanas com oito ingleses. Fanny e Emily ficaram escandalizadas. William se mostrou mais filosófico:

“Nossa abençoada Vitória, em sua sabedoria, resgatou essa pobre criança da escravidão e da morte certa. Agora, esse próspero africano irá mantê-la naquelas elegantes crinolinas. Pois eu digo que é um negócio muito bem-feito. Fim.”

A sra. Touchet suspirou, se retirou da varanda e voltou a se sentar, levando o jornal. Só as crianças acham que uma pessoa pode salvar outra inteiramente. Só as crianças acham que o casamento significa: “Fim”. Enquanto isso, pensou a sra. Touchet, os Confederados estão ganhando terreno no Kentucky.

33. Uma viagem a Manchester, Dia da Panqueca, 1863

Forçado a se desviar de um mendigo na esquina da King Street de sua infância, William olhou suplicante para a prima: "Talvez não devêssemos ter vindo, Lizzy...".

Ela havia se esquecido do quanto a pobreza o assustava. Ela estava mais bem preparada para ver aquilo: sem romances para escrever, acompanhava as notícias com avidez. No trem, já havia calculado que se oitenta por cento do algodão para Manchester viesse dos estados do Sul e os produtos de algodão representassem quarenta por cento de todas as exportações britânicas — e uma proporção ainda maior da própria riqueza de Manchester —, bem, então era muito provável que estivessem prestes a desembarcar em uma cena de absoluta...

"Eliza, o rosto daquele homem estava meio comido. Ele não deveria estar fora de casa com um rosto assim. E todas aquelas crianças daqui até a estação estavam cobertas com trapos. Essa visita é um erro. Estou arrependido de ter deixado você me convencer a participar da corrida de panquecas de Olney!"

Ela sabia que ele tinha em mente um romance que se passava em 1745, e usara esse fato de forma implacável em suas manobras, lembrando-se e mandando buscar um livro antigo que certa vez comprara para Crossley. Tratava-se de um relato de uma testemunha ocular — escrito por um professor de Edimburgo — sobre a jornada de Bonny Prince Charlie desde os píncaros de Holyrood, passando por altas expectativas em Manchester, decepção em Derby, até, por fim, a retirada e o desastre em Culloden. William ficou encantado com a descrição da primeira visão que "a multidão" teve do jovem aspirante ao trono:

> Era um jovem alto e esguio, com cerca de um metro e oitenta de altura, de tez avermelhada, altivo, olhos castanhos grandes e vigilantes, rosto comprido, cabelos ruivos, que na época usava uma peruca clara. Vestia o Traje do Exército Jacobita, tinha uma faixa azul, trabalhada em ouro, que lhe caía sobre o ombro.

Muito menos agradáveis eram as multidões desesperadas nas ruas da cidade natal de William. Fábricas fechadas, mulheres magras em filas do lado de fora de todas as igrejas e instituições que ofereciam acomodações e empregos. Crianças famintas e descalças por toda parte! No entanto, para a sra. Touchet, tudo aquilo era uma visão da qual Manchester poderia se orgulhar com alguma cautela. Em Liverpool eles hasteavam bandeiras confederadas. Ela tentou se explicar:

"Tudo isso é consequência do embargo. O Sul deseja voltar a enviar algodão para cá, e poderia, dado o progresso atual — mas Manchester se mantém firme. Houve uma votação pública no Salão de Livre-Comércio, logo depois do Natal. Os trabalhadores recusaram. Não usarão algodão de escravos. Continuarão o boicote de Lincoln, em solidariedade a ele, não importa a que custo."

"Mas é evidente que o custo é muito alto. Qual o propósito de acrescentar miséria à miséria?"

"William, isso é como dizer: 'Qual é o propósito de pagar uma dívida?'. O pagamento de uma dívida não traz alegria a ninguém. Mesmo assim, ela é devida."

"Eliza, neste país abolimos o comércio, a prática e o próprio negócio. Nossa dívida para com os africanos certamente está paga na íntegra."

Eliza sentiu seu rosto ficar muito vermelho.

"E quem faz a contabilidade disso, exatamente?"

William estava de joelhos, examinando as vigas inferiores de um dos poucos edifícios elisabetanos que restavam na cidade. Ele virou a cabeça de maneira desajeitada e olhou para ela com uma expressão de pura perplexidade:

"Quem faz *o quê*?"

"Como, exatamente, deve ser feito o balanço desses livros infernais? E se a nossa contabilidade estiver muito aquém do esperado? De fato, pode ser que trezentos anos de tortura, assassinato e escravidão não tenham qualquer significado terren..."

"Se você está prestes a falar comigo mais uma vez sobre *aquele que toma meu manto*, peço que desista. Além disso, pelo que vejo, você tem seu próprio casaco, ao contrário daquela pobre alma."

A sra. Touchet não voltou a falar até que o jovem tiritante tivesse passado por eles.

"Estou muito ciente das minhas falhas, William. Minha intenção era apenas elogiar o povo trabalhador de Manchester. E sugerir que, talvez, sob a perspectiva de uma visão mais ampla e profunda que a sua, a minha ou a de qualquer outra pessoa neste mundo, esses sacrifícios podem se mostrar *o mínimo* que podemos fazer."

William suspirou, depois se ergueu e anotou um tipo diferente de medição em seu pequeno diário. "Eliza, você sempre teve a tendência de ser aquela pessoa que 'leva tudo aos extremos', como diz Charles. Na minha opinião, nunca há necessidade de 'levar tudo aos extremos'. Essas coisas têm uma maneira de se resolver sozinhas, pela graça daquele mesmo Deus que você tanto gosta de invocar. Quando jovem, escrevi um panfleto sobre o assunto."

Na viagem de volta para casa, a sra. Touchet relembrou aquele panfleto. O título era algo como *Uma investigação acerca da melhor maneira de trazer alívio imediato para as classes operárias nos distritos industriais*. Ele tinha vinte e um anos. Fora escrito para o sr. Ebers, pai de Frances, que na época dirigia uma pequena revista chamada *Literary Souvenir*. William o enviara a Eliza, para que o aprovasse, mas ela tinha apenas vinte e seis anos e era quase tão politicamente ingênua quanto o primo. Considerava uma indulgência sentimental, por exemplo, chorar por um povo distante e pagão, que trabalhava num clima quente e que, segundo todos os relatos, estava bem alojado e bem alimentado. Sobretudo quando tantos camponeses britânicos estavam sendo expulsos de suas antigas terras, deixados famintos e com frio ao relento ou forçados a trabalhar naquele tipo de instituição que disponibilizava acomodações. O fato de haver alguma correlação entre esses dois estados miseráveis ainda não lhe ocorrera. No entanto, mesmo naquele estado de espírito um bocado inocente, ela achou o panfleto dele curiosamente insatisfatório. Caridade: em essência, era essa a conclusão dos questionamentos de William. Bons cristãos com dinheiro deveriam abrir fundos de ajuda para bons cristãos sem dinheiro e, assim, bons cristãos pobres seriam remediados. Mas ela já havia começado a suspeitar de que o principal interesse do jovem primo pelos pobres poderia ser, na verdade, seus corpos, liberados, como ocorria com frequência, de todas aquelas frustrantes amarrações e espartilhos, anquinhas e meias. Com vinte e um anos, ele era um inveterado beliscador de traseiros de criadas e já ficava em êxtase por cozinheiras robustas de meia-idade. Embora na maioria das vezes ele fosse o patrão nos seus joguinhos particulares de primos — e ela, muitas vezes, a "empregada" —, na opinião dele ela devia ser uma empregada com planos revolucionários, pois era sempre o patrão que acabava de joelhos.

34. Kenealy faz a argumentação final, dezembro de 1873

A argumentação final de Kenealy durou o mês de dezembro inteiro e metade de janeiro. O foco da defesa era uma repetição interminável da questão de Wapping. Será que alguma vez uma fraude já teria feito algo tão estúpido, tão tremendamente incriminador quanto *ousar* ir a Wapping para visitar os Orton? Essa lógica Sarah considerava inatacável. Kenealy se defendeu com fúria das chacotas acerca desse ponto, insultando com os termos mais fortes qualquer pessoa no tribunal que tentasse questioná-lo. Suas batalhas com Cockburn agora eram diárias. À medida que fazia seus registros, ficou claro para a sra. Touchet que a situação havia se invertido. Kenealy agora considerava *a si mesmo* tanto vítima quanto réu:

> KENEALY: Fui tratado como nenhum outro advogado jamais foi tratado em Westminster Hall.
>
> COCKBURN: Porque, senhor, o senhor mesmo causou isso. Não se pode permitir que um advogado viole todas as regras comuns da

administração da justiça e ultraje todas as regras de decoro sem invocar sobre si mesmo a censura do tribunal.

KENEALY: Eu não reclamaria se a censura tivesse sido transmitida em termos diferentes, mas Vossa Senhoria empregou comigo a linguagem mais duramente ofensiva que poderia ter escolhido.

Enquanto isso, o Requerente continuava a rabiscar, aparentemente alheio ao drama que se desenrolava diante dele e por causa dele. Ela soube por Henry que ele estava morando em uma casa geminada em Rochester Square, alugada por seus muitos apoiadores, e que tinha como companhia apenas uma amada cachorrinha da raça pug. Sua esposa e seus filhos havia muito tinham sido levados para o sul de Londres. Com cem libras esterlinas a mais por ano, pensou a sra. Touchet, essa vida poderia ser a minha!

Em meados de fevereiro, o Requerente foi visto chorando e sendo consolado por seu companheiro constante, o jovem pardo. Supunha-se que por fim compreendera a terrível situação em que se encontrava. No *Times* do dia seguinte, a sra. Touchet leu que Mabel, a cachorrinha, havia morrido.

35. Sem perguntas

Em comparação com a maratona de Kenealy, a conclusão de duas semanas de Hawkins para a acusação foi breve e direto ao ponto. Ele adotou o ângulo moral. Um voto a favor do Requerente era um ataque contra a honra de Kathryn "Kattie" Doughty e de todas as mulheres. Não se podia permitir que açougueiros alegassem ter conhecido, no "sentido bíblico", mulheres de origem aristocrática. Quaisquer pessoas que apoiassem a alegação do requerente estavam, de fato, se alinhando com um canalha, e não poderia haver dúvida de que também eram, portanto, canalhas. A sra. Touchet examinou a sala de audiência. Ninguém queria se aliar a um canalha nem ser confundido com um. A acusação descansou.

Quando ela chegou em casa naquela noite, havia fuligem da cidade em seus dedos e William não estava em lugar algum. A casa estava quase às escuras: apenas as luzes do corredor permaneciam acesas. Na poltrona, ele havia deixado para ela algumas correspondências e o manuscrito finalizado de *Os rebeldes de Manchester do fatídico ano de 1745*. O livro tinha apenas três volumes, o que a deixou feliz, mas era dedicado a Disraeli *com todos os sentimentos de respeito e admiração*, o que a deixou triste. Quando tinha sido a última vez que viram Disraeli? Sob o livro, havia uma carta endereçada a ela, em uma caligrafia que não reconheceu. Sentou-se na escada e a abriu.

Sinhorita Touchit, senhora recebemos esse endereço do sujeito Atkinson e humildemente esperamos que isso chegue onde esperamos. Somos duas moças jóve que foram muito usada pela vida, senhora. nóis iscreve pra dizer que nossa mãe era uma que era filha do Sior James, que foi seu marido agora falissido. Ele instabeleceu uma vida pra mamãe, mas a cabeça dela tava cheia de demônio por causa das dificuldades da vida e um dia faz um bom tempo ela foi embora. Nós fomo colocada na casa que eles chama de Barnardoes, mas não queremo mais ficar. temo que ir. eles nos deram nossos documento e o nome que é o seu, senhora, e que era o nome daquele que foi nosso avô. Só a senhora pode nos ajudar nós estamos na rua e nós inscrevi isso o melhor que podemos senhora!

Sinceramente,

Lizzie + Grace

A mão da Sra. Touchet estava tremendo. Do envelope caiu outra folha simples:

Sra. Touchet,

Para minha grande surpresa e consternação, as beneficiárias do testamento de seu marido foram mal aconselhadas por partes desconhecidas e agora fazem sua reivindicação. É imperativo que esse assunto seja tratado de forma privada e rápida. Fui informado pelo banco de que a senhora nunca se apresentou para retirar seu dinheiro. Espero que agora veja a necessidade de fazer valer seu direito antes que seja tarde demais. Para esse efeito, na minha opinião, ainda está em seu poder recusar e repelir essas duas requerentes. Ambas são menores de idade. No entanto, para que o legado seja revertido para a senhora, a viúva legítima, elas devem fazer a marca que puderem em um novo contrato, testemunhado por nós dois. Lamento lhe pedir isto, mas preciso fazê-lo se quisermos evitar o pior. Por favor, venha ao meu escritório amanhã ao meio-dia,

Seu criado,

R. L Atkinson

Fazia muito tempo que a sra. Touchet acreditava que havia alguma coisa na coincidência. Não sabia dizer o que exatamente. Alguma coisa. O espelhamento de sentimentos ou de gestos, o eco de uma coisa em outra. Cruzamentos fortuitos de tempo e lugar. A duplicação de vitórias e as colisões de derrotas. Olhou a carta de Atkinson e viu William diante dela, com a mesma expressão de perplexidade que ela tinha em seu rosto comprido.

"Caminhei até a Hampstead Street, Lizzie. Cheio de propósito. Abri o portão, subi os degraus da frente... Lá estava o velho demônio sentado na sala de estar dele. Conseguia vê-lo através da janela. Mas... não era o *nosso* Cruikshank, Lizzy. Não era nada parecido com o nosso George. Um homem tão triste, velho e frágil estava sentado ali!"

Ela ficou em silêncio por um instante, desorientada ao ver a história do primo colidindo com a sua, como se ele achasse que a dele era a única. Então, a irritação a dominou:

"Ah, meu bom Deus, William! O que você esperava? Que o tempo tivesse parado?"

Ela falou com muita severidade. William recuou feito um

cachorro chutado, se encolheu e sentou no degrau ao lado dela, bem em cima das cartas.

"Na verdade, não sei dizer se ele me viu ou não. Fiquei paralisado. Então ele saiu da sala da frente — e desapareceu."

"Mas o que *você* fez?"

William pôs as mãos na cabeça.

Por que ela fazia tantas perguntas?

Por que ele fazia tão poucas?

36. Um segredo obscuro

Na manhã seguinte, ela alegou ter um compromisso ao meio-dia na Harley Street. "Problemas femininos" continuava a ser um semideus na casa dos Ainsworth, e não encontrava oposição nem questionamentos de qualquer tipo, nunca. Ao se aproximar do Cordwainer Hall, ela se perguntou se estaria mentindo para dizer a verdade, como um romancista. Não era exagero dizer que se uma hemorragia ou uma amputação fosse de fato o que a aguardava, ela não teria sentido mais horror ou medo.

"Sra. Touchet. Lamento muito que tenha chegado a esse ponto. Eu sabia da existência delas, mas nunca imaginei que seriam tão ousadas."

Sentiu a respiração de Atkinson em seu pescoço quando ele abriu a porta. Três anos sem ver esse homem não conseguiram amenizar sua aversão a ele e a todos os homens da mesma espécie. Existem advogados que conciliam as qualidades de sanguessuga, puritano e hipócrita. Sempre defendendo e lucrando com as fronteiras entre as coisas — entre as pessoas.

"Não se preocupe, sra. Touchet. Elas não estão aqui; eu as

coloquei em segurança no escritório do meu colega, do outro lado do corredor. Achei prudente. É claro que o choque para uma mulher com sua sensibilidade aguçada deve ser... bem, como podemos dizer? *Profundo*."

E como é ridículo, pensou a sra. Touchet, que mulheres idosas tenham fama de fofoqueiras! Os piores fofoqueiros que conhecia no mundo eram todos homens. Decidiu cortar Atkinson enquanto entrava:

"Não desejo falar do passado. Só quero fazer o que é certo neste momento, sr. Atkinson."

Atkinson ergueu as sobrancelhas e manteve a porta aberta.

"Se a senhora olhar para a esquerda, sra. Touchet — com discrição, ali, através do vidro —, verá as duas infelizes. Sabemos que a mãe era mulata, e muito pálida, pelo menos foi o que me disseram. Mas o pai delas não é conhecido e, como a senhora pode ver, temos de presumir o pior."

Elas estavam sentadas juntas em um banco. Na cabeça da sra. Touchet, a Barnardo's evocava imagens de garotinhas abandonadas, com membros tal qual palitos de fósforos. Mas aqui estava uma dupla de garotas de aparência robusta, com ossos grandes e cabelos que se projetavam tão longe do couro cabeludo que desapareciam acima da borda da janela e iam parar sabe-se lá onde. Contudo, tinham os olhos e as sobrancelhas de James. E as costas largas, os membros, o nariz e a pele de outra pessoa. Estavam vestindo sacos? A sra. Touchet olhou para o chão. O advogado Atkinson suspirou e fechou a porta.

"Elas devem ficar com o dinheiro", ela disse depressa. "Tudo o que foi acumulado e o que está por vir. Assinarei o que for necessário ou exigido."

Atkinson ficou horrorizado: "Sra. Touchet, peço-lhe que considere...".

"Já considerei. É a minha decisão."

"Se me permite primeiro... Existem algumas complexidades que podem influenciar..."

"É a minha decisão. Essas 'infelizes', como o senhor as chama, são jovens mulheres que agora precisam trilhar o próprio caminho neste mundo."

O advogado Atkinson voltou a suspirar e se sentou atrás da mesa.

"Essa é a complicação, senhora. Apesar das aparências, não são mulheres adultas. A mais velha tem treze anos. A mais nova, onze. Na minha opinião, é melhor não ter nada a ver com elas do que começar a ter obrigações que podem então obrigar alguém a ainda mais..."

A sra. Touchet se sentou na cadeira mais próxima.

"São netas do seu marido. É claro que não existe nenhum grau de parentesco com a senhora — nenhum parentesco *consanguíneo*. A senhora tem todo o direito de negá-las como Judas. Ainda assim, estão atualmente ao relento, sem família ou conexões reais. E depois de tomarem conhecimento de sua linhagem, receio que tenham desenvolvido certas expectativas... irracionais. Assim como é irracional, claro, *imaginá-las* na sua própria casa, como suas pupilas..."

A sra. Touchet se irritou visivelmente. O advogado Atkinson fez uma pausa, parecendo intrigado.

"A menos, sra. Touchet, que a senhora tenha alguma ideia de...?"

A sra. Touchet recostou-se na cadeira, derrotada. Atkinson não podia dizer que estava surpreso. Era como ele havia suposto: a imaginação tinha seus limites. Até mesmo a imaginação de uma mulher de sensibilidade tão aguçada quanto a sra. Touchet.

"Mas elas simplesmente *precisam* dispor desse dinheiro", ela voltou a dizer em voz baixa.

Atkinson esboçou sua melhor estimativa de um sorriso: "É

muito caridoso de sua parte, sra. Touchet, tenho certeza. Mas cem libras por ano é uma quantia vertiginosa para direcionar a duas meninas analfabetas e sem supervisão, que podem não…".

"O dinheiro nunca foi do meu marido! Muito menos meu! É o dinheiro de Samuel Touchet! Não quero tocar em dinheiro que foi ganho do modo como ele ganhava! Eu lhe digo que elas devem dispor dele!"

O advogado Atkinson agora olhava para longe através da janela. Será que essa mulher peculiar não vivera do dinheiro dos Touchet durante os últimos quarenta anos? Mas era sempre melhor evitar o rubor de uma cliente perturbada, presa na armadilha da própria consciência:

"Certamente o sr. Samuel Touchet é lembrado aqui na cidade como um homem de posses. Converteu muito material básico em ouro e foi um homem de negócios muito perspicaz na sua época. Embora no final, é claro, sua dimensão tenha excedido um pouco seu poder de retenção." As mulheres têm eufemismos para seus corpos, observou a sra. Touchet, enquanto os homens reservam essas atrocidades para questões de dinheiro. "Um fim terrível. É realmente incrível que alguma herança tenha sobrevivido a ele!"

"As meninas vão entrar para assinar agora, sr. Atkinson?"

O advogado Atkinson, sentindo o inabalável obstáculo diante de si, concordou com a cabeça, ergueu-se da cadeira e saiu da sala, voltando um instante depois com Lizzie e Grace. A sra. Touchet se esforçou ao máximo para compreender o que estava acontecendo. *Seria possível* que as duas fossem apenas crianças?

"Qual das duas é Lizzie?"

Havia perguntado isso a Atkinson, que estava preparando os papéis, mas foi a garota mais alta que respondeu. Era quase tão alta quanto a sra. Touchet.

"Eu sou Lizzie Betts, madame. Esta é minha irmã Grace."

"É um prazer conhecer vocês duas. Eliza também é meu nome. Grace, por acaso, era o nome da minha mãe. Talvez sua mãe soubesse disso..."

As irmãs pareciam perplexas.

"Nossa mãe foi embora", disse Grace por fim, e começou a chorar. "Para onde, eu simplesmente não sei!"

Em resposta a essa explosão de sentimentos, ninguém conseguiu pensar em absolutamente nada para dizer.

O advogado Atkinson se colocou entre elas com uma caneta na mão:

"Por sorte as duas conseguem escrever seus nomes de maneira razoável. Pelo menos isso aprenderam na Barnardo's — e algo de Jesus, esperamos. Embora eu afirme que tiveram ajuda com aquela carta. Meninas, assinem seus nomes aqui e aqui, e agradeçam à senhora pela grande generosidade dela. E compreendam, imploro, que toda a relação entre vocês e a referida sra. Touchet termina aqui e agora. Está entendido? A dívida dela com vocês está paga."

A sra. Touchet ainda queria saber por que elas usavam sacos — sacos de farinha — como se fossem vestidos, mas Atkinson a olhava de forma severa por cima de suas meias-luas, e quando ele lhe passou a caneta ela a pegou em silêncio.

"Cem libras por ano", anunciou o advogado Atkinson, no tom de um vigário solenizando um casamento, "é uma soma que vai além dos sonhos de muitos homens e mulheres nesta ilha abençoada. Foi por uma sorte extraordinária que essa quantia foi concedida a dois espécimes tão improváveis como vocês, meninas. Que vocês a usem bem e agradeçam a Deus por ela — e incluam a sra. Touchet em suas orações, pois ela é sua benfeitora."

Elas agradeceram à sra. Touchet em voz baixa. Minutos depois, uma mortificada sra. Touchet se viu mais uma vez nas ruas de Londres. Ela baixou a cabeça. Revelar-se tão inadequada para o que lhe era exigido no julgamento do único poder que lhe importava! Caminhando sozinha, se lembrou do quanto Atkinson quisera tranquilizá-la ao final. Ela havia feito "o máximo que alguém poderia ter feito". Tinha ido "além do seu dever". Saíra do terrível escritório daquele homem terrível certamente não mais rica, e no entanto — pelo menos de acordo com as contas de um homem como Atkinson — também não mais pobre.

37. O fim

Finais são difíceis. Dois dias depois de a sra. Touchet ter ido ao escritório do advogado Atkinson, o presidente do Supremo Tribunal, Cockburn, iniciou o resumo do caso. A sra. Touchet adivinhou que seria um caso de oito volumes, porque depois de uma semana aquele valente homem não tinha ido além de Wagga Wagga. Sarah nunca gostara de Cockburn, mas o ferro trespassou sua alma quando ele chegou ao casamento de "Sir Roger": "Sabemos pela própria declaração dele que sua esposa era empregada doméstica, analfabeta, incapaz de ler ou escrever, e que no registro de casamento ela apôs apenas a sua marca... Penso que é correto que os senhores reflitam até que ponto é provável que Roger Tichborne tivesse feito tal união...".

Sarah sugou os lábios boca adentro: "Ele *não* sabe o que está fazendo".

E quem é que sabe?, pensou a sra. Touchet. Qual era o nome da amante do meu marido? Onde ele a conheceu? Na cozinha de quem? Onde copularam? Por quanto tempo aquilo...

"E agora concluí", disse o juiz Cockburn, vinte e oito dias depois. "Tentei cumprir meu dever. De sua parte, o veredicto que o senhor proferirá certamente será recebido por todas as pessoas — *que não são nem tolas nem fanáticas* — como o julgamento de doze homens que dedicaram atenção vigilante e inteligência marcante e notável à ponderação deste caso."

Os itálicos eram da sra. Touchet, mas o triunfo era todo de Cockburn. Ele sabia contar uma história. A sra. Touchet ficou um tanto impressionada. Já é bastante difícil contar a história da nossa própria vidinha. Como contar a saga de outras pessoas? E a história de Sir Roger era longa e tortuosa demais, muito difícil de condensar — mesmo em uma narrativa de um mês. No entanto, Cockburn tinha administrado isso com habilidade, tecendo todos os fios juntos, trançando-os com firmeza e amarrando-os, por último, ao redor do pescoço do pobre Arthur Orton. Uma tragicomédia de duração obscena, o julgamento inteiro havia se estendido por quase um ano, mais do que qualquer outro na história da lei britânica. O júri deixou a sala. Trinta e três minutos depois eles retornaram. Na expectativa de tudo aquilo, Sarah agarrou a mão da governanta de forma tão apaixonada, com tamanho sentimento de companheirismo, que a sra. Touchet quase sentiu um pouco de pena por não haver mais passeios femininos...

Mas, no fim, não importava o que a nova sra. Ainsworth pensava ou o que a sra. Touchet pensava, ou mesmo qual era a verdade. O romance era de Cockburn e ele o havia escrito. O Requerente, ao ouvir o veredicto, pediu para falar e teve o pedido negado. Ele estendeu a mão para Kenealy, que a apertou com descaramento, na frente de todos: "Adeus, Sir Roger… sinto muito por você!".

Quando o fim chegou, foi na forma de uma frase única e inequívoca: "Arthur Orton foi condenado a catorze anos".

38. Tolos e fanáticos

É notável, pensou a sra. Touchet, a rapidez com que um homem de carne e osso pode se tornar mero símbolo. Da última vez que alguém tinha visto o Requerente Tichborne, ele estava sendo conduzido à cela. Mas era como se sua ausência física agora permitisse que seu nome circulasse com mais liberdade. Nos jornais e em petições recentes, em canções e peças de teatro, em romantizações e poemas épicos, o Requerente estava por todos os lados e em lugar algum. Um enxame frenético de associações, grupos de pressão e literatura surgiu em sua defesa, e estes, por sua vez, desenvolveram braços e pernas peculiares, um dos quais recebeu o nome de FUNDO NACIONAL DE TESTEMUNHO KENEALY.

"Mas por que 'Kenealy' se é para Tichborne?", quis saber William.

"Porque, marido, ele representa todos nós, os 'assim chamados' tolos e fanáticos, e nós o defendemos! Não somos tão tolos nem tão fanáticos a ponto de não perceber que um homem pobre não consegue dar nem uma bela de uma agarrada num traseiro neste país esquecido por Deus! Não importa que eles tenham des-

-bancado e des-autorizado o pobre coitado e que ele já não tenha nem um penico pra mijar em si mesmo."

"Eliza, me ajude. O fundo é para manter o nosso pobre Kenealy fora do asilo?"

A sra. Touchet ergueu os olhos de seu trabalho de cerzir.

"O fundo, acredito, financia seus muitos esforços em favor de Tichborne, Bogle e do povo em geral. Ele fundou outro jornal — o *Englishman* — e um grupo político, acredito eu: a Associação Magna Charta."

"Com qual objetivo?"

Um olhar conspiratório de diversão passou entre os primos.

"Ah, muitos, muitos. A proibição de todos os impostos, acredito eu, trazer de volta a declaração de direitos, uma imprensa honesta, a representação justa do povo, hum... não vacinar as crianças contra a varíola, a defesa dos tolos e fanáticos já mencionados... e, bem, muitas petições para a libertação de você sabe quem! A última teve duzentas mil assinaturas, William, acredite se quiser."

"A única petição que eu acredito que assinaria", disse Emily, com um olhar piedoso no rosto, "é aquela que devolve a renda vitalícia ao pobre Negro Bogle. Mas esse é o meu problema. Tenho um coração mole demais."

"Não existe nada de errado com um coração mole, Emily", disse a sra. Touchet, atenciosa, "mas temo que seja preciso mais do que uma petição para ajudar o nosso sr. Bogle."

Seu primo arregalou os olhos, espalhando muitas rugas pelos cantos. "Todo homem vivo parece estar enviando uma petição ao Parlamento sobre uma coisa ou outra. Enquanto isso, fico sentado, rabiscando à minha mesa..."

"Rabisque mesmo", disse Sarah, suspirando, "rabisque mesmo, pois veja o bem que isso lhe faz! Tem uma reunião de Kenealy chamada Reunião da Grande Indignação agendada para a próxima semana em Barking. Mas estarei na costureira, e Barking é muito longe para eu viajar até lá, é evidente. Caso contrário, eu iria."

Neste mundo novo e em expansão do tichbornismo, havia uma estranha luta na qual o compromisso contínuo da sra. Touchet com a causa tinha que ser constantemente comparado ao de Sarah e considerado insuficiente, mesmo que, na verdade, o entusiasmo estivesse diminuindo em ambas. Sarah estava preocupada com o luto interminável da rainha. Enquanto isso, a sra. Touchet podia ser ouvida todas as noites rabiscando em sua pequena escrivaninha, embora ninguém soubesse com que propósito.

"Você acha que poderia comparecer, Eliza?"

Antes que a sra. Touchet respondesse, Fanny se curvou sobre o pai e o beijou com carinho na testa.

"Estamos felizes com seus rabiscos", sussurrou.

39. A Reunião da Grande Indignação!

O leão da liberdade saiu do covil
Vamos nos unir em torno dele uma vez e outras mil!

A sra. Touchet reconheceu o grito dos velhos tempos do movimento cartista. No palanque estavam Kenealy, Andrew Bogle, um homem que ela não reconheceu e, por fim, o sr. Onslow, que pareceu à sra. Touchet ter um estilo e um espírito muito mirrados, sentado em um lado para permitir que Kenealy ocupasse o lugar central. Os aplausos eram para Kenealy: a causa tinha um novo líder. Ao redor dela, as pessoas erguiam cartazes novos e estranhos:

Tolos e fanáticos por Kenealy!
ACREDITE NO NEGRO BOGLE
Sem varíola para o filho do pobre
CASEI COM UMA CRIADA

Todos na plateia receberam um exemplar do *The Englishman*, cujas colunas, pelo que ela sabia, haviam sido escritas pelo próprio Kenealy. Enquanto esperava o início dos discursos, leu uma delas sobre "Mentiras nos jornais". Não era suspeito — o autor queria saber — que os jornais britânicos noticiassem de modo ininterrupto o nascimento de príncipes e princesas perdulários, mas nunca se ouvisse uma palavra a respeito das manifestações de Kenealy-Tichborne que estavam ocorrendo em todo o país? Em Leicester, em Manchester, em Poole? Mas esse agradável artigo antimonarquista era acompanhado, na coluna seguinte, por um discurso anticatólico. A sra. Touchet dobrou o *The Englishman* e o pôs no bolso mais fundo.

"É John De Morgan", disse Henry, quando o desconhecido se levantou para falar. "É o chefe da União de Lançamento de Propaganda Tichborne. Ele próprio levou uma petição de Tichborne ao Parlamento. A senhora deveria ouvi-lo, sra. Touchet. Ele acredita que a terra pertence ao povo. É um grande defensor do povo."

Homenzinho engraçado. Com cachinhos e um rosto que parecia o de alguma criatura nervosa da floresta. Se Sarah estivesse ali, teria dito que ele parecia um castor. Mas ele falava com coragem e uma coerência que a sra. Touchet nunca tinha ouvido de Kenealy. Da questão das disputadas terras dos Tichborne, ele passou com elegância para a questão da terra *in genere* e a questão dos bens comuns em particular. Quem tinha direito a ela? O que aconteceria com ela? Quais direitos um homem tinha por causa dela? Ou da ausência dela? Ele levou a sra. Touchet às lágrimas ao citar John Ball. *Quando Adão lavrava e Eva fiava, quem era então o patrão?*

A multidão vibrou com essa fala e, encorajado, De Morgan contou um pouco de sua história. Era irlandês e radical desde a infância. Havia fundado a filial de Cork da Associação Internacional dos Trabalhadores de Marx e fora forçado a deixar a Irlanda por esse motivo. Cidadão De Morgan era seu nome agora, mas qualquer tolo ou fanático podia chamá-lo de John!

A sra. Touchet quase perdeu o equilíbrio com a onda de entusiasmo da multidão; Henry a segurou. No estrado, notou Kenealy se remexendo na cadeira, os punhos fechados sobre os joelhos. *O notório alemão não é um dos profetas dele*, pensou a sra. Touchet. Em voz alta, ela disse: "Temo que o estrado não seja uma área comum o suficiente para dois homens de Cork".

Mas você não conseguia fazer Henry rir de coisa alguma. Ele ficou de testa franzida durante todo o discurso de Kenealy — *Nasci para ser um rei dos homens! Meu espírito existe há milhões de anos! Na forma de um ser palpável, já desempenhou muitos papéis! Estou tão certo disso quanto de qualquer outra coisa!* —, depois baixou a cabeça quando o discurso enfim terminou: "Esse homem não é são. Meu pobre pai".

O sr. Bogle, ouvindo isso, pôs uma mão artrítica na bochecha do filho:

"Chegamos até aqui, Henry. Vamos continuar."

Depois que o pai falou e a multidão começou a se dispersar, Henry estava ansioso para ficar e falar mais com De Morgan, na esperança de uma nova e mais saudável via de apoio. O sr. Bogle sorriu com determinação e se encostou em uma parede. Há coisas que não são do conhecimento dos jovens.

"Vou levar seu pai para casa. Ele está com dor, Henry."

A sra. Touchet fez sinal para um coche e suportou o olhar divertido do condutor. Eles se sentaram um ao lado do outro, virados para a frente.

"O que o senhor acha de tudo isso, sr. Bogle? Acha que ele será solto?"

O sr. Bogle se virou para ela, ainda sorrindo. Os joelhos deles se tocaram.

"Será bom para mim se ele for. Será ruim se não for. Já está muito ruim. Não há mais dinheiro."

Era sua chance de lhe perguntar em quem ele realmente acreditava. Mas algo no sorriso dele tornava isso impossível.

"E o que o senhor vai *fazer* agora, sr. Bogle?"

"Ah, suponho que farei o que for preciso, sra. Touchet. Vou sobreviver de alguma maneira. É o que meu povo sempre fez, se é que a senhora me entende."

A expressão "meu povo" a silenciou por um momento, como sempre acontecia. Mas achava que o entendia. Os métodos dele eram, por necessidade, obscuros e dissimulados. Como os dela.

"Vamos atravessar o rio em breve, sra. Touchet?"

"Ah, não, sr. Bogle, já estamos ao norte, portanto do lado direito. Agora só precisamos ir para o oeste..."

Quem era ela, de fato? Quem era seu povo? As Damas de Llangollen? Mas havia, e sempre houvera, William. E agora esse sentimento estranho por Bogle. Ela tinha sido a Bloomer dominante com Frances, a musa feminina de William, e talvez, em alguma utopia imaginada, pudesse se encontrar em um terreno comum e equilibrado com uma alma inteligente como Bogle, que parecia viver como ela sempre desejara, ou seja, sem ilusões. Como seria existir um nome para todas essas várias pessoas e impulsos dentro dela? Mas sra. Touchet era o seu nome! Ela se inclinou para fora da janela, para instruir o condutor a ir pela King's Cross, depois se recostou contra o veludo para passar os dedos no rosário que trazia no bolso e se repreender pelo excesso de orgulho. Todos os nossos nomes são apenas temporários, lembrou a si mesma. Apenas símbolos para algo além do imaginável. Podem dar um contorno a questões grandes demais para serem dimensionadas, mas nunca são capazes de descrever o mistério por completo.

"Vou lhe dizer uma coisa, sra. Touchet. *Nunca* vou entender esta cidade." Do outro lado da rua, um cocheiro havia descido da boleia para gritar a plenos pulmões com um garoto que empurrava um carrinho de mão que por pouco ele não atropelara. "Se você pisar no pé de alguém, é essa pessoa que vai pedir desculpas a *você*. Mas se uma carruagem surge do nada e quase o mata? Sempre é o condutor que fica irritado!"

A sra. Touchet deu uma risada alta e nada feminina. Em outra vida, esse homem por demais interessante teria sido muito adequado para ela. Mas só temos uma vida.

40. Depois de Hackney Downs, 11 de dezembro de 1875

Mesmo agora que vivia tão longe dela, a Londres da sra. Touchet continuava um lugar bastante limitado. Conhecia o norte e o oeste, mas era no lugar em que o norte e o oeste se encontravam que ela se sentia mais em casa. Qualquer coisa no leste era um perfeito mistério para ela. Encontrar-se em Hackney Downs, em meio a uma multidão de trinta mil pessoas, cercada pela polícia distrital por todos os lados! Mas decidira fazer — com o tempo que lhe restava nesta vida — o que não ousara fazer quando jovem. Foi sozinha a Hackney Downs. Foi com a convicção de que as Downs não pertenciam a lorde William Tyssen-Amherst nem a qualquer outro homem, não importava quantas cercas e estacas fossem fincadas nelas. Era *a terra de Lammas*, terra comum, terra do povo! E se não se permitisse que o povo continuasse a ganhar a vida com ela, pelo menos um belo parque poderia ser criado, onde senhoras idosas e simpáticas poderiam caminhar, como já havia sido feito em Camberwell Green. No entanto, naquela tarde, estava determinada a *não* ser uma velhinha simpática. Mas e se a polícia mostrasse uma firme resistência? Será que voltaria a ser simpática? A polícia recuou. A sra. Touchet se juntou a seus colegas londrinos em protesto. Ela era uma pessoa que arrancava estacas — que queimava estacas! Que história para contar!

"Henry, devo lhe dizer que nunca senti tamanha emoção na vida como quando De Morgan parou diante de todos nós e disse — espere um instante, anotei em algum lugar... sim... *as cercas que você enxerga à sua frente foram erguidas, desafiando o sentimento popular, e estão sendo bloqueados os direitos de passagem que existem desde tempos imemoriais. Nessas circunstâncias, o único remédio que resta ao povo — o único meio de recuperar seus direitos — é remover as cercas sem demora*. E então as pessoas começaram a arrancar as estacas! E nossas mãos ficaram pretas, Henry, pois o lorde Tyssen, em sua sabedoria, intencionalmente tinha coberto de piche todas as cercas, para impedir que fossem arrancadas. Mas parecíamos menestréis! Gostaria que você tivesse visto! Andei por toda parte, falei com as pessoas e percebi... ah, tantas coisas. Mas estou toda encharcada. Vamos tomar um chá?"

Não havia chá. Os armários estavam vazios havia algum tempo. O som de seu pai gemendo de dor podia ser ouvido no outro cômodo. Mas ele deixou a velha senhora andar para cima e para baixo no pequeno espaço para se aquecer e ouviu educadamente enquanto ela continuava a falar com animação de suas muitas realizações, suas andanças pela multidão, sua impressão dos vários palestrantes. Ela parecia não entender que os direitos de pastagem em um pedaço de terra significavam muito mais para um homem pobre do que o espaço para uma caminhada. Tampouco que o parque da cidade, uma vez cercado, era um lugar onde o conselho municipal poderia proibir qualquer reunião de homens pobres ou agitadores. Mas não eram as ideias políticas da sra. Touchet ou a falta delas que interessavam a Henry. Era a liberdade dela. A liberdade de movimento dela. E foi enquanto ela tagarelava a respeito da expansão lenta e constante do sufrágio que ele de repente perdeu toda a paciência mundana com ela:

"Por que a senhora acha que isso está ao seu alcance?"

"Como?"

"De onde ele vem? Esse poder? De conceder liberdade. Todo inglês que conheço parece pensar que tem esse poder."

A sra. Touchet estava atônita.

"Mas não tenho essa capacidade, Henry. Não tenho poder. Além disso, peço que se lembre de que sou de origem escocesa — e mulher! Contudo: sou britânica, assim como você. O poder investido no Parlamento certamente diz respeito a nós dois..."

"O Parlamento estabelece as leis que nos governam, sim. Ele não pode conceder a liberdade por si só."

A sra. Touchet ficou confusa: "Tudo o que eu pretendia dizer era que me sinto confiante de que os argumentos que ouvi hoje nas South Downs, embora no momento preocupados apenas com o direito ao voto do homem trabalhador, por certo irão avançar com o tempo...".

"Tempo!" O próprio substantivo parecia enojá-lo. "Por que eu deveria esperar pelo que é meu por direito sagrado? Quem pode me dar o que nunca lhes pertenceu?"

"Realmente não consigo imaginar o que você quer dizer."

"Sra. Touchet, minha liberdade é uma herança tão minha quanto de qualquer homem. Ela não tem tempo, não preciso esperar por ela, ela é minha desde que nasci. A senhora se surpreende ao me ouvir dizer isso?"

"Bem, para início de conversa, você fala como se a *minha* liberdade fosse perfeita."

"Sei que não é. E no que diz respeito à liberdade, sra. Touchet, eu a aconselharia a não esperar que os outros a ofereçam à senhora como um falso presente. A senhora ficará esperando por muito tempo. É melhor 'pegar em armas contra um mar de problemas e, ao se opor, acabar com eles'. Dizem que tenho mais da minha avó que do meu pai em mim, e fico feliz com isso. Li meu Spence e meu Wedderburn. Sei que a terra é minha tanto quanto de qualquer outra pessoa. Foi o que disse o sr. Spence e é o que diz o Levítico, se chegar a esse ponto. Quanto à minha pessoa, ela é eternamente minha. Não preciso lutar por esse direito nem implorar por ele. No entanto, essa é exatamente a posição em que meu pobre pai e eu nos encontramos agora — encurralados por todos os lados e de modo muito cruel. Sei que a senhora é uma mulher atarefada e vejo que outros assuntos a ocupam no momento, mas sabia que os Tichborne ainda nos perseguem? Ordenam que meu pai mude sua história. Vão arrastá-lo para o túmulo!"

A sra. Touchet ergueu as sobrancelhas, como uma professora surpresa com um aluno brilhante.

"Henry, sabe qual foi a primeira coisa que seu pai me disse a seu respeito? Que você era um jovem muito bom e também muito destemido. Como ele estava certo! Você é eloquente. Sua educação o deixa orgulhoso."

Henry chutou um pedaço de serragem no chão, sob o qual, a sra. Touchet temia, algo pior do que serragem estava escondido.

"Minha educação! O que isso tem a ver com o assunto? A liberdade deve ser conquistada como um… como um *prêmio escolar*?"

"Claro que não. Eu só…"

"Meu pai é um homem paciente, sra. Touchet. Eu não sou. E nenhum truque ou barganha, ou troca, ou fraude, ou dócil esperança cristã conquistará para mim o que é meu aos olhos de Deus e aos meus próprios olhos. Porque SEMPRE FOI MEU."

A sra. Touchet, alarmada com o tom estridente da conversa, deixou-se cair na única cadeira e assumiu uma postura filosófica à mesa, ainda agarrada a seu guarda-chuva. E se viu balbuciando:

"Ainda não tenho certeza se estou entendendo… Ou seja, o que você diz pode ser verdade, no reino do pensamento puro e no ar rarefeito do céu, mas na prática estamos todos, como você diz com razão, 'encurralados'... E essas são exatamente as amarras terrenas que as pessoas que pensam de forma correta tentam afrouxar. Por meio de argumentos, da opinião pública, da revelação dirigida ao coração humano — se for possível ter acesso a ele — e por fim através da lei, sem a qual..."

"Mas não é o direito do preso de abrir a própria cela que está em questão, sra. Touchet! *Em primeiro lugar, é a fraude do carcereiro em reivindicar e manter um homem prisioneiro.* A primeira questão é óbvia. A segunda é totalmente criminosa. Por Deus, a senhora não vê que os jovens de hoje anseiam não por 'melhoria' ou 'caridade', ou por qualquer palavra de ordem das Sociedades de Senhoras. Eles têm fome da verdade! Da própria verdade! De justiça!"

A sra. Touchet ficou muito magoada e, por um momento, sem palavras. E então, por trás da mágoa, uma sombra perturbadora se moveu.

"Como você fala de modo dramático, Henry! Você me lembra que é um homem jovem, de fato muito jovem. Eu falava com tons parecidos quando tinha sua idade. Mas espero que agora, com a visão mais clara da maturidade, eu possa reivindicar pelo menos alguma experiência nessas questões. Conheço bem este país. Bem o suficiente para entender que a justiça leva tempo e que as liberdades de uma minoria raras vezes são evidentes para a maioria. O que é perfeitamente evidente para Deus é — por infelicidade! — muitas vezes obscuro ou invisível para Suas criaturas imperfeitas. A mente dos homens se move de forma bastante lenta. Sobretudo a dos ingleses. O próprio Parlamento se move lentamente! E se não fosse pela paciência e pela persistência de..."

"A justiça não tem hora, sra. Touchet! Ela é eterna, ela é agora, é ontem, é amanhã. Todo homem marcado como gado sente essa dor infinita: ela ecoa pelo tempo e pelo espaço. Joana d'Arc ainda arde. A pobre alma de mãos e pés amarrados e jogada do navio *Zong* ainda afunda nas profundezas do mar, junto com outras quinhentas iguais a ela, e todas se afogam para todo o sempre. Eu lhe digo que aqueles que sofrem *não podem esperar*. E confesso que não sou uma dessas pessoas que acreditam que faz muita diferença se o carcereiro fala de mansinho com o prisioneiro ou atira uma pedra nele. O que importa *de fato*...”

“Então que Deus tenha piedade de você! Isso faz toda a diferença do mundo. Pecamos em certa medida, como fazemos com todo o resto. Caso contrário, por que melhorar, por que tentar alguma coisa? Esse seria o conselheiro do desespero. Não vamos fazer do perfeito o inimigo do bom. Pois, enquanto isso, nossa alma está em jogo. E na lacuna entre o momento presente e alguma perfeição moral futura, certamente tudo o que temos...”

Mas antes que ela concluísse, o garoto riu! *Amargamente*, foi a palavra que veio à mente da sra. Touchet, *o garoto riu amargamente* e jogou a cabeça para trás, olhos brilhando *feito relâmpagos*, a massa de cabelo horrível e gigantesca à luz da vela, o conjunto lembrando uma das criações mais absurdas de William: um duque insensível, talvez, ou um soldado jacobita, ou um salteador de estrada amoral.

“Como se o *estado de espírito do meu carcereiro* pudesse ser minha preocupação! Não, isso não pode ser minha preocupação, sra. Touchet. Só a cela me diz respeito. A cela ilegítima. E digo que qualquer homem ou mulher”, proferiu Henry Bogle, mais parecido com um orador experiente andando rígido e ruidoso no mezanino do que com um garoto pobre com os pés num chão de terra, “digo que quem quer que veja e compreenda a verdade dessa ilegitimidade DEVE revelá-la, é essencial que revele, que faça disso o trabalho de sua vida, a cada fôlego que tomar e a cada momento em que estiver vivo, de agora até o dia do juízo final. Essa é a batalha da vida! Essa é a guerra diária de todos os homens que amam a justiça e conhecem a verdade!"

Enquanto ele se agigantava sobre ela, a sra. Touchet ainda conseguiu notar três coisas. Em primeiro lugar, que não havia mais nenhum "ela" no rio corrente da fala dele, não havia mais "homem ou mulher", agora havia apenas "ele". Em segundo lugar: o rosto dela estava molhado, ela tremia. Em terceiro lugar, que essa batalha essencial e diária da vida que ele descrevera era algo que ela não conseguia conceber como uma possibilidade para si mesma, assim como não conseguia se imaginar em uma travessia do oceano Atlântico em um balão de ar quente.

41. Enterro de um indigente, 1877

Quando soube, foi por Clara, mas a mensagem veio distorcida.

"Sra. Touchet, mamãe disse que um amigo seu morreu. Sinto muito pela senhora. Ela leu no jornal."

Sarah estava em Horsham fazendo compras. Clara não sabia dizer de que jornal se tratava, quando ele havia chegado ou que tipo de amigo seria. A sra. Touchet iniciou um processo de eliminação:

"Ele chegou a vir aqui?"

"Ninguém vem aqui."

"Um escritor?"

"Não conheço nenhum escritor, só o papai."

A sra. Touchet teve de ficar pendurada na janela do sótão, olhando para cima e para baixo na rua principal, até que viu um punhado de cachos amarelos demais saltitando de um dos lados dos modernos ônibus puxados por cavalos. Correu para a rua, derrubando a torre de pacotes de Sarah.

"Por que precisa levar tudo a extremos, sra. Touchet? Não pode esperar até que uma mulher esteja na sua própria casa? É o sr.

Bogle. O pobre sr. Bogle, em King's Cross. E depois de tudo isso, nem um centavo foi arrecadado para o pobre coitado. Ele jaz sem identificação no solo frio, que Deus dê paz à sua alma."

A sra. Touchet caiu de joelhos e chorou.

42. Uma coincidência em um trem

Ele sempre foi simpático e gentil com os jovens. Um caso que aconteceu mais ou menos nessa mesma época foi-me relatado pela srta. Arabella Kenealy, a ilustre romancista. Certa ocasião, a srta. Kenealy, quando ainda era bem jovem, viajava pela ferrovia perto de Brighton. Uma senhora idosa e um cavalheiro entraram em seu vagão e a conversa deles era sobre livros, sendo mencionadas várias obras de Ainsworth. A srta. Kenealy, lembrando-se de algumas críticas que ouvira sobre *Jack Sheppard*, sentiu-se compelida a participar da conversa e ressaltou que achava que os livros de Ainsworth mostravam uma tendência nefasta e que provavelmente exerceriam má influência nos jovens. Nesse momento, "o velho cavalheiro" — continuando com as palavras da srta. Kenealy — "sorriu de forma gentil e divertida para a pessoa jovem e ávida por ideias que se aventurou a expressar opiniões sobre um assunto tão amplo. Ele disse que era agradável conhecer alguém tão jovem e com opiniões inteligentes sobre algo mais do que a mera história de um livro, embora o veredicto não fosse favorável quanto à tendência de certas obras. Ele não me disse quem era. Foi sua amiga que — para meu grande horror — revelou sua identidade". Era, de fato, o próprio autor de *Jack Sheppard* com quem a srta. Kenealy estivera conversando; mas ele não demonstrou nenhum aborrecimento com sua jovem crítica, conversou muito com ela e a acompanhou em outro trem mais tarde na viagem. A srta. Kenealy acrescenta: "Ao chegar em casa, procurei imediatamente o retrato do sr. Ainsworth e o reconheci. A meu ver ele demonstrou muito tato e gentileza ao se revelar depois de eu ter me comprometido com aquelas opiniões sobre seus livros". Ainsworth nunca soube que a heroína dessa divertida aventura era a filha de seu velho amigo e coeditor de revista de trinta anos atrás, dr. E. V. Kenealy.

De *William Harrison Ainsworth e seus amigos*,
por S. M. Ellis, volume II

43. Para cima e para longe

Um baque forte veio do andar de baixo. Mais tarde, em sua lembrança, Eliza afirmou ter sabido exatamente o que era no momento em que o ouviu. *Mas você sabia mesmo? Será que isso é verdade?* Empirista orgulhosa, gostava de fazer essas perguntas a si mesma. Vinte anos antes, poderia ter respondido a essas indagações. Naquela época, tinha entendido melhor como separar o corpo da mente, o fato do desejo, a verdade da falsa lembrança. Ainda acreditava que isso fosse factível.

Ela se levantou da cadeira, correu pelo corredor e pelas escadas até o gabinete dele e encontrou seu primo lá, caído no chão. Ela podia não ter mais certeza sobre a verdade, mas reconhecia a Morte. Havia chegado de forma um tanto desajeitada, encolhendo as pernas de William contra o peito, como uma criança, e colocando o braço esquerdo dele sobre os olhos. Sabia que seu primo nunca se importara em se ver como uma figura na história de outro homem — muito menos na de uma mulher —, mas naquele momento era inevitável: ela era a única testemunha e a única pessoa de luto. Ela se ajoelhou e segurou a mão dele. Mais de trinta anos haviam se passado desde a última vez em que a segurara, ou lhe dera a mão, para que com a outra pudesse entrar nele e ouvir aquele suspiro infantil e gratificante. Agora era a mão de um homem idoso. Os calos duplos — no segundo e no terceiro dedos, onde a caneta se apoiava — eram feios e pronunciados. Tudo é mudança. Tudo é perda. *Ele está zombando de mim, Lizzie?*

Grande parte da vida é ilusão. Cada tentativa de fazer uma travessia, cada ambição de grande alcance que qualquer pessoa possa conceber neste mundo — tudo isso acaba caindo, inevitavelmente, aos pés Dele e não dá em nada. Mas ela não podia evitar: queria viver! Embora sempre tivesse sabido — desde garotinha — que esse desejo não era uma aspiração propriamente feminina e talvez nem mesmo piedosa. Queria viver. Fazer suas próprias tentativas na vida, em seus termos, e defender as tentativas dos outros, por mais pobres, esquecidos, aviltados ou desprezados que fossem! Algumas pessoas vivem para o amor, ou para o trabalho, ou para os filhos. Eliza Touchet viveu para uma ideia: a liberdade. E quando sua hora chegasse, sim, quando estivesse morta, muito provavelmente nesse mesmo gabinete, poderia pelo menos deixar este mundo segura, sabendo que...

Foi no meio desse discurso interno que Eliza se lembrou de que o manuscrito de *A fraude* estava visível em sua penteadeira no andar de cima, liberado de seu esconderijo habitual: uma pilha de papel mata-borrão. Seu nome estava na página de rosto. Vaidade, mas toda noite lhe dava um pouco de prazer olhar para ele antes de dormir. A lista de possíveis pseudônimos estava escondida num ramalhete de lavanda, na gaveta do lado direito.

Edward Trewes

Edmund Turner

Eliot Tavistock

Em pânico por um momento, hesitou de maneira bastante atípica para ela: ficou de pé, depois se ajoelhou e ficou de pé mais uma vez. Mas por quê? William havia partido. Seu querido William. A única pessoa que a conhecera de verdade e, portanto, a única de quem valia a pena guardar segredos. Voltou a se ajoelhar. Permitiu-se olhar uma última vez para aquela boca doce, ainda rosada, angelical, cheia de entusiasmo pela vida, embora agora cercada por uma barba grisalha de cabra. Um som animal encheu a sala, como o grito de uma raposa. Colocou o punho dentro da boca em uma tentativa de controlá-lo. A *única pessoa que a conhecia de verdade?* Podia ouvir passos na escada. Tentou estancar as lágrimas com um lenço, sentou-se sobre os calcanhares e entrelaçou os dedos. Velhos truques. Não funcionavam mais. Como podia ter vivido tanto e pensado tanto e ainda assim ter entendido tão pouco! O que era aquele sentimento intolerável? Amor? Ela o evitava havia tanto tempo que se esquecera de como ele era realmente doloroso.

Olhando para baixo, viu que havia encharcado a gola de seu vestido. Logo a porta se abriria. Tinha apenas alguns momentos para adotar a postura adequada da Megera: triste com a morte do querido primo, claro, mas já se voltando para as questões práticas, como o testamento. De quem era a casa agora? Quem herdaria os livros, a escrivaninha, as canetas? Quem escreveria neste gabinete? Moveu o braço que cobria os olhos dele e ficou horrorizada ao vê-los bem abertos. *Meu William!* Ele parecia estar olhando diretamente para aquela mulher chorosa curvada sobre ele, a testa fixa em uma expressão de interesse afetuoso e intrigado, como se estivesse pensando nela para um personagem:

Os mistérios da sra. Touchet eram, afinal, insondáveis.

Epílogo

William Harrison Ainsworth morreu em 1882, com setenta e seis anos, e foi enterrado no cemitério de Todas as Almas, em Kensal Green, não muito longe de vários de seus velhos amigos, conhecidos e inimigos, inclusive George Cruikshank. Ao longo da vida, publicou quarenta e um romances, muitos deles de grande sucesso. (*Jack Sheppard* de fato superou *Oliver Twist*.) Cem anos depois, nenhum deles seguiu impresso.

O Requerente foi libertado em 1884, depois de passar dez anos na prisão. Nessa época ele havia perdido uma quantidade considerável de peso e quase todo o apoio do povo britânico. Onze anos depois, aceitou o pagamento de um jornal em troca da admissão de que era, de fato, Arthur Orton, mas logo se retratou por essa confissão. Morreu em 1898, sem recursos, e está enterrado em um túmulo de indigente no cemitério de Paddington, próximo à Willesden Lane. Algo na morte desse estranho homem reacendeu uma nostalgia sentimental no público: cinco mil pessoas compareceram ao funeral. Os Tichborne até permitiram que um cartão fosse colocado sobre o caixão com o nome

Sir Roger Charles Doughty Tichborne inscrito nele. A sepultura em si está sem identificação.

Henry Bogle teve onze filhos com uma inglesa, e todos sobreviveram. Portanto, a Inglaterra deve estar repleta de Bogles, embora poucos devam estar cientes dessa conexão. Temos a sorte de ter um pouco do gênio narrativo de Andrew Bogle preservado nas transcrições de jornais dos dois julgamentos de Tichborne. A pequena seleção delas que reproduzi foi citada palavra por palavra.

Arabella Kenealy, filha de Edward Kenealy, tornou-se médica, eugenista racial, antifeminista e romancista proeminente, tendo escrito mais de vinte romances, muitos deles sobre a importância das diferenças entre os sexos. Após uma longa carreira de radicalismo, John De Morgan acabou nos Estados Unidos, escrevendo romances de aventura africanos para o mercado adolescente.

A sra. Touchet — sempre uma mulher um tanto fantasmagórica — neste livro se estende muito além de seu tempo terreno: na realidade, ela morreu antes de seu primo, no dia 4 de fevereiro de 1869, pouco antes de William se mudar para Hurstpierpoint. Também está enterrada no cemitério de Todas as Almas, em Kensal Green, embora seu túmulo esteja totalmente encoberto por uma enorme e intransponível touceira de espinhos. Em 2009, a edição dela de *Um conto de Natal*, datada de 1842 e autografada "Para a sra. Touchet", se tornou o título de Dickens mais caro já vendido em um leilão.

A segunda sra. Ainsworth, apagada em vida, deu seguimento à sua obscuridade na morte. Sua filha, Clara Rose, viveu até os oitenta e três anos e acabou — como as pessoas melancólicas costumam acabar — à beira-mar, em Torquay, onde morreu em 1952 sem ter feito qualquer testamento. Única filha sobrevivente de Ainsworth, ela só se tornou sua filha legalmente reconhecida com sessenta e um anos, depois da aprovação da Lei de Legitimidade de 1926. Em 12 de abril de 1954, fez uma reaparição fantasmagórica no Tribunal de Chancelaria de Lancaster, onde foi realizada uma investigação sobre a existência de algum parente próximo. O patrimônio de Clara era então de pouco mais de mil libras. Não se sabe quem o herdou, se é que alguém o herdou.

Agradecimentos

Este romance é vagamente baseado na vida de William Harrison Ainsworth (1805-82). Poucos historiadores consideraram sua vida digna de atenção, mas estou em dívida com três estudiosos literários que o fizeram: S. M. Ellis, George J. Worth e Stephen Carver. Andrew Bogle nasceu em Esperança, Santo André, Jamaica. *Hope Transformed: A Historical Sketch of the Hope Landscape 1660-1960* [Esperança transformada: Um esboço histórico do cenário de Esperança], de Veront M. Satchell, mostrou-se essencial para a imaginação de sua vida. Assim como *The Tichborne Claimant, A Victorian Sensation* [O Requerente Tichborne: Uma sensação vitoriana], de Rohan McWilliam, e *The Man Who Lost Himself* [O homem que se perdeu], de Robyn Kinnear. Sou especialmente grata à dra. Phyllis Weliver, brilhante estudiosa do período vitoriano e leitora atenta de *A fraude*.

ESTA OBRA FOI COMPOSTA PELO ESTÚDIO O.L.M./ FLAVIO PERALTA EM ELECTRA
E IMPRESSA EM OFSETE PELA LIS GRÁFICA SOBRE PAPEL PÓLEN NATURAL
DA SUZANO S.A. PARA A EDITORA SCHWARCZ EM AGOSTO DE 2025

FSC
www.fsc.org
MISTO
Papel | Apoiando o manejo florestal responsável
FSC® C112738

A marca FSC® é a garantia de que a madeira utilizada na fabricação do papel deste livro provém de florestas que foram gerenciadas de maneira ambientalmente correta, socialmente justa e economicamente viável, além de outras fontes de origem controlada.